LOVE GROOVE

러브 그루브

러 브 그 루 브

초판 1쇄 찍은 날 ㅣ 2014년 07월 30일
초판 1쇄 펴낸 날 ㅣ 2014년 08월 08일

지은이 ㅣ 다미레
펴낸이 ㅣ 서경석

편 집 장 ㅣ 권태완
편   집 ㅣ 최고은
디 자 인 ㅣ 신현아

펴낸곳 ㅣ 도서출판 청어람
등록번호 ㅣ 제387-1999-000006호
등록일자 ㅣ 1999. 5. 31
어람번호 ㅣ 제5-380호

주소 ㅣ 경기도 부천시 원미구 부일로 483번길 40 서경B/D 3F (우) 420-822
전화 ㅣ 032-656-4452 팩스 ㅣ 032-656-4453
http://www.chungeoram.com
E-mail ㅣ chungeorambook@daum.net

ISBN 979-11-316-9135-9 03810

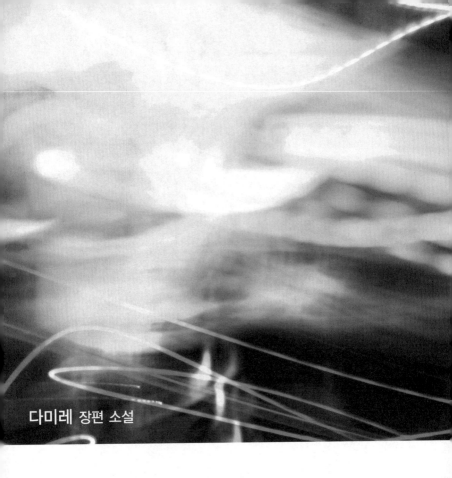

다미레 장편 소설

LOVE GROOVE

Chungeoram romance novel

도서출판 청어람

러브 그루브

C O N T E N T s

Prologue

7년 하고도 4개월 15일.

연어가 회귀하듯 반드시 컴백홈한다는 그 거짓말 같은 예언이 맞았다.

역시나 앞선 세대의 신실한 충고는 정녕 보석 같은 진리이자 아름다운 잠언 그 이상이었다.

전경은 자신의 기억과 머릿속, 아직도 소녀의 모습이 더 강한 잎새가 이렇게 완벽하고도 이상적인 모습으로 재림하자 신기하면서도 마음 한구석이 철퇴에 맞은 듯한 충격을 받았다.

"할머니 어디 계시냐니까?"

"할머니? 무슨 할머니? 삼신할머니?! 아, 욕쟁이 할머니는 내가 몇 명 아는데. 우리 집 앞 골목에서 막창 파시는 할머니도 욕쟁이 할머니고, 장안동에서 수구리국밥 파시는 할매도 욕쟁이……."

"이 집은 뭐야?!"

잎새는 눈으로 보면서도 믿지 못하겠다는 얼굴로 지금 자신이 있는 자리부터 시작해 온 집 안을 천천히, 그러면서도 샅샅이 둘러봤다.

그런 잎새의 시선을 따라가며 전경은 자꾸 거칠어지는 호흡과 심하게 요동치는 불규칙한 맥박을 은밀하게 제어하기에 바빴다.

"신기하지? 돈이 좋긴 좋더라, 이렇게 완벽하게 재현할 수 있다는 게."

"……."

"감동 좀 하고 그래라. 영화처럼 추억에도 좀 잠기고. 우리의 비루했던 영혼과 찬란했던 추억이 잔뜩 깃든 우리 집인데."

딱 50미터쯤 떨어진 3인용 북유럽산 체크 소파에 앉은 잎사귀가 도대체 네 속을 모르겠단 표정으로 빤히 쳐다보니 발끝에서부터 익숙하고도 오래된 전율이 시작됐다.

그 경악스런 소란스러움은 진동처럼 금세 머리끝까지 징징 울려댔다.

'이 아인 도대체 어느 별에서 떨어진 외계인이지?' 하며 난생처음 원자폭탄 맞은 그날처럼 온몸의 감각이 살벌하게 굉음을 내며 도시를 질주하는 천하무적 렉카처럼 요란하게 경고를 하고 있다.

"나 지금 똑같은 질문을 네 번이나 하고 있잖아?"

왜 옛날이나 지금이나 남의 친할머니를 저렇게 죽어라 목매게 찾아대는지 정말…….

뭐, 그 이유야 너무도 잘 알지만 알면서도 매번 신기했다.

할머니한테는 앞도 뒤도 안 가리고 제 몸인 양 챙기고 정신없이 내달리기만 하는지. 할머니를 제외한 그 누구에게도 보이지 않는 저 지독하고 독립적인 감정선.

궁금했다. 또 나였으면 했고, 내가 아니라면 적어도 함께 나누며 공유라도 하고 싶었다.

저 아이를 이토록 집착하게 만드는 이분녀 여사의 별난 감정 키워드와 감성적 조율 방식을.

"오빠라고 부르면 가르쳐 주지. 불러봐. 오빠라고 불러다오라는 노래도 있던데."

저 뜨악한 표정까지 전부 담아 이, 전경님만이 볼 수 있는 시크릿 노트 안에 봉인하고 싶었다.

박정하고 무정한 계집애는 절대 모르겠지만, 내겐 양귀비보다 더 중독성 짙은 잎사귀.

"이 집에서 사는 거부터 이상하다 생각했는데…… 미쳤구나?"

"7년 만에 만났는데 좀 고상하게 대화하자. 오빠한테 미쳤냐가 뭐냐? 우리가 철없는 십대 소년 소녀도 아니고. 안 그래, 잎.사.귀?"

토라진 표정으로 입술을 살짝 깨무는 모습도 예전 그대로이다.

세상에서 남궁잎새가 가장 싫어하고 경멸하는 호칭, 전경이 친히 사사한 이름 잎사귀.

이 세상에서 가장 아름다운 나의 잎새. 그 잎새가 지금 내 앞에서 탐스러운 이슬을 머금는다.

"그래?! 그럼 내가 찾아……."

"내가 바보냐? 니가 찾다 찾다 못 찾겠으니까 결국 어부지리로 나한테 온 건데 그걸 단박에 알려주게."

"……."

"이 오빠가 조건 하나 건다. 그 조건 받아들이면 바로 알려주지."

"……!"

"진짠데. 직방으로 알려줄 건데."

"뭔데?"

역시 이분녀 여사 일이라면 통하지 않는 게 없다. 늘 이유 불문하고 무한 패스다.

이날을 얼마나 기다렸던가! 꿈속에서도 그리고 그리던 날이 아닌가!

아! 살아 있는 유느님보다 백배 천배는 대단하신 나의 스승님. 땡큐 베리 머칩니다.

"말하라니까. 조건이 뭔데?"

"같이 살아."

"……!"

"이 집에서."

기함까지는 아니지만 익히 알고 있는 잎사귀의 일반적인 표정은 절대 아니었다.

"예전처럼 난 2층 쓸 테니까 넌 지하 전체를 통으로 써. 1층은 호텔 로비처럼 서로 공유하는 걸로 하자. 각자의 공간에 욕실이랑 간단하게 요기할 정도의 공간은 충분히 준비해 놨어. 1층에는 다이닝룸을 포함해 식당이랑 거실……."

"지금 뭐 하자는 거야?"

"말했잖아, 같이 살자고. 이 집에서."

언제 어디서나 되도록 몸을 곧게 하고 앉는 잎새였다.

돌아가신 사모님의 지대한 영향으로 어릴 적부터 무용으로 단련된 몸인지라 흐느적거리거나 좀처럼 나쁜 자세는 지향하지 않았다. 간혹 지금처럼 다리를 꼰 채 움츠릴 때가 있다.

그건 감정 컨트롤이 전혀 안 돼 폭발 직전, 긴장을 다스리는 잎새 특유의 제스처다.

소파에 기대 어깨의 힘을 빼고 긴 머리를 넘기며 지금처럼 빤히 응시하면 빨대를 꽂아 모든 기가 빨리는 기분이 들곤 했다. 아니다. 난 저 아이의 모든 움직임이 좋았다.

잎새의 움직임에는 이야기가 있었다.

무용에서 하는 난이도 높은 동작이 아닌 일상적인 움직임까지 모두 스토리가 있어 촉은 물론이고 항상 눈이 가 마음이 심란했다.

보고 있자면 동요하게 되고 갖고픈 마음이 끝도 없이 생성돼 늘 애가 탔다.

"말이 되는 소리를 해. 너랑 나, 가족도 아니고 연인 사이도 아니야. 근데 무슨 동거를 해?"

"7년 전에도 우린 가족도 아니고 연인 사이도 아니었어. 그런데도 7년이나 같이 살았어."

"그때는 할머니랑 아……."

아직도 저렇게 힘이 든 건가. 그 아빠라는 말이 뭐 그리 어렵다고.

"그래, 너희 아빠, 아저씨가 계셨지. 그리고 네가 지금 그토록 보고 싶어 하는 우리 할머니 이분녀 여사랑."

저 초롱초롱한 눈빛. 제발 부탁이니 그 눈빛으로 날 잡아먹어라. 부탁이다, 잎사귀.

사실 잎새의 반응을 이끄는 건 세상에서 제일 쉬웠다.

할머니란 절대적인 키워드가 무한대로 통하는 한 잎새는 절대 나 전경의 나와바리를, 지역구를 벗어날 수 없을 테니까.

"복잡하게 생각할 거 없어. 넌 지금 7년 만에 한국에 들어왔고, 너와 각별한 인연이 있는 난 우리가 과거 함께 살던 이 집을 다시 지어 소유하고 있지. 단순한 얘기야. 그때와 똑같은 방식으로 너와 나 함께 살자고. 연인도 가족도 아닌 채로 각자 편하게."

"손잡고 같이 죽자는 것도 아니고, 난 할머니 뵐 수 있어 해볼 만하지만, 넌? 넌 왜 굳이 이런 리얼리티 프로그램 같은 상황을 연출하는 건데? 네가 얻는 게 뭐야?"

"너."

잎새는 그 어떤 상황에서도 절대 움츠리거나 당황하지 않는 아이다.

아저씨와 연관된 게 아니면 어떤 상황에서도, 그 누구에게도 굴하지 않는 아이.

대차거나 독해 두려움이 없는 아이는 아니지만 타인으로 인해 동요하는 일은 없었다. 이 모든 게 나의 스승님이자 잎새 아버지로 인해 생긴 관계 부적응에 의한 방어 태세이자 부작용이었지만, 나에게는 최고의 기회이자 스승님의 하해와 같은 맞춤형 종합선물이다.

타인과의 관계를 신뢰하지 않는 잎새는 쉽게 관계 맺기도 하지 않았다.

7년이 지난 지금 어느 정도의 인간관계는 물론 사회와 타협도 하고 커리어도 있으니 달라졌다고 해도 성향 자체는 그리 쉽게 변하는 것이 아니란 걸 안다.

대표적으로 내 자신을 봐도 그렇다. 그러니 더욱 이 기회를, 내게 주어진 이 결정적 타이밍을 반드시, 무슨 일이 있어도 잡아야 한다.

"같이 지내고 싶어."

"……."

"…너랑."

"그러니까 왜? 우린 과거 충분한 시간을 함께 살았잖아. 그때도 특별한 건 없었고."

잎새는 답답한 듯, 또 궁금한 듯 물기 가득한 검은 눈을 반짝이며 물었다.

"내가…… 내가 달라졌어."

"어떻게 달라졌는데?"

물론 난 전혀, 하나도 달라지지 않았다.

천년만년 쭉 언더란 일관된 캐릭터로 살 사람이다. 하지만 지금은 저 초롱초롱한 눈을 사수하기 위해서 못할 말이 없다. 난 못할 게 없어, 남궁잎새.

"궁금해?"

잎새는 고집스레 입을 다물고 대답을 아꼈다.

"그럼 같이 살아. 너한테는 그리 나쁜 조건도 아니잖아. 오매불망하는 할머니도 뵙고, 안락하고 익숙한 네 공간도 확보되고, 또 네가 약간은 궁금해하는 그 이유도 알 수 있을 테니까."

"혹시…… 그분, 돌아가시기 전에 부탁한 거 있었어?"

자기가 홍길동도 아니고, 아빠를 아빠라고 부르지 못하는 이유는 대체 뭔지.

어느 정도의 궁금증과 책임감을 느끼게 할 필요성은 있었다.

우리 두 사람을 위해, 그 모든 상황에 대해 이중삼중의 안전장치는 반드시 필요했다.

"뭐, 없지는…… 않지."

갈등까지는 아니지만, 잎사귀는 동요하고 있었다.

"복잡하게 생각할 거 없어. 넌 네가 챙기고 싶은 거 챙기고 난 내가 하고 싶은 거 하면 그만이야. 익숙한 공간에서 과거의 방식으로 살아보자고, 한시적으로."

"……."

"사실 이런 주거 형태, 외국은 물론 이젠 우리나라에서도 어렵지 않게 볼 수 있어. 들어보니 곧 TV 프로그램에도 나온다고 하더라. 연예인들이 한집에서 같이 사는 거."

"……."

"낯선 사람과 음식과 일상을 나누는 사람들, 킨포크족이라고 하던가? 하여튼 모르는 사람들끼리 SNS를 통해 만나 밥도 같이 먹는 시대야. 하물며 너랑 나, 전혀 모르는 사람도 아니고 역사 있는 사람들끼리 넓은 공간을 효율적으로 쓰자는 건데, 뭐. 네가 더 잘 알 거 아니야? 미국에서 장장 7년 넘게 살다 오신 분인데."

그래, 가볍게. 절대 질척대는 느낌을 주지 않으면서 다가가야 한다.

벌써부터 시커먼 속을 드러내면 저 예민한 느림보 달팽이는 또 금세 투명한 갑옷 안으로 스며들어 그때처럼 사라질지도 모르니까.

잎사귀는 무릎에 턱을 괸 채 꽤나 진지하게 계산하는 것 같았다.

"한시적이다 이거지?"

"물론."

고민하여라. 고민이 될지니 충분히 그리 하여라, 나의 소중한 마지막 잎새여.

"그래, 살지, 뭐. 네 말처럼 처음도 아니고."

미소까지는 아니지만, 잎사귀는 마침내 자신의 운명에 되돌릴 수 없는 절대 인장을 찍었다.

'됐다! 잡았다. 남궁잎새, 넌 이제 절대로 이 집을 나갈 수 없어. 내가 무슨 일이 있어도 널 놓지 않을 테니까. 내가 죽는 한이 있어도, 널 반드시⋯⋯.'

"집 쥐이는데?"

'이 결정적인 순간에 저 경박한 잡음은 뭐야?'

"아, 맞다. 켄!"

"켄이라니? 무슨 켄?"

"쟤도 마땅히 지낼 곳이 없어."

"그래서?"

"당분간 같이 지내, 집 구할 때까지."

이게 대관절 무슨 엿가락 늘어지는 소리야? 너와 나의 이 은밀하고 절대적인 공간에 알지도 못하는 켄은 뭐냐고!

씨도 안 먹힐 말에 반박하려는 그 순간, 처음 본 낯선 미제 깡통이 나타났다.

보기에도 이질적이고 포장이 무척이나 근사한 깡통은 아직까지 허락도 수긍도 하지 않은 전경에게 근사한 미소를 날리며 계집애처럼 길고 새하얀 손을 겁대가리 없이 내밀었다.

"잘 부탁해. 난 켄이야."

뭐, 이런 듣도 보지도 못한 깡통 같은 새끼가 다 있어?!

1장 / P o i n t e

14년 전.

딱 보기에도 절대 일반적인 가정집은 아니었다.

마당은 족히 장정 열 명이 미식축구를 해도 될 듯 살벌하게 광활했고, 2층짜리 건물은 마치 무협지에서 살인귀나 자객을 염두에 두고 만든 철벽 요새처럼 인간미 하나 없이 지독하게 음울하고 폐쇄적이었다.

그나마 군데군데 붉은 등이 바닥에 짱박혀 있어 나름 몽롱하고 따스한 분위기를 연출했지만, 그래도 은밀하고 괴기스럽기는 마찬가지였다.

"뭐 하노, 빨리 올라가지 않고? 이 할미, 짐에 깔려 죽으란 소리가? 몹쓸 놈의 손자새끼 같으니라고. 자고로 머리 검은 짐승은 거두는 게 아닌데, 내가 무신 부귀영화를 보……."

"할머니!!"

그때 어디선가 독설가 할매를 부르는 낭랑한 소리와 함께 날듯이 가벼운 발소리가 들렸다.

어둑어둑해 잘 보이지는 않았지만 분명 계단 위쪽에서 다다다하고 빠른 속도로 다가오는 운명의 전주가 들렸다.

"……할머니?"

"오냐, 내 새끼. 할미 여 왔네."

겁나게 가파른 열 개의 계단을 오르자 순식간에 무언가가 가슴 안으로 파고들었다.

분명 강아지는 아니었다. 지독한 냄새가 아닌 생소한 향기가 났고, 물렁하기보다 단단하면서도 무척이나 가벼운 물체. 가슴을 꽉 끌어안는 게 절대 네 발 달린 개새끼는 아니었다.

코가 닿은 정수리에선 방금 전 머리를 감았는지 상큼한 비누 냄새가 진동하고 등을 감싼 손은 분명 뭉툭한 발이 아닌 열 개의 손가락이었다. 그 가녀린 손으로 어찌나 강하게 깍지를 껴 끌어안는지 숨을 쉴 수조차 없었다. 사실 갑작스러운 호흡 곤란이 끌어안은 힘 때문인지 생각지도 못한 격한 포옹 때문인지는 정확히 알 수 없었다.

"너 뭐냐?"

그 한마디에 등짝에서 맥없이 손을 놓는 바람에 전경은 본능적으로 짐을 내버리고 그 희한한 물체를 가볍게 안아 들었다. 그 순간 넓은 마당을 듬성듬성 밝히던 할로겐 바닥 등이 아닌 긴 스탠드 형의 LED 조명등이 마당 곳곳을 밝혔다.

그러다 보았다, 내가 안은 가녀리고 단단한 생물체의 실체를.

긴 머리를 풀어헤친 채 머리만큼이나 나풀거리는 하얀 린넨 원피스를 입은 계집아이는 난생처음 접하는 종류의 괴생명체였다. 입고 있는 원피스만큼이나 얼굴이 하얗고 질감만큼이나 서늘하고 서걱거리는 느낌의 아이. 한데 아이의 눈만큼은 내가 알고 접수한 단어 중 그 어느 단어로도 표현하고 형용할 수 없을 만큼 기묘했다.

유난히 까만 눈동자에 맑고 투명한 눈이었는데 감정이 전혀 읽히지 않았다. 하여튼 한마디로 겁나게 이상했지만, 솔직히 말하면 눈길이 안 가려야 안 갈 수가 없는 아이였다.

"니가 잎사귀냐?"

딱 그 한마디 했는데 계집애는 놀란 건지, 쪽팔린 건지, 아님 기가 약한 건지 하여튼 품 안에서 정신을 놔버렸다. 그 일로 손 매운 할매한테 야밤에 얼마나 맞았는지…….

사실 내 인상이 그리 평범하고 훈훈한 인상은 아니지만 야수나 야차도 아니고, 그리 단박에 기절초풍까지 할지는 정말 몰랐다.

아무래도 굴러 들어온 돌멩이를 염려해 기선을 잡기 위한 계산된 쇼 같았다.

할매의 강압적이고도 독단적인 결정에 의해 난 주인아저씨가 머문다는 2층에서 지냈고, 그 아이는 햇빛도 공기도 잘 들지 않을 것 같은 지하를 혼자 썼다. 좋게 말해 베테랑 도우미인 할매는 안주인도 아니면서 당당히 1층을 통으로 다 썼다.

정말이지 신기한 건 그런 일방적이고 독단적인 결정에 누구 하나 토를 달지 않았다는 것이다.

그렇게 난 하루아침에 강남에서 가장 비싼 동네에 살게 됐으면서도 여전히 오질라게 멀고 꼬진 강북의 맨 끄트머리 학교를 다녔고, 그 귀신 같은 아이는 강남의 무슨 사립 명문 학교 비슷한 데 다닌다고 했다.

그 아이의 통학은 2층 아저씨 동생이라 불리는 남자가 등하교를 시켜주어 도통 볼 수가 없었다. 이상한 건 아저씨도 굳이 딸내미를 찾지 않는다는 것이다. 하여튼 겁나게 요상하고 건조한 부녀 사이였다. 그렇게 대충 상황과 시류에 끼어서 나름 적응하고 지내다가 이 넓은 가슴팍에 작은 가시가 박히고 이름 모를 나비가 날아든 날이 있었다.

그날도 이유 없이 내 자자한 명성과 언빌리버블한 승률만 듣고 싸움을 거는 놈들을 피해 일찌감치 집으로 온 날이었다.

할매가 또 한 번만 사고 치면 둘 다 청산가리 먹고 한강에 빠져 뒈지자고 했기에 절대 싸울 수 없는 상황이었다. 어찌어찌 피해서 집으로 돌아오니 집은 텅 비어 있었다.

"이 집이 비는 날이 다 있네."

폐인 모드 아저씨도 안 계시고 할매는 마트를 갔는지 개미새끼 하나 보이지 않았다. 그러니 어찌 그 잔망스러운 계집애가 사는 지하 아케이드 겸 아방궁이 궁금하지 않을 수 있을까.

무슨 비밀 통로라도 있는지 한 번도 마주치지 않는 게 도무지 수상했다.

비밀번호는 벌써부터 정신없는 할매에게 들어 알고 있었다. 사실 할매 생일과 동일하단 소리에 처음엔 비웃었는데 사실이었다.

"할매랑 정말 뭐 있는 거 아니야?"

아무래도 애가 애정 결핍에 대인관계 기피증이 있나 싶었다.

안 그럼 도통 말이 되지 않았다.

제 생일도 부모님 생일도 아닌 도우미 할매 생일이 제 홈그라운드 비밀번호라니······.

지하 계단은 이상한 향이 나는 나무로 되어 있었다.

보통은 시멘트나 머리 깨지기 십상인 대리석인데 요상한 향이 나는 나무 계단이었다. 중앙 홀로 들어가는 길 위에는 꽃들이 양 사이드를 장식했고, 정중앙에는 하늘이 보이는 홀이 크게 뚫려 있었다. 마치 VIP 회원을 위한 전용 갤러리 같았다.

어린 계집애가 지하 세계에서 아주 까다로운 라이프스타일을 만끽하고 있었다.

내실로 들어가니 어둡고 좁은 길이 나오고, 그 공간을 지나니 넓은 여유 공간의 고급스러운 룸이 보였다. 룸은 정말 모든 것이 구비된 VIP 휴게실 같았다. 은은한 향도 났다.

주위를 둘러보다 통유리로 된 큰 창 아래를 무심히 내려다보았다.

대형 수영장 버금가는 규모의 텅 빈 공간. 그 공간을 전부 거울로 채운 기묘한 연습실.

그곳에 있었다, 잔망스러운 나비가. 이 가슴에 박힌 뾰족한 가시가.

올백 머리스타일을 하고 아래위로 쫄쫄이 스타킹을 뒤집어쓴 아이는 짧은 치마를 입고 하늘을 힘차게 날아오르고 있었다.

"저러다 아주 우주로 날아가겠네."

한참을 보다 알았다. 아이가 지금 정통 발레를 하고 있다는 걸.

몸이 수시로 하늘을 날며 발끝을 대나무처럼 꼿꼿이 세워 자유로이 움직이고 있었다.

너무도 가뿐하고 몸짓 하나하나가 우아하게 보여 넋을 놓고 쳐다봤다.

태어나 눈앞에서, 그것도 바로 코앞에서 클래식 발레를 보는 건 그날이 처음이었다.

그러다 음악이 바뀐 건 한순간이었다.

거짓말처럼 밝은 조명은 모두 사라지고 희미한 조명 아래에서 아이는 지금까지와는 전혀 다른 분위기의 춤을, 열정적이면서도 역동적으로 추기 시작했다.

비트박스처럼 쿵쿵 심장을 울리며 소리의 진동이 자유롭게 폭발하는 사운드.

정말이지 조금 전과는 전혀 다른 스타일의 자유롭고 거친 움직임이었다.

라틴음악인지 흑인음악인지, 아니면 팝인지 정확히 구분할 수는 없지만 구경하는 동안 자신도 발끝이 움직이고 곰지락거릴 만큼 리듬은 충분히 도발적이며 유혹적이었다.

계집애는 음악에 빠져 리듬을 절묘하게 타며 온몸으로 자신이 느끼는 음악을 유연하고도 매혹적인 춤동작으로 표현하고 있었다. 그 넓은 공간을 장악하며 무섭도록 진동하는 음악과 절묘하게 한 몸이 되어 무아지경으로 춤이란 행위를 즐기고 있었다.

그렇게 몰입해 즐기는 모습이 무지하게 야하고 더없이 섹시했다.

아까의 그 우아하고 고급스러운 움직임은 모두 사라지고 지금은 가느다란 몸이 더할 수 없이 색정적이고 야릇하게 느껴졌다.

지금 자신이 피 끓는 사춘기 청춘이라 그런지는 모르겠지만, 정말 계집애는 전문적인 댄서나 프로처럼 선정적이며 가슴 떨리게 야시시했다.

그날 난 가슴에 새털 같은 나비의 휘몰아치는 춤사위와 함께 바늘 끝보다 더 위험하고 단단한 가시를 동시에 박아 새겼다.

뜬금없이 전학을 생각해 보란 아저씨의 말에 처음엔 시큰둥했다.

무엇보다 통학하기엔 거리도 멀고 잎사귀를 옆에서 지켜봐 달란 말을 들었을 땐 날 보디가드 겸 사설 경호원쯤으로 부려 먹으려나 하고 답을 하지 않았다.

그때 시크다크한 아저씨가 얍삽한 수를, 아니, 기막힌 신의 한 수를 두셨다.

자신의 제의를 받아들이면 2층에 신줏단지처럼 전시된 모든 악기를 손수 다 가르쳐 주겠단 소리에 두말 않고 오케이했다. 근데 그게 엄청 잘못된 선택에 판단 오류였다는 건 바로 다음 날 알게 됐다. 악기를 가르쳐 주긴 고사하고 온갖 악기를 정말 죽어라 닦기 바빴다.

태어나 여태껏 내 몸도 그렇게 닦아본 적이 없다.

드럼, 베이스기타, 피아노, 각종 컴퓨터 기기 등 오질라게 닦을 건 많고도 많았다.

사실 그날 그 계집애가 미친 듯 열정을 다해 춤을 추는 걸 보지 않았다면, 그리고 그 모습에 뻑이 가지 않았다면 악기를 배우겠단 터무니없는 생각은 절대 하지 않았을 것이다.

그날 이후 리듬은 수시로 따라다니며 머릿속을 온통 헤집고 채우길 반복했다. 정말 말로는 설명할 수 없는 기이하고도 오묘한 경험이었다.

할매가 이중인격에 다중인격인 것처럼 잎사귀도 딱 그런 부류였다.

막상 학교에 가보니 잎사귀는 전교 1등 하는 범생이었다.

그렇다고 무조건 선생님 말 잘 듣는 그런 초일류 FM 범생이는 아니고, 은근 꼴통인 비주류 캐릭터. 설상가상 같은 반이라 이 꼴 저 꼴 다 보게 됐는데, 디스하는 적도 무지 많았다.

적만큼이나 충성도 높은 추종자도 많았다. 그 추종자 태반이 수컷이란 게 왠지 기분 나빴지만 나와는 상관없는 일이라 넘어갔다.

그렇게 서로 무심하게 생활하다 말을 하게 된 결정적인 계기가 있었다.

그 폐쇄적인 집구석에서 같이 살기 시작하고 딱 한 달 반 만의 일이었다.

사립학교라 그런지 주번이 하는 일은 없었다. 옛날 학교 같으면 별의별 거지 같은 일을 다 했을 텐데 공립과 달리 돈을 처바르고 다니는 학교라 뭐가 달라도 달랐다.

주번으로서 할 간단한 일을 마치고 교실을 나서는데 그 심란하고도 잔망스런 계집애가 기다리고 있었다.

"내일 할머니 생신이셔. 선물 사러 가."

기가 막혔다. 그리도 개무시하고 눈길 한 번 안 주더니 첫마디가 할매라니.

뭐, 딱히 이 아이의 아이컨택을 바라고 있는 건 아니었지만 그래도 이건 아니다 사려됐다.

"내 존재 자체가 선물인데 무슨 선물을 하냐? 혈족끼리 낯간지럽게."

그 한 달 반 동안 계집애가 좀 컸는지 빤히 쳐다보는데 이상하게 머리끝이 주뼛거리면서 눈을 마주치기가 몹시 불편했다.

"왜? 뭐?"

그 야리꾸리한 기분 때문에 말이 살갑게 나오지 않았다.

"잘못 알고 있는 것 같아서. 할머니는 측은지심에 성질 더러운 놈, 사람들한테 해악 끼칠까 어디 버리지도 못하고 할 수 없이 키운다고 하셨거든."

'이 할매를 그냥! 쪽팔리게 그랬단 말이지. 어디 집에 가서 보자.'

"내 존재는 너와 달리 시원찮고 변변찮아서 그러니까 좀 도와줘. 이번에는 정말 할머니가 좋아하시는 걸로 선물하고 싶단 말이야. 그러려면 좀 모자라고 부실해도 밀착 동거인의 조언이 필요할 것 같아."

말하는 품새가 생긴 거랑 달리 무지하게 리얼리티하면서 적나라했다.

"고민할 게 뭐 있어? 그냥 비싸고 반짝이면 나이 든 할매들은 다 좋아해."

대충 말을 던지고 뒤돌아 걷는데 따라오는 기척이 없었다.

이상해 뒤돌아보니 잎사귀가 그 자리에 서서는 새까만 눈동자를 차돌처럼 반짝이며 빤히 쳐다보고 있었다. 그러자 가슴이 답답해지면서 발가락부터 귓불까지 열이 차올랐다.

긴장되기도 하고 뭔가 이상한 애벌레가 스멀스멀 혈관을 타고 올라오는 것 같기도 했다. 하여튼 기분이 좋지는 않았다.

"넌 좋겠다. 그렇게 터무니없는 말을 쏟아내는 함량 미달에 모자란 인격이면서도 단지 혈육이란 이유 하나로 할머니 사랑을 몽땅 독차지하니까."

기도 안 차는 독설을 내뱉고 계집애는 뒤도 안 보고 반대방향으로 걸어갔다.

순간 고민했다. 그 누구보다 전문 분야인 반도의 흔한 욕지거리를 날리고 나도 재처럼 짤없이 뒤돌아갈까, 아님 못 들은 척 무시하고 팔랑거리며 따라갈까.

마음속에서 미처 용단을 내리기도 전에 발걸음은 무정한 아이를 쫓아 미친 듯 내달리고 있었다.

강남 한복판에 위치한 유명 백화점은 세일 기간도 아닌데 미어터졌다.

더구나 2층 유명 부인복 코너는 우라지게 인간들이, 아니, 아줌마들이 많았다.

족히 두 바퀴는 뺑뺑 돈 것 같았다. 그럼에도 불구하고 소비 욕구와 흥미를 끄는 게 없는지 잎사귀는 9층으로 올라갔다.

9층은 각종 생활용품과 침구, 소파 등 마치 별천지처럼 별의별 게 다 전시되어 있었다.

"눈에 들어오는 거 있어?"

이 답답한 상황이 심히 걱정되는지 잎사귀가 심각하게 물었다.

"없어."

"어쩌지……."

애가 아까의 그 신랄하고 싸가지 없는 분위기와는 전혀 다르게 급 시무룩해졌다. 한데 그게 묘하게, 진짜 이상하게 거슬렸다.

"작년엔 뭐 선물했는데?"

"한복."

한복이라……. 하~ 한복! 아! 그 말도 안 되는 한복!

'도대체 어떤 얼빠진 인간이 저딴 걸 줬나 했는데 바로 애였군.'

그 한복으로 말하자면, 갓 시집온 새색시나 입을 법한 기막힌 칼라 조합의 한복이었다. 그런데도 할매는 그걸 마치 신줏단지 모시듯 풀 먹이고, 만지고, 입고, 품고, 하여튼 별의별 쇼를 다 했다. 그때 어디서 난 거냐고 물었을 때 뭐라고 했더라? 분명…….

"이번에는 정말 좋은 양장 해드리고 싶었는데……."

양, 양장이라니? 말을 섞을수록 앤 할매랑 판박이로 똑같다.

21세기 강남에서도 제일 잘나가는 사립 명문 다니는 열여섯 살 초절정 얼짱 소녀의 입에서 양장이라니. 탐구 대상이다, 정말.

"이번에도 한복 해드려. 나이에 맞게 좀 참하고 고상한 걸로."

순간 고심하는 얼굴을 하더니 뭔가 결심한 듯 강하게 고개를 저었다.

"아니야. 한복은 그거 하나만 갖고 싶다고 하셨어. 다른 건 필요 없다고."

무슨 논문 발표를 앞둔 사람도 잎사귀처럼 심사숙고하지는 않을 것 같았다. 딱 보기에도 대충 넘어갈 스타일이 아닌지라 나름 머리를 짜 묘안을 냈다.

"인사동 가보던가. 여긴 내가 봐도 답이 안 나온다."

그러자 잎사귀는 단박에 싱싱한 새싹 채소처럼 생기가 돌았다.

"왜? 거긴 뭐 있어?"

"거야 모르지. 하여튼 거긴 이곳과 다르게 시간이 거꾸로 가잖아. 골동품도 많이……."

말을 다 듣지도 않고 잎사귀는 빠른 걸음으로 에스컬레이터 쪽으로 직진했다. 도대체 이게 뭔가 싶어 따라붙어 가느다란 팔을 사납게 잡아챘다.

"야, 뭐야? 왜 말을 듣다 말고 가?"

"인사동 가야지."

'이걸 한 대 갈겨, 말아? 자, 그럼 출발, 뭐 이런 멘트도 없이. 애가 영 글러 먹었네.'

안 되겠어서 한 소리 하려는데 잎사귀는 벌써부터 비장미를 풍기며 앞서 걸어가고 있었다.

여기서 멋있게, 폼 나게 저는 저대로, 난 나대로 제 갈 길을 가고 싶었는데 그러질 못했다. 쪼다 같은 난.

인사동에 도착하니 7시가 넘었다. 배고프다고 있는 대로 짜증을 쏟아내니 기껏 들어간 곳이 죽 집이었다. 세상에 죽이라니. 내가 아파 죽어도 쳐다보지도 않는 게 바로 죽이다.

밥도 아닌 것이, 국도 아닌 것이 꼭 불어터진 개밥 같아서는…….

나가자고 말하려는데 잽싸게 직원 한 명이 다가왔다.

잎사귀는 팥죽을 시키고 날 빤히 봤다. 시간 없으니까 얼른 주문하란 맹랑한 얼굴로. 한 소리 하려는데 괜히 한숨만 나왔다. 할 수 없이 매운낙지김치죽을 주문했다. 몸이 잰 직원이 사라지자마자 잎사귀는 심각한 얼굴로 물었다.

"인사동 와봤어?"

"아니."

"그럼 가볼 만한 곳은 알고?"

"전혀."

"시간이 거꾸로 가는 곳이라며?"

"그랬지."

"뭘 알고 한 말 아니야?"

"몰라. 어디서 주워들었겠지."

불확실하고 불투명한 건 둘째 치고 영 문맥이 맞지 않는 내 시원찮은 대답에 잎사귀는 끙 하는 얼굴로 한숨을 쉬더니 이내 매력덩어리인 날 앞에 두고도 대범하게 멍을 때렸다.

죽 집은 협소한 공간에 비해 테이블이 많았다. 그 말인즉슨 나와 잎사귀와의 거리가 바로 초정밀 접사 렌즈 자체란 소리다. 그런데도 전혀 동요가 없었다.

보통 이런 이팔청춘 남녀가 눈을 맞추면 입가가 떨리고 눈에 경련이 일어나 어색하고 둘이 만들어내는 침묵이 갑갑해야 정상인데도 잎사귀는 대단한 평정심을 유지하고 있었다.

그에 반해 난 정말이지 죽을 맛이었다.

테이블 밑 두 무릎이 닿길 반복하며 항공모함 버금가는 발은 갈 길을 잃고 두 손은 도대체 어디다 놓아야 할지 알 수가 없었다. 그러다 빌어먹게도 잎사귀를 봤다.

그 춤사위가, 열정 가득한 모습으로 땀범벅이 된 채 혼자 그 넓은 공간을 아우르며 한순간 커튼콜이 난무하는 무대로 만들던 그 소름 끼치는 영상이 자꾸 떠올라 오버랩됐다.

지금의 이 냉담한 모습과는 너무도 다른 이 아이의 또 다른 모습.

의식하자 속이 답답하고 자꾸 몸 어딘가 열이 나 손에 땀이 배어났다.

잔머리 하나 없이 하나로 묶은 머리와 길고 새하얀 목, 흔히 볼 수 있지만 한 번도 자세히 본 적 없는 타인의 귀, 투명한 피부로 인해 파르스름한 혈관이 비치면서 솜털이 보송보송해 자극적이었다. 또 두 손에 땀이 찼다.

보통은 한눈에 시선을 잡아끄는 저 얼굴에 시선이 가야 하는데 선이 가는 목덜미는 물론이고 윤기 나면서도 오묘한 모양의 귀에 자동으로 시선이 갔다.

'나, 변태였나? 왜 자꾸 저 아이의 귀에 시선이 가는 거야?'

숨이 답답해 딱 죽어 나갈 때쯤 주문한 죽이, 아니, 개밥이 나왔다.

태어나 죽이 이리도 반가운 적은 단연코 단 한 번도 없었다.

"팥죽 괜찮으면 내 것도 먹어. 난 조금만 덜어 먹을게."

인심 쓰듯 말해 나는 더 엇나가기로 했다. 아니, 이 순간 반드시 그래야만 했다. 정신을 차리려면.

"됐어. 팥이든 뭐든 난 다 별로니까."

사납게 말을 뱉자 잎사귀는 약간 놀란 표정을 했다.

"그럼 말을 하지."

"장난하냐? 니가 나한테 묻지도 따지지도 않고 이리 곧장 들어왔잖아!"

조금 전보다 더 사나운 기운을 실어 내뱉자 잎사귀는 살짝 미안한 표정을 지었다.

"저녁이라 간단하게 먹는 게 좋을 것 같아서 그랬지. 그리고 다른 건 할머니 음식과 달리 조미료를 많이 넣어서 내가 먹질 못하거든."

뭔가 한마디 해야 할 것 같았지만 도무지 무슨 말을 해야 할지 몰라 앞에 놓인 팥죽만 퍼먹었다. 팥죽은 정말 지독하게 맛대가리가 없었다.

인사동도 백화점만큼이나, 아니, 그보다 더 미어터졌다.

헤맬 만큼 헤맸는데도 적당한 물건을 찾지 못했다.

지친 마음에 중앙 도로를 벗어나 좁은 골목에서 숨을 돌리다 곧장 카페로 들어갔다. 잎사귀도 그럴 테지만 나도 적잖이 피곤했다.

어느 면으론 허구한 날 날리는 주먹질보다 더 피곤했다.

반나절 사이 잎사귀는 얼굴이 아주 반쪽이 돼 완전 소멸 직전이었다.

젠장, 왜인지는 모르지만 그게 그렇게 신경 쓰이고 짜증이 났다.

또 다른 버전의 한복이냐, 아님 한복에 어울리는 꽃신이냐 하며 열띤 토론을 벌이다 맨 마지막 공방에서 본 산호 비녀로 하기로 했다. 대체 70 넘은 할매한테 시뻘건 열매 박힌 비녀가 웬 말인지. 전생에 창하다 죽은 월명관 예술기생도 아니고.

집으로 가는 길도 그리 만만하진 않았다.

오늘 알게 된 것 중 가장 큰 수확은 둘 다 공황장애까지는 아니더라도 사람 많은 곳을 무척이나 싫어한다는 것이었다.

눈물과 감동이 판소리 친 할매 생일이 지나가고 잎사귀와는 다시 남남 모드가 됐다.

몰랐는데, 잎사귀 아빠, 즉 폐인 모드로 일관하는 아저씨는 굉장히 유명한 뮤지션이었다.

집 안에 예전 리즈 시절을 유추할 수 있는 포스터나 그 흔한 사진 하나 없었고, 늘 얼굴은 수염으로 도배하고 담배 연기로 연막을 치고 있어 원판을 보기가 쉽지 않았다.

그러다 감동의 도가니에 빠진 운명적인 그날 내 인생은 180도 뒤집어졌다.

삼성동 집은 지하부터 2층 전부 방음이 기똥차게 잘돼 있었다. 그 이유를 오늘에서야 알게 되었다. 아저씨는, 아니, 나의 스승님은 기타의 살아 있는 전설이자 신이셨다.

요 며칠 찾아오는 양아치들도 없고 해서 그런지 몸뚱이가 너무 편해 영 깊은 잠을 잘 수가 없었다. 그러면서 수시로 잔망스런 나비가 날아들고 돌아눕기라도 하면 대못보다 더 위협적인 가시로 인해 가슴이 따끔거렸다.

속이 답답해 물이라도 마실 겸 거실로 나오니 소리가 들렸다. 2층 끝 방 쪽이었다.

늘 잠겨 있어 한 번도 들여다보지 못한 비밀스러운 방. 그 방에서 기타 소리가 들렸다.

묘하게 징징거리는 소리. 연속적으로, 또 무서운 속성으로 이어지는 빠른 기타 연주.

소리에 이끌려 방문 앞에서 넋을 놓고 들었다. 그다음은 소름 끼치는 전율 같은 감동으로 인해 자리도 뜨지 못한 채 주저앉아 마냥 시간 가는 줄 모르고 들었다.

설명할 수 없는 날것의 생생한 감정이 뒷골을 잡아당기고 머리가 벼락을 맞은 것처럼 아찔하니 정전 모드가 됐다.

그건 마치 영화에서 본 신의 계시처럼 너무도 경이로운 경험이었다.

*

* * *

미국에서 사진과 메일로 본 것과는 상당히 다른 느낌이었다.

특이한 모양의 조형물은 주변 건물들과는 판이하게 달라 몹시도 이질적으로 보였다.

20년은 족히 돼 낡고 색이 바랬지만 정감 있어 보이는 여타 다른 건물들 사이로 너무도 윤이 나고 빤지르르한 얼굴을 한 건물은 대책 없이 얄미워 보였다.

"5층 건물인데 8층처럼 보이네."

잎새는 결코 칭찬이 아닌 뉘앙스를 풍기며 말을 뱉었다.

"외계인 같아. 동네랑 전혀 어울리지도 않고. 마냥 위협적으로 보여."

켄의 냉정한 절대평가에 절로 고개가 숙여졌다.

"그렇게 떠오르는 대로 다 말하면 안 된다고 했지. 여긴 미국이 아니야. 가릴 것도 있고 침묵하거나 조심할 것도 많아. 네 스타일이 꼭 나쁘다는 건 아니지만 오해 사기 충분하니까 항상 한 번 더 생각하고 조심해."

"괜찮아. 오해와 미움은 항상 허니 몫이니까 내 걱정은 안 해도 돼."

이러니 걱정이 되는 거다. 뛰어난 아이큐는 일상생활에서는 그다지 필요 없는 수치일 뿐이다. 이처럼 눈치가 필요한 상황에서 늘 애먼 말이나 하고 있으니⋯⋯.

"다시 한 번 말하지만, 여긴 미국이 아니야. 명심해."

아무래도 조마조마해 세 살 아이 가르치듯 확인 또 확인을 했다. 그래도 불안했다.

잎새의 그런 마음은 모른다는 듯 켄은 방실방실 웃으며 헛소리를 지껄였다.

"걱정 말라니까. 난 미국이든 한국이든 세계 어디서나 두루두루 먹히는 글로벌 스타일이니까."

"몰랐네. 네가 그런 존재감을 갖고 있는지."

"그러니까 앞으론 네 걱정이나 해. 넌 늘 안티와 디스를 떼로 몰고 달고 다니는 트러블 메이커잖아."

켄은 비꼼이나 국어의 반어법이란 건 전혀 몰랐다. 아니, 접수하지 않았다.

누구 말대로 켄은 머리로 흥하고 입으로 망하는 스타일이 분명했다.

진짜 가끔은 저 입을 완벽 분리해 다시 재조립이라도 하고 싶었다.

건물 앞 작은 카페 창가에 앉은 두 사람은 카페 안 직원들과 손님들이 사뭇 경이로운 시선으로 자신들을 감탄하며 쳐다보는 것도 모른 채 거대 건물에 시선을 집중하고 심도 있는 입담을 뽑냈다. 그때 하얀 건물 안에서 급하게 뛰어나온 젊은 남녀가 카페 안으로 들어왔다. 그러곤 단번에 존재감이 남다른 잎새와 켄을 알아보고는 90도로 폴더 인사를 했다.

지하는 사무실과 두 개의 연습실로 나눠져 있고 화장실도 남자, 여자 확실히 구분해 탈의도 겸할 수 있게끔 넉넉한 공간이 확보되어 있었다.

안무를 전혀 모르는 사람이 봐도 시간과 공을 들인 티가 역력했다.

각각의 연습실은 완벽 방음은 기본이고 댄서 누구나 이용할 수 있도록 맥주와 탄산음료, 물과 에너지 드링크까지 종류별로 상업용 냉장고에 가득가득 비치되어 있었다.

잎새가 쓸 사무실 또한 독특한 패치워크가 돋보이는 3인용 소파로 시작해 유연한 레트로 스타일의 1인용 암체어까지 서로 조화와 균형감을 잃지 않는 선에서 개성 있으면서도 안정감 있게 꾸며져 있었다.

지시한 그대로 24시간 뮤직비디오가 나오는 네 개의 모니터는 물론 의자와 오디오, 휴지통에서 액자, 잎새가 즐겨 쓰는 브랜드의 연필까지 완벽하게 세팅돼 있었다.

모든 시스템을 둘러보고 제1 연습실로 향하니 모든 남녀 댄서들과 연습생, 보조 안무가와 국내에서 꾸준히 히트를 치고 있는 안무가들까지 모여 있었다.

"원거리지만 이미 한 해 가까이 프로젝트를 같이했으니 인사는 생략하겠어요."

모두 잎새를 보며 미소로 눈인사하며 다음 말을 기대하는 표정이었다.

"전과 다른 건 한시적이지만 제가 한국에 있으면서 여러분과 공동 작업을 한다는 겁니다. 그러니 서로 돕고 협조하면서 잘 지내봅시다. 그럼 각자 파트로 돌아가고, 서지원 씨, 정현재 씨, 그리고 오현아 씨는 사무실로 오세요."

잎새의 짧은 인사가 끝나자 금세 신나는 음악이 흐르고 댄서들은 각자 파트를 맡은 안무를 연습하기 시작했다.

사무실에서 세 명의 안무가와 자리를 한 잎새는 자신이 보고 있는 스케줄을 일일이 확인하며 먼저 남자 안무가인 현재에게 물었다.

"지금 맡고 있는 5년 차 남자 아이돌 안무는 어디까지 진행됐죠?"

"개인 파트는 끝난 상태이고 중간이랑 마무리 부분 팀 안무만 남은 상태입니다. 팀장님이 말씀하신 그 파트는 솔로 안무인데 아직 완벽하게 소화는 못 했습니다. 메인 보컬이 원체 필도 그렇고 몸치라 무한 반복해야 할 것 같습니다."

잎새가 잘 알겠다는 듯 가볍게 미소를 지었다.

"아주 미치겠습니다. 사실 쫀다고 되는 것도 아니고……. 하여튼 컴백까지는 아직 여유가 있으니 걱정 마십시오."

다음은 곧장 국내 최고의 A급 여자 아이돌의 컴백곡에 포커스를 맞춰 진행 상황을 브리핑받았다. 전체 안무는 잎새가 미국에서 만들었지만, 한순간에 떠버려 콧대 높은 아이돌을 가르치고 트레이닝시키는 건 두 여성 베테랑 안무가의 몫이었다.

"탕탕엔터 남녀 불문하고 직원 전부 불러다가 대대적으로 프레젠테이션한 안무인지라 확실합니다."

잎새는 그들의 의견을 조용히 듣기만 했다.

"야릇하게 상상력을 자극한다는 여직원들의 원성도 있었지만 요사이 국내 여자 댄스 그룹 안무가 다들 쌍코피 터지게 야하고 격하게 섹시한지라 남자직원들은 그에 비해 원색적이지도 않고 되레 은근히 상상력을 자극하면서도 하이엔드란 평이 지배적이었습니다."

옆에 있던 최고 고참 안무가 지원이 현아의 말을 거들었다.

"네. 이번 곡 안무, 감이 좋아요."

지원이 두 사람 모르게 잎새에게 윙크를 했다.

"다행이네요. 모두 두 분 덕분이에요. 전 음악을 듣고 전체 콘셉트와 기본적인 테크닉 안무만 잡았을 뿐 동작에 맛깔나게 색을 입히고 포인트를 잡는 건 두 분 몫이니까요. 이번 안무 대박 나면 좋겠네요. 그럼 앞으로도 수고해 주세요."

여성 안무가들은 잎새의 칭찬에 입을 다물 줄을 몰랐다.

멀리 떨어져 있다는 걸 감안해도 잎새는 칭찬을 즐기거나 남발하는 스타일은 아니었다.

떨어져 있지만 안무가와 댄서들을 위해 최고의 시스템과 환경을 만들어주고 그들을 대변해 막강한 파워를 자랑하는 기획사들과 갑자기 얻은 인기로 제멋대로인 어린 가수들을 제압하는 일에 앞장을 섰다. 하지만 입으로 하는 모든 립 서비스는 무척이나 인색했다. 그러나 누구 하나 이에 불만을 갖는 이는 없었다.

늘 입으로만 생색내다 결국에 가서는 댄서들의 이익과 권익을 위해서 아무것도 하지 않는 인물들을 잘 알기에 이 분야에서 전혀 다른 궤적을 보이는 잎새는 새내기 안무가들에게 동경의 대상이자 존경해 마지않는 대선배였다.

잎새가 국내파는 아니지만 그 차별 심한 미국에서도 메이저급 안무가들과 어깨를 나란히 한다는 사실에 같은 동종 업계 사람으로서든 같은 민족으로서든 자부심을 느끼며 냉정한 세계에서 기죽지 않고 자신의 영역을 공고히 한 그녀를 모두 인정하는 분위기였다.

스케줄을 어느 정도 마무리하고 새로 맡게 될지도 모르는 현재 국내 최고의 남자 아이돌에 대해 지원이 소개를 하는데, 매너 없이 사무실 문이 벌컥 열렸다.

"팀장님, 죄송합니다. 근데 하도 급해서……. 좀 나와 보세요. 탕탕엔터에서……."

잎새를 비롯한 세 사람은 난처한 표정을 한 댄서로 인해 모두 자리에서 일어났다.

탕탕엔터 1층 로비에 건장한 세 남자에게 잡혀 있는 켄은 난처한 상황과 맞지 않게 무척이나 여유로우면서도 즐거운 표정을 하고 있었다.

'잊고 있었네. 아까 건물 구경한다고 할 때 뜯어말렸어야 하는 건데…….'

앞장선 서지원과 로비에 도착한 잎새는 눈빛으로 켄을 나무랐다.

"왔어? 난 그냥 신기해서 구경 좀 한 건데, 이 사람들이 분명한 이유도 없이 날 힘으로 압박하고 제압하잖아. 그래서 폴리스 불러 달라고 했어. 잘했⋯⋯."

"잘하긴 뭘 잘해? 당신 도대체 뭐야? 스토커야, 아님 사이코 야?"

갑자기 등장해 살벌한 목소리와 표현으로 켄의 말을 싹둑 자른 여자는 서지원보다 한 발 앞에 서서 이 상황을 관망하는 잎새에게 다가와 섰다.

"안녕하세요. 탕탕엔터의 이사 겸 스타일리스트 정주리예요. 오신다는 말은 들었어요. 남궁잎새 씨 맞죠?"

방금 전 격하게 반응한 것과는 달리 정주리는 꽤 교양 있게 인사를 청했다.

"네, 맞습니다. 소란 피워 죄송합니다. 친구가 뭘 잘 몰라서 실례를 범했습니다. 앞으로는 이런 일 없을 테니 오늘 일은 넓은 마음으로 이해해 주시면 감사하겠습니다."

자존심 싸움이나 소모적인 밀당 하나 없는 잎새의 즉각적인 저자세에 정주리가 군말 없이 상황을 종료하려는 찰나, 모자라고 방자한 켄이 나섰다.

자신을 제압한 보디가드들의 손을 쳐내고 정주리 앞에 선 켄은 자신의 어깨쯤 오는 작은 키의 정주리를 빤히 내려다보며 트레이드마크인 섹시한 저음으로 불신을 조장했다.

"난 스토커도 사이코도 아니야."

스킬 넘치는 저음 공략에도 정주리는 전혀 동요가 없었다.

"사과해. 안 그럼 나, 당신 고소할 거야!"

언제나 백전백승. 절대적이고 치명적인 섹시함과 일명 007 살인미소로 중무장한 켄을 보기 좋게 비웃듯 한껏 쏘아보던 정주리가 지지 않고 입장을 표명했다.

"고소? 고소하려면 해. 그럼 난 가만있을까? 소속도 신분도 밝히지 않은 불특정 인물이 어린 여자 연습생들이 바글거리는 안무실을 기웃거리고, 아직 발표도 안 한 곡은 물론 새로운 안무 베끼고 도둑질했다고 고소할 테니까. 해봐, 누가 득이고 누가 실인지."

정주리는 세미 정장 바지주머니에 두 손을 찔러 넣고 한껏 여유를 부렸다.

"내가 언제 어떤 방식으로 뭘 도둑질했는데?"

켄은 정주리의 도발이 몹시도 불쾌한지 얼굴을 정주리 코앞에 디밀었다. 이는 그가 상당히 기분 나쁠 때 나오는 제스처다.

넘어갈 수도 있는 일에 둘 다 선을 넘고 있었다.

"이 무식한 인사야, 출입 허락도 받지 않은 외부인이 이곳에 들어온 그 자체가 명백한 불법에 고소감이야. 뭘 믿고 그러는지 모르지만 뭘 좀 제대로 알고 도전하세요."

더 이상은 두고 볼 수 없었다. 어찌 됐든 켄의 실수가 먼저였다.

"이사님, 죄송합니다. 앞으로 이런 일 없도록 조심할 테니 이쯤에서 그만두시죠. 부탁드립니다."

양해를 구한 잎새는 곧바로 켄에게 영어로 의사를 피력했다.

「그만해. 여기서 말이든 행동이든 더 가면 네 상황과 상관없이 미국행이야.」

결정적인 멘트로 긴박한 상황이 맥없이 종료됐다.

백전백승 타이틀이 무색하게 잔뜩 풀이 죽은 켄은 불만 가득한 얼굴로 발길을 돌렸고, 정주리도 더 이상 날을 세우지 않았다.

종료된 상황으로 인해 가드들이 사라지고 기가 꺾인 켄이 지원과 함께 지하로 내려가는 걸 마지막까지 확인한 잎새는 정주리에게 먼저 미소를 보였다.

"변명은 되지 않겠지만, 친구가 한국이 오랜만이라 방법이 좀 무례했습니다. 앞으로도 계속 볼 수 있는데, 그때마다 이런 과격한 방식은 아니었으면 합니다, 정주리 이사님."

분명 사과를 기본으로 한 정중한 멘트였으나 동시에 명백한 경고였다.

주리는 남궁잎새의 의도를 정확하게 읽었다.

그 상황에서 친구가 아닌 탕탕엔터 이사인 당신의 손을 들어주었지만 당신도 잘못이 있음을 지적하고 있었다. 소문대로 남궁잎새는 호락호락한 인물이 아니었다.

처음 박희재 사장에게 지하 전체를 임대해 주었다는 말과 그 자리에 우리나라에서 현재 최고의 주가를 올리는 건 물론 미국에서도 유명한 뮤지션들과 작업해 명성이 자자한 실키가 들어온다는 말을 들었을 때는 그저 호기심 정도였다. 하지만 미국과 연계해 있는 국내 음악 전문 기자들을 통해 간간이 전해 들은 말은 상상 이상이었다.

국내는 물론 미국에서도 최고의 대학을 졸업했으며, 화려한 인맥도 그렇고 비즈니스 영역도 꽤나 넓고 상당하단 소리를 들었다.

그 모든 사실은 지금 실키라는 여자의 남다른 존재감에서 확인할 수 있었다. 겸손하면서 정중하지만 은근히 상대를 압도하는 기운이 상당히 거슬렸다.

"정주리 이사님?"

"네, 알겠습니다. 조심하죠."

"고맙습니다. 그럼 전."

탱탱한 라인이 살아 있음은 물론 긴 팔다리로 인해 169㎝인 실제 키보다 더 크게 보이는 남궁잎새는 호리호리하고도 날쌘 몸을 돌려 지하로 향했다.

"팀장님!"

주리가 부르자 남궁잎새가 약간은 냉소 어린 표정으로 답했다.

"네."

"저희 아이돌 안무 잘 부탁드립니다. 같은 건물 쓰는 사인데 굳이 딴 식구라 선 긋지 마시고 타 회사 아이돌보다 조금만 더 신경 써주세요. 사적인 감정은 이 시간 이후 둘 다 전혀 없는 겁니다."

"그럼요. 저도 잘 부탁드립니다."

잎새는 정주리의 다소 직설적이지만 시원시원한 성격에 옅은 미소로 답하고 서둘러 지하로 내려갔다. 실키가 사라지고도 주리는 지하 쪽을 한참 동안 쳐다보았다.

얼떨결에 전경 집에서, 아니, 예전 그녀의 집을 그대로 빼다 박은 집에서 지내기로 결정하고, 또 분위기 파악 못 하고 실실거리는 켄과는 전혀 다르게 천하의 주적을 마주한 양 눈을 사납게 치켜뜬 전경을 피해 지하로 들어선 잎새는 입을 다물 수가 없었다.

코스프레도 아니고, 이는 너무도 완벽한 재현이었다.

7년 5개월 전 이곳을 떠나기 전 모습과 한 치도 다르지 않았다.

연습실이 고스란히 내려다보이는 휴게실의 가구와 소품, 인테리어는 더 고급스럽고 디테일했지만 전체적인 콘셉트와 분위기는 너무도 똑같았다.

제일 마음에 든 건 연습실이었다. 조명과 음악 시설은 더 전문적으로 세팅돼 있었다.

'도대체 무슨 생각인지……. 정말 그 사람이 전부 부탁한 건가.'

할머니는 물론 아버지란 사람의 마지막을 지킨 이도 전경이었다.

예전 전경이 그 사람과 함께 2층을 쓴단 사실을 알았을 땐 사실 걱정했다.

그녀가 아는 아버지란 사람은 결코 일반적인 사람이 아니었고, 할머니의 손자는 심하게 인상파이긴 했지만 할머니 손자이니 영 이상한 아이는 아닐 거라 짐작했다. 근데 아니었다.

어느 날부터 전경은 그 사람을 신처럼 떠받들고 존경했으며 그의 대변인인 양 옹호하고 늘 그의 편에 섰다. 아직까지도 그 이유는 모르지만, 아니, 알고 싶지도 않지만 이해할 수 없고 신기했다. 지극히 자기중심적이며 에고인 그 사람이 자신 이외의 누군가를 곁에 두며 무언가를 가르치고, 아주 드물지만 웃는 모습을 봤을 때는…….

"마음에 들어?"

단 한 번도 자신과는 눈을 마주치지 않던 사람이 지금 그녀 앞에 선 전경을 보고는 가끔 웃었다.

지금도 그때 느낀 감정이 무언지는 정확히 알지 못한다.

그저 가슴이 뭐라 설명할 수 없이 답답하기도 하고 짜증 나기도 하던 그때의 격렬한 감정을.

"뭐냐? 이 오빠가 얼마나 심혈을 기울여 만든 프로젝트인데 입을 싹 닦네. 너 미국 생활 오래 하더니 애가 못쓰게 됐구나? 안 되겠다. 이리 와. 7년 전으로 다 돌려놔야겠어."

전경은 잎새의 양어깨를 잡고 특유의 짙은 눈썹을 치켜세우며 씨익 웃더니 그녀를 제자리에서 뱅글뱅글 돌렸다. 마치 얼음판 위에서 팽이를 돌리는 아이처럼, 신나는 장난을 하는 아이처럼 그렇게 자꾸자꾸 돌렸다. 그러다 어느 순간 중심을 잃은 그녀가 휘청거리자 얼른 잡아채서는 자신의 품으로 강하게 잡아당겨 안았다.

안겨든 잎새도 품에 안은 전경도 숨을 삼켰다. 그러다 전경이 먼저 입을 뗐다.

"뭐냐? 춤춘다는 애가 균형 하나 못 잡고."

남자로서 무척이나 스키니한 체격이지만 184㎝가 넘는 전경의 품은 생각보다, 아니, 기억하는 것보다 넓고 따뜻했다.

"아직도 이 향을 쓰는구나. 그때나 지금이나."

전경은 정수리에 코를 대고는 작게 소곤거렸다.

이런 상황, 이런 포즈를 예상 못 한 잎새는 어색함 그 비슷한 감정을 느끼며 자연스러운 동작으로 품에서 빠져나왔다. 그러자 전경은 어깨를 으쓱하더니 아무 일 없었다는 듯 청바지 주머니에 손을 찔러 넣었다.

"이유가 뭐야? 한시적이라고 해놓고 이렇게 거창하게 꾸며놓은 이유가."

묻지 않을 수가 없었다. 너무도 완벽한 공간은 의문을 자아내기에 충분했다.

"한시적이라고 해도 하려면 제대로 해야 하지 않겠어? 이 오빠가 또 어설픈 건 싫어하잖냐. 난 흉내 내는 거 싫다. 시작한 이상 제대로 할 거다, 잎사귀."

아무래도 뭔가가 있다. 자신이 모르는 그 무언가가. 뭘까, 대체.

"뭘 시삭했는데?"

"글쎄, 일단 시작은 과거로의 여행!"

"알아듣게 좀 말해. 아까도 물었잖아. 그 사람이 뭔가 특별히 부탁한 거냐고."

"왜 아저씨가 뭔가 부탁했다고 생각하는데?"

잎새는 여유를 부리는 전경을 빤히 쳐다보다 입술을 달싹이며 말했다.

"넌 특별했잖아. 그…… 사람한테."

그녀의 대답에 전경이 무척이나 흥미롭다는 표정을 하더니 이내 목소리가 가라앉아서는 담담하게 말했다.

"내가 아무리 아저씨랑 가까웠다고 해도 남이야. 네가 우리 할매한테 죽고 못 살아도 남인 것처럼. 넌 지금 번지수를 잘못 찾고 있어."

잎새는 전경의 집요하고 고집스러운 시선을 피했다.

그때도 저렇게 쳐다보면 이상하게 아무런 반박도 대화도 할 수 없었다.

한 번도 타인에게 움츠러들지 않던 자신이 이상하게 전경에게는 번번이 말문이 막히고 기가 눌리곤 했다. 어린 나이에도 그 사실이 무척이나 자존심 상했다.

"네가 먼저 찾아뵐 분은 우리 할매가 아니라 너의 아버지야."

"그런 뻔한 얘기 할 거면 관둬. 네 말대로 한 번은 찾아뵈야겠지. 근데 그 시기는 내가 정해. 나에게 첫 번째는 할머니야. 네 말처럼 가족도 친척도 아니지만 나한테 할머니는 있으나 마나 한 혈육 그 이상이고, 그 누구와도 비교할 수 없는 분이셔."

사실이었다. 할머니와 그 사람은 절대 비교 대상이 아니었다, 잎새에게는.

"그런 분인데 떠났냐? 할매가 그렇게 찾았는데도 넌 떠났지."

전경의 말속엔 그 어떤 비난의 말이나 분노, 원망과 탓하는 마음조차 읽혀지지 않았다. 하지만 그때의 행동을 상기시키고 전부 기억나게 했다.

그 기억으로 잎새의 하얀 얼굴은 의지와 상관없이 석고상처럼 굳어졌다.

"뭐, 지금 와서 지나간 일 이러쿵저러쿵하자는 거 아니니까 그렇게 쫄지 말고."

"……."

"참, 회사 연습실 구경은 잘했냐? 소문으론 기가 막히게 꾸며놨다고 하던데."

질문을 던지고서 전경은 지하 연습실 전체를 천천히 훑으며 천장까지 일일이 점검하듯 꼼꼼히 살폈다. 마치 더 손봐야 할 곳은 없는지 확인하고 또 확인하는 사람처럼.

"다 봤으면 올라가자. 저녁 준비 해놨어. 너 돌아온 기념으로 이 오빠가 준비했다."

"일…… 해주시는 분은?"

전경은 뒤돌아 1층으로 올라가는 계단 쪽으로 향하며 가볍게 말했다.

"그런 사람 없어."

"그럼 청소나 식사는 어떻게 하려고?"

앞서 가던 전경이 갑자기 뒤돌아섰다. 그러곤 빤히 쳐다보았다.

아주 가까이서 이렇게 보는 건 정말이지 오랜만이다. 늘 일정
거리를 유지하던 그들에겐.

"난 이 공간에 낯선 사람 들이는 거 싫어. 이곳은 너와 나, 그리
고 스승님과 할매, 이렇게 네 사람에게만 허락된 장소야. 난 그 룰
을 깨고 싶지도 바꿀 생각도 없어, 절대."

지금처럼 나에게는 그 사람이란 호칭으로, 전경에게는 존경해
마지않는 스승님으로 불렸다. 내 아버지란 사람은.

"그래서 하는 말인데, 3일 준다. 저 깡통 치워."

지금까지와는 다르게 표정이나 목소리가 한 톤 가라앉은 채로
말했다.

"켄이 마땅히 지낼 곳이 없어. 미국에서⋯⋯."

"시시콜콜 나한테 말할 필요 없어. 니가 미국에서 저 새끼랑 뭘
하고 살았는지 관심 없으니까. 하지만 여긴 내 집이고, 방금 전 말
했다시피 다른 그 누구에게도 허락되지 않는 특별한 공간이야."

"⋯⋯."

"그러니까 방법은 너 혼자 찾고 3일 안에 내보내. 안 그럼 할머
니 계신 곳은 물론이고 아저씨 이장한 곳도 알려주지 않을 테니
까."

'뭐?! 이장이라니? 무슨 소리야? 그 사람은 분명 엄마 옆
에⋯⋯.'

"무, 무슨 말이야? 왜⋯⋯."

전경은 방금 전보다 한층 더 가라앉은 눈빛으로 잎새를 보며 고집스럽게 말했다.

"알고 싶어? 그럼 저 새끼 내보내."

1층으로 완전히 사라진 전경 쪽을 보면서도 오직 하나의 생각뿐이었다.

분명 두 분이 같이 있을 거라 생각했는데 왜 서로 다른 곳에 계시는 건지…….

오직 그 질문으로 머릿속이 혼란스럽고 거미줄에 걸린 듯해 한 발자국도 움직일 수 없었다.

저녁 식사는 상상하던 것만큼 만족스럽지는 못했다.

그나마 잎새는 꽤나 만족스러워하는 것 같아 다행이다 싶었다.

왜 아니겠는가. 자신이 그렇게 좋아하는 할머니 손맛 그대로, 늘 할매가 애정하는 잎사귀한테 차려주시던 정이 듬뿍 넘쳐 나는 소박한 밥상을 받았는데.

처음 젓가락질을 한 반찬은 역시나 나물이었다. 그것도 할매 전매특허인 묵은 취나물.

그다음은 시래기, 고사리, 또 그다음은 소금 간만 한 도라지, 된장찌개도 잊지 않고 맛봤다. 그러곤 젓가락을 내려놓고 그 까만 눈동자로 날 쳐다볼 때는 정말이지 온몸이 전기 충격을 받은 것처럼 짜릿했다.

잎사귀가 하는 말은 듣지 않고도 알 수 있었다.

어떻게, 도대체 누가 이 맛을 낸 거냐고. 이 맛의 원조는 지금 이 세상에 안 계신데 도대체 누가 이런 맛을, 자신이 그렇게나 좋아하는 맛을 낸 거냐고 그렇게 묻고 있었다.

편식은 물론 입 짧기로 유명한 잎새가 너무도 맛있게 밥을 먹는 모습에 흐뭇함은 물론 오랜만에 행복하고 충만한 감정을 느꼈다.

과거 우리 네 식구가 딱 한 번 함께 시내년 그날처럼.

그렇게 조용하면서도 나름 만족스러운 저녁 식사가 끝나고 거실 중앙 소파에 잎새와 전경, 그리고 초대하지 않은 물 건너온 미제 군식구까지 모여 앉았다.

간단한 차와 커피, 과일을 중심으로 앉은 셋은 서로 다른 생김 만큼이나 각기 다른 분위기를 자아내고 있었다.

"이상해. 왜 2층 방이란 방에 다 지문인식 시스템이 돼 있어? 너 혹시……."

깡통 놈이 심히 의심스럽다는 듯 말끝을 흐렸다.

"국가정보부 직원이야? 유명 프로듀서니 뮤지션이니 하면서 집에서 국내 유력 인사들 도청하고 컴퓨터로 자료 모으는 그런 비윤리적인 행동 하면서……."

아무리 인생사 주먹은 가깝고 법은 멀다 해도 첫날부터 매너 없이 팰 수는 없었다.

그 무엇보다 잎사귀에게 밥 먹듯 주먹질하던 그 역변의 시절을 다시금 떠오르게 하고 싶지는 않았다.

전경은 욱하는 마음을 간신히 다스리고는 한마디 했다.

"아까 한 말 명심해, 잎사귀."

잎새는 딱히 답을 하지는 않았다.

"뭐야? 무슨 말? 치사하게 너희 둘만 비밀 공유하고 그러면 나 정말 소외감 느껴서 니들이 말려도 집 나갈지도 몰라."

켄이란 놈은 무척이나 서운하다는 얼굴로 여전히 고자세인 잎새와 고압적인 분위기의 전경을 훑어보며 식식거렸다.

'아주 지랄을 한다, 미친 새끼. 그래, 나가라, 나가. 등 떠밀어 줄 테니까.'

전경이 눈빛을 살벌하게 쏘아대며 긴장감을 고조시키는데 그의 비해 나사 빠진 듯 천진난만한 표정의 미제 켄이 흥분해 말했다.

"아, 맞다! 말을 하다 말았네. 진짜 그런 거 아니야? 남자 혼자 이 으리으리한 집에서 사는 것도 그렇고, 하물며 집에 저런 이상한 시스템을 해놓은 건 처음 본다니까. 안 그래, 허니?"

허니란 소리에 일순간 온몸에 소름이 돋았다.

허니 머스타드도 아니고 허니 브레드도 아닌 그냥 허니란다, 허니!

'저 미친 깡통새끼가 아주 돌았구나, 돌았어.'

기도 안 차서 사나운 시선으로 잎사귀를 보았다.

잎사귀는 그 어떤 동요도, 어색한 기운도 없이 늘 그렇듯 허리를 꼿꼿하게 편 우아한 자태로 차를 마시며 뉴스를 시청하고 있었다. 일단은 그 모습에 이성을 찾고 안심했다.

저렇게 평정을 유지한다는 건 저 새끼 호칭에 그다지 신경도 안 쓰고 상관도 없다는 의사 표현이다. 지난 14년의 세월 동안 잎사귀와 7년 하고도 4개월을 함께 산 나는 안다.

저 새끼 말에 아무 힘도 없다는 걸. 그런데도 기분이 몹시 나빴다, 그때처럼.

✳ ✳ ✳

12년 전.

놈은 학교에서, 아니, 이 빌어먹을 강남에서도 꽤 유명한 놈이었다.

성적, 인물, 배경 등 뭐 하나 아쉬울 게 없는 새끼. 키가 비슷한 거 빼고는 나와는 그 어떤 접점도 유사성도 없는 재수 없는 유형. 극과 극, 한마디로 그랬다.

애기 때부터 주식 부자에 재벌가 손자란 거창한 백그라운드, 계집애처럼 매끄럽게 잘난 외모, 우수한 성적. 벌써부터 미국 여러 대학에서 입학 자격도 따놓은 상태였다.

잎사귀가 전교 1등을 하면 저 새끼는 늘 2등을 했다.

단 한 번도 잎사귀는 1등이란 자리를 저 새끼한테 내준 적이 없었다.

정말 기립 박수를 보내고 싶다. 그 고집스러운 등수 굳히기에.

"응?! 가자!"

"……."

잎사귀가 답이 없자 녀석은 약간 기분 상한 표정을 짓다 이내 특유의 자신 있는 미소를 질질 흘리며 무표정한 잎사귀에게 치대는 분위기를 넘어 끼 부리기를 하고 있었다.

'사내새끼가 아주 별 지랄을 다 하고 앉았네.'

"같이 가자. 학비, 생활비, 유흥비까지 내가 다 책임진다니까."

"안 가."

잎사귀의 시크하고도 단호한 답변에 기가 찬지 녀석은 정색을 하고 물었다.

"왜? 왜 안 가? 남들은 유학을 못 가서 안달인데."

"……."

"가자. 가서 우리 선진 문화도 지식도 마음껏 흡수하고 배우면서 성장하고 발전해 돌아와서 지금처럼 비전도 백도 없이 아등바등하는 애들 내려다보면서 사는 거 생각만 해도 미치게 짜릿하지 않아?"

녀석이 그렇게 혼자 흥분해 북 치고 장구 치는데 잎사귀가 깔끔하게 판을 엎었다.

"난 정통 가정식 아니면 밥 못 먹어. 공부를 하든 세상을 눈 아래로 깔아보든 일단 먹는 게 해결돼야 하지 않겠어? 주린 배를 하고 무슨 부귀영화를 보겠어?"

영어도, 유학 자금도, 성적도 아니고, 기껏 고작 밥 때문에 못 간다는 대답에 녀석은 한동안 벙찐 표정을 하며 눈을 깜빡였다. 왜 아니겠는가. 화려한 왕좌를 예약한 백마 탄 왕자가 손잡고 레드카펫이 깔린 황궁으로 가자는데 공주는 입맛이 촌스러워 못 간다는데.

'잎사귀, 넌 정말이지, 재수 겁나 없는 기집애야. 하지만……'

"전경, 가자. 오늘 아저씨 못 오신대."

내가 진작부터 구경하고 있는 건 또 어찌 알았는지 잎사귀가 먼저 교문 쪽으로 걸어갔다. 난 강렬하다 못해 살벌한 눈빛으로 째려보던 만년 2등을 뒤로하고 순순히 너무도 자연스럽게 잎사귀 뒤를 따랐다.

그때부터 내 고난과 시련의 또 다른 학창 시절이 도래했음을 그 순간에는 알지 못했다.

고행은 바로 그다음 날부터 강도 있게, 파이팅 넘치게 시작됐다.

강남 애들이 강북 애들과 다른 건 싸움을 거는 이유가 아닌 싸우는 방식과 그 뒤처리였다.

나처럼 없는 놈들은 오로지 깡다구랑 주먹으로, 그놈처럼 있는 놈들은 자기 주먹이 아닌 다른 놈의 주먹을 빌려 일을 벌이고 돈으로 조용히 티 안 나게 무마했다.

할매 때문에도 그렇고 혹시나 잎사귀한테 피해가 갈까 봐 몇 번을 그렇게 죽은 듯이 맞아주니 이내 폭력도 시들해졌다. 정말이지 이분녀란 할매 이름을 한 땀 한 땀 염불 외우듯 해 간신히, 정말 간신히 폭력 욕구와 살인 충동을 참아냈다.

묵묵히 헛소리 들어주는 거, 실감 나면서도 다이내믹하게 맞아주는 거, 공포와 두려움에 떠는 제스처를 적절히 해가며 참는 거, 절대 쉽지도 만만하지도 않았다.

다행히 그날은 아저씨도 그렇고 할매도 무슨 백중날인가 해서 집이 아침부터 비었다.

다른 날보다 심하게 린치당해 할매와 스승님의 부재가 천만다행이라고 생각하며 2층은 엄두가 안 나 간신히 1층 욕실에서 씻고 나오니 잎사귀가 거대한 구급상자를 옆에 차고 거실 중앙에 귀신처럼 앉아 있었다. 웃통도 다 벗고 교복 바지만 입고 있어 맞은 티가 팍팍 나 쪽팔림 그 자체였다.

"앉아, 약 바르게."

"됐거덩. 너나 나나 서로 못 본 거다."

"확성기로 동네방네 광고하기 전에 와 앉아."

못돼 처먹은 건 이미 알고 있다 쳐도 정말 재수 없는 스타일이다, 잎사귀는.

똑똑한 것들은 왜 그리 하나같이 재수가 없고 일관되게 지들 멋대로인지.

할매는 이런 애가 뭐가 그리 예쁘다고 쩔쩔매는지 모르겠다.

한참을 레이저빔을 쏘며 노려보다 아까 맞은 눈알이 아파 째려보는 것도 작파하고 맞은편에 앉았다. 사실 파스나 약을 바른다는 것 자체가 무의미했다.

그 정도로 몸뚱이가 안 아픈 곳이 없었다.

"강북에서 소문난 짱이라더니 도대체 무슨 짱이었던 거야? 맛짱이야, 맷집 짱이야?"

별다른 고저 없이 담담하게 약 올리는데 마음 같아서는 한 대 때리고도 싶었다. 팰 수는 없고 정말 딱 한 번만 손대보고 싶었다. 이게 다 누구 때문인데…….

"그날 그 자식 앞에서 도발한 나 때문인 거 아니까 그렇게 티 나게 노려볼 거 없어. 니 눈은 굵은 눈썹이랑 연계해 그냥 뜨고만 있어도 스릴러에 잔혹 공포물이야. 그러니까 잠시 기절했다 생각하고 눈 감고 있어."

저 때문인 걸 알면 다정다감해야 하는데 앤 아무렇지도 않게 스트레이트로 골을 질렀다.

"다물어라, 들고 있는 파스로 그 입 봉해 버리기 전에."

한마디 할 때마다 삭신이 쑤셨다.

이젠 정말 무한한 희생과 봉사정신으로 열나 맞아주는 거 그만해야 할 것 같다. 다행히 할매랑 다른 층을 써서 아직까지는 모르지만 이분녀 여사가 이 사실을 알게 되는 순간, 부지불식간에 청산가리가 국 안에 녹아 있을까 심히 두려웠다.

맞는 게 무서운 게 아니라 이름부터가 살벌한 그 청산가리가 겁나게 무섭다.

"턴해. 앞판 다 붙였어."

"내가 판때기야? 앞판이 뭐야, 앞판이."

"말하는 거 보니 당장 송장 치울 일은 없겠네."

뭐, 송, 송장?! 이걸 그냥! 하여튼 얼굴과 말투가 영 매치가 안되는 캐릭터다, 잎사귀는.

자신도 그렇지만 애도 할매의 영향과 사나운 기운을 너무 많이 받은 케이스다.

"관두자. 너랑 무슨 말을 하겠냐."

말할 기운도 없어 뒤돌아서 그냥 소파에 엎드렸다. 실내는 따뜻하고 달랑 스탠드 하나 켜 있어 조명도 부담스럽지 않아 눈이 스르르 감겼다. 이제야 좀 살 것 같았다.

눈을 뜬 건 꽤 시간이 지나서였다. 시계를 보니 9시가 넘고 있었다.

일어나 주위를 살피니 식탁에 잎사귀가 엎드려 자고 있었다. 그새 기척을 느꼈는지 귀신같이 깼다. 몇 개 나오지도 않은 잔머리를 연신 넘기더니,

"이리 와, 저녁 먹게."

잎사귀는 얼른 가스 불을 켰다. 난 기다시피 해 억지로 식탁에 앉았다.

식탁에는 온갖 고기 종류로 단백질 성찬이 흉하면서도 거하게

차려져 있었다.

잎사귀는 평소 육류를 즐기지 않았다. 그저 할매가 해주는 나물이랑 김치, 풀떼기 국이면 사족을 못 쓰는 지극히 비상식적인 데다 일반적이지 않은 아이였다.

그러니 이 흉측한 만찬의 주인공은 열나 맞고 들어온 나였다.

"우선 사골국부터 마셔."

"이게 다 뭐냐? 어디 싸구려 출장 고기 뷔페라도 부른 거야?"

"맞았을 땐 잘 먹어야 한다잖아. 딱 배 터지기 직전까지만 먹어."

잎사귀는 표정 변화 하나 없이 살벌한 말을 지껄여 댔다.

"뭐, 뭐라구!?"

보기에도 흉한 모습에 고기 접시를 앞으로 냅다 밀어주며 말을 보탰다.

"너 때문에 할머니 걱정하시는 거 나 절대 못 봐. 그러니까 먹을 수 있을 때까지 퍼먹고 푹 자. 보기 좋게 골고루 부으면 더 땡큐하고."

저 때문에 열나 맞은 내 걱정이 아니라 날 걱정할 할매 때문이라니, 기가 막혔다.

그 순간 보시하는 마음으로 열나 맞아준 내 몸뚱이에게 적잖이 미안한 마음이 들면서도 내 자신이 무척이나 한심하게 느껴졌다.

＊ ＊ ＊

아직 남은 시간을 확인하고 자리에서 일어나 뿌옇기만 한 창밖을 무심히 보았다.

특징도, 개성도, 자신만의 확실한 아이덴티티도 없는 이 회백색의 서울.

오로지 남은 건 빛바랜 역사와 시간이 안겨준 영혼 없는 타이틀뿐.

지난 세월과 시간이 부끄러워 그런지 유독 서울은 부수고 고치는 게 빈번했다.

그 안의 사람도, 시설도, 인심과 스케일도 어느 하나 보전하고 유지하고 있는 게 없었다.

매번 일관성 없는 전시성 기획과 논란에 휘말리고, 늘 그렇듯 일회성과 편리성에 발목 잡혀 뜯어고치고, 바꾸고, 단장하고, 그러면서도 두 해를 넘지 못하는 계획과 초라한 결과물들.

아직까지 변하지 않고 묵묵히 지키고 있다면 그건 마치 모자라고 뒤처져서 그런 것처럼 사람들은 그렇게 똑똑한 척, 잘난 척, 발전해 번창한 척, 그로 인해 남보다 뛰어난 척 모두 허영심에 가득 차 위장하며 스스로도 완벽히 속고 있었다.

더불어 기만하고, 상처 입히고, 소중한 것을 모두 빼앗아간 인간들은 모두 잊고 잘살고 있었다. 배부르게 먹고 마시며 죄의식 하나 없이 쾌락의 도가니에 빠져 허우적거린다.

만약 그들이 과거의 아주 작은 편린이라도 잊었다면 모두 상기시켜 주리라.

이미 기억에서 지웠다면 반드시 기억하게 해주리라. 그리고 남김없이 빼앗아 그들이 이룬 걸 똑같이 되갚아주리라. 더 악독하게, 더욱 잔인하게, 더욱더 절망스럽게.

잠시 후, 넓은 사각 테이블에 앉은 네 사람은 앞에 놓인 서류 종이를 검토하기에 바빴다.

"진행하고 계신 것처럼 자연스럽게, 절대 티 나지 않게 주식을 나눠 확보하세요."

"그렇지만……."

"또한 제가 늘 당부드리지만, 우리의 투자와 자금력이 일반적 힘의 논리가 아니라 서로 간의 동등한 제휴이며 앞으로 발전적인 K—POP 시장을 위한 협력과 협연이란 사실을 절대 부정적이지 않게 각인시키면서 거부감 갖지 않도록 하셔야 합니다."

누구도 입을 열지 않았다. 동의보다는 난감한 기색이 완연했다.

"그래야 주식을 넘기는 것에 대해 양심은 물론 부담을 덜 가질 테니까요."

"하지만 이미 역량 있는 중소 기획사들이 대형 기획사에 편입되는 현실에 대해 업계에서 말이 많습니다. 무소불위의 거대 공룡이 탄생하는 건 아니냐면서……."

노련하고 결코 만만치 않은 인간들에게 늘 그렇듯 감정의 고저 없이 현실적 상황을 정확히, 그러면서도 유연하게 설명했다.

"저희는, 아니, 저는 다릅니다. 말씀드렸다시피 인수한다 해도 주요 경영진의 변경 없이 회사 고유 컬러를 유지함은 물론 창의성을 극대화하고 독립적인 레이블 체제로 운영될 것이며, 양질의 콘텐츠 생산 및 마케팅 협력을 통해 양사 간의 시너지를 창출할 겁니다."

"……."

"늘 언급했다시피 이 프로젝트는 서로 간의 존중과 개성을 인정하는 것이 우선입니다."

"……."

"언론과 대중음악 평론가들이 말한 것처럼 원론적인 얘기 같겠지만, 그게 사실이고 변치 않는 제 소신입니다."

네 사람은 늘 듣는 얘기로 인해 의심을 하기도 안 하기도 매우 애매한 상황이었다. 이들의 수를 이미 파악하고 있는 그림자는 전략적인 공세를 늦추지 않았다.

"어차피 지금 원 회장님 쪽은 경영은 말할 것도 없고 건강과 사생활적인 면에서 너무도 많은 잡음을 내고 계십니다. 아무리 든든한 입지를 굳히고 계셔도 밑에서부터 꾸준하게 생기는 세밀한 균열은 막지 못합니다."

어느 하나 반박할 수 없는 말이었다. 그로 인해 네 사람은 함구했다.

"사실 어느 업계나 그렇지만 이 업계는 특히 모두가 제자리를 잘 지켜야만 매끄럽게 돌아가는 전문 분야입니다. 뮤지션 하나 잘 나고 경영진이 오랜 시간 터를 잡은 인물이라 해도 각기 맡은 전문 분야 직원들로부터 말이 나오기 시작하면 무너지는 거 순간입니다."

"……."

"뭐, 회사가 무너지기 전에 손 털고 나갈 수도 있겠죠, 경쟁 회사로."

절대 틀리지도 보태지도 않은 냉정한 평가에 네 사람은 고집스레 입을 함구했다.

"그러니 그전에 준비해야겠지요, 철저히."

꽤 오랜 시간 수족이 되어주면서도 늘 신경을 건드리는 주요 인물들을 먼저 보내고서야 날카로운 신경선을 내려놓을 수가 있었다.

피도 눈물도 없이 전사처럼 강해 보이는 것, 모든 걸 통달한 사람처럼 능숙하게 속이는 것, 하나의 목표를 위해 동요 없이 굳건한 척하는 것까지.

모든 게 익숙하면서도 여전히 버겁고 피곤한 일인 건 어쩔 수 없었다.

포인트 안무를 점검하고 들어서기 무섭게 켄이 채근하기 시작했다.

"도대체 왜 내가 그 집에서 나와야 하며, 하필 그 여자 옆에 살아야 하는데?"

돌려 말해서는 절대 인정하거나 수긍하는 스타일이 아니니 어느 정도는 사실을 말해야겠지.

그렇다고 해도 받아들일까 걱정이 됐다. 그럼에도 불구하고 반드시 해결해야 할 문제이니 별수 없었다. 설득을 하든 엄포를 놓든 해서 일단 해결을 봐야지.

"말했잖아, 난 알아야 하는 정보가 있다고."

"그건 알아. 근데 그게 왜 내가 집을 나가야 하는 이유가 되냐고?"

"그 집 소유주가 전경이니까. 그러니 우리 두 사람 중에 전경이 갑이야. 갑과 을 알지? 다시 말해 이건 전경이 나에게 할 수 있는 흔한 갑질이야."

사실을 말했음에도 미심쩍은 표정을 한 켄은 비난과 의심의 끈을 놓지 않았다.

"정말 그게 다야? 너 한 번도 지금처럼 행동한 적 없어."

역시 오랜 시간 곁에서 지켜본 인간관계는 뭔가가 달라도 달랐다.

"당연하지. 지금처럼 간절한 적이 없었으니까."

간절하단 소리에 켄은 얼굴을 찡그리며 더 이상 질문도 비난도 하지 않았다.

늘 도움을 주고받는 친구지만 선은 분명히 해야 할 것 같아 텀을 두지 않고 말을 이었다.

"내가 널 곁에 두고 보는 건, 네가 정말로 춤을 좋아하고 사랑하기 때문이야."

"……."

"넌 춤을 보는 안목이나 평가가 누구보다 정확해. 춤꾼의 미래와 가능성까지 타진할 수 있는 능력이니 정말 대단한 거지."

"……."

"다시 한 번 말하지만, 넌 춤을 추는 춤꾼으로서는 아니지만 언젠가는 그 남다른 능력으로 빛을 발할 거야. 그때까지 난 너와 친구이자 조력자로, 또 같은 목적을 가진 파트너로 잘 지내고 싶어."

진정성을 포함한 차분한 설명에 켄은 한동안 잎새를 빤히 응시했다.

그 살 떨리는 아이컨택을 피하지 않은 채 잎새는 매혹적인 눈빛을 담담히 받아냈다.

"참 간단하다. 날 곁에 두는 이유와 목적도 명확하고."

비난도 공격형 멘트도 아니었다. 그저 자조적인 발언에 가까울 뿐.

켄은 생각을 읽을 수 없는 무표정한 얼굴로 부드러운 갈색 머릿결을 손으로 대충 넘기다 아차 하는 표정으로 사납게 물었다.

"근데 왜 하필 그 여자 옆집이야?"

이번 질문에는 의심과 의혹을 무척이나 많이 내포하고 있었다.

"나도 모르지. 우연이나 운명은 내 전문 영역이 아니니까."

그러자 켄은 다소 억지스러운 미소를 흘리더니 되지도 않는 말을 내뱉었다.

"그 여자, 혹시 그날 나한테 홀딱 반해서 너한테 로비한 거 아니야? 생각해 보니 그날 날 보는 눈빛이 묘했어. 사심이 가득했다고 할까. 그러고 보니 그렇게 사납게 군 것도 다 트릭이고 연출이었네. 자신을 어필하려고. 그때도 과잉 반응에 오버라고 생각은 했지만……."

정말 매해 수백, 수천억 원의 이윤을 창출하는 거대 IT 회사의 오너가 맞나 싶을 정도로 켄은 둔하고 미련했으며 착각도 제대로 심했다.

사업 모드를 제외하고 인간관계에서 감은 물론이고 돌아가는 상황을 읽는 눈치도 없었다.

이런 이유로 사람들은 켄과 섞이길 질색해하며 싫어했다.

성격이나 인성이 딱히 나쁘지는 않았지만, 차라리 그런 게 낫다 싶을 정도로 매사 둔감하고 제 편한 대로 해석해 늘 사태를 악화시켰다.

저 비현실적인 외모와 어마무시한 자금력에도 불구하고 그런 사소한 것들이 꾸준히, 아니, 늘 반복돼 결국 켄 주위엔 잎새밖에는 마땅한 인물이 없었다.

"그렇다면 할 수 없지. 그토록 간절하니 이 몸이 옆집에 살아줘야지. 사실 위치는 그리 나쁜 편이 아니잖아? 바로 안무실 뒤 건물이고, 브랜드 네임 있는 주상복합 건물이니까 편할 거 아니야? 앞집 여자도 적극 이용해야지. 알았어. 나갈게."

늘 그렇듯 자신이 만든 서사에 빠져 뜬금없는 대사를 치고 있다.

그렇다고 해도 어쩔 수 없었다. 일단은 내보내는 게 중요한 문제니까.

"이해해 줘서 고마워. 근데 정주리 이사와 앞집인 건 정말 인연인 것 같다. 뭐, 신기하기도 하고."

잎새의 말에 콧방귀를 뀐 켄은 사뭇 우쭐하면서도 음흉한 미소를 지으며 혼자 상상의 나래를 마음껏 펴고 계셨다.

"인연은 무슨. 이게 다 그 여자의 완벽하고도 예정된 시나리오라니까. 그때도 내가 말했지. 난 어딜 가나 사랑받는 스타일이라고. 그러니 넌 네 걱정이나 하라고."

아무래도 조만간 정주리 이사가 난리 치거나 켄이 큰 봉변을 당할 게 눈에 선했다.

그때 노크 소리가 나면서 지원이 열 받은 얼굴로 교복 입은 아이를 데리고 들어왔다.

"팀장님, 애 좀 봐주세요. 도통 말을 해도 듣지도 않고 매일 와서 분위기 흐리고 있어 아주 미치고 환장하겠어요. 혼내고 내쫓아도 또 오고, 어른 말 잘라먹는 건 예사에, 학교도 안 가는 1318 막

가파예요, 아주."

고개를 약간 돌린 채 교복을 입은 아이는 언뜻 봐도 아직 미성숙한 체구로 다소 작았지만 라인은 시샘이 날 정도로 곧고 예뻤다.

지원은 잘 말해서 돌려보내라는 살벌한 눈빛을 하더니 질색하며 사무실을 나갔다.

"학생, 이리 와 앉아."

그러자 아이는 스스럼없이 소파에 앉았다. 어딜 가나 주눅 드는 스타일은 아닌 듯 보였다.

잎새는 맞은편에 앉고, 켄은 데스크에 앉아 뜬금없이 모니터를 주시하고 있었다.

"난 무슨 일인지 모르니까 학생이 설명해 봐. 무슨 이유로 학교도 아닌 이곳에 출석 도장 찍는 건지."

"춤 배우고 싶어요, 전문적으로. 그것도 프로들이 뛰는 실전에서요."

말투도 생김만큼이나 다부졌다. 군더더기 하나 없이.

"여긴 학원이 아니야. 네 말대로 모두 돈 받고 춤을 추는 프로들이지. 그래서 널 가르칠 여력이나 시간이 없어. 그러니까 여기로 오지 말고 이름난 학원을 찾아가."

"연습생 받잖아요. 저도 연습생부터 시작하고 싶어요."

조곤조곤한 설명에도 아이는 기가 죽기는커녕 투지를 불사르며 반박했다.

"설령 그런 시스템이 있다 해도 여긴 네가 연습생 하고 싶다고 할 수 있는 곳이 아니야. 참, 학생 몇 살이야?"

"열여섯 살. 이번 겨울방학 지나면 열일곱 살이고요."

중3. 고1 되기 전 방학. 굳이 현대무용이나 정통 발레가 아니라면 춤을 시작하기 늦지는 않았다. 신기하게도 아직 여물지 않은 몸도 그렇고. 라인이 슬림함은 물론 비율도 그렇고 팔다리도 키에 비해 보기 좋은 모양으로 길었다. 아주 드문 경우지만 아이는 키가 더 클 것처럼 보였다. 웨이브와 그루브가 가미된 동작을 하면 저 기다란 팔다리가 더욱 돋보일 것이다.

"교복도 그렇고, 학교 안 가고 매일 여기로 오는 거니?"

"그건 제가 알아서 해요. 여기 피해 안 가게 할 수 있어요."

"당연하지. 근데 방금 전에도 말했다시피 여긴 연습하는 곳이 아니야."

"……."

"이게 내가 해줄 수 있는 최고의 조언이니까 잘 들어."

"……."

"단지 춤을 추고 싶으면 돈 주고 배우는 학원을 가든가, 네 능력껏 준비해서 예고를 가."

정면으로 노려보는 눈매가 제법 매섭다.

호박색 눈동자는 흔들림도 동요도 없이 굳건하게 자신의 의지를 표명하고 있었다.

난 당신 말대로 절대 할 수 없다고.

"혹시 같은 건물 쓰는 연예기획사 들어가고 싶어서 우회적으로 여기 들어온다고 하는 거니? 이곳을, 혹은 춤을 발판 삼아 시작하려는 거냐고."

그러자 아이는 눈에 쌍심지를 켜고 불꽃 같은 기운을 내뿜었다.

"난 정면 돌파형이라 그런 치사한 방법은 쓰지 않아요. 그리고 전 연예인 되고 싶다고 한 적 없어요. 춤이, 전문적인 춤이 배우고 싶다고 했지."

쌍꺼풀도 없는데 눈이 크고 눈매가 시원시원해 타인을 당기는 묘한 매력이 있었다.

그게 아니면 잎새에게만 영향력을 발휘하고 있는지는 모르겠지만, 적어도 잎새에게는 확실히 아이의 기백과 알 수 없는 매력이 통했다.

"요즘 너처럼 춤 배우고 싶어 하는 사람들 많다는 거 알아. 나도 들었어. 어느 방송국에서 댄싱9 프로 만들어서 춤이 예전보다 대중화되고 무명의 댄서들까지 전에 없이 주목받으며 춤이란 세계가 호황이란 말도 들었고."

아이는 잎새의 얼굴과 표정, 눈빛과 말하는 소리 전부 놓치지 않고 집중해 들었다.

"하지만 이곳은 댄싱9 같은 프로에 나오는 춤꾼들이랑은 조금 달라. 여긴 내 자신이 빛나고 무작정 춤을 추고 싶어 활동하는 무대가 아니야."

잎새는 최대한 신중하게, 그리고 현실감을 실어 이야기하려 했다. 어른이라면, 또 선배라면 이 아이에게 그래야 한다고 생각했다.

"다른 이가 빛을 발하고 사람보다 대중이 듣고 보는 노래와 가사가 사람들에게 쉽게 어필하고 각인될 수 있게끔 기획하고 연구하는 곳이야. 바로 춤이란 행위로."

아이는 눈도 깜박이지 않고 경청했다.

"다시 말해 나 자신보다는 뮤지션에게 주는 안무가 먼저인 곳. 여기선 절대 춤을 추는 네가 주인공이 아니야. 너만의 춤을 추려면 여긴 아니라고 말하는 거야, 지금."

아직 어리시만 충분히 영민하다는 걸 직감했기에 현실적 충고를 먼저 풀어냈다. 만만치 않은 이 아이의 반응이 무척이나 궁금했다.

그런 기대에 부응하듯 아이가 풋풋하면서도 아직 여물지 않은 얼굴로 입을 뗐다.

"알아요. 또 무슨 말씀하시는지 다 알아들었고요."

"……."

"그럼에도 불구하고 전 팀장님처럼 인정받고 사랑받는 안무가가 되고 싶어요. 물론 대중음악 안무가요. 현대무용이나 정통 발레를 하려 했다면 예중, 예고 엘리트 코스 밟았겠죠. 근데 전 그보다 대중음악과 함께 움직이는 스토리 안무와 팁동작들이 좋아요."

"……."

"저도 팀장님처럼 저만의 동작과 그루브를 만들고 싶어요."

나이에 비해 자신의 생각이 확고하고 흔들림 없는 아이였다.

잎새가 늘 끼보다 중요한 건 기라고 했던 말이 절묘하게 들어맞는 아이.

그런 기가, 그 특별한 기운이 느껴졌다.

어느 면으론 이젠 자신에게 없는 저 윤기 나는 열정이 탐도 나고 노력해 발전하는 모습도 곁에서 보고 싶었지만 그렇다고 아이의 매력에 함몰돼 무턱대고 보호자 동의도 없이 들일 수는 없었다.

"알아. 지금은 무슨 말을 해도 안 들릴 거야. 충분히 그럴 나이니까."

"……."

"좋아, 제안 하나 할게. 학교랑 학원 성적표는 물론이고 부모님 허락 전부 받아와. 그럼 자유롭게 와서 볼 수 있게는 해줄게. 소질이나 배우는 건 그다음 문제야. 어설프게 눈가림하거나 모면할 수준으로 일 처리하면 넌 바로 아웃이야."

고1이면 무척이나 중요한 나이다.

중학교가 후방이라면 이젠 전방에서 실전에 대비할 타이밍.

공부를 포기할 게 아니라면 중무장하고 본격적으로 공부에 뛰어들 나이이고 그런 학년이다. 이 모든 걸 어찌 해결하나 보고 싶었다.

저런 눈을 가진 아이가 신념에 더 가까이 다가가는지, 아니면 저 나이 때다운 무절제와 무책임함에 허세까지 가미돼 꼬꾸라져 금세 포기하는지.

2장 / Rolling

오전 내내 낯선 코드는 물론 새로운 멜로디와 씨름하다 보니 하루가 다 가고 있었다.

살가운 빛보다 차가운 사운드와 둔탁한 기계 장치가 대부분인 작업실은 하루를 온전히 보내기엔 무리가 있었다. 복잡한 코드 진행을 써놓은 종이를 한동안 멍 때리고 보다 자리를 털고 일어났다. 슬슬 움직일 때가 됐다. 집으로 돌아올 안주인을 위해 준비하려면 지금도 늦었다는 생각을 하며 1층으로 내려가는 계단을 하나둘 기분 좋게 밟았다.

요즈음에 K–POP은 기억하기 쉬운(캐치한) 멜로디, 핵심 구절(펀치라인)이 있는 후크는 물론 다양한 팝 요소가 비빔밥처럼 버무린 게 대세지만 그는 지금 다른 행보를 하고 있었다.

맨 처음 음악을 하기로 마음먹었을 때는 지금과 상황이 많이 달랐다.

지금보다 투박하고 촌스럽고 단조로운 음악이 유행했고, 여러 장르가 큰 시장 안에서 조금씩 자신들의 목소리를 내며 버텼는데 지금은 무조건 한쪽으로 편향돼 흐르고 있었다.

거대 팬텀이 장악하고 있는 국내는 물론이고 거대 자본이 움직이는 일본과 중국에 먹히고 통할 수 있는 아이돌 댄스 음악이 대세로 굳혀졌다.

다행히 요사이는 그런 흐름이 다소, 아니, 눈에 띄게 시들해지고 있었다.

일찌감치 그런 흐름에 동참해 작곡가와 프로듀서로서 전성기를 맞으며 지금껏 수십억이 넘는 재산을 불리고 꾸준히 저작권으로 인해 부를 쌓고 있지만, 결코 이런 현실과 국내의 기형적이고도 밀실 지향적 음반과 저작권 유통 구조가 만족스럽지는 못했다.

현 음악 시장에서는 볼 수 없는 전혀 다른 코드 진행으로 그만의 리듬을, 내 자신의 독특한 음악 세계를 구축하고 싶었다. 어쩌면 그보다 잎사귀의 비난이 무서워 그런지도 모르겠다.

보통 제자는 스승의 예술적 유전자를 고스란히 물려받는다고 한다.

물론 클래식에서 흘러나온 말이지만 음악 해석의 틀과 기교는 물론 음악가로서의 태도와 담론이 깃든 철학도 닮는다고.

그런데 넌 지금 도대체 뭐냐고 물으면 내 자신은 적절한 답을 할 수 있을까.

잎새가 피아노는 물론 모든 악기를 제 몸처럼 다루는 걸 안다.

한 번도 남 앞에서 연주하거나 악기를 만지는 자신을 내보인 적은 없었지만, 잎새는 그 누구보다 강력하고 대단한 연주자이며 탐나는 세션이다.

잎새의 춤이 음악 안에서 절묘하게 녹아들어 다른 이보다 해석이 탁월하고 빛나 보이는 건 분명 그런 이유에서일 거다.

스승의 예술적 유전자는 제자인 나보다 그토록 그분을 디스하고 거부하는 혈육에게 고스란히 물려졌으리라.

한때는 그 사실이 환장하게 부럽고 미치도록 질투가 났다.

정작 음악으로 방향을 정한 자신에겐 그 어떤 어드밴티지도 없고, 춤으로 완전히 방향 전환을 한 잎새에겐 차고 넘치는 그 충만한 끼와 감각적인 필이 죽도록 갖고 싶었다.

또한 이 모든 걸 갖은 잎새를 남김없이 삼키고도 싶었다.

그러면 음악도 잎새도 오롯이 내 것이 될 테니까. 그런 마음으로 지난 시간 잎새를 미친 듯 원하면서도 거리를 두며 병신처럼 방황했다. 그러다 어느 순간 놓쳐 버렸다.

"저녁은?"

언제 들어왔는지 잎새는 편한 옷으로 갈아입은 상태였다. 샤워까지 했는지 머리가 젖어 있다. 집으로 돌아온 지 꽤 됐다는 말이다.

아마 신나게 자신만의 춤을, 음악을 기다리고 기다리다 어느 순간 자신이 만족할 수 있는 그런 춤을 마음껏 추었으리라. 늘 그렇듯.

"내가 네 전용 쉐프냐?"

"주방 아줌마지. 할머니 레시피를 훔친 주방 보조."

변함없이 재수 없다. 저 아이의 성장 호르몬은 격하게 아름다운 몸과 페이스에만 집중되고 아직까지 뇌로 전이되지도 도달하지도 않았나 보다.

"분명히 말했다, 처음부터 내 거라고."

"내 거야. 할머니가 나 주신다고 하셨어."

"돌아가시기 전 마음을 바꾸셨나 보지. 아, 맞다. 의리 있게 당신 임종을 지키는 내 친손자에게 줘야지 하고."

담담하던 표정이 설명할 수도 없이 참담한 표정으로 바뀐 건 순간이었다.

그 어떤 의도나 계산을 가지고 한 말은 아니었다. 꿈에서도 바라고 바라던 이 평이하고도 소박한 일상을 함께한다는 게 꿈만 같아 가볍게 던진 말인데, 이토록 아프고 상처받은 얼굴을 할 줄은 몰랐다. 순간적인 판단으로 모른 척하기로 했다.

"사실 노트가 뭔 필요가 있냐? 그 레시피를 수년간 완벽하게 마스터한 나만 있으면 되지. 그러니까 나 꽉 잡아라."

"한시적이라며?"

"한시적이지. 근데 뭐, 니가 원하면 이 오빠가 쪼끔 늘려줄 수도 있지. 슈퍼 갑인 집주인의 넓은 아량으로다가."

"……돌아가야 해. 잠깐 들어온 거야."

일말의 주저함도 없이 돌아간다는 말에 기분이 열폭해 씻고 있던 쌀을 내던졌다.

"아까운 쌀 다 튀었잖아!"

아직까지 쌀알에 목숨 거는 것까지도 할매랑 똑같다. 징그러운 잎사귀.

"국수 먹어."

따신 밥 해주고 싶은 마음이 싹 사라졌다. 이 기분에 밥을 하면 그건 밥이 아니라 약이 될 것 같았다. 잎사귀에게 무지하게 해가 되는 그런 약.

"밥 먹고 싶은데."

"국수도 밥이야. 장르가 좀 길어 그렇지."

디포리, 무, 파뿌리, 다시마를 주인공으로 한 육수가 끓길 기다리며 국수 삶고 간단한 양념장을 만드는 사이, 잎새는 스탠드만 켠 어둑어둑한 거실에서 음악을 틀고 그가 과하게 애정하는 뽀송 뽀송 소파에 누워 오래된 LP판 하나를 마냥 쳐다보고 있었다.

하루 동안 비축한 모든 에너지를 한 큐에 쏟아부어 자신만의 춤을 췄으니 피곤도 하겠지. 매사 고양이 같은 아이가 강아지인 척 빨빨대고 돌아다니다 하루를 마무리하기에 앞서 늘 하는 의식. 녹초가 되도록 춤을 췄다. 오로지 자신을 위한 춤을. 그다음 매뉴얼로 듣는 음악.

늘 같은 음악. 잎사귀는 제 나이보다 훨씬 윗세대의 음악을 즐겼다.

스승님과 같은 세대의 가수가 부른 노래를. 가끔 생각했다, 그게 어떤 의민지.

"다 타버린 줄 알았는데……."

저질 체력은 아니지만 항상 자기 능력보다 더 많은 에너지를 소모하는 잎새는 잠깐씩 짧지만 깊은 잠에 빠지곤 했다. 그럴 때 마침 옆에 있던 전경은 할매 표현을 빌리자면 순번이 아닌데 계를 타는 기분이 들곤 했다. 바로 지금처럼.

LP판을 끌어안고 자는 잎새를 찬찬히 들여다보았다.

마지막 임종 전까지 두 분의 가슴을 졸이게 만든 계집애. 너무도 소중한 나의 잎사귀.

"소실되지 않기는……. 이거 구하느라 얼마를 쏟아부었는데."

몇 가닥 흘러내린 앞머리를 넘겨주고 싶어 손이 근질근질했다.

머리보단 입술이, 입술보단 이 아이 전부를 남김없이 삼키고 싶었지만 참았다.

아직은 기다리다 못해 짜부라지고 너덜너덜해진 이 속을, 꾸불꾸불한 구절양장을 전부 까 보일 수는 없다. 우리 두 사람을 위해, 그리고 잎새를 걱정하다 돌아가신 두 분을 위해서도.

"아주 간땡이가 부었구나, 아님 맛탱이가 갔던지. 갑이 서 있는데 감히 을이 누워 있어?!"

"다…… 했어?"

눈도 못 뜨고 입을 달싹이며 잔뜩 가라앉은 목소리로 말하는데 심장이 쫄깃하다 못해 어택 수준으로 벌렁거렸다. 이 아이로 인해 징그럽게 겪은 사춘기가 다시 도래하나 보나.

천억 개가 넘는다는 뇌세포 가운데서도 안쪽 가장 깊숙한 데 숨겨두었는데 지들 주인은 어찌 그리 잘 알고 기어들 나오는지……. 감정이란 참으로 신기했다.

이렇다 할 학습 없이도 알아서들 월반을 다 하다니. 억울하지만 난 잎사귀에게 영원히 종속된 비굴한 을이다.

"음식 배우려면 옆에 붙어서 봐야 할 거 아냐?"

"……다 했냐니까?"

"했지, 그럼."

입 짧고 편식하는 잎새가 맛있게 먹는 건 오직 할매 밥상에서만 가능한 일이다.

신기하게도 오랜 세월 노동과 갖은 시련으로 굵고 거칠어진 할매의 투박한 손이 만들어준 음식은 뭐든 잘 먹었다. 그래서 더욱 예쁘고 귀한 아이였다, 할매에게, 그리고 니에게도.

배가 고팠는지 국수를 짚는 젓가락이 꽤나 분주했다.

"갑질도 정도껏 해. 언제 말해줄 거야?"

먹는 입은 예쁘지만 말하는 입까지 그런 건 절대 아니다.

"……기다리실 거야."

"장장 7년 하고도 5개월을 기다리셨는데 그 며칠을 못 기다리실까. 걱정 마. 나나 할매는 기다리는 데 아주 이골이 난 사람들이니까."

'아놔, 또 저 얼굴. 뭔 말을 못하겠네. 저러다 체하기라도 하면 어쩌려고.'

"바쁠수록 돌아가라잖아. 아저씨 먼저."

"내 마인드와 정서는 핏줄보다 장유유서야. 할머니 먼저 뵙고."

"아, 그러셔? 그럼 이제부터 깍듯하게 오빠라고 불러라. 그렇게 맹신하는 장유유서대로."

"요즘 시댄 고등학교 재수한 게 자랑인가 보네?"

정말 어쩔 땐 성이랑 별개로 계집애가 너무 얄미워 흠씬 패주고 싶다.

"내가 좀 남다르잖냐. 학교를 고르는 기준이 깐깐하다 보니."

"너무 깐깐했지. 대학은 사수했으니……."

국수 가락조차 우아하게 넘기는 잎사귀를 순간 빤히 쳐다보았다.

잎새는 제가 무슨 말을 한 줄도 모르는지 제 얼굴보다 몇 배는 큰 그릇을 들어 국물을 마시고 있다.

* * *

10년 전.

첫 휴가 나오자마자 기어이 못 볼 꼴을 보고야 말았다.

억대를 호가하는 스포츠카에서 내리는 잎사귀를 보니 심사가 마구 뒤틀려 죽을 것만 같았다.

간만에 보는 인사치곤 지독하게 예의도, 매너도, 또한 성의도 없었다.

매일같이 구타와 욕설, 심지어 밥 먹듯 선임에게 얻어맞는 군바리 앞에서 온갖 지랄은 다 떨고 있었다. 비싼 차에 꽃다발, 화룡점정으로 잘 빠진 얼굴의 옛 같은 남자놈까지.

그나마 다행인 건 잎사귀의 반응이었다.

아무런 감흥도 여흥도 없이 무표정하고 무미건조한 표정.

녀석이 창문으로 잎사귀를 부르다 지쳤는지 차에서 내려 뭐라고 씨불이는데도 얄짤 없이 가시나는 무적함대처럼 죽어라 앞만 봤다. 별다른 재미도 스릴도 없는 익숙한 장면을 목도한 전경은 마당에서 매사 불친절과 오만의 극치를 보이는 여주인공을 기다렸다.

가파른 계단을 다 오른 잎사귀는 그를 보고도 동요가 없었다.

"할머니는?"

"물을 사람한테 물어! 그게 방금 휴가 나온 사람한테 할 소리냐?!"

"너 때문에 무리해서 장 보실까 봐 그러지. 요즘 무릎도 안 좋으신데."

"그렇게 걱정되면 같이 장이나 보지 그랬냐? 교통 사정도 좋지 않은 이 동네에서 겁대가리 없이 스포츠카나 타고 다니지 말고."

열이 받아 있는 대로 비아냥거렸다. 오장육부에서 천불이 나 그냥 넘길 재간이 없었다.

대한민국 최고의 대학에 갔으면 열나 공부나 할 일이지, 대학생이라고 구태의연하게 연애질이나 하고 앉았고. 전경이 열폭해 씩씩거리는 걸 빤히 보던 잎사귀가 한마디 했다.

"귀신 잡는 해병대도 별거 아니구나? 그 고약한 성질 여전한 거 보니."

"이하 동문이다. 국내 최고 대학, 그것도 별거 아니네. 연애질 하면서 다닐 정도면."

이번에는 잎사귀도 냉담한 모습으로 그를 노려보았다.

화가 나는 대상은 너무도 분명했지만 이유는 상대만큼 명확하지 않았다.

그래서 더 화가 났다. 두 사람이 시공간을 잊은 채 서로에게 이유 없이 분노하며 경멸 어린 시선을 쏟아내는 사이 절대적인 존재가 강림하셨다.

"뭣들 해?! 얼렁 이거 받아. 이 할미 짐 때문에 다리 부러지겠어."

그 소리에 들고 있던 가방과 꽃다발을 냅다 던지고 얼른 짐을 인계받는 잎사귀를 보자 그토록 분기탱천하던 화가 신기하게도 스르르 가라앉았다. 역시 잎사귀한테는 꽃보다 할매다.

저녁 시간이 되자 스승님은 자취를 감추시고 세 식구만 1층 대형 식탁에 앉았다.

식탁 위는 공평하게 딱 반으로 갈라져 있었다.

육식동물과 채식동물 기준으로. 거 좀 보기 좋게 골고루 섞어놓든지 하지 아주 경계선마냥 선명하게 편을 갈라 음식이 흉하게 군소 정당을 이루고 있었다.

"내가 무슨 병 있는 환자도 아니고 이게 뭐야?! 좀 예쁘게 섞어 세팅하지."

"이놈아, 넌 김치, 나물은 손도 안 대잖여. 우리 강아지는 남의 살 싫어라 하고."

그러면서 할매는 잎사귀를 흐뭇하게 바라보며 연신 쓰담쓰담했다.

"할매가 초지일관 그러니까 얘가 아직도 덜떨어지게 편식을 하지. 중노동 버금가게 체력을 쓰는데 고기를 먹어야 관절에 기름도 돌고 턴을 해도 무리가 안 가지."

갈비를 하나 집어 들어 뜯으려고 하는데 왠지 시선이 부담스러워 고개를 드니 두 사람이 쳐다보고 있다. 마치 신기하지만 절대 무섭지는 않은 티라노사우루스를 보듯.

"왜?! 뭐?! 고기는 내 거 맞잖아?! 아냐?"

"왜 아니여. 어여 먹어. 얼마나 골 빠지게 힘이 들었으면 지가 한 말도 까먹을까."

할매는 혀를 차고 어울리지 않게 잎사귀도 거들었다.

"할머니 손자는 화성에 혼자 둬도 살아올 애니까 걱정 말고 저녁 드세요. 살코기도 좀 드시고요. 무릎 아프시면서 반찬은 뭐가 이렇게 많아요? 대충 있는 반찬 먹으면 되지."

그 누구에도 허락하지 않는 저 애틋한 시선, 간절한 호소, 절절한 표정.

"그럴까? 우리 강아지."

오직 이분녀 여사에게만 일방통행 되는 저 무지몽매한 감정.

"다음부터는 대충 먹어요. 나올 때마다 이러시면 하는 일 없이 수시로 왔다 갔다 하는 군바리 버릇만 나빠져요."

듣고 있자니 화가 활화산처럼 치밀어 올랐다.

사제라면 한주먹도 안 되는 인간들한테 죽어라 처맞고 버티다 받은 은혜로운 첫 휴가.

애교에 기교까지 능숙한 쭉쭉빵빵 언니들하고 배꼽인사하러 가자는 선임들의 거룩하고도 은밀한 유혹도 거절하고 왔는데 고작 이런 반응이라니!

"야! 알지도 못하는 국민 위해 이렇게 피 끓는 나이에 국방의 의무를 다하며 순국과 순결을 다짐한 군인한테 그딴 식으로밖에 말 못해?!"

정말 피토하는 심정으로 모든 군인을 대변해 웅변하고 항변했다. 그러자 잎사귀는 눈도 깜짝 않고 강의하듯, 또 훈계하듯 일침을 가했다.

"우리 나인 국방의 의무보다 교육의 의무가 먼저야. 넌 그게 싫어 순서 뒤바꾼 애잖아."

'저, 저 입을 그냥! 할매만 없었으면 저 주둥이 꿀꺽 삼키는 건 이젠 정말 일도 아닌데.'

그동안 내 피가 순수하고 아무것도 몰라서 그런 것도 아니고 스킬이 부족해서 안 한 것도 아니다. 또한 내가 뭔가 꿇려서도 아니요, 환경이 처져서도 결코 아니다.

일종의 순수한 영혼끼리의 배려였다. 아직 미성숙하고, 미숙아처럼 할머니를 찾고, 지하에 처박혀 자신 안에서 숨바꼭질하는 잎사귀를 위해 내 모든 욕망과 열정을 잠시, 아주 잠시 저 멀리 나만 아는 어딘가에 동여매 놓고 있었을 뿐인데…….

"어차피 갈 군대야. 앞으로 내 미래도 계획하고 지난 시간도 반성하면서 되짚어볼 겸 겸사겸사 당겨간 거지. 니가 이 오빠의 큰 뜻을 알 턱이 없지."

"그래, 알 턱이 없지. 맘 잡고 공부해도 긴가민가한 그 함량 미달 머리로 대책 없이 군대 가서 머리 썩히고 있는데 내가 어찌 임의 마음을 알리오. 그지, 할머니?"

잎사귀는 이 순간 할매가 이 땅, 그것도 이 식탁에 존재함을 깊이깊이 감사해야 한다.

사실 요사이, 아니, 시기는 자세히 알 수 없지만 머리가 터질 듯 복잡했다.

도대체 답도 대안도 없이 해석도 안 되고 풀이도 없는 이 낯선 감정으로 인해 감정이 포물선처럼 기이한 모양을 하는데 그 모든 현란하고도 문란한 감정을 잎사귀한테 쏟아붓고 싶었다. 책임지라고. 이게 다 속을 모르겠는 너 때문이니까 전부 네가 책임지라고.

몇 년 동안 안갯속을 헤매는 기분으로 이 지랄 맞은 감정의 동요와 혼란은 그 누구도 아닌 너로 인해 기인한 것이라 말하며 모조리 떠안기고 싶었다.

그래서 그렇게 기를 써가며 도망치듯 군대를 갔노라고.

이렇게 솔직하게 고백하진 못했지만 이젠 정말 인정할 수밖에 없었다.

정확히 언제인지 모르나 여전히 진행 중인 열병처럼, 또한 성장통처럼 내내 앓고 있는 이 생생한 감정의 주인이 잎사귀이고, 바로 그녀이기에 무척이나 다행이라고.

그렇게 첫 휴가 테이프를 끊고 남은 9일을 온전히 집 지키는 데 올인했다.

친구도 만나고 술도 마시며 호기롭게 찰나와도 같은 비릿한 청춘을 즐기라는 스승님의 큰 가르침에도 학교에서 돌아올 잎사귀를, 그 가혹하면서도 간질간질한 기다림을 자청했다.

그게 시작이었다. 그렇게 시작했다.

✱ ✱ ✱

"의뢰가 온 건 꽤 됐는데 팀장님 스케줄도 그렇고 해서 확답은 주지 않고 있었습니다."

지원과 현재가 모니터로 블루하드의 뮤직비디오를 유심히 보고 있는 잎새에게 이런저런 이야기를 했다.

"블루하드는 이제껏 저희가 맡아온 여타 아이돌과는 레벨이 다릅니다."

현재의 비장하고도 단정적인 어법에 제법 호기심이 들었다.

"사실 아이돌이라기보다는 이 LTE 급 소비시대에 5년 넘게 국내에서 일인자 자리를 지키고 있는 대단하고도 대표적인 뮤지션이죠."

평론가 수준의 평을 하는 현재의 말을 진지하게 들었다.

"일본은 물론 미국에서도 인정하고 있고, 하여튼 자신의 색깔과 음악적 스펙트럼이 다양하고 견고해요. 또 음악만 그런 게 아니라 전방위적으로 타고난 친굽니다. 국내외 유명 브랜드와 패션 분야에서도 협찬과 러브콜이 잦은 걸 보면 다방면으로 타고난 천재죠."

잎새는 현재의 다양하고도 다채로운 표현과 폭풍 칭찬에 현란하고도 재미난 동작들로 안배가 된 뮤직비디오를 유심히 살펴보았다.

동작은 과하지 않고도 세련됐으며 재미난 동작들의 합이 절묘하게 잘 맞아떨어져 무엇보다 넓은 무대를 심심하지 않게 꽉, 현명하게 채우고 있었다.

확실히 여태껏 맡아 작업한 아이돌과는 확연하게 다른 아우라와 자신감이 보였다. 또한 그 사실이 그리 밉상으로도 보이지 않았다.

뮤지션이 갈고닦은 기량과 실력을 선보이고 자랑함에 있어 보는 이로 하여금 적으로 간주하지 않고 매료되어 동화되게 하는 건 결코 쉬운 일이 아니다.

그 또한 대단한 능력이며 실력이다.

"소속사 안무 전담팀이 있다면서 왜 우리 쪽에 의뢰한 거죠? 두 분도 보시다시피 전반적으로 안무가 자유로우면서도 강약과 포인트 안무가 조화롭게 안배돼 좋은데요. 오랜 시간 함께 협연해서 그런지 저 가수의 느낌을 무척 잘 살렸네요, 전속 안무가가."

"잘 보셨어요. 블루하드 안무를 담당하는 최 선배는 저 친구 연습생부터 시작해 지금까지 함께한 패밀리예요. 그쪽 회사의 지분도 갖고 있는 주식 부자이고."

잎새는 마지막으로 블루하드를 집중적으로 관찰했다.

"무엇보다 가수가 필이 좋네요. 가장 중요한 춤의 강약을 현명하게 조절할 줄도 알고, 그러면서 동작을 순간적으로 캐치하는 것도 타고난 듯 보여요."

구성과 짜임도 좋지만 결과적으로 무대를 장악한 가수가 안무가의 의도와 필을 백 프로 이해하며 더 나은 버전으로 업그레이드해 소화하고 있었다.

현재는 무릎을 치며 잎새의 반응에 열렬히 호응했다.

그랬다. 좋은 건 모두의 눈에 좋았다.

그 시선이 냉정한 관객의 입장이든 동종 업계에서 경쟁하는 사이든 간에.

"그렇죠? 그렇다니까요. 이번 신곡에 여성 파트(Part) 부분이 있어 여성적이면서도 하이엔드 섹시풍의 안무가 필요한가 봅니다. 저급한 몸짓과 노출보다는 에로틱하고도 애절한 스토리가 있는. 그런 건 팀장님 전문이시니까……."

"제 안무가 그런가요?"

"네?"

잎새는 자신을 칭찬하는 현재에게 농을 하듯 짓궂게 물으며 시선을 맞췄다. 그러자 현재는 얼굴이 벌겋게 달아올라서는 어쩔 줄몰라 하며 급하게 시선을 이리저리 피하기 바빴다.

현재는 국내에서 손꼽히는 유명 안무가이면서도 여자에게 그리

면역력이 강하지 못했다. 수줍어하지는 않지만 그렇다고 아무렇지도 않게 즐기듯 신체를 접촉하는 타입은 아니었다.

12년 넘게 안무가란 직업을 갖고 있으면서도 여전히 어색한 건 어색해하고 피할 건 철저히 피했다. 그로 인해 현재는 여성 보조 안무가를 따로 두었다.

의뢰한 가수가 여성일 경우 머릿속에 있는 동작의 느낌을 남자인 자신이 몸으로 표현하기 적절하지 않다고 판단될 때 여성 보조 안무가가 필요했다.

콘셉트 같은 큰 흐름은 현재가 잡되 가수와 직접 소통하는 안무는 보조 안무가가 도맡았다.

그렇게 상황에 따라 유현하고도 탄력 있게 행동해 현재는 유독 여성가수들의 콜을 자주 받았다. 물론 파워 있으면서도 친숙하고 한국적 스토리텔링이 있는 재미난 안무는 기본이었다.

"일단 미팅 날짜를 잡아 만나보고 이야기하는 걸로 하죠. 만약 하게 된다면 이번 안무는 저와 현재 씨가 맡아서 해보죠. 힘 있고 빈틈없는 구성은 현재 씨가 맡아주셔야 할 거예요. 전 뮤지션 솔로 파트랑 상대 여자 파트, 무대 분위기, 이렇게 나눠서 진행하는 걸로 하죠."

자신이 맡아야 하는 파트를 대략적으로 협의하고 미팅을 파하는데 켄과 정주리가 함께 사무실 문을 밀고 들어왔다. 두 사람의 팽팽한 기 싸움은 물론 초감각 신경전을 예감한 지원과 현재가 서둘러 사무실을 나갔다.

유치원 발표 시간도 아니고 무질서하게 먼저 기선을 잡으려 하는 사나운 두 아이의 막무가내식 행동에 잎새는 일단 무반응으로 제동을 걸었다.

잠시 후, 조금 전과는 다르게 차분해진 두 사람은 눈치를 보다 정주리가 치고 들어와 우선적으로 발언권을 사용했다.

"그 건물이 내 건물도 아니고 랜덤으로 옆집에 사는 사람, 내가 어쩌지는 못한다 해도 적어도 타인에게 피해는 주지 말아야 하잖아요? 시도 때도 없이 눌러대고, 별 그지 같은 질문을 해대는 것도 그렇고, 집에 개인적인 손님이 오면 더욱 조신하게 자중해야 하는데 이 인간은 영 그러질 못하네요."

정주리는 구중심처 켜켜이 쌓인 분노와 감정을 각혈하듯 토해 냈다.

"팀장님, 어쩔까요? 제가 저번에 한 사과가 그리 마음에 들지 않았나요? 그래서 너 한번 골탕 좀 먹어봐라, 뭐 이런 저급한 심리로 삽질하는 이 인간을 저에게 택배로 보낸 건지 물어보려고 왔네요."

안 봐도 구만리다. 답답해 죽을 지경이겠지. 왜 모르겠는가.

치명적인 남자의 치명적인 단점, 바로 눈치 제로에 두서도 행간도 없는 뜬구름 잡는 말.

죽을 맛이겠지. 그래도 어찌하나. 내가 알고 만든 상황도 아니고 저들의 운발인 걸.

"그 건물이 내 건물이면 저 여자 벌써 내보냈어. 만날 천날 술독에 빠진 모양으로 와서는 새벽에 남의 집 현관문 따려고 갖은 쇼를 다 하고……."

켄이 정주리를 죽일 듯 노려봤다. 정말 죽일 듯.

"무엇보다 밤마다 이상한 소리를 내. 노래도 아니고 신음도 아니고, 하여튼 이상야릇한 호흡으로 잠자리 어수선하게 하는 건 예사야. 도대체 저 집, 누가 추천한 거야? 할 수 있으면 지금이라도 아파트 빼줘. 나, 네가 있는 그 집으로 들어갈 거야."

어느 장단에 맞춰야 할지 심란했다.

"들어오길 어딜 들어와? 또 계약한 걸 무슨 수로 물러?"

세 사람은 마치 합체라도 한 듯 똑같은 모습과 버전으로 소리 나는 쪽을 보았다.

전경이었다. 어디서 바람을 맞았는지 자연스레 흐트러진 머리에 갈색의 클래식한 무스탕을 입은 그가 안 그래도 살벌한 눈을 째리며 입구에 딱 버티고 서 있었다.

모습은 런웨이에 선 프로 모델 같았지만 남다른 다크한 기운과 필살기인 강압적이면서도 고압적인 눈빛이 흡사 저승사자와도 같았다.

"정주리 씨, 저 인간, 그 건물 뛰쳐나오는 순간 난 그쪽 회사랑 영영 이별입니다."

그 소리에 반듯한 정주리의 이마에 내 천 자가 깊숙이 새겨졌다.

그건 말도 안 된다는 정주리의 억울한 눈빛 호소에도 전경은 전혀 물러설 기미가 없었다.

"너구나! 날 그 말도 안 되는 건물에 가둔 장본인이."

압도적인 존재감에 굴하지 않고 켄이 당당히 나섰다.

"니가 야수야? 가두긴 뭘 가둬?"

"그럼 왜 이 시점에서 이 사람을 협박하는데?"

"협박은 무슨. 그냥 있는 그대로 말했을 뿐인데."

전경의 대수롭지 않다는 식의 대처에 켄이 제법 날카로운 이빨을 세웠다.

"그게 협박이지."

"무슨 그런 말을. 이건 협상이지."

이빨을 세워보았지만 천 년 묵은 이무기 전경에게는 먹히지 않았다.

전경의 말은 늘 거친 듯하면서도 정곡을 찌르는 한 방이 있었다.

결코 말을 많이 하지도, 겸손하지도, 고급스러운 표현을 즐기지도 않았지만, 시기적절하면서도 상황에 맞는 단어를 구사하고 모른 척 말을 던지곤 했다. 그래서 전경의 말은 더 위협적이고 무척이나 현실적이었다.

"그만들 좀 해. 이사님 고충은 충분히 알겠습니다. 켄이랑 얘기해 볼 테니까 너무 걱정 마시고 그만 올라가세요."

현재 정주리에게 잎새의 말은 전혀 들리지 않는 것 같았다.

정주리는 안테나를 세우고 전경의 눈치만 살폈다.

전경이 유명한 작곡가이자 뛰어난 프로듀서라는 건 들어 알고 있었지만 탕탕엔터의 실세이자 막강 여성 파워 정주리가 이 정도로 굽히고 나올 줄은 몰랐다.

"그러시죠. 전 아직 할 말이 있어서."

거의 반강제적인 제안에 정주리가 조심스레 내 천 자를 풀고 퇴장 수준을 밟았다.

정주리 이사가 잽싸게 나가는 문틈 사이로 보이는 연습실은 웅성거리다 못해 심하게 요동치고 있었다. 아무래도 분위기 장악력이 탁월한 이 두 남자 때문인 것 같다.

왜 아닐까. 두 사람은 전혀 다른 스타일이지만 타인의 시선을 훔치기에 충분한 남자들이었다. 거기다 두 남자가 각기 다른 저음의 동굴 목소리를 높이고 있으니 심히 궁금하기도 하겠지.

"어쩐 일이야?"

"어쩐 일이긴, 구경하러 왔지."

"안무실이 거기서 거긴데 새삼스레 무슨 구경?"

"안무실이야 다 같지만 네가 있는 안무실은 다르니까."

늘 이런 식이다. 알 것 같으면서도 완전히는 모르겠는 전경만의 대화법.

그래서 더욱 신경 쓰이고 다시 한 번 되짚게 만드는 이상한 습관을 안겨준 전경의 말투.

갑작스럽게 품에 안긴 열여섯 살 그날 이후, 마음은 수시로 속삭거리고 재잘거렸다.

그 소란스러움의 정체를 인정하고 그 실체를 캐치하려는 무렵 우리들은 헤어졌다.

"……왜?"

빤히 쳐다보며 걱정스레 묻는 전경을 잎새도 동일한 모습으로 응시했다.

"니들 지금 뭐야?!"

켄의 오두방정에도 잎새는 전경을, 전경은 잎새를 시선에서 놓지 않았다.

"왜 나를 없는 사람 취급 하는데?!"

켄의 절규와도 같은 외침에도 두 사람은 아직까지 서로를 담고 있었다.

"뭐냐고?!"

"켄이면 깡통답게 찌그러져 있지?"

"뭐? 너, 말 계속 그렇게 할 거지?!"

"당연한 걸 묻네, 깡통이."

족히 5㎝는 더 큰 전경은 켄을 납작하게 눌러 버릴 기세였다.

더 있다간 지하 연습실 전체가 시골 5일장 분위기가 될 것만 같았다. 이쯤에서 확실한 중재가 필요한 듯 보였다.

"간다. 두 사람은 알아서들……."

"어디 가는데?"

전경이 저지하는 손짓보다 더 강력하고 힘 있는 동굴 목소리로 붙잡으며 물었다.

순간 망설였다. 대충 둘러대 거짓말을 할 건지 아님…….

"……갈래? 뵈러."

주리는 박희재 사장의 말을 들으면 들을수록 주먹은 쥐어지고 양어깨가 처짐은 물론이거니와 앞으로 다가올 현실이 암담해짐을 본능적으로 느꼈다.

"그러니까 이제부터 정 이사는 프로듀서 전경을 매우 잘, 아니, 살아 있는 신처럼 모셔야 한다는 거야."

이 살벌한 업계에서 순하디순한 인물로 명성이 자자한 박희재 사장이 이미 결론이 나 개박살 난 상태에서 패대기쳐진 어린 주리의 마음에 마무리로 대못까지 박아댔다.

"다른 작곡가들에게도 노래는 받겠지만 그럼에도 불구하고 우선순위는 전경이란 말이지. 요 몇 년 전경이 숨 돌리는 식으로 영화음악을 만들었지만, 그 비주류 사이키한 영화음악들도 대박 쳤잖아."

"……."

"하여튼 간에 올해 시작하면서부터 다시 대중음악으로 기지개를 켤 것 같단 말이지, 내 말은. 아까 신년 인사한다고 왔을 때 확실하게 운도 띄워놨으니 곧 곡도 나올 거야. 나오면 그 즉시 우리가 제일 먼저 알찬 곡들을 선점해야 해."

"……."

"그러니까 정 이사는 문 이사랑 권 실장 모두 불러서……."

비협조, 비타협, 비주류 인간이 웬일로 왕림했나 했더니 바로 그런 이유가 있었네. 어쩐지 아까 눈빛이 예사롭지 않다 했다. K–POP 제왕이 이제야 기지개를 켠다 이거지.

근데 실키 안무실엔 어쩐 일이지? 단순히 아는 사이는 아닌 듯 보였는데.

"자네 지금 내 말 듣고 있어?"

"네, 듣고 있어요. 들으면서 중요 포인트 기억 메모리에 확실히 접수 중이니까 걱정 마시고 계속하세요, 사장님."

주리의 다소 얼빠진 행각에 갸우뚱하던 박희재는 하던 연설을 계속했다.

"이번 신인 그룹은 어느 면에선 우리 회사의 사활이 걸린 문제야. 사실 이런 시기에 신생 걸그룹을 만드는 게 무모한 도박인지도 몰라."

"……."

"하지만 업계에도 나름의 순환 방식이 있어. 뭐, 질량보존의 법칙이라고도 할 수 있지."

"……."

"누군가 해체되고 와해되는 수준을 밟으면 또 누군가는 새로운 인물들을 구성하고 조합해. 그래야 흙탕물은 물론 고인 물도 갈리고 새로운 인물들도 나오는 거니까. 하여튼 이 모든 걸 누구보다 잘 알고 있는 정 이사가 이번 프로젝트를 진두지휘……."

'야비한 자식, 그렇다고 그렇게 치졸하게 선전포고를 하냐! 니가 그렇게 처신하니까 그 명성, 그 인지도에도 불구하고 주변에 사람이 없지. 나쁜 쉬끼.'

주리는 박희재가 빤히 보고 있는 것도 모른 채 혼자만의 생각에 빠져 있었다.

거, 이상하네. 실키는 미국에 오래 있었는데 언제부터 알고 지내는 사일까?

"주리, 주리, 정주리!!"

"……."

"정주리야?!"

"네에, 사장님."

"아까부터 왜 그래?! 집안에 무슨 우환이라도 있는 거야?!"

"아닌데요."

"그럼 어디 아픈 거야?! 체력이 막 달리고 그래?"

"아니요. 저 체력 좋은데요."

"그럼 도대체 왜 그래?! 자네의 그 총명한 얼과 멘탈 갑은 누구한테 상납하고 이렇게 허수아비만 서 있는데?!"

역시나 인간미의 정점을 찍어주시는 박희재 사장님에게 폭풍 걱정과 선 굵은 잔소리를 듣고 나와 사무실로 돌아온 주리는 죽어 버리고자 하는 절망적인 심정으로 소파에 몸을 날렸다.

오늘부로 그 켄인지 껨인지 하는 놈을 사수해야 한다.

본능적으로 전경이 그 자식을 경계한다는 걸 캐치했다. 나름 큰 수확이다.

이 살벌한 업계에서 수치만큼이나 중요한 게 본능이다. 그 촉이 지금 그렇게 말하고 있다.

'켄이 아파트를 나갈 시, 신인 걸그룹 프로젝트는 좋이요, 물 건너간다고. 망할!'

전경. 이 업계에서 삼성동 죽돌이로 통하는 인물.

집구석에 네버랜드는 물론 아방궁을 차렸는지 절대 사사로이 문밖출입을 하지 않는 지독한 인사. 처음엔 무슨 아토피나 햇빛 알레르기가 있나 싶었다. 젊은 나이에 집구석만 고수해서.

한데 그건 아니었다. 그냥 집구석을 심하게 좋아하고 사랑하는, 일명 구들장 스타일.

그런 어둠의 자식 같은 인사가 음악은 지랄 맞게 잘 만들었다. 재수 없는 쉬이끼!

강남, 강북을 하룻밤에 크로스로 평정한 전설의 주먹이란 설도 난무했지만, 죽돌이에 귀신같은 재능과 실력에 가려져 그 다크하고 무시무시한 팩트는 쏙 사라져 버렸다.

사실 그 잘난 실력만 믿고 개지랄 떨며 개만용 부렸으면 그 히스토리가 절대 무마되질 않았을 텐데, 지독히 개인적이고 폐쇄적인 분위기와 달리 매사 투명하고 단정했다.

한때는 모델로도 맹활약했다. 뭐, 얼굴로 평하자면 절대 A급은 아니지만 워낙에 개성 있는 마스크에 그 시베리안허스키 같은 야수 필 나는 눈빛이 제대로 먹혔다. 사실 기럭지로 평정하긴 했다. 남자로서는 스키니한 편이지만 비율이 비현실적으로 좋았다.

직각 어깨, 쥐똥만 한 페이스, 끝이 보이지 않는 다리, 다리……

지금 남의 다리가 문제가 아니다.

우리 회사의 미래와 사활이 걸린 신생 걸그룹이 이 섹시와 제약이 난무하는 척박한 가요계에서 쫙 뻗은 다리를 내밀며 춤이라도 한번 추려면 반드시 그 삼성동 죽돌이의 노래가 절대적으로 필요했다. 노래를 받으려면 그 깡통을 내 세력권 안에 두어야 했다.

어린 나이에 죽어라 춤추고 노래하면서도 살찔까 봐 제대로 먹지도 못하는 아이들한테 방송국 조명은 물론 반사판 한 번이라도 더 받게 해주려면 오직 그 방법뿐.

젠장. 작년에 업계 최연소 이사 달고 이제 좀 인생 편하게 띵까띵까 격하게 맘껏 살아볼까 했더니 바로 수직 하강, 낭떠러지다.

＊ ※ ＊

남궁잎새는 보기엔 여성미가 철철 넘치지만 한 꺼풀 까보면 전혀 그렇지 못했다.

성장할수록 얼굴과 몸매는 크리스마스이브에 깜짝 등장하는 빅토리아 시크릿 메인 엔젤 버전인데 성격은 뭐랄까…….

"지금 이 근처 몇 번이나 돌았는지 알아?"

매사 참을성이 심하게 결여됐고,

"몸싸움으로 차 박살 나 비싼 차 견인당하고 싶지 않으면 제대로 찾아."

표현력은 직설적이다 못해 독설이 난무하는 저돌적인 스타일.

"어쩌냐. 시골길이 다 거기서 거기라 어두워서 잘 모르겠다. 오늘은 그만 집에 가자."

"아니, 난 오늘 꼭 할머니 뵙고 갈 거야."

고집도 엄청 셌다, 잎사귀는.

"잠깐, 이게 무슨 소릴까? 난 이분녀 여사 뵙는다고 한 적 없는데."

창에 시선을 고정한 채 눈만 반짝이는 뽀송뽀송한 사막여우처럼 뭔가 이리저리 찾던 잎새가 강호를 평정한 자객이나 낼 법한 바람 소리를 내며 고개를 홱 돌렸다.

"무슨 말이야?!"

"할머니 뵈러 간다고 한 적 없다고."

내 답변에 어이가 없는지 꼭 다물고 있던 입을 벌리며 헉, 하고 바람 빠지는 소릴 냈다.

"뵙고 싶은 사람 보러 가자고 했잖아!"

"했지. 내가 뵙고 싶은 분은 스승님, 그리고 남궁잎새 아버지."

잎새는 밤하늘 같은 검은 눈동자로 매섭게 노려보며 절대 수긍할 수 없다는 듯 반박했다.

"아니. 아까 분명 할머니 뵈러 가자는 뉘앙스였어. 그래서 따라나선 거고."

좀처럼 아이컨택을 하지 않는 잎새가 시선을 놓아주지 않았다.

한편으론 벅찼지만 이 상태론 위험하다 판단돼 일단 국도 한쪽 편에 차를 세우고 실내등을 켰다.

아직까지 시선을 놓지 않는 잎새에게 감사하며 그 밤하늘 같은 눈빛을 죽어라 사수했다.

"해석하기 나름이야. 너에겐 할머닌지 모르지만 난 스승님 떠올리면서 한 말이야."

흐릿한 불빛 속에서도 아주 먼 과거 어느 날처럼 잎새의 오묘하면서도 솜털 촘촘한 귀가 내 눈에, 내 기억 속에 단박에 들어왔다.

"아니. 보고 싶었다면 굳이 나한테 말할 필요 없었어. 혼자 가면 되니까."

"혼자 가기 싫었어."

"……."

"같이 가고 싶었어."

어수선한 주위 상황 속, 좁다란 차 안, 갇힌 우리 두 사람…….

이젠 내가 먼저 이 아이에게서 떨어져 나가는 일 따윈 결단코 없을 것이다.

"보여 드리고 싶었거든."

괜히 지레 겁먹고 열등감 느끼며 잎새의 결정과 선택에 입 다물고 있지는 않을 거다.

"잎새…… 왔다고."

맹렬하게 반감을 표출하던 물기 머금은 검은 눈동자가 조금씩 잠잠해졌다. 또한 먹먹해졌다.

물기로 인해 빛을 반사하는 저 크고 검은 눈동자는 항상 거대한 장막이었다.

출입할 수도, 발을 내디딜 수도 없는 저 너머 어딘가를 열망하는 나에게 검은 눈동자는 수문지기처럼 한없이 움츠리게 하고 돌아가게 만들었다.

그로 인해 인생에서 좌충우돌 부딪치고 깨지며 사랑을 주네 마네 한창 티격태격할 나이에 우린 미적거리다 놓쳐 버렸다. 내 잘못이 가장 크지만 애초에 잘못된 선택을 한 잎새를 한동안은 오지게 저주했다. 지금은 그저 그 나이다운 치기 어린 행동이라 생각한다.

하지만 이젠 그 좁다랗고 어두운 골목길을 벗어나 지표가 확실한 광장으로 나왔다.

물론 골목길도 나름 스릴 있고 애틋해서 한 번은 지나갈 만 하지만 반복은 의미 없다.

햇빛과 바람, 비와 눈 피하지 않고 온전히 다 맞으며 혼신을 다해 이 아이를 잡을 거다.

비록 감정의 시작점은 놓쳤지만 우리 연애의 시작은 이제부터이다.

"잎.사.귀. 왔다고."

분위기를 반전하는 잎사귀란 호칭에 잎새는 꾹 참고 있던 긴장을 비로소 풀었다.

계속 반복될 이 쫄깃한 분위기를 잎새가 어떻게 무슨 말로 교묘히 빠져나갈지 심히 궁금했다. 장담하건대 머리가 좋은 아이이니 어설프게 빠져나가진 않을 거다.

"화내는 것까지는 안 말리는데 계속 그렇게 보진 마라."

입도 벙긋 못하고 목 끝까지 긴장하고 있는 잎새를 완전히 풀어주려니 이 순간이 심히 아쉬웠다. 나름의 확실한 표식은 필요할 듯 보였다. 끊임없이 의식하며 긴장하고 있는 서로에게.

"가. 피곤해."

잎새는 실내등을 끄고 윤기로 반들거리는 검은 눈동자의 셔터를 내렸다.

"……안…… 고 싶어지니까."

서둘러 사이드미러는 물론 후방까지 꼼꼼히 확인하고 재빨리 핸들을 꺾었다.

삼성동 집 앞에 도착하니 밤 10시가 넘고 있었다.

주차 공간을 완벽하게 장악하고 옆을 보니 잎새는 여전히 셔터를 내린 채였다.

숨소리가 규칙적이지 않고 간헐적인 게 잠든 척하는 건 아니었다.

아까 출발하기 바로 직전 한 말은 제대로 들은 건지 궁금했다. 제대로 들었다고 티 내는 스타일은 아니니 당분간은 그 진위를 알길이 없겠지.

"난 좋긴 한데…… 안겨서 들어갈래?"

깨지 마라. 깨지 마라, 제발. 주문을 걸고 외며 빌었는데도 결국은 깼다.

"……라고 했어?"

작게 하품을 하며 피곤한지 눈을 뜨지 않고 있다. 순간적으로 잎새가 지금과는 달리 덜 여문 그때 고양이처럼 가르랑거리며 파고들던 그 순간이 생각났다.

'그때 내가 그 감정과 떨림에 반감 없이, 마찰 없이 마냥 솔직했

다면 우린 지금 어떤 모습일까? 잎사귀, 넌 궁금하지 않냐? 난 가끔 그게 미치게 궁금하다.'

"마의 열 계단 올라가기 싫으면 이 오빠가 안고 간다고."

잎새는 눈을 비비다 멈칫하며 빤히 쳐다보았다.

어둠 속이라 백 프로 확신할 순 없지만 분명 동요하며 동공이 미세하게 흔들렸다.

"오늘…… 이상해, 너."

"이상하기만 해? 걱정되지는 않고?"

조금만 더 다가가고 싶었다. 우리가 미진하고 미숙해서 놓친 시간들을 전부 보상받을 수는 없지만 적어도 그로 인해 우리 관계가 형편없이 망가지거나 완전히 어긋나 버린 건 아니란 걸 잎새에게 증명하며 마지막엔 전부 다 되찾고 싶었다.

"내가 걱정돼."

"니가? 왜?"

"네가 이러는 의도를 모르니까."

마치 짙은 먹물을 풀어놓은 듯한 검은 눈동자가 진한 암향을 피우며 날 폐 속까지 꿰뚫어 볼 듯 그렇게 응시했다.

"물어봐. 그럼 되잖아."

용기 내보라고. 이건 단지 앞으로 일어날 폭풍 연애의 예고편일 뿐이니 고민하고 더 긴장하라고 얼굴을 한껏 디밀었다. 다가간 만큼 잎새는 뒤로 물러났다.

"그…… 사람, 도대체 너한테 무슨 부탁을 한 거야?"

'쳇, 겁쟁이 거북이가 쓸데없이 머리는 좋아가지고. 예상도 못한 방법으로 빠져나가네. 역시 실망시키지 않는구나.'

"스승님께 감사해라. 너 도망갈 구실 만들어주신 분이니까."

"도망가는 거 아니야. 정말 궁금해. 니가 새삼스레 이러는 이유. 도대체 그 사람이 너한테 뭘 부탁한 건지……."

분명히 할 필요는 있었다. 초반부터 겁먹고 내뺄까 봐 가만히 있었더니 잎사귀는 단단히 오해하고 있었다. 내 의도와 내 진심을.

"새삼스러울 거 없어. 난 똑같아, 옛날이나 지금이나."

"아니, 달라졌어. 지금은 니가 무슨 생각을 하는지 모르겠어."

"7년 전엔 알았고?"

"알았어."

"……!"

잎새는 결심이라도 한 듯 한숨을 쉬더니 피하지 않고 말했다.

"너…… 나한테 경쟁심 있었고, 내 능력과 네 능력 끊임없이 비교하면서 스스로 상처 내고 혼란스러워했어. 미워하는 것까지는 아니었지만."

"……."

"너, 나 불편해했어. 그건 알아."

더 알아야 할 건 다행히 모르고 있었지만 역변 시절 내가 잎사귀한테나 나 스스로에게 느꼈던 질투와 혼란, 절망감과 막막함은 분명 확실히 캐치하고 있었다.

키조개로 국물을 낸 미역국은 개운하니 맛났지만, 시베리아산 냉기류를 내뿜는 쉐프로 인해 밥이 코로 들어가는지 입으로 들어가는지 알 수가 없었다.

어젯밤 어색하고도 미묘한 분위기를 벗어나려 꺼낸 이야기에 전경이 그렇게 정색할 줄은 몰랐다. 막연히 생각했던 것보다 더 예민하게 반응해 놀랐다.

그 시절 우리에겐 분명 서로에 대한 경쟁심과 반발심이 있었다. 단지 그것만은 아니었다 해도 서로에 대한 견제와 상실감이 더 컸던 건 분명하다.

잎새는 아버지란 사람의 뜻밖의 관심과 단지 존재만으로도 할머니의 지극한 사랑을 받는 전경에게 시기와 질투를 하며 한편으론 무시하면서도 내내 신경 쓰였다.

전경은 그녀의 성장과 열정, 그 사람에게 물려받았다고 생각하는 음악적 DNA를 부러워한다는 걸 알고 있었다. 사실 티 나게 행동을 해 도저히 모를 수가 없었다.

그러다 결국 서로를 똑같이 시기하고 질투하는 상황이니 밀도는 다르지만 질량은 같다고 잎새 스스로 결론을 내렸다. 그렇게 덮어두고 싶었다.

"기사 보니까 하루 중 아침 식사 때가 가장 행복하다더라. 그러니까 제대로 먹어. 해준 사람 맥 빠지게 하지 말고."

"……."

"심리추리소설도 쓰지 말고."

"밥이…… 질어."

"당연히 질척거릴 거야. 음식이란 게 원래 쉐프 기분 많이 타거든. 사람과 사람 사이에만 썸 타는 거 아니야. 고로 오늘 아침 요리에 내 의식과 무의식이 전부 투영됐으니 그렇겠지."

하여튼 돌려 말하는 걸 못해요. 프로 의식이 부족해도 너무 부족한 전경이다.

"프로들은 안 그래."

하늘로 승천하는 송충이눈썹을 하고 전경이 각을 세운 말투로 대꾸했다.

"프로는 사람 아냐? 감정이입이나 동요 없으면 음식 못 만들어. 음식 만드는 건 사람 대면하는 거랑 똑같다고 했어. 잎사귀가 그렇게 애정해 마지않는 이분녀 여사가."

전경이 빤히 쳐다보며 말하니 이상하게 눈가가 사르르 떨렸다. 더 지체하다간 떨림이 눈까지 전이될 것 같아 곧바로 외면했다.

"진밥은 괜찮은데 된밥은 싫어. 쉐프답게 감정 조절 좀 해봐."

지나가는 투로 말했다. 더불어 이 아침 식사 시간도 어서어서 지나갔으면 했다.

"그래서 말인데……."

특유의 동굴 목소리로 말끝을 흐리는 게 뭔가 심상치 않았다.

"맞아. 경쟁심 있었어. 질투, 시기도 했고."

전경은 옆에 있는 잔의 물을 아주 조금 마시고 한숨 비슷한 걸 내뱉더니 팔짱을 끼고 빤히 쳐다보았다. 그로 인해 잎새도 내내 넘어가지 않던 수저를 마침내 내려놓을 수가 있었다.

"니가 갖고 있는 열정, 재능, 필, 끼, 무엇보다 그 강력한 기운까지 다 전부 부러웠어. 훔치고 싶을 정도로."

"……."

"난 죽어라 탐나는데도 넌 매사 시큰둥해하는 건 기본이고 그 재능을 제대로 써먹지도 않고 춤에만 빠져 있어 늘 욕하면서 디스하기는 했지."

"……."

"근데 그게 다는 아니야. 그건 빙산의 일각이고 내 감정은 그보다 더 많은 요소가 뒤범벅이었단 말이지. 그러니까 그 시절을 단지 내가 널 부러워하고 질투했다는 말로 폄하하지 마. 지금의 날 버티게 해준 건 분명 그 시절이니까."

전경이 이렇게까지 나오니 가만있을 수 없었다. 가만있다면 예의가 아닐 것이다.

"알았어, 무슨 소린지. 그럼 이번에는 내 차례네."

"……."

"그 사람이 너한테 한 부탁이 뭐야?"

질문을 하자 안 그래도 주눅 들게 하는 눈빛이 살벌하게 반짝여 좀 무서웠다.

"그게 뭔데 나한테 이렇게까지 하느냐고. 할머니 일은 내가 백 번 천 번 할 말이 없으니까 네 처분 기다리겠는데 그 사람 일은 달라. 주는 건 네 능력이고 네 일이겠지만, 받고 안 받고는 내가 결정해."

전경은 팔짱을 낀 채 무시무시한 눈빛으로 한참을 응시했다. 그러더니,

"스승님이 부탁한 거 아니야."

"……!"

"부탁하신 건 다른 거고 내가 이러는 건……."

이번에는 잎새가 전경을 빤히 쳐다보며 답을 기다렸다. 잎새는 자신이 입술을 지그시 깨무는 걸 넘어 잘근잘근 깨물고 있단 사실도 몰랐다.

"내가 하고 싶어서 하는 거야. 내가 전부 다 해주고 싶어서."

그러니까 왜 다 해주고 싶으냐고는 물을 수가 없었다.

그러다 지금보다 더 놀라운 대답을 들을 수도 있고 더 엄청난 말을 들을 수도 있기에 이쯤에서 멈췄다. 아직은 그 답을 들을 준비가 되어 있지 않았다. 그게 무엇이든.

호칭을 편하게 블루와 실키로 하기로 하고 이야기를 진행했다.

어떤 평론가는 지향하는 바가 정확한 아티스트는 진화에 진화를 거듭해도 절대 놓치지 않는 게 있다더니 블루가 그랬다. 자신이 잘하는 걸 현명하게 놓지 않고 있었다.

자연스러운 성장과 함께 변화하고 끝없이 진화는 하되 자신이 잘하는 건 절대 폐기하지 않고 더욱 견고하게 지키려 하고 있었다, 블루는.

"3번 트랙 안무 포인트는 댄서들과 만드는 흥겨운 분위기가 포인트라고 생각해요."

잎새는 고개를 끄덕이며 계속 음악을 들었다.

"타이틀은 아니지만 개인적으로 좋아하는 곡이고 마이너 분위기로 시작해 경쾌한 머니 코드(대중들에게 어필하기 좋은 멜로디 라인. 일명 돈을 부르는 멜로디 작업)의 후렴구로 바뀌는데, 그래서 더 신나고 펑키하면서 전체적으로 자유로운 동작들이 있었으면 해요."

안무의 우선순위에서도 자신이 지향하는 음악들을 먼저 거론했다. 분명 여성 가수와의 안무가 더 화제가 되고 이슈가 될 텐데도 그리 염두에 두고 있지는 않아 보였다.

"알았어요. 그럼 이제 제일 중요한 여자 파트 안문데, 음악을 들으니 블루랑 여성 댄서가 어느 정도 신체 접촉이 있는 게 자연스러워요. 동의하나요?"

중요한 부분이었다. 나중에 안무가 완성된 상태에서 팬덤과 충성도 높은 팬들을 의식해 터치와 커플 안무를 곤란해하는 이들도 왕왕 있었다.

"네. 세기말적인 사랑을 하는 연인들의 마지막 여행이라 간절하고 거침없는 감정을 잡았어요. 그러니 안무에서도 그런 파괴적인 사랑이 함축적으로라도 표현돼야겠죠."

곡의 분위기와 가사로 인해 수위는 수락하되 그 또한 신중하게 답했다.

"그럼 신체 접촉은 동의하는 거고 수위는 가사와 분위기에 맞게 구성되니까 중간 평가할 때 이야기하죠. 미리부터 논의할 필요 없이."

"네, 알겠습니다."

블루는 쉼 없이 계속되는 대화에 목이 말랐는지 탄산수를 마시며 한 템포 쉬고 있었다.

그사이 USB에서 나오는 음악에 빠져든 잎새는 눈을 감고 벌써부터 대략의 동작을 머릿속으로 그리며 구성을 이어갔다.

음악에 빠져들수록 남녀의 위태로운 감정선이 고스란히 읽혔다.

사랑하고 또 사랑하지만 상황으로 인해 극으로, 끝으로 치닫는 감정의 폭발, 되돌리고 싶으면서도 끝으로 달릴 수밖에 없는 연인들의 폭풍 같은 사랑, 질주, 파국…….

"점심 같이하시죠?"

"……."

잎새는 지금 아무것도 들리지 않았다.

잠깐 동안이지만 음악이 자신에게 어떤 안무를 원하는지, 어떤 동작으로 자신을 표현해 줬으면 하는지 그 하나만 생각하고 그 절절한 감정에 빠져들어 있었다.

"……실키?"

"팀장님?"

지원이 잎새의 손을 잡고 흔들었다. 그제야 정신을 챙긴 잎새가 지원을 보았다.

"응? 왜?"

지원이 어색하게 웃으며 '나 말고 저기' 하는 표정을 해 맞은편에 앉은 블루를 보았다.

"네. 뭐라고 하셨죠?"

잎새가 차분히 묻자 블루는 웃었다.

"같이 식사하시면 어떨까 해서요. 바쁘신 거 알면서도 제 욕심에 실키 스케줄 사이에 껴 안무 의뢰하는 입장이라 잘 보이고 싶어요."

잎새는 벽에 걸린 시계를 보았다. 12시 23분.

"식사는 다음에 블루가 오늘처럼 시간 있을 때 하죠. 오늘은 선약이 있어서요."

아쉬운 미소를 자아내며 정중히 사양하는데 핸드폰이 울렸다.

"그럼 다음 미팅 때 보죠. 그때는 디테일하게는 아니어도 대략적인 구성은 확인할 수 있을 거예요. 그럼 이만 일어날까요?"

핸드폰을 손에 든 잎새가 먼저 일어나 블루가 일어나길 기다렸다. 그때까지도 핸드폰은 죽어라 울어댔다. 소리에 떠밀려 블루가 짧은 인사를 하자 지원이 블루를 데리고 사무실을 나갔다. 잎새는 그제야 소란을 떠는 전화기를 진정시켰다.

"응."

[끝났어?]

"방금. 어디야?"

[강남역. 인테리어 숍. 이리 와.]

"점심 먹는 거 아니었어?"

[소품 좀 사고 먹자.]

"알았어. 일단 갈게."

[도착하면 전화해. 위치 설명해 줄 테니까.]

전화를 끊고 USB를 챙겨 가방에 넣고 사무실을 나섰다. 지원과 현재에게 돌아올 시간을 알리고 건물 1층 주차장을 지나는데 누군가 불렀다.

블루였다. 자신의 밴에서 내린 블루가 잎새에게 다가왔다.

"어느 방향으로 가세요?"

"강남역 부근이요."

"그럼 저희 차 타고 가세요. 저희도 그쪽으로 지나가니까."

"아니에요. 택시 타면 금방이에요."

"금방이니까 부담 갖지 마시고 타세요. 얘기하면서 가면 더 금방 갈 거예요."

블루는 이름만큼이나 청량감 가득한 미소를 보이며 그녀의 동의를 기다렸다. 미소년 같은 미소와 친절에 거절하기가 마땅치 않았다.

차 안은 남자가 쓰는 밴이란 게 믿어지지 않을 정도로 깨끗하고 쾌적했다.

"어떤 종류의 음식을 좋아하세요?"

얘기하자는 게 고작 이거였나 싶을 정도로 질문은 뜬금없었다.

"한식 즐겨요."

"다음엔 한식당에서 점심 같이 해요."

"네."

"이번 앨범 어떻게 들으셨어요? 혹시 개인적으로 귀에 들어오는 곡 있나요?"

잎새는 오늘 미팅 전부터 블루의 음악을 들었다.

전체적으로 음반에 실린 음악이 다양했다. 어떤 트랙은 한국 민요를 접목했고, 유럽에서 인기 있는 덥스텝(하우스 음악에 자메이카에서 발원한 덥 음악의 요소를 얹은 일렉트로이카 음악의 한 분파)이 가미된 힙합곡도 있었다. 전체적으로 세련된 힙합이지만 임팩트 있는 랩 스타일은 물론 잔잔한 멜로디나 중독성 강한 멜로디도 요소요소에 적절히 포진되어 있었다.

"3번 트랙이 듣기도 편하고 가사가 재치가 있어 좋았어요."

잎새는 음악이 귓가에서 울리는 것 같아 가사를 흥얼거렸다.

확실히 중독성이 있었다, 블루의 음악은. 있어 보이려 음악을 가지고 온갖 기교를 부리는 이들이 있는데 블루는 그 적정선을 잘 지켰다. 어렵지 않으면서도 색이 평이하진 않았다.

이번 앨범이 앞으로 나올 앨범까지 포함해 최고의 앨범이라고는 감히 말할 순 없겠지만 이런 감각을 또다시 느끼게 되지는 않을 것도 같았다.

그만큼 이번 앨범은 다양하면서도 한 가지 톤으로 귀결됐다. 바로 블루하드 톤.

"미국에서 작사도 하셨다고 하던데……."

조심스러운 질문이었다. 마치 물어도 되느냐며 물어보는 소심한 아이처럼.

"친한 지인 앨범에 잠깐 참여한 정도예요, 전문적인 건 아니고."

"그보다 훨씬 유능하다고 들었는데요, 전."

이 정도에서 대화를 접으려는데 마침 잎새의 핸드폰이 알람인 듯 울렸다. 잠깐 실례한다고 말하곤 핸드폰을 받았다.

"응. 다 왔어."

[그럼 9번 출구 앞 프랑프랑으로 와.]

전화를 끊고 내리려 준비하는데 블루가 말했다.

"다음에는 제 음반에도 참여해 주세요."

"어쩌죠? 그다음이 언젠지는 모르지만 아쉽게도 그땐 제가 한국에 없을 것 같네요."

고맙다고 인사를 하고 잎새는 차 문을 열었다.

켄은 욕실 용품을 구경하고 있었다. 그것도 전부 화이트 칼라로.

발판부터 시작해 슬리퍼, 포크, 앞치마 등등 쇼핑한 물건이 꽤나 많았다.

"너도 필요한 거 있으면 골라. 사줄게."

다양한 물건에 기분이 좋은 켄은 이런 기분을 실키와 함께 나누고 싶었다.

"아쉽네, 필요한 게 없어서."

실키의 무성의하고 시원찮은 반응에 켄은 기분이 상했다.

요사이 느끼는 건데 실키는 한국에 온 이후 친절하지도 않고 매사 무감각해졌다. 더 자세히는 그 전경이란 눈 사납게 생긴 놈과 해후한 후 묘하게 거리감과 함께 낯설어졌다.

"그렇겠지. 칠성급 호텔 버금가는 집에서 사니까 필요한 게 없겠지. 부럽다."

아로마 향초가 있는 곳에서 서성이는 잎새를 보며 켄은 마음껏 비아냥거리며 말했다.

"나 내쫓아내고 니들끼리 사니까 좋냐?"

"……."

"좋으냐고?"

성질이 났다. 생각을 하니 할수록 짜증도 났다.

"생각 안 해봐서…… 모르겠네."

성의 없는 대답이 그런 켄을 더 자극했다. 그러면서 오만하고 자신만만한 전경의 얼굴이 떠올라 열도 받고 이대로 가만히 있을 수가 없었다.

"그 자식 너무 믿지 마. 아무리 14년 알고 지낸 사이라고 해도 남잔 남자야. 언제 남성성을 찾을지 몰라. 니가 음산한 기운이 가득한 지하에 살아 몰라서 그렇지, 아마 밤 되면 2층에서 야수의 억눌린 신음 소리가 들릴걸."

"……."

"내 입으로 말하기는 그렇지만 사실 남자가 나처럼 젠틀하기 쉬운 거 아니거든."

마치 살 것처럼 여러 가지 아로마 향을 번갈아 맡으며 잎새가 한마디 했다.

"넌 젠틀한 게 아니고 성욕을 잃은 케이스지."

너무 놀라 한동안 이게 도대체 무슨 소린가 했다. 근데 차츰 마음 깊은 곳에서 불쾌감과 함께 강렬한 울림이 왔다.

"그게 무슨 헛소리야?! 그리고 너, 그런 얼굴로 그렇게 아무렇지 않게 말하면 사람들이 진짜 줄 오해할 거 아냐?"

"오해 아니고 사실이잖아."

"무슨 그런 말도 안 되는……."

"미국에서 나랑 안무하던 제니퍼가 그러던데. 너 성욕 상실한 다비드 아님 거세당한 헤라클레스라고. 그렇지 않으면 어떻게 자기를 보고도 아무 반응이 없을 수 있느냐고."

'제니퍼? 아, 그 제니퍼? 그 여자가 그런 말을 했다고?'

실키는 제니퍼의 말을 마치 사실인 듯, 아니, 진리인 듯 맹신하는 듯 보였다. 그런 반응에 켄은 정말 어이가 없었다.

"사실 제니퍼가 보통은 아니잖아. 남자 안무가들도 그렇고 유명 남자 가수들 다 넘어갔잖아. 한 사람한테 안주하거나 정착, 뭐 그런 걸 못해 그렇지 미모나 몸매가 빠지는 것도 아니고."

'이놈 저놈 넘어가면 주위에 잔존한 남자들도 다 넘어가는 줄 아나!'

"사람은 절대적 불가침의 취향이라는 게 있어!"

"……."

"제니퍼 그 여잔 절대 내 취향 아니야! 아니라구!"

"……."

"밥 먹듯, 사탕 까먹듯 섹스 파트너 바꾸면서 즐기는 헤픈 여자 난 절대 싫어!"

생각만으로도 불쾌하고 싫었다.

일회성 짙은 만남과 그에 따른 섹스는 불결하고 의미 없어 싫었다.

켄은 그 자신도 그렇지만 곧 죽어도 나 아니면 안 되는 연애, 나이기에 가능한 연애를 추구하고 지향하는 클래식한 스타일로 정조, 지조, 뭐 그런 것들이 그 무엇보다 중요했다.

"그러니까 네가 이상하다는 거야."

"뭐가 이상해!?"

"한번 즐기는 건데 넌 너무 따지고 온갖 의미를 부여한다고. 그러니까 결론적으론 넌 성욕이 없거나 중간에 상실해서……."

듣자 듣자 하니 도저히 더는 들어줄 수가 없었다.

"성욕, 욕정 없긴 너도 마찬가지잖아?!"

장소가 어딘지는 이제 하나도 중요하지 않았다.

이토록 호도되고 왜곡, 날조된 진실을 밝히고 정의를 구현하고자 하는 마음만 있을 뿐.

"난 있어."

"……!"

향초를 들고 음미하듯 향을 맡던 실키는 정색도 않고 말했다.

"뭐, 뭐라고?!"

"난 있다고. 성욕이나 주체 못 하는 욕구."

"……."

"아직 마땅한 적임자를 못 찾아 그렇지, 차고 넘치게 많아."

순간 이렇게 고백하는 여자도 다 있구나 싶었지만 이내 실키의 솔직한 반응이 반가웠다.

또한 자신을 겨냥한 소위 개념 발언 같아 심히 만족스러웠다.

'역시 그랬구나. 그렇게 아닌 척을 하더니. 하여튼 여자들은 못 말려요. 관심을 빙자해 소란을 피우며 억지를 부리던 정주리나 이렇게 대낮 공공장소에서 다이렉트로 고백해 오는 실키나 나만 보면 헬렐레해서는.'

아무래도 못 이기는 척하고 받아줘야겠다. 정주리도 단념시킬 겸.

"옆에 두고 무슨 적임자를 찾아? 이제 우리 둘, 더 이상 헤맬 것도 없겠네."

켄의 미소 띤 그윽한 제안에 실키가 향초 뚜껑을 매섭게 닫으며 말했다.

"나도 취향이라는 게 있거덩."

"……!!"

포장지를 보면서도 설마 설마 했는데 정말이었다.

"이유가 어찌 됐든 지금의 난 너한테 받기만 하니까……. 점심 때 켄이랑 쇼핑 갔다 하나 샀어. 작업실에 둬. 환기도 못 하니까 두면 좀 나을 것 같아서."

시트러스 향. 잎새가 좋아하는 향. 그로 인해 언제부턴가 그도 좋아하게 돼버린 향.

기억하고 있을까? 자신이 처음 나에게 준 선물도 바로 이 향초였다는 걸.

선물을 받고도 한 번도 초에 불을 지피지 않았다. 아니, 불을 붙일 수가 없었다.

"가끔 방문도 열고 초 피워서 환기하고 공기도 순환시켜."

TV에 시선을 고정한 채 잎새가 지나가듯 대수롭지 않게 말했다.

"왜 다 해주고 싶은지는 안 물어볼 거야?"

"……."

TV에서는 이번에 새로 국립발레단 단장을 맡은 강수진의 예전 발레 화면이 나오고 있었다.

잎새가 정신을 빼고 보는 게 이해는 갔지만 아무래도 의식적인 행동 같았다. 타이밍이 참 절묘하게 들어맞네. 그러다 금세 화면이 지나갔다. 이때다.

"안 물어볼 거냐고?"

"나중에……."

"나중에 뭘?"

"……물어본다고."

여전히 시선은 TV에 둔 채 설렁설렁 대답하고 있었다. 그리 무게를 두지 않는다는 듯이 무심한 척, 여유로운 척 잎사귀는 카멜레온처럼 자신을 위장하고 있었다.

"언제?"

"……."

"나 대답 기다리잖아."

"내가…… 묻고 싶어질 때나……."

"……."

"그래도 된다고 판단될 때."

잎새가 또 피해가는 것 같아 도망가는 걸 마냥 두고 볼 수가 없었다. 매번 그렇게 피하고 도망갈 수 없다는 걸 알려주고 싶었다.

"그냥 지금 묻지? 난 물어봐 줬으면 하는데."

"……."

"난 물어줬으면 하는 작은 소망이 있는데."

고집불통. 속이 좁아서는 열나 소심하기까지 하다.

"잎사귀!"

"밥 줘. 배고파."

아무래도 말을 할 것 같지가 않았다. 오늘은, 아니, 앞으로 근한 달은.

사실 영원히 물어보지 않아도 된다. 물어볼 필요도 없다.

잎새는 그저 내가 주는 모든 걸 옆에서, 바로 내 곁에서 따박따박 받기만 하면 되니까. 단지 그거 하나면 난 충분히 행복하니까, 남궁잎새.

✽ ✽ ✽

8년 전.

밥상 앞에 앉은 전경은 울컥해 울 뻔했다.

격하게 좋아서, 너무 찡해서, 너무너무 신나서.

어리지만 무지하게 섹시하던 여가수의 노래가 절로 튀어나왔다.

'난 이제 군인이~ 아니에요. 난 이제 민간인임에 기쁨의 춤을 추어요!'

오늘도 역시나 스승님은 보이지 않았다. 그래도 오늘만은 얼굴을 비치실 줄 알았는데 살짝 실망했다. 하눌님 같은 내 스승님, 얼굴 보기 열나 힘든 스승님.

"고생 마이 했다. 그 성질머리 땜시 군대에서 선임들한테 쥐도 새도 모르게 맞아 죽는 거 아닌가 하고 걱정했는데 이렇게 억세게 살아 돌아와서 할미는 기쁘다."

할멈은 주름으로 찌그러진 눈에 눈물이 그렁그렁한 채 말은 겁나 살벌하게 했다.

"그게 지금 말이야, 밥이야?"

"할미가 실수했다. 어서 처묵으라."

"내가 군대에서 얼마나 골고루 예쁨을 받았는데?! 우리 대대장님이 나보고 말뚝 박으라고 하실 정도로 내가 진짜 열심히 삽질하고, 눈 쓸고, 매일 욕먹고 그래도……."

"할머니, 식사하세요. 국 식어요."

저게 정말! 지능범인 잎사귀는 입 닥치란 소리를 늘 이딴 식으로 우회해서 한다.

"오냐, 우리 강아지. 먹자, 먹어."

오늘 이 자리는 분명 날 위한 자리인데도 늘 그렇듯 날 위한 건 하나도 없었다.

갑자기 맥을 끊은 잎사귀에게 한마디 하려는데 할매가 자리에서 벌떡 일어났다.

"왜 일어나세요?"

"먼저들 먹어라. 내사 시장에 좀 다녀와야겠다."

자리를 뜨는 할매를 잎새가 잡았다. 할매는 떡집에 내 제대 기념 떡을 주문했는데 깜박 잊었다고 했다. 그러자 잎새는 떡집에 전화한다고 하고 할매는 떡집 여자랑 따로 할 말이 있으니 금방 다녀온다고 붙드는 잎새를 애정을 담뿍 담아 다독였다.

그렇게 단둘이 있게 되자 잎사귀는 식탁 밑에서 상자를 꺼내 내 앞에 두었다.

"제대 선물이야. 풀어봐."

생각지도 못한 타이밍에서 또 한 번 울컥했다. 상상도 못 했다. 잎사귀가 날 위해 선물을 준비할지는. 늘 싸늘한 얼굴로 싸가지 없는 말만 해 기대는 물론 생각도 못 했는데…….

졸업할 때가 되니 애가 정신을 차린 모양이다. 이 정도면 대학 그까짓 것 한번 가볼 만하다 생각했다. 감동받은 걸 꾹꾹 숨기고 거침없이 선물 상자를 풀었다.

상자에서 나온 건 정말 이 타이밍과는 전혀 어울리지도 않는 초였다. 초. 양초.

도대체 이게 무슨 뜻일까 생각했다. 내가 제대한 걸 초치겠다는 건지, 아님…….

"지금 나랑 불장난하자는 거야?"

"……."

"아님 뭐야?!"

"내일부터 그 초처럼 온몸을 불사르며 열심히 공부해서 내년엔 꼭 대학 가."

오늘 세 번째로 울컥했다. 이번에는 진짜 제대로 감정이입이 됐다. 잎사귀로 인해.

"할머닌 네가 공무원 되길 바라서. 정년 보장되고, 죽을 때까지 연금 나오고, 나이 들어서도 절대 개고생할 일 없다고 생각하시지. 어디서 공무원 밥그릇은 평생 빌어먹을 일 없는 철밥통이란 소리를 들으셨나 봐."

"……."

"그러니까 내일부터 그 초처럼 네 자신을 뜨겁게 녹여서 고위 공무원, 초합금 밥통을 목표로 불꽃을 피우란 말이야, 할머니를 위해서."

그동안은 정말 궁금하지 않았다. 아니, 궁금한 마음은 있었지만 그들만의 이야기로 치부하고 포장해 남겨두고 싶었다. 하지만 지금은 다르다. 반드시 알아야만 했다.

저 인간이 왜 저토록 할매를 신경 쓰고 할매 일이라면 사족을 못 쓰고 절절 기는지.

"너, 우리 할머니랑 도대체 무슨 일 있었던 거냐? 뭔데? 이제 나도 좀 알자. 내가 알아서 오늘 여기서 정산에 이자까지 쳐서 끝내자. 네가 내 진로까지 언급하는 건 정말 아니지 싶으니까 우리 오늘 쇼부 보고 깨끗이 끝내자고."

성질이 나 잎사귀를 노려봤다. 빨리 모든 걸 토해내란 사나운 얼굴을 하고.

그렇다고 단박에 기가 죽을 잎사귀가 아니지. 꼿꼿이 고개를 든 잎사귀가 의심스러운 눈동자로 나를 노려보며 낮은 톤으로 물었다.

"너 대학 가는 거랑 그 일이 무슨 상관인데?"

"그럼 나 대학 가는 게 너랑 무슨 상관인데?!"

"말했잖아, 할머니가 너 공무원 되길 바라신다고."

"거봐. 또 할머니잖아? 그러니 내가 알아야겠다고. 그 미스터리가 풀려야 네가 내 문제, 내 인생에 신경을 끌 거 아니야! 그러니까 빨리 말하라니까!"

잎사귀는 여전히 평정심을 유지하며 나를 주시했다. 한 치의 떨림도 없이.

"결국은 다 너 좋으라고 공무원 되라는 거야."

기가 막혔다. 천상천하 유아독존 잎사귀가 날 생각하다니…….

지가 언제부터 날 신경 썼다고. 나한테 눈길 한 번 제대로 준 적도 없으면서 가식에 위선을 떨고 있다. 하여튼 공부 좀 한다 하는 것들은 다 저렇게 뻔뻔하고 재수가 없다.

"아니지. 넌 내가 아니라 할매 걱정 덜어주고 소원 들어주고 싶어서 그러잖아."

"……"

"아마 니가 할 수 있는 일이었다면 예전에 니가 했겠지. 근데 그럴 수 없으니 이렇게 날 잡고 압박하는 거고. 건방지게 남의 인생에 감 놔라 배 놔라 하면서."

아마 잎사귀와 나 사이에 종이라도 있었다면 벌써 다 타버려 재가 됐을 거다. 둘이 쏘아대는 강렬한 살기와 겁나 살벌한 레이저 빔 때문에.

"이런 말까진 하지 않으려고 했는데……."

표정이 살벌했다. 침착하면서도 가라앉은 게 무슨 폭탄선언이라도 하려는가 싶다.

"너······."

"······!"

"음악에 재능 없어. 그러니까 괜히 그 사람한테 나쁜 영향 받지 말고 이날까지 너 키워주신 할머니 생각해서······."

향초로 인해 거실 진열장 유리가 산산이 부서진 건 순식간이었다.

너무 화가 나서 그 순간은 아무것도 보이지 않았다.

여기가 어딘지, 내가 누군지, 내 앞에 지금 누가 있는지 아무것도 생각할 수가 없었다.

머리랑 가슴에 누가 불이라도 질렀는지 열이 뻗쳐 돌아버릴 것 같았다.

날 부정하고 내 능력을 비하하는 것까지는 참겠는데 도저히······.

"지금 이 순간 니가 그 사람이라고 부르는 내 스승님께 머리 숙여 감사해라."

"······."

"니가 내 하늘 같은 스승님 딸이라서, 그래서······ 참는 거니까."

시작은 제대 기념 홈 파티였는데 결국 저녁도, 선물 받은 향초도 뭐 하나 건지지 못했다.

시무룩해 있는데 새벽에 스승님이 치킨이랑 맥주를 사가지고 오셔서 새벽까지 술을 마시며 앞으로의 계획에 대해 약간은 이야기를 나눴다.

늘 그러시듯 딱히 날 겨냥해서 말씀하시지는 않았다.

당신의 인생행로를 복기라도 하듯 조금씩 천천히 내보이시고 그 안에서 힌트를 찾길 바라셨다. 내 스승님은 현명하고 지혜로우셨다. 외모는 꽃거지지만 마음은 현자에 현인이셨다.

도대체 잎사귀는 누굴 닮았는지 모르겠다. 아마 돌아가신 사모님을 닮았겠지.

잘은 모르지만 그럴 거라 추정했다. 정말 절대, 네버 내 스승님 과(科)는 아니니까.

난장판이 된 거실은 다음 날 일어나니 말끔히 치워져 있었다.

아침 내내 거실과 휴지통을 다 뒤졌는데도 잎사귀와 똑같은 향이 나는 그 양초는 결국 찾지 못했다.

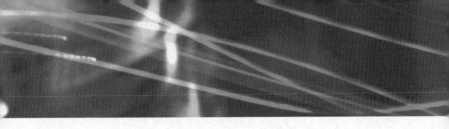

3장 / Bounce

조향기. 잠일고등학교 입학 예정. 중학교 성적표에 기재된 등수 전교 3등.

잎새는 테이블 위에 펼쳐진 종이를 내려다보며 통화를 이어갔다.

"네, 잘 알겠습니다. 걱정 마세요. 그리고 앞으로 무슨 일 있으면 이 번호로 연락 주세요. 제 핸드폰 번호입니다. 네, 아닙니다. 고맙습니다. 들어가세요."

전화를 끊은 잎새는 옆에 서서 얼굴을 구기며 무언의 항의를 하는 지원을 보았다.

"알아, 선배가 걱정하는 게 뭔지. 가능한 피해 안 가게 할게."

지원은 한숨만 연거푸 쉴 뿐 기대하는 반응은 하지 않고 있었다.

"그럼 이렇게 하자. 방학 동안 알바하는 내 조수로 쓸게. 개학하면 지금처럼 오지는 못할 거야. 두고 보자고. 정말 댄서로서, 안무가로서 성장할 수 있을지, 제대로 된 마음이 있긴 하는지 일단 곁에 두고 보면서 판단해 보자고. 그러니까 선배는 그만 인상 펴."

한발 양보한 지원이 조심스럽게 의견을 기다리는 잎새를 보며 입을 뗐다.

"걔 관심 없어. 또 상관도 안 해. 난 네가 걱정돼서 그래."

잎새는 안도하며 웃었다. 걱정하지 말라는 듯이 지원을 보며 최대한 방긋 웃었다.

"일단은 알바란 명분으로 넘어는 가겠는데 이거 한 가지는 명심해."

"……."

"저 애로 인해 안무가 실키가 내부든, 외부에서든, 또 단원들에게든 조금이라도 안 좋은 소리 들으면 쟤 바로 내보낼 거야. 사수인 너 통하지 않고 주변인인 내 선에서."

잎새가 그건 안 된다고 반박하지 않자 지원이 탄식하듯 한숨을 내쉬며 답답하다는 표정을 했다. 지원이 자주 하는 표정이다.

"난 네가…… 이제 좀 편해졌으면 좋겠어."

잎새보다 한참 작은 지원이지만 모습과는 상관없이 지원은 마음 씀씀이가 넉넉한 선배다.

지난 7년이 넘는 시간 동안 그 누구보다 잎새의 고뇌와 성장, 아픔의 역사를 너무도 잘 아는 사람. 그래서 그녀 앞에서는 더욱 노련하고 완벽한 사람이 되어야 했다.

"잎새야, 이제 그만 다 접고……."

"무슨 비밀 얘기 하는데 들어오지도 못하게 하는 거야?"

인기척도 없이 켄이 향기를 데리고 사무실로 입성하자 지원은 입을 봉하고서 사무실을 나갔다. 지원이 아무짝에도 쓸모없는 켄을 싫어라 하는 건 알지만, 이미 마음 안에서 모자라지만 친구란 이름으로 자리를 굳힌 켄을 한국에 왔다고 바로 내칠 수는 없었다. 또한 켄이 나름 충분한 이유로 한국에 왔다는 걸 알기에 더욱 그랬다.

"향기, 이리 앉아봐."

"나는?"

"니 맘대로 하세요."

켄이 눈을 사납게 하고 쳐다보는 건 알았지만 무시하고 향기에게 시선을 집중했다.

"어머니랑 통화했어. 일단 방학 동안 내 조수로 알바한다 생각하고 사무실 청소하고 나머지 시간은 네가 알아서 보내. 여덟 시간 시급 정확하게 따져서 줄 거니까 출퇴근 시간 잘 지키고."

향기는 허락에 대한 안도는커녕 마치 당연하단 듯 고개를 끄덕이고는 도전 정신이 느껴지는 눈빛으로 잎새를 보며 물었다.

"제가 팀장님 조수면 무조건 팀장님 따라다녀도 되는 거네요?"

이상하게도 잎새는 이 아이의 건방져 보이는 저 태도까지 마음에 들었다. 보고 있으면 왠지 전경을 연상시켰다. 그게 무척 이상하긴 한데 묘하게 그랬다.

"나라면 여기 사람들 춤추는 거 보고 눈으로 익히면서 공부할 것 같은데."

"그건 기본이구요. 그 나머지 시간에는 팀장님 따라다녀도 되죠?"

"나 따라다닌다고 안무가 되는 건 아니야. 그렇다고 인맥이 넓어지지도 않고. 난 여기 아니면 집에만 있으니까."

"그렇지. 넌 집이라면 사족을 못 쓰지."

켄이 비비 꼬인 목소리로 끼어들어서는 잎새를 잡아먹을 듯이 노려봤다.

"너도 이사한 집 좋아하잖아. 좋으니까 소품 사다 나르는 거 아니야?"

"그건 네가……."

이때 켄의 주머니에서 핸드폰 소리가 들렸다. 켄은 번호를 확인하곤 전화를 받았다.

"점심? 아니, 안 먹었는데. 그래? 알았어. 그럼 내려와."

전화를 끊은 켄을 보며 잎새가 빤히 쳐다보았다. 그러자 켄은 어깨를 으쓱하고는,

"정주리. 점심 먹자고."

"걱정했는데 잘 지내 다행이네."

"나 좋다는 사람한테 그걸 약점 삼아 상대하면 안 되지. 나 그렇게 치사한 캐릭터 아니야."

'그래, 넌 치사하다기보단 심한 착각과 망상에 빠져 사는 캐릭터지.'

잎새는 아직도 정주리를 제대로 파악하지 못한 켄이 걱정스러우면서도 정주리의 의중이 궁금했다. 분명 켄을 질색했는데 요사이 두 사람은 제법 잘 어울리고 있었다.

향기에게 안무실에서 준수하고 지켜야 하는 사항을 몇 가지 더

설명하고 있는데 가벼운 노크 소리와 함께 정주리가 들어왔다.

잎새는 정주리를 보고 정말 깜짝 놀랐다.

화사하게 화장을 했지만 다크써클이 무릎까지 내려온 정주리는 엄청 피곤한 얼굴이었다.

일주일 사이 예쁘장한 정주리의 얼굴이 말이 아니었다. 그러다 켄에게 저절로 시선이 갔다. 켄은 그녀와 다르게 너무도 말짱했다.

얼굴에서는 빛이 나고 머리 뒤에서는 후광까지 났다. 정주리의 기운이 온통 켄에게 빨린 듯.

'너구나, 정 이사 저렇게 만든 장본인이. 타인에게 영향 안 받는 막강 파워 업 캐릭터인 줄 알았는데 아니었네. 정 이사한테 미안해서 어쩌지.'

잎새는 미안한 마음에 자리에서 일어나 정주리에게 먼저 인사를 건넸다.

"저번에 뵙고 오랜만에 뵙네요, 정 이사님."

"네, 그러네요. 무사히 잘 지내시죠, 실키 팀장님은?"

정주리의 말에 묘한 반감과 체념 등 복잡 다양한 감정이 읽혔다.

"이태원에 유명한 피자집 있는데 팀장님도 함께 가세요."

"아니에요. 전 안무 때문에 일찍 집에 가보려고요."

안색부터 해서 눈빛은 물론 목소리에도 힘이 하나도 없어 보였다.

차라리 독감이 더 나을 것 같았다. 저 켄이라는 고급스러워 보이는 바이러스보다.

"들었어요, 블루하드 안무 맡으셨다고. 누차 말씀드리지만 저희 기획사 아이돌 안무 각별히 신경 써주세요. 안 그럼 제가……제 처지가 너무 비참하고 불쌍해지니까요."

"네에?!"

무슨 말인가 하다 순간 그 의미를 캐치했다.

"아, 네, 이사님."

정주리의 시선이 잎새에게 정곡으로 꽂혔다. 왠지 양심에 가책이 느껴졌다.

"지금 무슨 소리 하는 거야? 빨리 가기나 해."

마치 괴물 오크에게 붙들려 가는 인간계 여전사처럼 정주리는 켄에게 등 떠밀려 사무실을 나갔다. 생각해 보니 그때 사무실에서 전경이 정주리에게 한 말이 떠올랐다.

"저 인간, 그 아파트에서 나오는 순간 그쪽 회사랑은 영영 이별입니다."

방금 전 정주리가 자신을 빤히 쳐다본 이유를 알 것도 같았다.

'이게 다 당신과 전경 때문이야.'라고 정주리는 말하고 있었다.

"팀장님?"

"응, 왜?"

"전 점심 누구랑 먹어요?"

눈치가 있어 그런지 자신의 애매한 위치가 나름 걱정되는 모양이다. 어리지만 야무지다고 생각했는데 기본적인 상황에 대해 묻는 걸 보니 아직 애는 애다 싶다.

불현듯 오래전 그 사람이 전경을 살갑게 챙기던 기억이 떠올랐다. 유일한 가족이자 딸인 자신보다 남이면서 객식구인 전경을 챙기던 모습이.

　"상황에 따라 다르지만 기본적으로는 나랑 먹는 게 좋겠지? 너도 알겠지만 여기서 네 존재 반기는 사람은 없을 거야. 넌 일종의 번외고 낙하산이니까."

　"알아요."

　"아는 만큼 행동 조심해. 얻고자 하는 게 있으면 모든 건 다 경험이고 공부니까."

　향기에게 몇 가지 더 당부를 하고 잎새는 가방을 챙겼다.

　주리는 피자를 먹고 있는 주둥이를 잡아 비틀고 싶은 걸 간신히 참았다.

　"저녁에는 밀가루 말고 한식 먹는 게 좋겠어. 아무리 맛있다고 해도 본토보다 못할 바에야 확인 절차 필요 없는 음식 먹는 게 낫잖아. 난 가정식 먹고 싶은데, 당신 음식 못해?"

　처음엔 전경에게 받아내야 할 곡이 있다 해도 꼭 이렇게까지 해야 하나 싶었다. 그러다 요사이 가요계 흐름을 보며 이럴 수밖에는 없단 결론을 내렸다.

　각종 차트에서 비슷비슷한 아이돌 음악이 내려지고 테마 있는 시즌 송이나 콜라보 듀엣곡, 아님 듣기 편한 곡이나 향수를 불러 일으키는 리메이크 버전이 음원 강세를 보이고 있었다.

　이런 상황에서 여자 아이돌이 비슷한 음악에 너도나도 벗고 찢고 나와서는 바닥에 비비적거리며 엉덩이춤만 추고 있어 방송사와 업계에서 수위 조절은 물론 강력히 단속한다는 말이 나오고 있었다. 더불어 조금 늦은 감이 있지만 MR를 틀어놓고 무대에서 퍼포먼스 하느라 입만 벙긋벙긋 하는 것도 단속하겠다는 굳은 의지를 표명했다.

이 시점에서 대박은 아니더라도 중박 정도 수준의 곡은 나와 줘야 대중들에게 어필할 수 있었다. 그러려면 전경, 그 염병할 인사의 곡이 반드시 필요했다.

못 돼도 중박, 터지면 초대박일 테니 탕탕엔터에서 이사 달고 처음 기획하는 걸그룹인 만큼 주리 입장에서는 반드시, 꼭, 기필코 성공해야 하고, 그러려면 전경밖에는 답이 없었다.

"가정식, 일명 슬로우 푸드이자 소울 푸드 자신 없냐니까?"

미친 자식. 이게 널널한 미국에서 나고 자라서 그런지 도무지 개념이 없구만.

"박 터지게 공부해, 입학해, 졸업하고 타고난 현모양처 작파하고 이날까지 전문직 여성으로 방향 전환해 미모 챙기면서 명성과 카리스마를 날리는 지금 내가 요리까지 하면 그건 김수현이죠."

"김수현? 김수현이 누군데?"

피자를 왕창 물고도 얼굴에서 오로라 빛이 나는 외계 생물체를 보며 내수 버전 외계인을 설명하게 될 줄은 미처 몰랐다.

"TV 안 봐요? 내가 그쪽 생각해서 하는 말인데, TV나 리얼리티 프로도 보면서 감각 좀, 아니, 제발 눈치 좀 개발해 봐요. 그만 얼굴로 소울 푸드 거론하면서 먹방 전문 채널처럼 먹을거리만 신경 쓰지 말고."

"김수현이 누구냐니까?"

아이고, 두야. 이 얼굴 빼고 하나 쓸모없는 미친 다비드 새끼 같으니라고.

내가 이 악몽 같은 고통을 언젠가는, 정말 언젠가는 모두 발산하리라. 전경에게는 못해도 꼭 너에게만은 기필코 하리라!

"드라마 있어요. 잘생긴 외계인이 주인공인 드라마. 걘 못하는 게 없어요."

그러자 급 조신해진 켄 키드가 웅얼거리듯 말을 뱉었다.

"난 또. 사실 나도 종종 외계인이란 소리를 들어."

"……!"

'뭐야? 지가 이상한 거 알고 있었어? 그럼 알면서도……. 이런 미친 십장생 같은 인간!'

"조각처럼 잘생겼지, 성격 좋지, 거기다 잘나가는 거대 IT 회사 사장이지. 이런 내가 평범하게 평범한 사람들 속에서 묻혀 사는 거 결코 쉬운 일 아니거든."

"……헐!"

갑자기 아이처럼 생기발랄해진 켄 키드가 좋아라 하며 물었다.

"그게 무슨 뜻이야? 환호야, 감탄이야?"

이런 미친놈의 자슥. 환호? 감탄? 개 드립에 대한 게거품이다, 자슥아!

"사실 이런 건 알려주면 안 되는데, 우리나라에 있는 동안 이 맥락에서 이런 표정으로 헐이라는 단어를 쓰면 그건 백 프로 욕이니까 알고 있어요."

주리의 사실적인 설명에 켄은 정말 찌그러진 깡통 같은 얼굴을 하고 사납게 노려보며 피자를 한입 베어 먹었다.

"그보다 이 시점에서 중요한 질문이 하나 있는데, 도대체 전경이랑 실키, 무슨 사이예요?"

"……."

"빨리 삼키고 대답 좀 하죠."

"그딴 걸 왜 물어?"

"내가 두루두루 잘 알아야 당신도 편하고 나도 뭔가를 챙길 거 아니에요. 난 장사꾼이에요. 손해나는 거, 마이너스 되는 거 딱 질색이란 말이죠. 다양한 정보가 있어야 누군가는 돕고 누군가와는 딜을 할 거 아니에요."

주리의 솔직 발칙한 제안에 켄은 잠시 망설이다 한마디 내뱉었다.

"오래된 친구라고 하던데. 옛날부터 알고 지낸 사이."

"온리 친구?"

심히 의심스럽다는 주리의 추측에 켄은 불현듯 기분 상한 표정을 하더니 퉁명스럽게 말을 보탰다.

"당신 바보야, 아님 유치원생이야? 남녀 사이에 친구가 어딨어?"

'멍청한 머리로 개 드립만 하는 줄 알았더니 간혹 적절한 멘트도 하는군.'

"남자들이 다 나처럼 젠틀하고 한없이 겸손한 줄 알아? 그 전경이라는 자식, 분명 실키한테 음란한 마음 갖고 있을 거야. 그러니까 실키만 두고 날 내쫓았지."

"……!"

'헐! 뭐야? 지금 두 사람, 같이 사는 거야? 삼성동 그 으리으리한 저택에서?

뭐야? 도대체 뭐냐고?! 이 외계인을 구워삶아서 토해내게 해야 해.

"남녀 사이에 친구가 왜 성립이 안 돼요? 친구란 국경, 나이, 인종, 성별을 떠나 완벽하고 친밀한 인간관계 중 최고 레벨인데."

더 알아내야 한다. 이 단순한 인사를 자극해 얻을 건 다 전부 얻어야 해.

"그건 두 사람이 사심 없이 담백한 관계일 때 성립되는 거야. 둘 중 한 사람이라도 다른 마음이면 그건 불가능해. 전경은 백 프로 실키한테 마음 있어."

사실 그 말은 맞았다. 그날 그렇게 이 자식을 디스하고 경계하며 그곳까지 왕림한 것만 봐도 사심은 충분히 있다고 봐도 무방했다.

"날 얼마나 씹고 경계하는데. 내 글로벌한 명성은 물론 돈 많고 잘생겨서 그런지 날 보는 순간부터 자극하고 결국엔 이 나라에서는 지가 갑이라고 날 내쫓은 거 봐!"

'니가 이제 보니 아주 꼴값에 갑이구나. IT 사장 좋아하고 앉았네. 그 얼굴 하나 믿고 실키한테 붙어 기생하는 거 다 알거든, 쉐이끼야!'

"그쪽이 잘 몰라서 그러는데, 전경이 이 업계에서는 나이에 비해 점잖고 신사라고 평이 자자한 인물이에요. 말투가 심하게 거슬리고 상대 가리지 않고 너무 솔직한 게 탈이지만 경우와 예의범절은 아는 위인이라고."

콜라 잔을 거칠게 테이블에 놓으며 켄이 대경실색했다.

"경우를 아는 작자가 결혼도 하지 않은 채로 동거하자고 하겠어? 실키가 어떤 인물인지도 모르면서……."

"……!"

"아주 집을 실키 모드로 완전 개조해 놨던데."

'실키를 위해 집을 개조해? 뭐지? 뭐지?! 대체 그 두 사람, 무슨 사이지? 아, 미치겠네. 궁금해 돌아버릴 것 같아. 아, 정말 뭘까?'

모자란 다비드가 그 이름값도 못하고 궁색하게 혼자 구시렁거렸다.

"물량 공세를 하려면 제대로 알아보고 하던지. 실키는 그런 집 백 개를 사고도 남을 정도로 재력가야. 몰라서 그렇지."

"……!!"

기가 막혀 말도 안 나왔다.

물 건너온 미제 깡통새끼 내쫓자마자 어디서 저런 순수 결여되고 사나운 눈초리를 한 꼬맹이를 데리고 와서 분위기 없게 밥 달란 소릴 하고 있으니.

"오늘부로 내 조수이자 과거 너처럼 배움에 목마른 제자야. 서로 인사 정도는 해야지."

"니 제자를 왜 여기로 데리고 와?"

"내가 여기 사니까."

"말했지, 이 집에 우리 말고 다른 사람들 들락거리는 거 싫다고."

들락거림은 물론 자신에게 쏟아져야 하는 잎새의 무한한 관심과 애정 어린 눈길이 다른 이에게 향하는 게 죽도록 싫었다.

"아는데, 걘 어린 학생이야. 니가 제일 잘 알잖아. 스승과 함께 하고픈 어린 제자의 간절한 마음이 어떤지."

그 대목에서는 딱히 할 말이 없었다. 하여튼 남의 약점은 잘도 캐치하고 이용하지.

"인사해. 여긴 나랑 같이 사는 전경."

"안녕하세요. 조향기입니다. 앞으로 잘 부탁드립니다."

"부탁하지 마. 모르는 사람한테 부탁하는 거 아니야. 인생 독고다이야."

전경의 잔인하고 좌편향적인 인생관에 향기는 다소 어이없는 표정을 하며 잎새를 쳐다보았다. 마치 '이 또라이 아저씨 뭐예요?' 하는 얼굴로.

"말투가 그 사람의 전부는 아니야. 오늘 새로 배운다 생각해."

잎새는 꼬맹이한테 화사한 미소를 지으며 어깨를 다독였다. 근데 그게 그렇게 기분 나빴다. 마치 새로 입주한 고양이한테 주인을 빼앗기고 약탈당한 기분이 들었다.

"야!"

"안무 짜야 해. 가볍게 먹자. 나도 도울게."

같이 준비하잔 소리에 사납던 기분이 다소 사그라졌다.

"우린 저녁 준비할 거니까 향기는 TV 보던지 해. 단, 2층은 전경 단독 공간이니까 출입하면 절대 안 돼. 이 집 주인은 내가 아니고 독고다이 전경이거든."

한 소리 하려는데 잎새가 쪼르르 주방으로 향했다. 얍삽하기는.

전경은 거실에 서서 주위를 둘러보는 꼬맹이와 시선이 맞닿아 한 소리 했다.

"어른들 식사 준비하는데 다 큰 학생이 노는 거 아니야. 천 원 정도는 있지? 요 앞 슈퍼 가서 녹말가루 작은 거 하나 사와. 얼른."

꼬맹이가 불만스러운 듯 눈을 째려 전경은 고갯짓으로 나가길 강력히 재촉했다.

저녁은 야채버섯덮밥으로 메뉴를 정하고 잎새는 야채를 손질했다. 전경은 각종 버섯을 맡아 씻고 썰었다.

"블루하드 음악, 어떻게 평가해?"

"뜬금없이 그건 왜 물어?"

"이번에 안무를 맡았는데 네 개인적인 생각은 어떤지 해서."

동글동글한 양송이를 썰던 전경은 칼질을 멈추고 잎새를 쳐다봤다. 잎새는 여전히 어설프게 칼질을 하고 있었다. 옛날에는 적어도 이 정도는 아니었는데.

앤 독설과 춤 빼고는 다 시간에 역행하며 퇴행하는 스타일인가 보다.

"블루하드 안무를 왜 맡아, 그 회사 전속 안무가 따로 있는데?"

"변화가 필요하대. 앨범 안에 여가수가 부르는 파트가 있는데 좀 색다르게 가고 싶은가 봐. 사랑하는 남녀가 극으로 치닫는 여행을 하는 설정인데 가사가 좀 야하다고 해야 하나, 아님 솔직하다고 해야 하나, 하여튼……."

"안무 파트너 직접 하면서 가르치는 거야?"

자신도 모르게 칼에 힘이 들어갔다.

"물론. 제대로 하려면 그래야지."

당근을 채치다 자신을 쳐다보는 잎새와 시선을 마주한 전경은

시선을 접고 동글동글한 양송이에 집중했다. 평정심을 유지하며
다시 물었다.

"블루하드는 만났고?"

"며칠 전에."

"어땠는데?"

"뭐가?"

"만나본 소감."

이번에는 피망을 채치던 잎새가 잠깐 생각하는 듯하더니 피식
웃었다.

"기대 안 했는데 생각보다 의젓하던데? 예의도 바르고. 또 음악
은 재밌었어. 개인적으론 그다지 힙합을 지향하지 않아 디테일하
게 평할 순 없지만 센스나 감각적인 래핑도 그렇고 여러모로 타고
난 것 같더라고."

잎새의 칭찬과 관심에 목이 마른 전경은 이 시점에서 도저히 묻
지 않을 수가 없었다.

"내 음악은?"

"……!"

전경은 다 썬 버섯을 살짝 데치면서 최대한 자연스럽게 지나가
듯 물었다.

"내 음악은 어떠냐고?"

"……전문가도 아닌데 뭘 물어?"

방금 전과는 분명 다른 톤이다. 잎새는 다소 긴장하고 있었다.

"블루하드 음악은 전문가 아닌데도 평가했잖아?"

잎새의 어깨에 잔뜩 힘이 들어간 게 보였다.

"잎사귀."

양파를 써는 잎새의 손길이 한순간 멈췄다. 그러다 다시 칼질을 했다.

"어색하지 않을까? 가까운 사람들끼리 평하는 거."

전경은 하던 일을 모두 멈추고 잎새에게만 집중했다.

"우리가…… 가까운 사이야?"

"……"

"묻잖아? 가까운 사이냐고."

잎새가 난처해하는 건 알았지만 지금은 잎새를 배려할 심적 여유가 없었다.

"그렇다고…… 생각하는데…… 아닌가?"

"내 얼굴 보고 얘기하지?"

잎새의 얼굴이, 표정이 보고 싶었다. 지금 도대체 어떤 얼굴을 하고 있는지, 그 표정이 어떤 답을 대신 해줄지 보고 확인하고 싶었다.

"양파 썰잖아……."

"나 보라고."

"보고 싶어도 눈이 매워서 못 보겠……."

마지막 말은 전경 입안으로 삼켜졌다. 잎새는 매운 기로 인해 아직까지 눈도 뜨지 못했다.

두 손으로 잎새의 얼굴을 잡고 전경은 조금씩 키스에 감정을 실었다.

그렇게 둘 사이의 지지부진한 감정의 온도를 1℃ 높였다.

'절대 도망가지 마. 이젠 너 안 놓쳐.'

놀라 숨을 멈춘 잎새에게 숨을 불어넣으며 동시에 부드러운 혀를 빨아들였다.

자꾸 숨어드는 주인을 닮은 혀는 주인만큼이나 서툴렀지만, 주인처럼 달콤했다.

전경은 계속 도망치려는 잎새를 거듭 삼키며 점점 체온과 감정의 불씨를 높였다.

잎새는 호흡은 물론 눈앞이 깜깜하고 어지러워 눈을 뜰 수가 없었다.

눈을 뜨면 전경이 키스를 멈추고 그 무시무시한 눈빛을 하고 자신을 쳐다볼 것 같아 눈을 뜨지 않았다. 그러자 키스는 더욱 부드럽고 은밀하게 깊어졌다.

점점 뜨거워지는 서로의 체온.

자꾸 동심원처럼 퍼지고 커지는 열기.

심장이 봄꽃처럼 자란자란하고 봄 향기처럼 자글자글했다.

'전경도 지금 이럴까? 나와 똑같을까?'

전경은 모르지만 잎새는 선명하게 기억하고 있는 그들의 첫 입맞춤이 생각났다.

입맞춤이라고 할 수도 없는 입맞춤.

이 세상 그 누구도 모르는 도둑 입맞춤.

잎새는 취한 듯, 홀린 듯 키스를 했었다. 전경에게.

✻ ✻ ✻

13년 전.

"꺅!"

"어떡해! 난 몰라!"

"왜 그래? 뭘 보고 그러는 건데?"

"전경, 저기 전경 있어!"

"어디? 어딨어?!"

"저기 있잖아. 저 우월한 몸매를 찾아야 하다니, 넌 그걸 눈이라고 달고 다니니? 난 딱 보면 알겠구만. 저 비현실적인 비주얼과 아름다움보다 한 차원 높은 아우라! 정말 내 거 하고 싶다!"

"찾았다! 정말 쟤 너무 인간미가 없어. 강북 최고 파이터에 저시크하고 도도한 모델 포스. 저 가슴에 안겨 내 첫 키스를 선물로 주고 싶다."

"나도, 나도. 내 첫 키스는 딴 놈 말고 전경이었으면 좋겠어."

"근데 쟨 왜 여자한테 관심이 없을까? 동성애 코드는 아닌 게 확실한데."

"니가 그걸 어떻게 알아?!"

"쟤한테 대시한 남자들이 그렇게 많았대. 근데 그때마다 전경이 미친놈이라고 하면서 반 죽여놨다더라. 니들끼리 그러는 건 상관 않겠는데 괜히 애먼 사람 끌어들이지 말라고."

"그래서? 그래서 어떻게 됐대?!"

"자긴 글래머러스한 여자 좋아한다고 들이대지 말라고 했대. 죽이지?!"

"꺄악!! 어떡해! 난가 봐!"

"야! 내가 방금 말했지. 뚱띵이 아니라 글래머러스라고!"

"그러니까 나지!"

점심시간 풍경은 늘 이랬다.

사계절은 물론이고 학년과 상관없이 여자애들은 나무에 붙은 매미처럼 창가에 붙어 전경을 놓고 일대 각축전을 벌이고 네 거니 내 거니 하며 열띤 토론을 벌였다.

수업 시간에는 그리도 입을 봉하고 함수도 아닌 함구를 하면서 쉬는 시간만 되면 공부 시간에 못한 말을 대범하고도 노골적으로, 또한 전투적으로 내뱉고 있었다.

전학 온 1학년은 그렇다 쳐도 2학년 때도 전경과 같은 반이 될 줄은 몰랐다. 그로 인해 듣기 싫어도 여자아이들의 집단 비명과 발악을 고스란히 들을 수밖에 없었다.

어느 날부터 전경은 집에서는 그 사람을 사이비 종교의 교주처럼 추종하며 죽어라 악기만 다루고, 학교에서는 자거나 운동만 했다. 그러다 가끔 전경을 찾아오는, 액면가는 학생이지만 행동은 저기 뒷골목 아저씨들 버금가는 노안의 아이들이 있었다.

"야, 전경. 이 형님들이 꼭 이 낯선 동네까지 와야겠냐?"

"니 주제에 무슨 강남이야? 혹시 우리 무서워서 여까지 도망친 거냐? 한데 미안해서 어쩌냐."

"야, 뭘 봐?! 니들 다 죽고 싶어?!"

"야, 쟤네들 쫀 거 봐라, 병신들."

"병신들은 강남이나 강북이나 똑같네."

일주일이 멀다 하고 폭력 성향을 물씬 풍기는 말투와 얼굴을 한 애들이 학교 앞 정문을 지키고 서서 전경을 기다렸다. 그러면 전경은 말없이 아이들을 데리고 바람처럼 사라졌다.

어느 날은 집 근처에서 쓰러져 있는 전경을 목도한 적도 있었다. 그럴 땐 못 본 척했다. 전경도 그걸 바랄 거라 생각했고, 그녀에게도 그게 이로울 거라 생각했다.

"어떡해. 쟤들 또 왔나 봐."

"경찰에 신고할까?"

"가만있어. 저러다 너한테 보복하면 너나 전경이나 더 골치 아파져. 그냥 무시해야 금방 끝나. 원래 저런 애들은 반응하면 더 신나서 달려드는 거야."

"소문에는 전경이 마음만 먹으면 쟤네들 한주먹거리도 안 된다던데."

"근데 왜 매일 맞고 있어?"

"전경이 저 어둠의 세계에서 나오려고 맞아주는 거래. 회자정리, 사필귀정이란 말 있잖아. 이제 다 털고 과거를 정리하려나 봐."

아이들 말처럼 신변 정리를 하는지는 모르겠지만 참고 있는 건 확실해 보였다.

그날도 학교로 찾아온 아이들을 상대하는 전경을 보며 집으로 왔다.

'그래, 죽지는 않겠지. 그렇게 유명한 쌈짱에 파이터라는데.'

할머니로 인해 걱정이 되기도 했지만 한편으론 할머니를 위해서 곱게 맞아주고 넘어가길 바랐다. 하나 걱정되는 건 전경이 지금 감기에 걸린 상태란 건데, 이는 어쩔 수 없었다.

집에 돌아와서도 기분이 다운됐다.

춤조차 추기가 싫어 음악을 틀고 넓은 연습실을 전부 침대 삼아 누워 있었다. 그래도 속이 답답하고 머리가 무거웠다. 좀처럼 감정이 가라앉지 않아 결국 샤워를 하고 1층으로 갔다.

아무도 없었다. 어두운 거실이 삭막해 보여 불을 켜고 마당으로 나갔다.

'아직도…… 맞고 있는 건 아니겠지. 몰라. 맞아도 할 수 없고.'

한참을 어슬렁거리다 마당을 가로질러 지하로 내려가는데 계단에 피가 보였다.

후다닥 내려가 보니 전경이 지하 입구 룸 소파에 쓰러져 있었다. 왼쪽 눈가가 찢어져 피가 흐르고 있었다. 일단 구급상자를 가지고 와 눈가를 소독하고 약을 발랐다.

약을 바르면서 보니 전경의 몸이 불덩이였다.

다행히 1층에서는 아직까지 아무런 기척이 없었다. 망설이다 약국에 가서 약을 사왔다.

문제는 조제한 약을 어떻게 먹이는가 하는 것이었다. 한참을 고민하다 결국 마우스 투 마우스. 살신성인하기로 했다. 물을 섞은 약을 입에 담아 정신을 놔버린 전경의 입안에 안착해 주입했다. 감기약과 해열제를 약간의 텀을 두고 먹였다. 마지막으로 물을 머금고 전경에게 남김없이 먹였다. 의식이 없는 걸 몇 번이나 확인하고 모든 절차를 무사히 완벽하게 마쳤다.

그 모든 과정을 마치고도 전경은 여전히 의식이 없었다.

다행이라고 안도하면서도 한편으론 얄미운 생각도 들었다.

그래도 명색이 첫 키스인데 의식이 없는 건 둘째 치고 아무런 감흥도 없이 허무하게 끝내자니 첫 키스란 타이틀이 아까웠다. 그래서 그랬다.

얼굴은 태극기 칼라를 해서 혼수상태인 전경에게 입맞춤을 한 건.

약을 먹이는 것과는 미묘하게 달랐다.

똑같은 포즈, 똑같은 행위인데 인명을 살리고자 하는 숭고한 인간애가 아닌 사사로운 감정이 실려 그런지 몹시도 떨렸다.

아깐 쓰기만 했는데 지금은 달달했다.

아깐 환자 같았는데 지금은 남자였다.

지금껏 몰랐는데 심장이 터질 듯이 뛰었다.

그러다 알았다.

일 년이 지나고 이 년이 되어가는 지금 비로소 알게 됐다.

한집에 살지만 전경은 남자이고 남궁잎새는 여자란 걸.

전경을 내내 신경 쓰고 눈으로 좇으며 맘속에 담고 있었단 걸 그때서야 알았다.

✳ ✳ ✳

블랙 칼라의 짧은 레더스커트, 맨발에 흰 셔츠를 대충 묶어 입은 여자는 랩핑하는 남자 뒤에서 유혹했다. 이 밤, 어둠이 짙은 커튼을 쳐준 고속도로 위에서 마지막 사랑을 나누자고.

투명한 화장에 레드 립으로 포인트를 준 여자는 운전을 하는 남자 무릎에 다리를 벌리고 마주 앉아 손을 마주하고 머리를 맞대며 집요하고도 자극적인 사랑을 노래했다.

곧이어 응답하듯 절절한 사랑을 고백하는 남자의 노래가 흘러나오는 동안 여자는 무대 위의 자동차 안과 똑같이 만들어진 소파에서 섹시하고도 고혹적인 독무를 췄다.

과하지 않고 절제된 동작, 격렬하면서도 아쉬운 감정을 토해내는 안무.

소파 위에서 가슴을 두드리며 간절함을 표하고 양 손바닥을 비비며 애절함을 전했다.

곧고 긴 다리는 수시로 엇갈리게 움직이며 요동치는 감정을 대신하고 눈빛은 더없이 요염했다. 더불어 동작의 색을 더하는 웨이브 진 긴 머리카락은 가녀린 어깨 위에서 물결치고, 눈길은 물론 손가락 끝에서도 격렬하고 색스런 감정이 고스란히 배어났다.

결국 유혹에 넘어가 여자의 손을 강하게 잡아당기는 남자.

한순간 불이 꺼지고 드래프트를 하는 듯 찢어지는 소리와 함께 음악이 멈췄다.

음악이 멈추고도 한동안 정적이 감돌았다.

이어서 하나둘 터지는 격한 감탄사와 비명, 안무실을 뒤덮는 요란한 휘파람 소리.

"아악! 너무 야해요!"

"안 돼요! 팀장님! 절대 안~ 돼요!"

"팀장님, 이거 19금, 아니, 119금이에요. 자체 검열로 방송 불가예요. 절대 불가!"

"현재 오빠 계 탔다! 팀장님, 현재 오빠 쌍코피 터졌어요!"

단원들이 흥분하며 분위기를 몰아가자 현재는 잎새를 보며 안절부절못했다.

"무슨 헛소리야! 어디 코피가 터졌다고 그래?"

현재는 난색을 표하며 거울을 찾아 급히 자리를 피했다.

그 모습에 댄서들은 일제히 웃음을 터뜨렸다. 단원들의 요란하지만 만족스러운 평가에 비로소 가쁜 숨을 돌린 잎새가 매니저와 함께 있는 블루에게 다가갔다.

"어때요?"

잎새는 살짝 땀에 젖은 얼굴을 수건으로 톡톡 닦아내며 물었다.

"뭐가요?

"안무요."

"아아, 좋아요."

"방송 불가 판정받을까요?"

잎새의 질문에도 블루는 맨발로 서 있는 잎새만 올려다볼 뿐 대답을 않고 있었다.

"블루?"

"네! 아니에요. 컴백 무대는 어느 정도 강한 안무가 필요해요."

"그런가요?"

"네. 우려하는 것처럼 컴백 무대가 마지막이 될 수도 있지만 그만큼 임팩트는 강하니까 저로서는 손해날 게 없어요. 홍보는 제대로 될 테니까요. 만약 심의에 걸리면 그때 가서 수정하면 돼요. 요사이는 수정하는 게 더 이슈가 되기도 하니까요."

매니저는 이처럼 술술 말 잘하는 블루를 놀랍다는 표정으로 쳐다보았다. 그러자 블루는 어깨를 으쓱하며 싱긋이 웃어넘겼다.

잎새는 다소 굳은 표정으로 향기가 건네주는 신발을 신으며 물을 마셨다.

"심의에 걸릴 수준이라면 차라리 처음부터 고치는 게 나을 것 같은데요. 나 스스로 바꾸는 거랑 심의 때문에 타인에 의해 불쾌한 감정을 갖고 수정하는 건 전혀 다른 문제예요."

잎새가 블루에게 의식 있는 안무가로서의 자신의 의견을 피력하자 블루도 자신의 생각을 솔직하게 말했다.

"아직 심의에 걸린다, 아니다 단정적으로 말할 수는 없어요. 워낙에 심의라는 게 제멋대로라 걸리고 안 걸리고는 순전히 운이거든요."

블루는 안무를 마음에 들어 했다.

방송에서 제재를 하면 봄에 있을 글로벌 투어 콘서트에서 하면 되니 일단 수정 없이 강행하자고.

연습실은 여전히 논란의 중심에 선 현재를 중심으로 소란스러워 잎새와 지원, 블루와 그의 매니저만 사무실로 향했다. 그렇게 시작된 안무에 대한 토론은 상당 시간 계속됐다.

안무팀과 인사를 하고 주차장으로 향한 블루는 밴이 출발하기 전 안전벨트를 매는 매니저에게 물었다.

"어떨 것 같아?"

홍 매니저는 벨트를 매고 뒤돌아 꽤 심각한 얼굴로 의견을 피력했다.

"백 프로 걸린다고 본다. 근데……."

"……!"

"형아는 저 안무 절대, 네버, 버리고 싶지가 않다, 동생아!"

홍 매니저는 격한 반응을 보이며 흥분한 목소리로 재차 강조했다.

"무슨 소리야?"

"상상력을 자극하는 게 죽이게 좋다고, 인마! 나 정말 긴장 풀었으면 쏟았다, 아까."

블루는 그런 반응이 반갑지가 않았다. 거북하고 불편했다.

"야, 근데 진짜 실키 소문처럼 죽이더라. 춤 안 추고 말할 때는 마론인형인가 싶을 정도로 냉랭하고 차갑기만 하더니 춤을 추니까 사람이 어쩜 그렇게 확 달라지냐?"

"……."

"진정한 춤꾼들은 다 그런가? 평소 내재돼 있던 끼가 음악과 만나면 저렇게 폭발하면서 딴사람이 되나 봐. 나 참, 그거 엄청 신기하네. 내가 그동안 보고 겪은 안무가가 얼만데. 근데 그중에서도 갑이다, 갑!"

홍 매니저는 혼자 격한 감정에 빠져 블루의 불편한 심기를 읽지 못하고 있었다.

"미국에서 활동하는 거 유투브로 볼 때는 그저 얼굴만 예쁘고……."

"……그만해."

왠지 그 사람의 일부분을 전부인 것처럼 말하는 게 듣기 싫었다.

"실제로 보니까 녹는다, 녹아."

"……듣기 싫어."

홍 매니저는 블루의 낮은 목소리에 그 즉시 입을 다물었다.

"왜 그래?"

블루는 상황에 안 맞게 정색하는 자신에 놀란 형을 보며 솔직하게 말했다.

"노골적으로 표현하는 거…… 거북해."

"뭐야? 너도 안무 좋다고 오케이했잖아!"

"……그러게."

홍 매니저는 가볍게 '까다롭기는' 하며 주차장을 벗어났다.

블루는 창가에 기대 방금 전 사무실에서 본 실키와 연습실에서 춤을 추던 실키를 떠올렸다. 그러다 맨 처음 실키를 본 첫날의 기억을 조심스레 꺼내보았다.

사실, 대면하고 처음으로 든 생각은 명성만큼 아우라도 느껴지지 않고 전혀 전문적인 춤꾼 같지가 않다는 거였다.

말투는 분명 전문가다운 포스가 느껴졌지만 춤을 추는 댄서로서의 에너지와 끼를 느낄 수 없어 소문처럼 그렇게 대단한 안무가 같지 않았다.

과하게 발달된 근육 하나 없이 유연하고 아름다운 바디를 가진 여자였다.

일과 상관없이 어느 날 지인의 소개로 만날 수도 있을 법한 여자, 이야기를 할수록 매력 있는 여자 정도로만 느꼈는데 아까의 모습은 충격 그 자체였다.

퇴폐적이면서도 자극적이고 아찔하면서도 녹아들 듯한 황홀한 안무, 그 가혹한 표정.

그런 모습을 누군가 보는 게 불편하면서도 안무를 실키와 함께 하고 싶었다.

물론 안다. 저 상태로 나가면 방송에서 표적이 되고 여론과 매체에 의해 논란이 된다는 걸. 다 알지만 알면서도 해보고 싶었다. 실키라는 이름의 여자와.

똑같은 말을 계속 반복하자니 입이 마르는 건 둘째 치고 지쳤다.

"불확실성이 가장 큰 문제로 지목되는 엔터 주식 시장에서 신뢰도를 높이는 건 우리가 원 회장과 다른 점이자 앞으로의 시장성을 볼 때 분명 소득입니다."

늘 그렇듯 말투 하나하나에 힘을 주어 말했다.

"그렇다고 그들이 주식을 쉽게 내놓지는 않습니다. 원 회장이 지금 개인적으론 형편없이 추락하고 있는 건 사실이지만, 그 누구도 쉽게 원 회장을 배신할 수는 없을 겁니다."

"맞습니다. 보복을 하려면 충분히 할 사람입니다, 원 회장."

"맞아요. 그 인간이 얼마나 악질인데요. 모르셔서 그렇지, 그 작자 어린 가수들 여럿 잡았어요. 그걸 알면서도 쉬쉬하는 이유가 뭐겠습니까?"

일에 진척은 없고 늘 변명만 늘어놓는 인간들에게 짜증이 나 창가로 가 섰다.

시선을 가로막는 대형 건물은 랜드마크를 표방한다고 하는데 그저 이 도시를 저해하고 위협하는 돌무덤에 지나지 않았다.

아무래도 저들에게 극약 처방을 해야 할 것 같다.

"보복 못 합니다."

사각 테이블에 앉은 네 남자의 시선이 동시에 창가 쪽으로 향했다.

"그 피해 입은 어린 가수들 사진과 녹취록, 전부 갖고 있습니다."

모두의 시선에 경악과 놀람, 흥분과 기대감이 담겨 있었다.

"아니, 그걸 어떻게?"

"정말 갖고 계십니까?"

"그, 그걸 다요?"

동요하는 이들의 목소리가 잦아지길 기다리며 창밖으로 시선을 고정했다.

바로 앞, 103층이란 어마어마한 숫자에 기대어 터무니없는 건물이 지어지고 있다.

주변 상황을 전혀 고려하지 않는 행정과 이기심, 그 안에서 교통 체증은 물론 온갖 피해를 고스란히 떠안아야만 하는 시민들······.

누군가 총대를 메지 않으면 저렇듯 인간의 욕심은 끝도 없이 커지고 높아진다.

저 건물처럼 괴물이 되기 전에 막아야 한다. 아니, 이미 괴물이기에 그에 상응하는 괴물이 되어 그 괴물의 뇌수를 전부 꺼내 숨통을 끊어야 한다.

"물론 갖고 있습니다. 그러니 그만들 몸 사리시고 제가 원하는 걸 갖고 오세요. 아무도 모르게, 또 그 누구도 눈치채지 못하게 요령껏, 수단껏."

"······."

"여러분 회사에 들어간 자금 전부를 회수하기 전에 말입니다."

네 사람의 얼굴이 순식간에 굳었다. 그림자는 뒤돌아 그들의 얼어붙은 얼굴을 일일이 확인하며 미소를 잃지 않고 말했다.

"왜들 그러세요? 새삼스럽게."

아무도 대답하지 않았다. 이렇게 위협을 가해야 움직이니 참 어리석은 인간들이다.

"여러분 회사가 무사하길 바라신다면 그걸 지켜 나갈 방법을 강구하세요. 매번 저에게 답을 얻으려고 하지 마시고."

보복이 두려워 몸을 사리는 이들을 행동하게 하려면 또 다른 성질의 두려움을 안겨주면 된다. 자기 걸 전부 빼앗길지도 모른다는 두려움이 분명 저들을 움직이게 할 테니까.

"다시 한 번 말씀드리지만, 제가 원하는 건 여러분의 회사가 아닙니다."

"……."

"제가 원하는 건 원기석 회장이 소유하고 있는 원엔터 주식입니다. 이미 보유한 주식에 원 회장을 견제하고 긴장하게 만들 만큼의 주식만 확보하면 됩니다. 더 자세히는, 전부가 아니라 원기석이 그 자리에서 자진해 내려올 만큼의 주식이요."

회유와 협박에 모두가 슬금슬금 빠져나가고 혼자가 된 시간.

지금도 103층 건물은 모두에 의해, 아니, 개인적인 이기심으로 인해 높이 오르고 있다.

이미 시작되고 진행된 계획, 완전히 무로 돌릴 수 없으면 그 자체로 다 가지면 된다.

갖기 위해 벌어지는 일들과 그 혼란스러움은 가진 다음의 일이다. 그 후에 일어날 일로 인해 지금의 이 분노를 삭일 수는 없다, 절대로.

4일간의 숨바꼭질에 전경은 화가 날 대로 난 상태였다.

오늘은 꼭 얼굴을 봐야만 했다. 이럴까 봐 조심스러웠다. 이렇게 내뺄까 봐.

그렇다고 마냥 알쏭달쏭 수수께끼 같은 스무고개만 하며 생각 없이 보낼 수는 없었다.

결국 마무리만 남은 작업을 작파하고 1층 거실로 내려온 전경은 넓은 아일랜드 식탁을 혼자 다 차지하고 앉아 손바닥만 한 핸드폰을 죽어라 노려보고 있는 잎새의 제자를 목도했다.

꼬맹이는 인기척도 느끼지 못하고 열공하고 있었다. 동영상의 세계에.

명백한 핸드폰의 폐해다. 감히 집주인도 몰라보고 사시 눈을 하고 앉았으니.

"너희 스승님 어디 계셔?"

"샤워하고 계세요."

"넌 왜 여기 있어? 야밤에 집에 안 가?"

여전히 시선은 동영상에 말뚝 박은 채로 영혼 없는 대답을 한다.

"다섯 시니까 야밤은 아니죠."

"나한테는 밤이야. 니가 나가는 순간 야밤이고."

밤과 야밤의 뜻도, 그 경계도 모르는 것이 슬쩍 곁눈질을 하더니 이내 동영상에 열중했다.

"집에 가. 그리고 앞으로 내 집에 오지 마."

"……."

"알바는 알바 시작한 장소에서 끝내. 너 지금 여기서 이러는 거네 고약스런 고용주가 노동력 착취하는 거야. 계약한 만큼만 일해. 그게 진정한 노동자의 권리야."

마치 핸드폰 안으로 들어갈 듯하던 꼬맹이는 어느 순간 얍실한 눈매를 하고 전경을 빤히 쳐다봤다.

"저 지금 일하는 거 아니고 노는데요."

"그러니까 네 집에 가서 놀라고. 여긴 외부인 출입 금지 구역이야. 우리 집 대문부터는 다 내 땅이니까 아무리 잎사귀가 들어가자고 꾀어도 넌 출입하면 안 돼."

"왜요?"

"뭐가 왜요야? 여긴 성스러운 성역이야. 그러니까 잔말 말고 가."

"……."

"안 가?!"

꼬맹이는 그렇게 한참을 노려보더니 한마디 했다.

"그러지 말고 이 동영상 좀 보세요."

"됐어. 너나 많이 봐. 그리고 앞으로……."

"스승님이 블루랑 함께할 안무예요. 보시면 쌍코피 쏟으실 거예요."

핸드폰을 건네는 꼬맹이와 한동안 지루한 아이컨택을 하다 결국 핸드폰을 받았다.

영상을 보다 전경은 쥐똥만 한 핸드폰을 부숴 버릴 뻔했다.

볼수록 기분이 상했다. 보면 볼수록 화가 치밀어 올랐다.

'잎사귀 너 지금 이걸 그 자식이랑 하겠다는 거야?!'

손이 부르르 떨리는 걸 간신히 참았다. 사회적 지휘도 있는데 어린것 앞에서 쪽팔리고 싶지는 않았다.

"제가 몰래 찍은 거예요. 원래는 찍으면 안 되는 거죠."

전경은 이 꼬맹이가 지금 무슨 말을 하는 건지 나름 계산해 보았다. 아니, 자신이 이 아이를 앞으로 어떻게, 어떤 용도로 얼마나…….

"다 들려요, 저 가지고 계산기 두드리는 소리."

"그래서?"

전경의 손에 있는 핸드폰을 도로 가져간 꼬맹이는 핸드폰을 들어 보였다.

"여기 오는 거 막지 마세요. 전 그거면 돼요. 그럼 스승님의 일거수일투족 모두 보고하고 인증해 보내 드릴게요."

"됐어. 필요 없어. 그딴 짓 안 해도 되니까 내 집에 출입하지 마."

"왜요? 도와드리려고 그러는 건데."

넘어올 걸 확신했는데 아니다 하니 꽤나 놀란 모양이다.

"네가 할 일은 스승한테 배울 건 배우고 도울 건 돕는 것뿐이야. 그게 아니면 지금 이 자리에서 관둬. 만약 너로 인해 잎새한테 해로운 해충이 생기면 넌 죽어, 내 손에."

"……."

"제자는 스승을 보고 배우면서 그 한계를 뛰어넘으라고 있는 거지, 너처럼 스승 기만하고 상황에 따라 탄력적으로 이용해 먹으라고 있는 게 아냐."

"……."

구체적으로 무슨 생각을 하는지는 모르겠지만 눈동자와 표정을 보아하니 반성의 기미는 다분히 있어 보인다.

"앞으로 처신 똑바로 해."

전경은 매섭게 노려보다 인상을 풀고 시간을 확인했다.

"가라. 오늘 네 스승님이랑 긴히 할 얘기가 있으니까."

꼬맹이는 제법 무섭게 전경을 노려보며 낮게 중얼거렸다.

"왜요? 나 자르라고 하게요?"

"그건 네 스승이랑 네가 해결할 문제이고, 난 내 문제로도 벅차. 그러니까 사라져."

머뭇거리다 결국 가방을 들고 나가려던 꼬맹이가 전경을 보며 야무지게 말했다.

"팀장님께 말해도 돼요. 내가 스승님을 믿듯이 스승님도 날 믿을 거란 걸 아니까."

전경보단 스스로에게 하는 말 같았다. 예전에 아직 철이 덜 든 그가 그랬던 것처럼.

"둘 사이 며칠이나 됐다고 네 스승이 그걸 알아볼까?"

"……!"

표정이 순식간에 일그러졌다. 아직 애는 애다, 바로바로 반응하는 걸 보니.

"사라지라고 했다."

불안한 눈빛을 하고 꼬맹이가 사라졌다.

1층을 독차지한 전경은 소파에 누워 생각하기 시작했다. 하지만 생각이란 걸 하기 시작하자 아까 본 영상이 너무도 선명하게 떠올라 제대로 된 생각을 할 수가 없었다.

'그게 춤이야, 음란 행위야? 도대체 그딴 안무는 어떤 정신 상태면 나오는 거야? 기가 막혀서, 원.'

자극적인 눈빛과 자신만만한 표정에 촉촉한 레드 립까지. 다리는 훤히 다 내보이고.

아무리 생각해도 잎사귀가 미친 게 확실하다.

잎새는 상당 시간이 지나서야 1층으로 올라왔다.

"왜 이렇게 컴컴해……."

1층 거실엔 스탠드만 켜진 채 아무도 없었다.

주위를 둘러보다 인기척이 없어 2층을 올려다보았다. 역시 조용했다.

'향기는 전화로 간다고 했고, 전경은…… 어디 갔지?'

주방을 보니 저녁 준비는 전혀 돼 있지 않았다. 그렇다고 슈퍼를 간 것 같지도 않았다.

'무슨 일이 있는 건가.'

어쩔까 하다 일단 기다려 보기로 했다.

늘 듣는 LP를 틀고 이젠 제법 인이 박힌 소파에 누웠다.

하루 중 제일 편하고 행복한 시간이 시작됐다.

전경이 제공해 준 이 집, 이 모든 세팅은 완벽하고 그만큼 편안했다.

눈을 감고도 알 수 있는 익숙한 동선과 공간, 친밀하고 눈에 익어 정감 가는 소품들, 무엇보다 이 안온한 온기와 우리 둘 사이를 가로지르는 팽팽한 감정선까지.

'이 모든 걸 어떻게 기억하고 구하고 찾았을까. 도대체 무슨 생각으로 이 모든 걸 구현한 거니, 넌.'

일부러 피한 건 아니었는데 블루의 안무에 빠져 나흘 동안 전경을 제대로 보지 못했다. 그로 인해 분명 오해를 하고 있을 것이다. 자신을 피하고 있다고 생각하면서.

사실 피하고도 싶었다. 그날 그렇게 키스를 하고 앞으로의 우리 모습이 그려지지 않아 두려웠다. 곧 미국으로 돌아가야 한다. 절대적인 약속으로 인해.

변경은 절대 불가. 준 만큼, 아니, 그보다 더 많은 걸 요구하는 사람이니까.

괜히 잘 지내고 있는 전경을 들쑤시는 게 아닌가 하는 생각도 했다. 정말 치열하게 생각하고 또 생각했다. 그런데도 답을 찾지 못했다.

사실 정답이 너무나 뻔해 피해가고 싶은 게 사실이다. 피할 수만 있다면.

7년을 함께 살았지만 우린 또 그만큼의 시간을 떨어져 살았다.

그 과정이 어땠는지 상세히 알 수는 없지만 각자 자신의 세계를 구축하고 그 안에서 자리를 잡은 채로 재회했다. 그 과정 동안 얼마나 많은 사연과 스토리가 있었는지 우린 서로 알 수 없다. 함께하지 않았으니까. 함께하고 싶어도 그럴 수 없었으니까.

다시 만난 지금 거리낌 없이 감정을 표출해도 되는 게 아닐까 하는 욕심도 들지만, 현실은 그렇게 낭만적이고 파스텔톤처럼 서정적이지 않다. 아니, 잿빛처럼 무겁고 모노톤처럼 지루하기만 하다.

'전경, 무슨 생각으로 그런 거야. 널…… 모르겠어.'

＊ ＊ ＊

11년 전.

요사이 전경은 질풍노도의 시기보다 더한 극지대 혹한기처럼 살벌했다.

보통은 중학교 때 사춘기를 보낸다는데 전경은 극히 예외적인 케이스처럼 보였다.

중학교 때부터 고등학교 때까지는 타인과의 충돌, 빈번한 주먹질로 생의 의미를 찾았다면 지금은 타인에 대한 지독한 무관심과 자신에 대한 집요한 탐구로 전향했는지 집안사람 누구와도 말을 섞지 않았다. 그로 인해 할머니는 걱정과 우려로 애달아 하셨다.

이 집에서 전경의 대학 입학을 기대한 사람은 아무도 없었다.

정규 교육을 무탈하게 졸업한 사실만으로도 할머니는 감격해하셨고, 그 사람은 기존 법질서는 물론 공교육의 커리큘럼과 그 성과를 믿지 않는 대표적인 회색인이었다.

3년 내내 온갖 악기와 음표, 코드 진행에 그렇게도 완독하고 득음하려는 듯 목을 매더니 요사이는 감정의 격노가 주는 파국과 진창에 맛을 들인 듯 집안 공기를 한없이 무겁게 했다.

그 누구도 믿지 않을 것이다.

주인 아들도 아니고 객식구가 집안 분위기를 이토록 좌지우지한다는 걸.

그중 제일 이해할 수 없는 건 그 사람의 반응이었다.

그는 종종 전경을 데리고 나갔다. 누군가와 함께하는 동행, 어울림, 투게더의 개념을 무시하던 사람이 전경이 난폭해진 다음부터는 스스럼없이 그를 데리고 캠핑은 물론 별의별 뜬금없는 행동을 다 했다. 세월이 준 마일리지로 이젠 어느 정도 둔감해지고 딱딱해졌지만, 그렇다 해도 그들의 관계와 케미를 다 이해하는 건 아니었다.

집안 분위기로 침울한 나에게 더욱 암담한 일은 과 선배의 과한 집착이었다.

이틀에 한 번 꼴로 스토커 놀이를 하는 선배로 인해 번번이 집 앞 공원에서 실랑이를 했다.

"많이 안 바라. 피하지 말고 남들처럼만 지내."

선배는 자신이 도를 넘어섰다는 걸 전혀 알지 못하고 있었다.

"선배가 남들처럼 행동하면 저도 그렇게 해요. 그런데 이렇게 매번 집 앞까지 따라오는 건 절대 일반적이지 않아요."

최대한 감정을 싣지 않고 이성적으로 말했다. 이성적으로 대하는 게 그나마 선배를 설득할 수 있는 방법 같았다.

"널 좋아해."

"전 아니에요."

일말의 망설임도 감정도 없는 결연한 목소리에 선배가 주춤했다.

"혹시 마음에…… 둔 사람이라도 있니?"

이렇게 오픈된 장소에서 왜 이런 말을 듣고 있어야 하는지 짜증이 났다.

집도 그렇고 손자로 인해 눈치를 보는 할머니, 지금까지와는 전혀 다른 양상을 보이는 그 사람, 제 기분으로 인해 집안사람 골고루 불편하게 하는 이기적이고 실망스러운 전경까지 누구 하나 그녀를 신경 쓰지 않았다.

무던해지려고 노력했고, 그로 인해 무던해졌다고 생각했는데 아니었나 하는 의문이 들었다.

"네. 그러니까 그만하세요."

과 선배란 이유로 상대할 만큼 했다고 판단돼 뒤돌아가는데 손목을 잡았다.

"니 말 안 믿어져."

"……."

"있다면 한번 보자. 내가 보고……."

"아주 지랄을 한다."

언제부터 있었는지 익숙한 목소리의 전경이 시소에서 일어나 이쪽으로 다가왔다. 그러더니 살벌한 눈빛으로 그녀를 보고는 금세 서릿발보다 매서운 시선을 선배에게 쏘아댔다.

"보면 어쩔 건데?"

"당신 뭐야? 왜 남의 일에 끼어들어? 여긴 위험해서 안 되겠다. 가자."

선배는 잡은 손목을 끌어당겼다. 손을 빼려는 찰나 전경이 먼저 움직였다.

잎새의 손목을 잡아 빼 자신의 열 손가락에 일일이 깍지를 껴 그 손을 선배에게 훈장처럼, 아니, 증명처럼 내보였다.

"네가 보고 싶은 사람 여기 있잖아. 3년 전부터 남궁잎새랑 동거 중이고, 시베리아 한설 같은 남궁잎새가 죽어라 좋아하는 사람."

"……!"

선배가 충격과 의심으로 얼이 빠져 주춤하는 사이 전경에게 이끌려 집 앞까지 왔다.

전경의 말에, 아니, 전경의 아우라에 눌려 뒤쫓아오지 않는 선배에게 내심 웃음이 났다.

'그 이기적인 집착도 공포와 압박 앞에서는 별거 아니구나.'

"이런 대중적인 모습도 보여주고 오랜만에 사람 냄새 나서 즐겁긴 한데, 너무 뻔하고 흔한 시추에이션이라 좀 실망스럽네."

바라던 피드백 대신 손깍지를 빼려는데 전경이 그대로 벽으로 밀어붙였다. 벽과 전경 가슴에 낀 잎새는 거친 숨을 내뱉는 그를 올려다보았다.

"안 고마운가 보네?"

"고마워. 근데…… 아파."

"뭐가?"

"등이랑 손."

잎새의 간략한 설명에 전경의 눈빛이 살벌해졌다. 잎새가 시베리아 한설이라면 전경은 시베리안허스키보다 더 냉혹한 사냥꾼의 눈빛을 하고 있었다.

"이런 상황, 이런 포즈에도 참 여유가 있어, 넌. 니가 이러니까 저런 새끼들이 미쳐 날뛰는 거야. 지들과 다르게 넌 매사 시크하고 담담하거든, 열 받게."

맨 처음 전경의 가슴에 안기던 그때가 생각났다.

사심 없이 안긴 그때는 어린 소녀의 민망함과 예상 못 한 실수에 대한 놀람이 다였다.

그런데 지금은 그때와 완전히 달라져 있었다.

떨림과 두려움, 생경함과 낯섦, 그리고 알 수 없는 기대감과 흥분.

"모르나 본데, 어느 정도의 반응은 상대방에 대한, 아니, 같은 종인 인간에 대한 예의야. 니가 이렇게 나오면 혼자만 미친놈 같아서 더 열 받는단 말이지."

전경은 손깍지를 풀지 않은 채 아귀에 더욱 힘을 실었다.

금방이라도 심장이 터져 나갈 것 같았다.

전경의 체향과 날렵하지만 강화된 근육, 떨림과 다른 긴장, 이 모든 게 강렬하게 느껴졌다.

"……아파."

떨리는 마음을 평정심으로 위장하고 최대한 담담하게 말했다. 그러자 전경이 비웃는 듯한 표정을 날리며 이죽거리듯 말했다. 그 목소리는 묘하게 가슴을 아프게 했다.

"곧 죽어도 모른 척이지? 그래, 네 감정 아니니 상관할 바 아니다 그거지? 좋겠다. 넌 감정이 납덩이처럼 딱딱하고 사막처럼 메말라서."

한순간 압박이 풀리면서 동시에 휘청거렸다. 간신히 중심을 잡고 서니 전경은 그새 보이지 않았다. 한참을 그렇게 벽에 기대서 있었다.

그 격렬한 감정을 잊지 않기 위해, 또한 수줍은 마음의 동요를 감추기 위해.

새벽까지도 마음이 어수선해 재즈 음악에 몸과 긴장을 풀었다.

춤을 춘다기보다 마음을 달래려 리듬에 몸을 맡겼다. 그러다 어느 순간 음악이 내 안에 들어와 내가 진정으로 춤을 추길 원했다. 몸짓이 달라지고 행동에 감정이 실렸다.

춤은 신기하게도 사람의 다양한 감정을 성장 동력으로 삼았다.

스킬과 세련된 몸짓, 현란한 스텝은 나중 문제였다.

감정이 깊어질수록 춤과 동작은 단순해지면서 깊이감이 생겼다.

표현은 세밀해지고 손끝까지 디테일한 감정의 섬세함이 실렸다. 그 순간 춤은 비로소 사람의 마음을 파고들며 가슴은 물론 정신까지 지배해 결국 감동으로 눈물이 차오르게 한다.

잎새는 이로 인해 음악보다 춤이 좋았다.

음악 자체도 인간의 마음을 움직이는 힘과 장악력이 있지만 그런 음악과 춤이 만나면 감동은 더하며 그 파급 효과는 그야말로 어마어마했다. 말이 전혀 필요 없었다.

음악이 멈춤과 동시에 손끝을 따라간 시선에 전경이 잡혔다.

얼굴엔 상처와 피로 범벅을 하고도 눈빛은 여전히 사람을 잡아먹을 듯 강렬했다.

그녀가 처음으로 전경을 의식하고 자신의 마음의 행로를 알게 된 그곳에 그가 있었다.

춤에 감정이 있듯 전경의 눈빛에도 감정이 실려 있었다.

'넌 춤만 있으면 되는 거야? 다른 건 다 필요 없고 그렇게 네 자신이 몰두할 그 빌어먹을 춤만 있으면 되는 거냐고? 난, 나는 말이야⋯⋯.'

이렇게 말을 하는 것도 같았다, 그의 눈빛은.

분명 착시현상은 아닌데 쏘아보듯 하더니 이내 사라지고 없다.

그날로부터 한 달 넘게 전경을 보지 못했다. 그의 모습은 물론 전경이 자아내는 그 미묘한 존재감과 탁월한 기운도 전혀 느낄 수가 없었다.

잎새는 그 기간 동안 전혀 춤을 출 수도 없고 공부를 할 수도 없었다.

＊ ＊ ＊

따갑게 주시하는 듯한 느낌에 부스스 눈을 떴다.

그녀를 빤히 내려다보고 있는 사람은 가방을 들고 서 있는 전경이었다.

"어디⋯⋯ 갔다 왔어? 기다리다 졸았나 봐."

"일어나. 가자."

"어딜 가게?"

"가보면 알아."

"……."

"지금 안 가면 마음 변해서 언제 데리고 갈지 몰라. 그러니까 얼른 일어나."

뭔지 모르지만 지금은 그의 말대로 일어나야 할 것 같았다. 전경의 눈빛과 목소리가 그만큼 심상치 않았다.

그 사람과 할머니는 같은 공간, 같은 장소에 묻혀 계셨다.

엄마 옆에 있어야 할 그 사람이 할머니 옆에 있었다.

'도대체 왜 이 사람이 여기 있지? 이장했다는 건 들어 알고 있지만 왜 여기에……'

혼란과 의문, 두려움과 호기심, 그 모든 감정이 뒤범벅되어 마음이 들끓었다.

그 많은 사연을 풀어놓을 수는 없어 할머니께 임종을 지키지 못한 것에 대한 용서를 빌고 한참을 그렇게 귀국 인사를 한 뒤 홀로 별장 안으로 들어갔다.

별장은 그 크기만큼이나 넓고 화려했다. 화려하다고 표현했지만 요란하지도 천박하지도 않았다. 그저 깊은 산속에 있기엔 규모나 인테리어가 아까워 보였다.

"앉아. 얼었을 거야. 여긴 유독 눈도 많이 오고 추우니까."

코코아를 건네는 전경에게 잔을 받아 테이블에 놓았다. 한입 마시라는 눈짓에 할 수 없이 입에 대고 마셨다. 따뜻한 기운에 오소소 얼었던 몸과 긴장이 풀리는 듯했다.

"스승님이 예전에 떠안긴 공간이야."

"……."

"이 넓은 땅과 집, 왜 네가 아니고 난지 안 궁금해?"

"안 궁금해. 그보다 왜 할머니랑 있는 거야?"

그녀의 질문에 전경이 얼굴을 찌푸렸다. 그러다 허탈하게 웃었다.

"네가 이럴 줄 알고 스승님이 나한테 맡겼나 보다. 하여튼 우리 스승님은 모르는 게 없으시지. 눈 감고 귀 막고 방 안에만 계시면서도 천리안처럼 다 알고 계셨거든. 전부 다."

도무지 무슨 소린지 알 수가 없었다.

무관심으로 일관하며 딸인 잎새도 방관한 채 자신에게만, 자신의 음악에만 몰두한 사람이 뭘 다 알고 있었는지. 그럼 내가 느낀 두려움과 공포, 외로움과 온갖 상처로 피폐해진 감정을 그 사람이 모두 알고 있었는지 궁금했다.

알긴 뭘 알까. 그런 지독한 에고에 시대의 패배자가.

"내가 어떤 마음인지, 내가 왜 그러는지, 그 마음이 누굴 향해 있는지……."

순간 마음속에서 빨간 경보가 울렸다. 뭔지 모르지만 위험했다.

"할머니는 그렇다 치고, 네 스승님은 왜 여기 계셔? 우리 집 가족묘에 함께 있을 줄 알았어. 그래서 굳이 찾아보지 않았고. 네가 이장했다고 했을 때……."

"내 마음이 누굴 향해 있는지 안 궁금해?"

'속 시원하게 말하라고 하면 아마 넌 다 말하겠지.'

"알고 있어서 묻지 않는 건가?"

'내가 짐작하는 게 맞는 거니? 그렇게도 바위 같던 네가 움직인 거니? 이제야? 왜 하필 지금에서야…….'

"그렇게 입 다물고 있다고 곤란한 문제들이 널 피해가진 않아."

"안 피해."

"그럼 뭐야?"

"지금은 들을 준비가 되지 않아서 그런 것뿐이야. 전에도 말했잖아. 때가 되면, 또 그래도 된다고 판단되면 물을 거라고."

잎새는 최대한 감정의 동요 없이 담담하게 말하려 했다. 그래야만 이 불편한 감정의 터널을 지나갈 수 있을 것 같았다. 그렇다 해도 그녀를, 자신을 보는 전경의 눈빛은 너무도 뜨겁고 낯설었다.

"그때가 되면…… 넌 또 사라지겠지."

시베리안허스키 같은 눈빛이 예리하게 빛났다.

"아니……."

"이번에는 나도 너 같은 방식으론 안 보내."

"……!"

"짧게 말할게. 물론 다 말하진 않을 거야, 너처럼."

잎새는 대답 않고 전경만 뚫어지게 쳐다보았다.

"땅이 팔렸으니 이장하라는 공고가 신문에 나서 가보니 너희 어머니 묘는 외갓집에서 벌써 이장했다고 해서 어쩔 수 없이 스승님만 이곳에 모셨어. 왜 스승님 명의의 땅이 갑자기 어떻게 팔렸는지는 나도 몰라. 아니, 알아도 말 안 해. 네가 그러는 것처럼."

"그게…… 언제 얘기야? 몇 년도야?"

잎새의 질문에 전경의 눈빛이 또다시 예리해졌다. 안다. 질문이 너무 이상하다는 거.

그래도 어쩔 수 없다. 정확한 상황과 진위를 파악하려면.

"너 떠나고…… 2년 뒤."

'그래, 그랬구나. 그 사람, 결국 그런 짓까지 했구나.'

"이제 어쩔 거야?"

"뭘?"

"계신 곳 알았으니 집에서 나갈 거냐고?"

늘 그렇듯 전경의 질문엔 거침이 없었다.

상대의 감정과 상태 상관없이 주저함이나 망설임이 없는 게 그의 방식이었다. 하지만 그러한 면도 극히 극소수로 자신이 허한 사람에게만 통용되는 관심과 애정의 표현이었다.

'그 팍팍하고 좁은 네 안에 내가 있니?'

"딴생각하지 말고 질문에 답이나 하지?"

'비로소 나란 존재가 보이기 시작한 거야?'

"안 나가. 있을 거야, 갈 때까지."

"그렇게 확인사살 안 해도 네 일정 정도는 나도 알아."

전경은 일어나 거실 중앙 벽난로 앞에 미리 펼쳐 놓은 이부자리에 말도 않고 누웠다. 마치 잎새는 이곳에 없는 것처럼 구는 그 익숙한 모습이 무척이나 쓸쓸해 보였다.

눈은 밤새 많이도 쌓여 있었다.

도로와 논밭이 전혀 구분이 안 됐다.

차고 앞에는 눈이 쌓여 길을 만들기 전에는 움직인다는 건 상상도 할 수가 없었다.

딱히 이런 상황을 염두하고 움직인 건 아니었는데 이렇게 되니 스승님께 한없이 고마웠다.

역시 스승님은 하늘나라에서도 날 보우하심은 물론 애처롭게 생각하고 계셨다.

동정녀 마리아가 아니라 동정남 전경의 그 피 끓는 불면의 밤을 내내 걱정하셨겠지.

혹시 한 번 써보지도 못하고 그대로 퇴화되어 박제되는 건 아닌가 하시고.

'걱정 마세요, 스승님. 동정남이긴 하지만 육신과 정신은 동서양에 다시없는 짐승남이니까.'

산소와 별장을 관리해 주시는 아저씨께 전화해 포클레인으로 길을 내달라고 부탁했다. 이에 상당히 시간이 소요될 거라 하셨다. 콧노래가 절로 나오고 어깨춤이 저절로 춰졌다.

'이 설국에 나와 잎새만 있는 거네. 우리 둘이만.'

어젯밤 잎새가 뒤척인단 걸 알면서도 고집스레 시선을 돌리지 않았다.

갑자기 내려와 보일러 상태도 용이하지 않아 벽난로만 피운 상태로 누가 오래 버티나 경쟁하다 잎새가 판정패로 먼저 잠들었다.

경계처럼 둔 두꺼운 담요를 거둬내고 잠든 잎새를 죽어라 쳐다봤다.

그렇게 한참을 쳐다보니 인간인지라 만지고 싶고, 만지면 안고 싶을 것 같아 결국 보는 것을 그만뒀다. 그래도 잠은 올 것 같지 않아 허밍으로 리듬을 만들며 가사를 붙여보았다.

잎새가 곁에 있으니 봇물 터지듯 달달한 멜로디와 가사가 마구 튀어나오려 했다.

지금의 심정으론 그토록 욕하던 캔디 컬쳐(순정만화처럼 귀엽고 발랄한 순수 감성 코드)에 적합한 리듬과 멜로디도 뚝딱 만들 수 있을 것 같았다.

그만큼 잎새는 전경에게 지배적이고 독보적인 인물이었다.

"돌아가면 바로 시작이니까 그때까지 편안하게 잘 자라. 이젠 이런 작위적인 평화 시대도 오늘 밤이 마지막이니까."

허밍으로 자장가를 대신해 잎새의 깊은 수면을 유도했다. 이제 곧 고뇌와 번민으로 나처럼 불면의 밤이 될 테니 깊이깊이 잠들어라, 소중한 잎사귀야.

어젯밤 눈앞에 보이는 저 눈처럼 하얀 밤을 꼬박 새웠다. 그래도 하나도 피곤하지 않았다.

"뭐 해?"

불면의 밤을 축복하며 허밍으로 만든 리듬을 음미하며 앞으로 전개될 소리 없는 전쟁에 대해 전의를 가다듬는데, 전의라고는 눈곱만큼도 없는 잎새가 다가왔다.

눈앞에 펼쳐진 설경에 탄복하면서도 은근히 사태를 걱정하는 눈치였다.

"관리인 아저씨가 포클레인 사수해서 오신대."

그의 말에 안심하는 표정을 숨기지 않았다. 여유가 생겼는지 이내 얼굴에 미소가 배어났다. 할머니께서는 이 표정을 몹시 좋아하셨다. 그 또한 그랬고.

"자주 이래?"

"몰라. 일 때문에 생각만큼 자주 오지는 못하니까."

"여긴 고립되면 죽어도 모를 것 같아. 너무 외져서."

"고립되면 좋지. 둘만 있을 수 있잖아."

전경은 쌓인 눈에 시선을 집중하며 중얼거리듯 말했다. 그런 그를 잎새가 빤히 보는 줄도 모른 채 전경은 작지만 쓰게 웃었다.

"어젯밤에 잘 잤냐? 한참을 뒤척이다 잤잖아, 너."

"……."

"잘 잤느냐고?"

"무슨 뜻이야?"

"뭘 무슨 뜻이야? 말 그대로 내가 호시탐탐 기회를 엿보고 있었는데도 잠이 오더냐고 묻고 있잖아? 내가 널 덮칠 수도 있는데."

"……."

"니가 잊고 있는 것 같아서, 내가 남자라는 사실을."

잎새는 빤히 그를 쳐다보았다. 그렇게 대놓고 보는 스타일이 아닌지라 전경은 잎새의 그 같은 태도에 적잖이 놀랐다.

"잊은 적 없어, 한 번도."

"그런데도 주무셨다? 내가 남자로 보이는데도? 강심장이네."

"강심장 아니야. 널…… 믿을 뿐이지."

자신을 믿는다는 그 말을 어떻게 해석할지는 고민하지 않았다. 이젠 절대 잎사귀 페이스대로 움직이지 않을 테니까 그 진위를 타진하는 것도, 그 무엇도 하고 싶지 않았다.

"믿지 마. 믿는 도끼에 발등 찍힌다잖아. 나 봐. 너한테 제대로 당했잖아."

"……."

"그렇다고 쫄지 말고. 난 준 대로만 갚아주는 스타일이야. 치사하게 이자 같은 거 안 붙여."

당황스러우면서도 그 같은 감정을 내비치기가 싫은지 잎새는 고집스레 사각 프레임으로 보이는 환상적인 설경에 집중했다. 본다 한들 설정이 눈에 들어오지는 않을 거다.

생각이란 늘 시각적인 것보다 더 빠르고 은밀하게 움직여 사람의 마음을 순식간에 잠식해 버리는 탁월한 능력이 있다. 그로 인해 그 생각이란 녀석에 고립되면 털어내기가 무척이나 어려웠다. 과거 그가 열등감과 질투심에 빠져 그런 것처럼.

주리는 도저히 믿어지지가 않아 연신 귀지를 털어내는 시늉을 했다.

"그러니까 정 이사는 프로젝트 준비시키는 애들 다시 한 번 인원 점검하고, 마지막까지 아이들 선별하고 멤버 픽스해 최적의 결과를 내놓도록 해."

한 번 대시했다고 전경이 이렇게 바로 곡을 주고 프로듀싱까지 하겠다니.

아무리 전경을 발탁하고 뮤지션으로 키워준 사람이 박희재 사장이라고 해도 이건 너무 쉽다는 생각이 들었다. 뭔가 있다. 그 사나운 맹수 전경이 이토록 순한 양처럼 행동하는 데는 그만한 이유가 있을 거야. 그게 뭘까? 뭐지? 아, 뭐지?!

"누차 말하지만 음악성과 발성은 기본이고 얼굴 비슷한 애들, 노래 못하는 애들 절대 안 돼. 걸그룹이 에어로빅 댄스팀도 아니고, 춤만 잘 춰도 안 돼. 모든 게 기준치 이상은 돼야만 한다는 거 꼭 명심하고. 안 그럼 전경이 오케이할 리가 없단 말이지."

'실키랑 상관이 있나? 아니면 그 미제 깡통? 분명 그 깡통을 견제했는데……'

"문제는 말이야, 전경이 자신의 곡을 작사할 인물로……"

"……!"

"안무가 실키를 지목했어."

역시 그랬다. 전경을 그토록 순한 양으로 만든 양치기걸이 실키였구나.

거대 장벽 같은 하우스를 사랑이 넘치는 스위트 홈으로 탈바꿈시키고 집 없고 개념 없는 이방인을 거리로 내쫓은 이유가 다 실키 때문이었다. 도대체 무슨 사이일까.

단지 오래된 친구라고 하기엔 전경이 너무 챙긴단 말이지.

'개뿔, 친구는 무슨, 남녀 사이에 친구가 어딨어?

"요즘 노래야 죄다 영어가 한두 소절 들어가니 그럴 수도 있겠다 싶긴 한데 전체 앨범을 작사할 만큼 그렇게 실력이 출중할까? 자넨 어떻게 생각해?"

단지 실력이 문제겠어? 전경이 실키를 상대로 밀착 연애를 하려는 건지 밀착 방어를 하려는 건지 모르겠지만, 하여튼 전경이 여러모로 전투적 자세를 취하는 건 맞는데.

"미국에서 여가수들 곡 작사했다는 소리는 들었어요. 나름 평가도 좋았고요."

"최고의 작곡가에 인정받은 작사가까지, 거기다 실키의 전문 분야인 안무까지 된다면야……."

박희재 사장은 뭘 상상하는지 피식피식 새어 나오는 웃음을 참지 못하고 있었다.

안다, 그가 지금 무슨 상상을 하는지. 신인 걸그룹 각종 차트 석권이란 문구로 시작해 무한대로 펼쳐지는 상상의 나래를 펴고 있겠지. 그 정도로 전경의 실력은 막강하니까.

"저, 사장님?"

박희재 사장은 허공에 파안대소하며 여전히 정신 못 차리고 있었다.

'이분이 이 정도로 흥이 많은 사람이던가.'

"자식…… 꿈은…… 이뤄지네. 이제…… 나도 좀 쉬어야지."

"……!"

혼자 중얼거리듯 실소하던 박희재는 어느 틈엔가 정신을 차리고 주리를 주시했다.

"정 이사, 우리에겐 다시없을 기회야. 반드시 이 호기를 잡아야 한다. 그러니까 자네가 민 실장, 정 부장 모조리 다 동원해서 실키랑 전경을 잡아. 안무도 그렇고, 완벽하게 삼박자를 이뤄 대박 한 번 치잔 말이야. 알겠어?!"

"네, 그래야겠지요."

"나도 이제…… 편하게 숨 좀 돌리고 살자."

탄식과도 같은 토로가 다소 걸렸지만 내가 언제 그랬냐는 것처럼 싱글벙글하는 사장으로 인해 그 같은 우려는 금세 희석되었다. 그러면서 박희재 사장이 이제껏 본 적 없는 자신감과 함께 비상을 꿈꾸는 발톱을 드러내 주리는 적잖이 당황스러웠다.

사실 피라미드 맨 꼭대기인 사장이야 밑그림만 그리면 그뿐 나머지는 온전히 주리의 몫인 걸 알기에 대인배처럼 연신 박장대소하며 회사의 핑크빛 미래를 그릴 수만은 없었다.

"우리가 지금 연기자들 영입하려는 거 자네도 알지? 이미 영입한 연기자들 말고도 눈독 들이는 배우들 무리 없이 끌어들이려면 이번 걸그룹으로 대박을 쳐 엔터 주식은 불안하단 소릴 완전히 수면 아래로 잠재워야 해."

일은 물론이고 책임감과 압박감은 눈덩이처럼 커지고 있었다.

"그러니까⋯⋯."

박희재 사장의 설계가 원대해질수록 주리는 입맛이 썼다.

사무실로 돌아온 주리는 아랫배를 압박하는 레깅스부터 얼른 벗어 던졌다.

하지만 압박감의 원인이 레깅스가 아니었는지 허물 벗듯 벗었는데도 아랫배와 가슴이 묵직하고 답답했다. 와이어 없는 속옷을 입었는데도 가슴이 왜 이리 갑갑한지 모르겠다.

'그래, 내가 다 벗었다 한들 이 갑갑증이 사라지겠냐!'

이 모든 진행을 떠맡아 하는 그녀의 입장에서 볼 때 설령 작곡, 작사, 안무가 삼박자를 이룬다 해도 그 많은 잡음과 진행 중 일어날 소요 사태가 불 보듯 뻔해 앞길이 막막했다.

수뇌부들에게야 전경이 이 분야에서 최고이고 대박을 치기 위해서 선점할 최적화된 인물이지만, 그런 고약스런 인물에게 조련을 당해야 하는 연습생 입장에서 본다면 전경은 분명 최악의 프로듀서이자 악명 높은 트레이너였다.

그런 일방적인 상하 수직 관계 중간에 낀 자신은 또 오죽 피곤할까.

겪지 않고 보지 않아도 모든 게 호러 비디오처럼 펼쳐져 금방이라도 연습생들의 비명과 처절한 호소가 들리는 듯했다.

전경은 그녀를 탕탕엔터 주차장에 내려주고 떠났다.

집으로 가느냐고 묻고도 싶었지만 오는 내내 전경이 자아내는 분위기가 심상치 않아 그 어떤 질문도 하지 못했다. 지난날 같이 사는 동안에도 전경은 가끔씩 무섭도록 차분해지곤 했다.

원래 말이 많은 스타일은 아니었지만 반항기와 함께 할머니와 아옹다옹하는 모습이 눈에 익은지라 전경이 차분해지면 무슨 일이 있나 하고 겁부터 났다.

어느 날부터 잎새의 신경선은 전경에게만 닿아 있었다.

오래전 자신의 감정을 인정한 후 겉으론 냉랭한 모습으로 일관했지만, 그녀의 눈과 귀는 물론 오감까지 전부 전경의 행동과 감정선에 쏠리고 있었다.

"팀장님?!"

지금도 그랬다. 전경이 차분해진 지금 무슨 일이 있나 하며 걱정이 됐다.

"팀장님, 왜 여기 계세요?"

향기가 작은 얼굴을 내밀며 그녀의 안색을 살폈다. 그 모습이 아이처럼 귀여워 보였다.

"들어가자. 춥다."

사무실로 들어서니 정주리가 기다리고 있었다. 별장에서 출발 전부터 약속을 한 터라 잎새는 지원과 현재에게 간단한 지시 사항만 전하고 사무실 문을 닫았다.

어느 날은 다크서클 가득한 얼굴로 사람 불편하게 하더니, 이번에는 도통 읽히지 않는 표정으로 망부석이 돼 있었다.

'또 켄 때문에 그런가⋯⋯.'

"말씀하세요, 정 이사님."

정주리는 단전호흡을 하는 듯한 제스처를 취하더니 이내 결연한 표정으로 입을 뗐다.

"저희 회사에서 이번에 사활을 걸고 준비하는 걸그룹이 있는데 다행히 삼.성.동. 죽.돌.이.가 작곡은 물론 프로듀싱까지 전부 맡기로 했습니다."

잎새는 그러냐고 고개를 끄덕이며 정주리의 말을 조용히 경청했다. 그러자 주리가 다소 회의적인 반응을 보이더니 약간의 텀을 두고 다시 말을 이었다.

"저희 회사로서는 더할 나위 없는 영광에 운이 장난 아니게 좋은 기회죠. 그 이름도 찬란한 삼성동 죽돌이와 작업을 하게 된 건."

"……."

"그 삼성동 죽돌이가 실키 팀장님께 앨범 작사와 안무를 전부 맡기겠다고 해서 제가 이렇게 찾아뵙습니다."

"……!"

"팀장님은 그 삼성동 죽돌이를 잘 아시나요?"

알 리가 만무했다. 국내 사정을 대충 알고는 있지만 그건 잎새와 작업을 한 사람들에 한해서였다. 토박이 정주리처럼 엔터 업계에 종사하는 핫한 뮤지션과 전문가들의 예명까지 일일이 디테일하게 알진 못했다.

"아니요."

잎새의 질문에 정주리가 빤히 쳐다보았다.

정말 모르냐는 식으로, 절대 그럴 리가 없단 얄궂은 표정이었다.

"왜 그렇게 보시죠?"

"이런 상황을 뭐라고 할지 몰라서요. 이걸 낫 놓고 기역 자도 모른다고 해야 하는지, 눈뜬장님이라고 해야 할지…… 저도 무척 난감하네요."

그 순간 거짓말처럼 머릿속에서 떠오르는 한 사람이 있었다.

"……그 사람이 전경인가요?"

"네."

'전경이었구나. 근데 왜 그런 이름으로 불리는 거지?'

닉네임이 가히 듣기 좋지는 않았다. 그러다 전경의 의도가 뭔지 생각해 보았다.

"팀장님, 저희 탕탕, 이 업계에서 굳건하게 자리보전하고 있는 세 회사 다음으로 인지도와 영향력이 있는 회삽니다. 이번에 준비 중인 걸그룹만 터져 주면 저희 회사, 단숨에 그 삼강 구도에 진입함은 물론 바로 안착하게 되는 거고."

"……"

"막강 트라이앵글에서 춘추전국시대 버금가는 스퀘어가 되는 거죠. 한편으론 균형이 잡힌다고 볼 수도 있구요. 하여튼 저희 탕탕엔터 수장이시며 어질고 사람 좋은 박희재 사장님의 오랜 숙원!"

"……"

"전 꼭 이뤄 드리고 싶습니다."

"정 이사님……."

"그래서 드리는 말씀인데, 절대, 혹여나 반려하시면 안 됩니다."

정주리는 모노드라마를 찍듯 극적인 상황을 연출하고 있었다.

"저 이번에 업계 최연소 이사 달고 견제하고 디스하는 인간들 어마무시하게 많습니다. 이런 시국에 제가 엎어지면 뭐, 다들 고소해하겠죠."

결연함을 넘어 비장미 가득해 도저히 말을 끊을 수가 없었다.

정주리는 작정이라도 한 듯 자신이 이번 프로젝트를 반드시 성공해야 하는 이유를 열 가지도 넘게 댈 것만 같았다.

"10년 죽도록 개고생하고 간신히 단 이사 직함, 전 이대로 사수는 물론 고수해서 더 높이, 더 멀리, 더 오래 날아가고 싶습니다. 그래서 절 롤모델로 하는 많은 여직원들에게 꿈과 희망을 안겨줘야 하지 않겠습니까?"

"저, 정 이사님……."

"그래서 전 이번 프로젝트에 이 한 몸 온전히 걸었습니다. 그러니 제발 삼성동 죽돌이랑 마음은 물론 모든 걸 함께하셔서……."

"……."

"저 좀 살려주세요, 실키."

잎새는 눈앞에서 자행되는 절절한 메소드 연기에 기가 막히고, 이 같은 희극적이고도 블랙코미디 같은 상황을 연출한 전경의 의도에 정말이지 화가 났다.

주리는 켄이 따라주는 위스키를 마시면서도 술이 쓴 줄 몰랐다.

낮에 자신이 한 비굴 모드에 비하면 이만 술쯤은 오크통으로 마셔도 얼굴 하나 붉힐 것 같지 않았다. 아까 다치고 쓸린 가슴이 아직까지도 쓰리며 얼굴까지 홧홧했다.

사실 처음부터 그렇게 저자세로 나갈 생각은 절대로 아니었다.

그러다 문득 앞에 앉은 놈이 남궁잎새가 정일품 재력가라고 한 말이 떠올라 도무지 이성을 차릴 수가 없었다.

돈은 물론 명예까지 있는 인간이 굳이 하기 싫은 일을 할 것 같지가 않았다. 또 실키가 전경만큼 그를 신경 쓰고 있는 것 같지도 않았고 남다른 감정이 묻어나 보이지도 않았다.

그 사실에 깨갱 하고 무너졌다. 그래서 다 내던졌다, 존심이고 나발이고.

"그래서 내가 돈 많다고 한 거 말했어?! 했냐고?!"

'존심이고 뭐고 다 내버린 내 앞에서 지금 제 걱정하는 거야?! 무슨 IT 사장이란 인간 속이 밴댕이 소갈딱지만 해서는.'

"했냐니까?!"

"안 했어요."

그 소리에 깡통은 안도의 한숨을 넘어 만감이 교차하는 표정을 하고서 지그시 웃기까지 했다. 아무리 생각해도 요즈음같이 고퀄리티 처세술과 자기방어적 하이 스킬이 요구되는 시대에 저따위 인격과 얍실한 소양을 가진 인간이 있다는 게 신기했다.

저딴 인간이 저 정도의 배짱으로 미국에서 기업을 운영하는 사장이라니, 다 개소리다.

'혹시 실키가 재력가란 소리도 다 거짓부렁 아니야?'

"실키, 재력가 맞아요?"

주리가 못 믿겠단 표정을 하자 켄이 TV에 시선을 집중하며 말했다.

"그거야 이 나라의 재력가 기준이 어떠냐에 달렸지. 나라마다 클래스나 그레이드가 다르니까."

'이제 와서 웬 영어야. 내내 한국어로 사기도 치게 잘 지껄이더니.'

"그딴 거 난 모르겠고, 돈 겁나 많다, 허덜시리 많다, 무지막지하게 많다, 이 중에서 어떤 거예요?"

켄은 TV에 시선을 집중하며 눈을 뗄 줄을 몰랐다. 남은 리액션 기다리든지 말든지 도통 반응이 없다. 순간 알코올 기운이 돌아 열이 뻗치고 숨이 가빠왔다.

"셋 중에 뭐냐고요?!"

술을 너무 급하게 마신 게 탈이 났는지 심장이 마구 뛰고 어지러웠다. TV에서 시선을 뗀 켄은 못마땅한 표정으로 반쯤 엎어져 있는 주리에게 들으라는 듯 말했다.

"무슨 소린지 모르겠는데 뭘 고르라는 거야? 내가 한국에서 내내 산 것도 아니고 클래스 높은 단어들은 못 알아들어. 내가 저 프로그램 이름처럼 지니어스이긴 한데 다른 능력에 비해 언어 능력이 좀 약해."

뭔 개소린가 해 간신히 몸을 일으켜 TV에 시선을 돌리니 케이블에서 대박 친 지니어스란 프로그램이 방송되고 있었다.

"……헐!"

그러자 켄이 쌍심지를 켜고 주리를 노려봤다.

"욕이라며?!"

"……."

학습효과가 바로 튀어나오는 걸 보니 머리가 영 나쁜 것 같지는 않았다.

주리는 눈길을 피하고 술잔을 쳐들었다. 이래저래 술이 답인 것 같았다, 오늘은.

"부잔 건 사실이야."

'사실이구나. 어쩐지 후광과 아우라가 남달랐어. 어쩌지, 삼성동 죽돌이랑 작업 안 한다고 하면? 보면 실키는 전혀 아쉬운 게 없어 보이던데…….'

"내가 실수로 말한 거, 실키한테 절대로 말하면 안 돼. 꼭이다?"

"……!"

여전히 TV 프로그램에 시선을 고정한 켄은 한 치의 의심과 의혹 없는 목소리로 주리에게 사심을 털어놓고 있었다.

"내가 말한 거 알면 또 나보고 조심성 없네, 입이 화근이네, 여긴 미국이 아니다 하면서 나 바로 쫓아낼지도 몰라."

"……!"

"실키는 가끔……."

"……."

"엄청나게 무섭거든."

그 순간 번쩍하고 켄 주위로 눈부신 빛과 온기가 쏟아졌다. 그건 실키의 후광과 아우라에 비견될 만한 하이 퀄리티 수준이다.

열쇠는 바로 눈앞에 있었다.

덤덤한 전경과 결코 담담할 수 없는 잎새가 테이블을 사이에 두고 대치하고 있었다.

주차장에 내려주고 갈 때까지만 해도 이 같은 상황은 전혀 예상 못 했겠지.

"왜 미리 말 안 했어? 별장에서 말할 수도 있었잖아! 그럼 정 이사 이상행동도 굳이 다 볼 필요 없었고. 내가 얼마나 민망하고 불편했는지 알아?"

잎사귀는 낮의 일이 다시금 생각나는지 어쩔 줄을 몰라 했다.

사람한테 면역력이 없는 건 여전했다. 저런 부실한 면역 체계로 미국에서 활동하고 홈런을, 아니, 롱런을 날렸다는 게 믿어지지 않았다. 지금까지도.

"뭐가 불편해? 사회생활하면서 그 정도 불편한 감정, 난처한 상황, 억울한 심정들 누구나 한 번은 다 겪는 일이야. 또 그런 일 매일 겪는 사람들도 있어. 아닌 것 같아? 그럼 넌? 넌 미국에서 이런 일 없었어? 너도 무탈하게 승승장구한 거 아니잖아!"

전경의 가차 없는 멘트에 잎새는 이해할 수 없다는 표정으로 반박했다.

"그렇다고 굳이 겪지 않아도 될 일을 겪을 필요는 없잖아! 네가 나한테 먼저 말했으면 우리 둘이 해결할 수도 있었어, 다른 사람 감정 건드리지 않고."

평소에는 그렇게도 담담한 잎새가 지금은 이상하다고 할 만큼 민감하게 반응하고 있었다.

"그래? 그럼 이제부터 제3자 끌어들이지 말고 너랑 나랑만 해결 보면 되겠네."

"……!"

잎새는 탄식하며 고개를 내저었다. 하지만 상관없었다.

내가 만든 이 상황에 기막혀하든 어이없어하든 그건 중요하지 않았다.

중요한 건 잎새가 내 제안을, 아니, 정주리 이사의 부탁이자 피맺힌 간청을 수락할 건지 아닌지만 중요했다. 전경이 한 치도 물러섬 없이 주시하자 잎새는 난처한 듯 시선을 피했다. 그렇게 한참 찻잔을 이리저리 돌리더니 비로소 말을 꺼냈다.

"알잖아. 난 전문 작사가가 아니야. 그리고…… 7년이야."

"……."

"내가 이곳에 없던 시간이. 내가 느끼고 생각하는 거랑 한국 대중들이 좋아하는 설정, 취향, 감정 표현, 단어, 전부 다 괴리감이 있을 수 있어."

"알아."

"그러니까……."

"내가 도와주면 돼."

"그게 아니라……."

"내가 작곡하는 거 네가 봐주고 네가 작사하는 거 내가 도와주면서 서로 미흡한 부분 채워주면 된다고."

잎새의 눈동자가 촛불처럼 흔들리고 있다. 절대 저 망설임을 놓치고 싶지 않았다.

"걱정할 것도 없고 주저할 것도 없어. 내가 도와줄게. 같이해, 우리 둘이서."

더 이상 망설이지 않겠다고 결심했을 때, 잎새가 떠났다.

짙은 안개와도 같이 그를 주저하게 하고 망설이게 했던 감정이 소멸돼 마음이 더없이 선명해지니 거짓말처럼 눈앞에서 사라졌다.

그때의 절망감, 상실감, 죽을 것 같은 감정, 다시는 겪고 싶지 않았다.

바보같이 14년을 품고서도 7년을 허비하고 7년을 준비했다.

'너 하나로 인해 너무도 많은 감정을 배웠다, 잎사귀. 굳이 배우지 않아도 될 그런 감정들까지 전부 다. 그런 감정들이 날 얼마나 상처 내고 속속들이 갉아먹었는지 넌 모르겠지.'

"너랑 같이하고 싶어, 난."

"난⋯⋯."

'조금만 더 다가와 줘. 그다음은 내가 다 할게. 이젠 병신같이 네 능력 질투하지도 않고, 네 감각 탐내지도 않아. 또한 그로 인해 내 자신을 절벽으로 내몰지도 않을 거야.'

이젠 그때의 어리고 어리석었던 전경이 아니다.

"심각하게 생각할 거 없어. 그런 영화도 있잖아. 휴 그랜트 나오는 그 여자 작사, 그 남자 작곡이란 영화. 너도 미국에서 봤을 거 아니야?"

"⋯⋯자신 없어."

"그러니까 내가 곁에서 도와준다고. 너와 나 알고 지낸 시간만 무려 14년이야. 아무리 7년이란 공백이 있었어도 우린 서로를 너무나 잘 알아."

자신 있었다. 따라잡을 자신, 공백과 공허를 무시하고 뛰어넘을 자신, 충분히 있었다.

"그래, 잘⋯⋯ 알지."

잎새의 표정이 묘하게 일그러졌다.

도대체 무슨 일이 있었는지, 왜 그렇게 떠나야 했는지, 그 많은 돈은 정말 엄마의 유산인지, 또 그 친척은 누군지 모조리 다 묻고 싶었지만 일단은 참았다.

내 욕심에, 내 무모함과 내 자만심에 다시 잎새를 놓칠 수는 없으니까.

"그러니까 같이하자, 남궁잎새."

마음 같아선 감정에 호소하고 싶었지만 머뭇거리는 걸 알기에 동등한 자격을 갖춘 전문인으로 대하는 게 더 나을 듯싶었다. 그래야 편할 테니까. 그래야 비밀스러운 퇴로를 만들어 그때처럼 도망가지 않을 테니까.

"풀 네임으로 불러준 거, 처음…… 같아."

약간 입매가 떨리고 아주 약간 먹먹한 표정을 한 채 잎새가 그를 봤다.

그 알 수 없는 표정에 가슴이 답답했다. 누군가 가슴을 지그시 압박하는 것처럼 그렇게.

"지금은 개인적인 관계를 떠나 능력 있고 감각 있는 남궁잎새한테 부탁하는 거니까."

이렇게 담백하게 말해야 한다면 지금은 그렇게 할 수 있었다.

절대 담백하지도 담담하지도 않지만 잎새의 동의를 얻기 위해서는 감정이 잔존해 있지 않은 사람처럼 그렇게 연기할 수 있었다. 적어도 지금은 그럴 수 있었다.

"그래……."

환호와 안도의 한숨을 길게 내쉬며 잎새를 안고 주먹만 한 얼굴에 거친 키스와 탄식으로 도배를 하고 싶었지만 꾹 참았다. 지금은 그럴 때가 아니니까.

함께 작업하는 걸로 결론을 내고 내려가는 그녀를 전경이 잡았다.

전경에게 이끌려 예전에 할머니가 쓰시던 방으로 가니 이미 모든 짐이 옮겨진 상태였다. 오전에 그녀를 주차장에 내려주고 집으로 돌아와 내내 준비했다고 한다.

지난주부터 전경은 끈질기게 1층으로 옮길 것을 제안하며 강요했다.

이 큰 집에, 더구나 둘밖에 없어 사람의 온기가 부족하다 못해 희박하다며 1, 2층을 쓰자고 했다. 망설이는 그녀를 대신해 용단을 내린 전경이 오늘 제대로 일을 친 모양이다.

서로가 어색하게 잘 자라는 인사를 하고 1층 방으로 들어왔다.

방은 전혀 낯설지가 않았다. 예전 할머니 방 느낌이 남아 있어 도리어 안정감이 들었다.

한때는 이 방에서 할머니랑 자주 자곤 했다.

할머니는 늘 말씀하셨다. 지하는 모든 사람에게 안 좋지만 특히 여자와 어린아이에게 안 좋다고. 그런 이유로 종종 할머니 옆에서 잠이 들기도 했다.

그때 얼마나 많은 이야기를, 정확한 근원과 출처는 알 수 없지만 입과 입으로 떠돌며 보태진 사람들의 다양한 세상사를 공부하고 들었는지 모른다.

그 이야기 중 가장 많은 출석률과 빈도수를 차지하며 등장한 인물이 바로 전경이었다.

할머니는 전경의 아기 때부터 시작해 참 많은 이야기를 해주셨다.

늘 세상에 다시없는 호래자식으로, 어느 날은 건달로, 또 어느 날은 생 양아치로 그렇게 할머니 이야기 속 전경은 악의 축이자 악의 근원이었지만, 이야기하시는 할머니의 얼굴은 그렇게 대견해하고 행복해할 수가 없었다. 어쩌면 그때부터였는지도 모른다.

그녀가 전경이란 존재를 마음 안에 담아 궁금해하고 해바라기한 건.

전경이 함께 작업하자고 했을 때 잎새는 오래전 자신이 목도한 그날의 기억을 떠올렸다. 그러면서 의문이 들었다. 그곳에서 전경을 보지 않았다면 우린 지금 어떤 모습일까.

그날 전경의 완벽한 세계를 엿보지 않았다면 우리에게 7년이란 공백은 없었을까?

그때 무대에 선 그를, 자신의 세계에 완전히 도취돼 충만함과 희열을 느끼던 그를 목도하지 않았다면 우린 그렇게 헤어지지 않았을까. 그랬을까, 전경.

* * *

9년 전.

고등학교 선배인 지원에게 이끌려 클럽에 간 건 우연이었지만 가혹한 우연이었다.

졸업을 하고도 일방적으로, 그러면서도 지속적으로 연락을 해오는 지원은 현재 국내 유명 댄스팀에 단원으로 소속돼 있었다.

지원의 생일에 맞춰 만나 오랜만에 순수하게 음악과 춤에 미쳐보잔 취지로 홍대 클럽에 자리를 잡았다. 시간마다 신인 밴드와 나름 인디에서 여신으로 추앙받는 여가수들의 신선한 음악적 해석과 독특한 열정을 느낄 수 있고 들을 수 있어 그 자체로 좋았다.

오직 자신들의 연주와 노래만 존재하는 것처럼 무대는 빛과 풋풋한 열정으로 가득했고, 그와 반대로 그들의 길들여지지 않은 날것에 기운과 에너지를 흡수하려는 사람들로 가득 찬 클럽은 지독하게 어두우면서도 몹시도 뜨거웠다.

"아직 안 나왔나 봐."

"누구?"

왠지 모르지만 기대감과 흥분으로 엉덩이를 들썩이던 지원은 함박웃음과 미소를 지으며 조금 큰 소리로 말했다.

"요 며칠 혜성처럼 등장해 연주하는 밴드인데, 리드기타 치는 남자애가 아주 죽여~줘요."

지원은 리듬까지 실어 폭풍 칭찬을 해댔다.

"어제는 글쎄, 안 부르던 노래까지 불렀는데 목소리가 아주 달달하니 녹는다 카더라. 여기 매일 출근도장 찍는 우리 댄스팀 언니가 아주 환장을 하더라고."

잎새는 눈이 초롱초롱해 광분하는 지원이 재밌어 웃었다.

지원은 학창 시절 내내 정말 지독하게 표정과 웃음이 없는 선배였는데 참 많이 변했다.

춤으로 인해, 그리고 과감한 선택과 지혜로운 결단으로 인해 지원은 변화하고 진화했다.

"인어도 아니고 사람 녹이는 목소리가 어떤 건지 궁금하긴 하네."

잎새가 농을 하며 반신반의하자 지원이 무슨 보물 보따리를 풀어놓듯이 이야기를 풀었다.

"진짜야. 몇 달에 한 번인가 뜬금없이 출몰하는 귀인인데, 그자가 나타나면 여기 홍대 일대가 난리도 아니란다. 얼굴, 기럭지, 그 무심한 아우라까지 아주 삼박자가 딱이래. 그 유명한 남도 홍어삼합은 저리 가라란다."

남자 얘기하다 홍어삼합으로 빠지는 게 우스워 오랜만에 키득거렸다.

이렇게 지원이라도 만나야 웃을 일이 생겼다.

전경이 없는 집은 이상할 정도로 조용하고 활기는 물론 윤기마저 없었다.

집 안 모든 가구와 조명은 그 자리 그대로인데도 왠지 모르게 생기와 활력이 없었다.

무슨 이윤지 모르나 요샌 휴가 때도 집에 잘 오지 않는 전경으로 인해 할머니와 잎새는 말은 하지 않지만 신경 쓰며 그 사실에 무척이나 민감해져 있었다.

"그 귀인, 짧은 머리에 하도 일정한 텀을 두고 출몰해서 군바리라는 설도 있는데…… 아! 나왔다!"

"……."

"아악! 나왔어! 어떡해?! 눈 감고 잘 들어봐. 너도 금방 홀릴 테니까. 아주 남자 인어란다, 인어!"

지원의 호들갑에 웃으며 무대로 시선을 옮겼다.

무대는 답답하다고 느낄 정도로 협소하고 어두웠다.

연주하는 사람들과 그 모습에 목매는 사람들의 거리가 채 한 뼘도 되지 않아 보였다.

잎새와 지원은 복층 구조로 된 2층에서 그나마 멀리 자리하고 있어 그 기묘한 광경을 고스란히 지켜볼 수가 있었다.

다소 우울한 사운드에 어쿠스틱 기타가 그 시작을 알렸다.

잎새는 기타 소리에 눈을 감았다.

내겐 마약 같은 너.

들어봐, 내 고백을. 느껴봐, 내 진심을.

붙잡고 싶을수록 더욱 멀어지고 사라지는 니 마음.

그리고 남겨진 너의 흔적들.

놓을수록 가까워지고 버릴수록 내 안에 스며들어.

그리고 남겨진 내 마음의 상흔들.

매력적인 톤의 기타가 중심이 되어 곡을 이끌어가고 있었다.

어느새 눈을 뜬 잎새는 고개를 숙이고 기타 연주에 몰두한 키가 큰 보컬을 주시했다.

물 흐르듯 자연스러우면서도 심플한 자신만의 감성이 제대로 가미된 연주였다.

무엇보다 사랑받고 싶은 마음을 제대로 공략한 슬픈 서정미와 호소력 짙은 저음의 목소리가 돋보이는 감성주의 모던락 밴드라 칭찬을 하지 않을 수가 없었다.

연주에 취해 고개를 든 보컬의 표정에 숨을 삼켰다.

이제껏 단 한 번도 본 적 없는 희열에 찬 표정, 완전한 몰두에서 오는 만족감과 그 이상의 감정이 고스란히 묻어나는 그 모습에 잎새는 눈도 깜박일 수 없었다.

기타를 치는 전경의 모습은 상상하던 것과는 전혀 달랐다.

낯설면서도 전율을 느낄 정도로 매혹적이고, 차가운 이성을 녹일 듯 감성적이었다.

막연히 전경의 연주와 그가 만든 사운드는 거칠고 투박할 거라고 예상했는데 전혀 아니었다. 예상은 빗나갔다. 아주 제대로, 그리고 완전히.

"죽이지? 그지?"

한 곡이 끝나자 지원은 먹잇감에 달려드는 동물처럼 그녀의 표정을 살폈다.

"……."

"왜? 안 좋아? 표정은 딱 삼합에 매료된 표정인데."

"……좋아."

잎새의 평이 맘에 들었는지 지원은 만족해하며 무대로 시선을 옮겼다.

사람들의 동요가 잠잠해지자 기타 연주와 함께 전경이 다시 마이크에 입을 댔다.

중력처럼 당겨지는 너에게 와르르 무너진다.
벗어나고자 해도 절대로 물러서지 않는 너.
중력처럼 이끌리는 너에게 스르르 다가간다.
벗어나고자 해도 절대로 지워지지 않는 너.

작사, 작곡 모두 전경이 했다는 걸 본능적으로 알 수 있었다.

그의 목소리가 그렇게 말하고 있었다. 이건 그의 노래라고. 바로 그 자신이라고.

무겁게 뚝 끊어지는 엔딩에 사람들은 열광했다.

사실 음악에 반응하는 사람들과 그들의 반응은 중요하지 않았다. 그저 전경이 자신의 세계에 완전히 취해 몰입하고 희열에 찬 그 표정이 각인돼 머리에 가득했을 뿐.

천만다행으로 갑자기 잡힌 아이돌 그룹의 안무 연습으로 인해 하도 급하게 헤어져 선배인 지원에게 동요하는 모습을 보이지는 않았다.

집으로 가는 발걸음이 다리에 추를 단 듯 어지럽고도 무거웠다.

집으로 돌아와서도 아무것도 할 수가 없었다.

어느새 전경의 세계가 형성됨은 물론 단단하게 다듬어져 다져지고 있었다.

전경은 지금 거침없이 날아오를 준비를 하고 있었다. 아니, 이미 날아오르고 있었다.

힘찬 날갯짓으로 비상하며 그가 구축한 음악 세계에 매료된 사람들은 벌써부터 그 재능을 기꺼이 함께 나누며 충실히, 남김없이 즐기고 있었다.

잎새는 그 사실이 몹시 부러우면서도 너무나 두려웠다.

*** *** ***

감각적인 리듬과 에로틱한 열기는 지켜보는 사람들까지 후끈하게 만들었다.

블루 뒤에서 백허그를 하며 셔츠 단추를 푸는 듯한 행위를 하다 앞으로 당겨진 잎새는 어느새 자신의 목에 얼굴을 묻은 블루의 머리카락을 긴 손가락으로 어지러이 쓰다듬는 동작을 이어갔다.

도도하게 뒤돌아가는 여자를 잡아당겨 자신의 품 안으로 이끄는 블루. 키스를 시도하고 거부하는 듯하면서도 남자의 품 안에서 자극적이고도 농염한 미소로 화답하는 잎새.

춤은 점점 야해지고 동작을 하는 이들의 숨결은 점점 깊어졌다.

쿵. 쿵. 쿵. 심장 소리와 같은 북소리에 더해져 가는 두 남녀의 야릇한 눈빛.

이 모습을 지켜보던 몇몇 댄서에게서 탄성이 쏟아졌다.

두 사람은 지금 절절한 연인이면서 이 세상에서 영원한 탈주를 꿈꾸는 이방인이었다.

"아주 사단 나게 생겼네. 아니, 뭘 저렇게까지 야해?"

주리는 작은 창틈으로 보이는 모습에 경기할 뻔했다.

저들의 위험스런 작태는 절대 안무가 아니었다.

저건 은밀한 행위와 맞먹는 감정적 교류이자 겁나게 위험한 소통이었다.

차 안으로 꾸며진 공간에 혼자 남은 잎새는 소파에서 맨발과 하얀 손을 이용해 남자를 유혹하는 행동을 계속했다. 눈빛은 무심한 듯하면서도 도발적으로 빛나며, 가슴을 두드리는 시늉을 하며 애태우는 동작에 불을 지폈다. 그러면서도 맨다리는 어지럽게 춤추듯 리듬을 탔다.

"저, 저, 미친 거 아니야? 비열한 전경이 보면…… 쌍코피 터지겠네."

"쌍커피가 뭐야?"

"아악!!"

주리는 너무 놀라 자지러질 뻔했다. 아니, 오줌 쌀 뻔했다.

"미, 미쳤어요? 사람 놀……."

열 받은 주리는 소리를 지르다 자신의 입을 틀어막았다.

더 이상 관객이 늘어나는 걸 원치 않았다. 어디선가 전경이 나타나 다 보고 있을 것 같아 이 위험한 광경을 사수함은 물론 원천 봉쇄해야 했다.

"쌍커피가 뭐냐고. 샷 추가하는 거야?"

'넌 어쩌면 그렇게 타이밍도 못 맞추냐, 이 깡통 같은 인사야!'

주리는 눈을 사납게 뜨고 노려보다 켄을 안무실 반대편으로 이끌었다.

"왜 이래? 이거 놔. 나도 안무 볼 거야. 실키가 남자 가수랑 안무하는 거 오랜만이란 말이야. 정주리, 이거 놓으래도!"

주리는 거부하는 켄을 힘으로 밀어붙이며 화장실 쪽으로 향했다.

힘의 논리가 성립된 이래 화장실은 늘 회유와 강압, 거래와 폭력행사가 횡행하는 곳이었다. 주리는 눈을 사납게 뜨고 몸체가 자신의 두 배는 되는 켄을 벽으로 힘껏 밀쳤다.

신기하게도 밀치니 쾅, 하고 밀쳐졌다. 그러자 이제껏 당한 설움과 억눌림이 한꺼번에 복받쳐 오르며 분노가 들끓었다.

"지금 뭐 하는 거야?!"

생각지도 못한 반격과 파워에 깡통이 성을 냈다. 그래, 놀랐겠지.

"그 입 다물어요. 그리고 이제부터 내 말 잘 들어요. 안 그러면 실키랑 전경한테 다 불어버리는 수가 있으니까."

주리의 협박성 멘트에 켄은 잘생긴 얼굴을 찌푸리며 인상을 썼다.

"무슨 소리야?"

"실키가 어마무시한 재력가란 사실을 전경한테 알리면서 뒷조사해 보라고 할 거고, 실키한테는 입 싼 당신이 나한테 그녀의 비밀을 전부 얘기했다고 할 거니까."

"……."

그 소리에 켄은 입을 다물고 주리가 하는 말을 듣고 있었다.

입만 열면 호감도와 흥미도가 뚝뚝 떨어졌는데 입을 봉하고 있으니 그제야 잘난 얼굴이 제대로 공기 청정과 안구 정화를 시켜주고 있었다.

"그러니까 이제부터는 시도 때도 없이 나 불러내지도 말고 나랑 쌍으로, 아니, 비익조처럼 뭐 할 생각도 말아요. 알았어요? 전경의 말처럼 우리 옆집에서 그냥 죽은 듯이 조신하게 지내라고요, 당분간."

속이 다 시원했다. 그동안 이 모자란 인사 때문에 버린 시간이 얼마인가!

지금 같은 비상시국에 할 일도 태산인데 이 인간 비위 맞추고 쌍으로 묶여서 싸돌아다니느라고 정작 할 일은 하나도 못했다. 젠장. 탕탕엔터 최연소 이사 꼴이 말이 아니다.

"후회할 텐데."

켄은 얼굴을 구긴 채로 팔짱을 끼고 있었다. 그 모습이 마치 영화 300에 나오는 전사같이 보였다. 그만큼 섹시하고 범접하기 어려운 미제 아우라가 물씬 느껴졌다.

'진짜 얼굴이랑 바디 하나는 지대로 생겼는데……. 아까비, 아까비.'

머리랑 센스만 좀 탑재했으면 좀 좋았냐고. 이건 어지간해야 달고 다니지.

"후회는 무슨, 당신이나 실키랑 전경한테 쌍으로 디스당하지 말고 몸 사리면서 지내란 말이에요. 이제 한국 분위기나 정서도 어지간히 파악했을 테니까 제발 혼자 좀 다니고."

"분명 후회할 텐데."

'개뿔, 후회는 무슨. 내가 그동안 니 딸랑이 노릇 한 거 생각하면……'

됐다. 잊자, 잊어. 생각하면 나만 열 받고 나만 빙신이지. 저 인간이 조금만 더 일찍 본색을 드러내고 나발 불었으면 얼마나 좋았냐고.

"후회는 벌써 하고 있어요. 여직까지 당신한테 휘둘리면서 날린 시간을 생각하면 내가…… 아, 놔, 정말 기가 막혀서. 그 아까운 시간들, 지금 엄청 베리 머치 후회스럽거든요!"

주리는 의식을 파고드는 그동안의 기막힌 날들에 대해 탄식이 절로 나왔지만 못난 자신을 굳이 추억할 필요는 없어 꾹 참았다.

두 사람이 서로를 응시하며 견제하는 사이 핸드폰이 울렸다. 번호를 확인한 주리는 다시 한 번 켄을 보며 다짐과 당부를 잊지 않았다.

"뭐, 당분간은 볼 사이니까 이 정도로 하고, 이젠 정말 동등한 입장에서 우리 서로 잘 지내보자구요, 켄 양반. 그런 이만 난 총총합니다."

주리가 거만한 포즈로 장승처럼 선 켄을 스쳐 지나갔다.

자신의 반 토막밖에 안 되는 주리가 보란 듯이 그를 무시하고 지나가자 켄은 이상하게 속이 부글부글 끓어올랐다.

그동안 나름 즐겁게 보낸 시간을 모조리 폄하하고 그들의 조합과 의리를 부정하는 정주리를 보자 배신감과 함께 설명할 수 없는 감정이 고개를 들고 있었다.

가로수길에서 직접 도정한 쌀을 이용해 밥을 하는 걸로 유명한 식당에 자리한 블루는 실키와 매니저, 현재와 실키 비서를 하는 아르바이트 학생과 점심을 먹었다.

반찬은 성찬의 한정식처럼 나오진 않았지만 방금 한 밥과 국, 정성이 묻어나는 다섯 가지 반찬이 제법 맛있었다. 실키는 밥을 반 덜어내고 반찬으로 나온 나물과 국을 번갈아 맛보며 맛있게 먹었다.

밥을 먹는 동안 사람들의 시선이 자신에게 집중된 걸 알았지만 블루는 실키를 보느라 일일이 신경 쓰지 않았다. 식사를 끝내고 모두 가로수길 뒤편에 있는 카페로 자리를 옮겼다.

"이번 주까지는 저에게 레슨받으면서 호흡을 맞춰보고, 다음 주부터는 블루랑 같이 무대에 오르는 댄서랑 바로 작업하게 될 거예요."

예상은 했지만 실제로 들으니 생각했던 것보다 더 실망스러웠다.

"무대 안무도 실키가 직접 하시면 안 되나요? 이제껏 실키랑 호흡 맞추고 있는데 다시 누군가랑 안무 합을 맞춘다는 게 소요되는 시간도 그렇고 느낌이 판이하게 다를 것 같은데……."

블루가 나름 어필하며 말끝을 흐리자 실키는 주저 없이 말을 받았다.

"걱정 마세요. 저희 댄서들 중에서 가장 실력 뛰어난 댄서이고, 블루와 무대에 섰을 때 나오는 그림과 미장센을 생각해서 키, 몸매, 느낌까지 계산하고 선택한 댄서니까요."

실키는 무대에 설 생각이 전혀 없어 보였다. 하지만 그도 이 정도에서 물러서고 싶지는 않았다. 이 깔깔한 느낌이 뭔지 명확히 확인을 해보고 싶었다.

"국내 무대에 서는 게 싫은 건가요? 보면 안무가가 직접 무대에 서는 경우도 종종 있던데."

실키는 잔을 내려놓고 선하게 웃어 보였다.

"저도 댄선데 싫을 이유는 없죠. 하지만 한국에 있는 시간이 그리 길지 않아서 댄서로서의 일보다는 이미 계약이 된 안무와 개인적인 일에 더 많은 시간을 투자할 계획이에요."

더는 말을 꺼내지 못하게 확실하게 선을 긋고 있었다. 그러면서도 솔직함을 내비쳐 반발할 수도 없게 만들었다, 실키는.

그럼에도 불구하고 계속해서 욕심이 났다.

한 번만이라도 대중 앞에서 실키와 라이브로 생생하게 호흡을 맞춰보고 싶었다.

더 솔직히 말하자면 이 안무는 대체 불가능한, 실키와 블루만이 가능한 두 사람만의 특별한 케미며 다시 보고 싶어도 절대 볼 수 없는 희귀한 안무였으면 했다.

"그럼 컴백 무대만이라도 함께하면 안 되나요? 어차피 정신없는 공중파도 아닌 케이블 방송이어서 시간적 여유도 있는데.”

블루는 지금 자신이 너무 갔다는 걸 알면서도 어쩔 수 없었다.

안무 연습이 끝나고 회사를 가나 작업실로 가나 실키와 함께한 시간이 자꾸 떠올라 그의 의식을 전부 점령하고 있었다. 춤을 출 때 나누던 시선, 가까이서 내뱉던 달콤한 호흡, 그의 바디를 손끝으로 스쳐 지나가던 실키의 길고 하얀 손가락, 몸을 부딪칠 때 느끼던 그 기묘한 느낌까지 전부 그의 의식 안에서 재방송되고 끝도 없이 리플레이돼 도통 막바지인 음반 작업에 집중할 수가 없었다.

실키는 블루를 보고 안 된다는 듯이 미소만 지었다.

“다시 한 번 생각해 보시면…….”

이때 실키의 핸드폰이 울렸다. 번호를 본 실키가 잠시 망설이더니 실례한다고 하며 전화를 받았다.

“응. 아니, 안 늦어. 알았어. 응.”

간결하고도 짧은 통화였다. 그런데도 목소리 톤이 남달랐다.

편하면서 정감 있고 짧았지만 감정적 여운이 느껴졌다. 그와 나누던 일반적이고도 사무적인 목소리가 절대 아니었다.

“그럼 일어날까요? 블루 씨도 그렇겠지만 저나 현재 씨도 다른 안무 레슨이 있어서 피나게 공부해야 하거든요.”

더 이상 다른 말을 꺼내지도 못하게 실키는 대화의 흐름을 끊었다.

실키를 비롯한 세 사람을 탕탕엔터 주차장에 내려주고 블루는 눈을 감았다.

지금의 이 불확실한 감정이 도대체 뭔지 생각해 보았다.

단순히 자신의 영역에서 인정받고 이름을 날리는 아름다운 연상녀에게 갖는 일시적인 호기심이며, 색다른 사람을 접하고 느끼는 자연스러운 반응과 흥분인지, 아니면…….

"너, 도대체 왜 그래?"

매니저 성빈이 기어이 한마디 했다.

블루는 눈을 감은 채로 아무런 대답도 하지 않았다.

아직 그 자신도 왜 그러는지 명확하게 알지 못하니 적당한 답을 할 수가 없었다.

뛰어난 아티스트를 만나 느끼는 동질감이자 호감 정도인지, 아니면 성공한 젊은 남자로서 매력 있고 아름다운 여자를 보며 느끼는 자연스러운 현상인지, 아니면…….

"너 아까 무지 이상했어. 그게 뭔지는 네가 제일 잘 알 테고, 넉넉잡아 두 달이면 컴백이다. 넌 지금 그 하나만 기억하면 돼. 다른 건 다 깡그리 무시해라. 알았어?!"

뭔지는 알지 못했지만 매니저 형 말대로 다 무시하고 실키와 안무를 계속하고 싶었다.

내가 만든 음악을 무심코 흥얼거리던 사람, 아무런 사심, 의도 없이 그 상황에 빠져 기분 좋게 웃던 사람, 춤을 추면서 춤에 생명력과 스토리를 불어넣던 사람, 보면 절로 기분이 좋아지면서 자꾸만 보고 싶은 여자.

생각은 차츰 그렇게 그 수준으로 좁혀지고 있었다.

잎새는 소파에 누워 헤드폰을 끼고 음악을 듣고 있었다.

그 여유로운 모습에 미소가 절로 새어 나왔다.

그가 늘 꿈꾸던 모습 그대로 잎새가 무사히 하루를 보내고 들어와 그의 곁에서 그의 음악을 들으며 방전된 기운을 충전하듯 휴식과 안정을 취하며 또 다른 내일을 준비하는 모습.

잎새와 같이 작업할 음악은 빠른 비트의 일반적인 댄스곡이 아니었다. 그렇다고 그가 추구하고 그 자신을 만족시키는 개인적인 취향의 음악도 아니다.

잎새와 함께 작업하기 위해 계획적으로, 기획적으로 만든 음악. 이건 그야말로 일이다.

전자음을 배제했지만 힙합 그루브에 어쿠스틱한 악기 구성과 포인트로 피아노 소리를 가미한 곡이 이번 앨범의 타이틀이었다.

그 누구보다 다양하고 파격적인 댄스 음악을 접했을 잎새다.

미국에서 많은 가수와 작업하고 콜라보했으니 당연하겠지만 그렇기에 더욱 신경이 쓰였다. 그의 음악을 어떻게 평가할지 내심 의식이 되고 신경 쓰였다. 그러면서 그렇게 경고를 했건만 이렇게 옆에서 야채를 다듬고 있는 꼬맹이로 인해 더욱 신경이 쓰였다.

"내가 뭐라고 했어? 출입 삼가라고 했지? 너 그렇게도 노동력 착취당하고 싶냐? 보면 맹꽁이 같진 않은데 너 무데뽀 기질 있다, 쪼그만 게."

"저 오늘 블루랑 점심 먹었어요."

저 아둔한 거 타박하는데 어이없이 자랑질이라니, 참.

"너, 감히 내 얘기 잘라먹고……."

"근데 블루가 팀장님께 자기랑 같이 컴백 무대 서달라고 간청하던데요."

"그게 뭐? 그건 당연하지. 잎새는 안무가이면서 동시에 최고의 댄서야. 가수 입장에서 더 나은 인물과 협연을 욕심내는 건 너무나 당연한 일이고."

그러자 건방진 꼬맹이는 헛웃음 비슷한 바람 소리를 내며 한 소리 했다.

"나 참, 애걸복걸했다고요."

꼬맹이는 소파에서 음악을 듣는 잎새를 확인하고는 전경을 보며 말을 이었다.

"점심 먹기 전에 블루랑 팀장님 안무하는 거 보고 사람들이 경악했어요. 너무 섹시하다고요. 제가 이렇게 자진 납세하는 건 스승님이 요즘 중고생을, 아니, 팬덤을 모르셔도 너무 모르셔서 그래요. 저러다 블루가 스승님께 뿅 가서 스캔들이라도 나면⋯⋯."

꼬맹이는 심각한 표정으로 과감하게 목을 베는 시늉을 했다.

전경은 그 모습에 어이가 없었지만 꼬맹이는 나름 심각한 표정을 했다.

"하여튼 전 팀장님이 사람들 입에 오르내리는 거, 스캔들의 주역이 되는 거 다 싫어요."

아무래도 잎사귀의 신선한 향이 나에게만 스며든 게 아닌 모양이다.

"전 스승님이 지금처럼 속세에 무심하시고 당신 영역에서만 지존의 자리를 지키면서 존경받는 게 좋아요. 그래서 이렇게 시키지도 않는 간자 노릇 하는 거니까 독고다이한 집주인 아저씨가 중간에서 잘하세요."

쪼그만 게 보통이 아니다. 꼬맹이는 어느새 잎새를 자신과 동일화시키고 있었다. 그 단계는 꽤 위험하면서도 자연스러운 현상이었다. 과거 그가 그랬던 것처럼.

"뭘 잘해?"

"팀장님 피해받지 않게요."

생긴 것만큼이나 말하는 게 무척 야무져 보인다.

'남궁잎새, 제자 하나는 아주 기가 막히게 골랐다. 딱 너 닮았네. 네가지 없고 사방으로 철벽 수비에 빈틈없는 게.'

"시끄럽고, 너나 나한테 피해 주지 마."

"제가 뭘요?"

"네 스승님이랑 하루 쫑일 같이 있고 싶은데도 그렇게 못하는 나한테 니가 이렇게 1+1으로 따라다니면 내가 좋겠냐?"

꼬맹이는 피식 웃으며 몇 개 있지도 않은 설거지를 하려 했다.

"난 또. 전 저녁만 먹고 갈 거예요."

"오버타임 수당 줄 테니까 이제부터는 나가서 사 먹어."

설거지를 하면서 꼬맹이는 뭐가 좋은지 연신 웃으며 빠르게 손을 놀렸다.

"저도 그렇게 하고 싶지만 팀장님 연습실이 너무 좋아서 하루한 번은 꼭 보고 춤을 춰야 하루가 마감되는 느낌이라서 어쩔 수없어요. 그러니까 조금만 양보하고 참으세요. 그럼 저도 오늘처럼 순수한 마음으로 계속 아저씨 더듬이 겸 안테나 노릇을 할 테니까요."

전경도 그랬다.

스승님 건 무조건 다 좋아 보이고 전부 다 갖고 싶었다.

스승님이 애지중지하는 피아노도, 우리나라에 몇 개밖에 없다는 기타랑 악기 전부 다 탐이 나고 부러웠다. 지금의 저 꼬맹이와똑같이.

남궁잎새의 숨소리까지 전부 흡수하려는 듯 보이던 꼬맹이가 바람같이 사라지고 온전히 둘만 남은 이 시각, 전경은 행복하면서도 더없이 긴장이 됐다.

그날 산장에서 잎새의 잠든 모습을 본 이후 그렇게도 몸을 낮추던 감각들이 하루가 다르게 몽실몽실 자라나고 있었다. 그동안 반미라로 살아온 날도 있었는데 잎새와의 키스로 인해 봉인 해제가 되고 잠든 모습에 완전 기립을 했는지 매 순간 감각들이 난립하며 요동을 쳐댔다.

"음악이 다 좋아."

"다행이네, 나쁘지 않아서."

거실엔 잎새가 좋아하는 한국인의 밥상이란 프로가 방송 중이고, 실내는 스탠드조명 하나만 아스라하게 빛을 발하고 있다. 그러면서 큰 창문으론 눈이 하염없이 내리고 있었다.

모든 게 무척이나 평이하면서도 적절하게 완벽했다.

"가사 떠오른 거 있어?"

"아직은. 조금 더 듣고."

"어렵게 생각하지 마. 요즘은 세태 풍자나 대중의 취향을 파악해 그들이 빨리 쉽게 좋아할 수 있도록 상징적인 단어를 사용해 성공하기도 하지만 그게 꼭 답은 아니야. 니가 음악을 듣고 떠오르는 단어를 나열해 조합해 보면 지금의 흐름보다 분명 더 좋은 가사가 나올 거야."

그의 조언에 잎새가 희미하면서도 무척이나 어여쁘게 웃었다. 그 정도의 티미한 반응이 전경에게는 만개한 웃음꽃보다 더 자극적으로 느껴졌다.

셀프 힐링이 대세이자 지상 과업인 이 시대에 따로 힐링이 필요 없었다.

잎새의 미소만 있으면, 이 아이만 내 곁에 이렇게 있어만 준다면…….

"왜 웃어?"

"내가 아는 전경이 맞나 싶어서."

"네가 아는 나는 어떤데? 파이터 부분 빼고."

그러자 잎새는 또다시 웃었다. 방금처럼. 그렇게 자극적으로.

누군가의 말처럼 요사이 행복의 역치가 더할 수 없이 낮아졌다.

잎새의 미소에 그처럼 멀게만 느껴지던 행복이란 녀석이 바로 코앞에 있었다. 마치 잡힐 듯, 또 다 잡은 듯 그렇게.

"어쩌지? 내 기억의 상당 부분이 그 분야인데. 그걸 빼고 말하면…….."

잎새는 상당히 고민스러운 표정으로 갸우뚱하더니 혼잣말처럼 했다.

"모르겠다. 반항기 가득한 파이터의 이미지가 너무 강했나 봐. 클럽에서 기타 연주하는 거 보긴 했는데 너무 낯설어 보여서…….."

두 번째다. 잎새가 자신도 모르게 그의 숨겨진 이야기를 내뱉은 게.

잎새는 무슨 생각을 하는지 그가 다가가는 것도 모른 채 소파에 기대 혼자만의 세계에 빠져 있었다. 분명 뭔가 있다. 그가 모르는 잎새의 기억 속 또 다른 그가.

전경은 TV에 시선을 고정하고 다른 생각을 하는 잎새의 얼굴을 잡아 그를 정면으로 보게 했다. 그러자 잎새는 놀라며 슬며시 얼굴을 빼려 했지만 행동으로 이어지진 못했다.

"네 기억 속에 어떤 모습의 내가 있는지 모르겠지만 상관없어. 이제부터는 전혀 다른 모습의 날 보게 될 테니까."

무슨 말을 하려는 잎새의 입술을 사수하는 건 쉬웠다.

어떤 키스, 어떤 강도로 잎새의 고립무원인 의식을 파고들지가 관건이었지…….

한데 착각이었다. 키스는 절대 쉽지 않았다. 입술이 닿자마자 전신이 녹아내렸다.

머리는 차가운 스무디를 먹은 듯 멍하고 심장은 지진이 난 것처럼 위험스러웠다. 그러면서 잎새의 얼굴을 잡은 두 손에 저절로 힘이 실렸다.

의도와 다르게 키스에 감정이 실리면서 그동안 죽은 듯 숨죽여 살던 기운이 낮은 곳에서부터 강하게 뻗쳐 올라왔다. 입술과 다디단 숨결은 그 기운을 더욱 강렬하게 뒤흔들었다.

몸이 스르르 뒤로 함몰되면서 전경이 몸 위로 겹쳐왔다.

키스는 그녀의 숨결과 호흡을 전부 끊어버릴 듯이 위태롭고 위력적이었다.

전경은 입안에서 그의 자리를 찾았고, 자신의 존재를 여실히 느끼게 했다.

두려움 가득하고 소심한 잎새의 혀는 전경에게 사로잡혀 갖가지 형태로 빨리고 물리며 수난을 겪고 있었다. 그러면서도 그 같은 처사에 불쾌감이나 반감은 전혀 들지 않았다.

그저 욕망을 전부 표출하려는 듯 다급한 키스에 취해 숨을 쉴 수가 없었다.

한계에 다다라 밀어내려는 순간 전경이 먼저 입술을 뗐다.

정신을 차리기도 전 그는 잎새를 번쩍 들어 안아서는 소파에 살짝 걸터앉았다.

잎새는 양다리를 좌우로 벌린 채 전경의 허벅지 위에 앉아 있었다. 그러면서 사지가 붙들려 옴짝달싹도 할 수가 없었다.

달아오른 얼굴과 타액으로 번들거리는 입술을 벌리고 있는 그녀를 단단히 옭아매고 전경이 낮으면서도 갈라진 목소리로 말했다.

"넌 분명 나랑 곡 작업한다고 했어. 내가 지금 너에게 하는 행동과 그건 전혀 별개의 문제야. 명심해, 남궁잎새."

또다시 풀 네임을 부르며 그와의 약속을 상기시키고 있다.

"도망가지 마. 또 도망가게 내버려 두지도 않을 거야. 일전에 내가 말했지? 난 똑같다고. 난 그때도 지금처럼 하고 싶었어. 그러지 않은 건……."

잎새가 가쁜 숨을 토해내며 그를 응시하자 전경은 자신도 어쩔 수 없다는 듯 얼굴을 찌푸리며 다시금 다가왔다. 키스는 습설의 눈이 마당 전부를 하얗게 덮고 세상을 올 화이트로 물들일 때까지 계속 이어지고 이어졌다.

"다른 회사도 저희랑 생각이 다르지 않을 거예요."

탕탕엔터 대표 박희재 사장은 고개를 끄덕이며 같은 의견임을 내비쳤다.

"기존 가수들을 데리고 진행하던 사업에 성장 한계를 느끼니까 막강한 브랜드 이미지를 이용해 부가가치 창출을 노리고 있어요. 사실 영상 콘텐츠 제작사를 인수해 드라마 제작에 참여하는 거 보면 두말할 필요도 없는 거죠."

늘 서면과 핸드폰으로 보고는 하고 있었지만 이렇게 얼굴을 보고 상의하니 더욱 힘을 얻는 기분은 어쩔 수 없었다. 이게 힘이었다.

탕탕을 설립하고 이제까지 티끌 하나 없이 이끌어온 그림자의 힘.

"그래서 우리도 일 년 전부터 연기자, 영화배우들을 꾸준히 영입하고 있습니다. 가수들은 정주리 이사를 위주로 해서 꾸준히 성장하고 있고, 연기자들은 박 전무랑 윤 이사를 비롯해 매니저로 잔뼈가 굵은 이들도 대거 영입했습니다."

"그게 다가 아니에요. 지금보다 더 영상 작업의 전력을 강화하고 시너지 창출을 노리는 측면에서 연기자 매니지먼트를 강화해야 해요. 듣기론 어느 신생 기획사는 뮤지컬 분야를 자신들의 특화된 사업으로 만든다 하더군요."

역시 그림자의 반응과 대처는 물론 정보 수집도 남달랐다.

"그건 저도 압니다. 그 회사에는 티켓파워를 가진 가수를 보유해 차별화를 꾀하고 있다고 들었습니다. 하지만 그런 회사는 극소수고 지금 메이저급 기획사들은 말씀처럼 드라마 제작과 버라이어티 MC들을 다수 영입 중이라 알고 있습니다."

박희재는 그림자가 늘 자신보다 두세 걸음 빠른 행보와 파격적인 결단력을 보이며 시장 흐름을 간파하는 능력에 혀를 내둘렀다. 그러면서도 이 바닥에서 몇십 년 잔뼈가 굵은 자신보다 비범해 늘 안심이 되고 의지가 됐다.

이제는 그림자가 만들어준 이 자리에서 내려오고 싶은 게 사실이었다.

이미 몸도 몇 년 전부터 한계치에 다다른 상태이고, 악으로 약으로 또한 책임감과 정신력으로 버티며 견딘 시간들이었다.

이젠 스스로에게 시간과 여유를 주고 싶었다. 이젠 과거의 죄책감은 씻어버렸다.

그림자는 그가 마음을 비우고 굴절된 양심을 바로 할 수 있게 도와주었다. 그로 인해 이어진 인연, 또 그로 인해 성장하고 이 치열한 업계에서 이름 하나 남길 수 있게 되었다.

그거면 됐다. 더 이상 욕심은 없다. 또한 미련도.

"계획하고 있는 일은 순조롭게 진행되고 있습니까?"

박희재는 창가에 선 채 밖에 시선을 둔 그림자에게 다소 무거운 질문을 던졌다.

누군가 사람의 뒷모습에도 표정이 있다고 했다.

지금 그가 감지하는 감정은 치열함과 버거움이었다.

자신이 벌인 이 모든 상황에 대해 그림자는 지쳐 있었다. 왜 아닐까. 왜 아니겠는가.

"잘 모르겠어요."

그 오랜 시간 하나의 목표를 갖고 생이 주는 즐거움과 희망, 비록 타인이지만 사람과의 교류에서 생기는 생기와 활력, 그리고 사랑이란 감정이 주는 그 애틋함과 충만함을 그렇게 지독하게 외면하고 지냈으니…….

"원 회장이란 인간, 그리 만만한 인간은 아니니까요."

한편으론 대견하면서도 너무도 짠하고 한없이 가여웠다.

"하지만 돈에 굴복하지 않는 인간은 못 봤어요. 대표적으로…… 제 자신도 그랬고요. 그래도 얼마 안 남았어요…… 아저씨."

오랜만에 듣는 호칭이다.

그 사건 이후 그림자는 타인과 자신을 철저히 따로 분리해 생각하며 행동하는 인물이 되었다. 사람들과 웃고 일하며 생활은 하지만 사람 사이에 자연스럽게 생기는 호감, 인정, 배려, 나눔, 그리고 사랑, 그 모든 인간적인 감정을 배제하고 오늘 이 자리에 오른 것이니까.

이해한다, 전부 다. 난 그 어느 상황이 오더라도 너를 이해한단다.

5장 / S h a k e

주리는 갑작스레 들이닥친 전경으로 인해 정신이 하나도 없었다.

새로 꾸려지는 걸그룹의 목소리 톤과 얼굴, 끼와 기운을 확인하겠다고 한 전경은 이미 업계 여자 가수들 사이에서는 공포이자 무서운 범법자 그 이상이었다.

곡 해석을 못 하고 소리를 못 내면 구박은 물론 윽박지르고 위협도 주저하지 않았다. 그로 인해 여가수들 사이에서 전경의 곡을 받는다면 격하게 좋아하면서 동시에 강하게 거부하는 이들이 꽤 많았다. 그래도 어쩌겠는가. 전경이 갑 중의 슈퍼 갑인 것을.

"이런 기본적인 노래도 못 부르면서 무슨 가수를 하겠다는 거야? 기계처럼 춤만 추면 다야? 니들이 춤추는 치어리더야, 아님 말 못하는 붕어야? 정주리 이사, 보컬트레이너 불러요. 확인 좀 해

보게. 도대체 그동안 뭘 가르치고 뭘 주입시켰는지 어디 얘기나 들어봅시다."

아이들은 긴장감과 공포감에 벌써부터 얼굴이 하얗게 질려 있었다.

그중 한 아이는 덜덜 떨면서 숨이 막혀 금세라도 호흡곤란으로 쓰러질 듯 보였다.

가뜩이나 전경의 살벌한 눈빛과 아수라 백작 같은 아우라에 얼어 있는 아이들에게 인정사정없이 퍼부어대니 심약한 아이들이 제 기량을 못 보이는 게 너무도 당연했다.

요즘 아이들은 훈육은 기본이고 어르고 달래며 칭찬하고 동기부여를 해야 하는데 전경은 딱 반대로 하고 있었다.

주리는 연습실을 순식간에 초상집 분위기로 만드는 전경을 떠밀다시피 해 자신의 사무실로 이끌었다.

"곡 해석은 물론이고 음정, 박자, 필, 뭐 하나 제대로 하는 게 없는데 무슨 수로 데뷔시키겠다는 겁니까? 그것도 내 노래로!"

"못하긴 왜 못해요? 주눅이 들어서 그렇지, 우리 애들 곧잘 해요!"

"나한테 주눅 들 정도면 가수 한다는 말 하면 안 되는 거 아닙니까?"

"……."

"대중들은 나보다 더 무섭고 이기적인 인간들이고 귀도 우리만큼 예민한 집단이에요. 또한 이성적 판단은 무시한 채 감정과 팬덤에 기대 온갖 비난과 편파적 비평에 맛들인 사람들이라고요. 정이사, 그거 몰라요?"

안다. 모르긴 왜 모를까. 대중이 얼마나 가혹하고 간사스러운지 잘 알고 있다.

이 업계에서 가장 고맙고 소중한 존재이면서 동시에 제일 무섭고 잔인한 게 대중이고 팬덤이었다. 요즘은 실력이 경지에 오르고 내공이 만땅으로 오른 아티스트가 아니라면 신인 걸그룹들도 매 순간 앨범마다 팔색조가 돼야만 꾸준한 사랑과 관심을 받을 수 있었다.

대중들은 비슷한 안무와 비슷한 대중음악을 몇 년 동안 보고 들어 반발심이 생긴 상태였다.

그로 인해 배우들은 새로운 캐릭터로, 가수들은 색깔의 변주를 끊임없이 요구받았다.

"알아요. 저는 다 알지만 저 애들은 아직 그걸 몰라요. 그저 눈앞에 야수의 모습을 한 어른이 소리 지르고 자신들을 있는 대로 폄하하는 것만 보고 알죠."

주리는 전경을 쏘아보며 문제는 바로 당신에게 있다며 연신 뱁새눈을 했다.

"실력도 없이 설치는 것보다 겁도 먹고 위축도 되면서 자생적으로 면역력을 갖는 것도 나쁘지 않아요. 여긴 지옥만큼이나 유혹도 많고 위험도 많은 곳이에요. 되도 않은 허망한 꿈보다 현실적인 안목과 경계심을 키우는 게 먼저예요."

"……."

"그럼에도 불구하고 가수를 하겠다고 하면 그때 꿈을 갖게 하는 게 맞아요. 어설픈 희망과 찬란하지도 않은 길을 먼저 미화하고 치장해서 말하지 말아요. 그건 명백한 사기고 이 세계에 먼저

발 담근 어른으로서 무책임한 행동이니까."

이래서, 바로 이래서 전경을 개자식이라고 치부할 수 없었다.

늘 거칠고 잔인했지만 한 꺼풀 들여다보면 분명 걱정이고 그다운 배려였다.

버터처럼 부드럽지 않고 마시멜로처럼 말랑말랑하지 않아 그렇지, 사람은 진국이란 말이 이래서 나왔다. 그로 인해 저 깔깔한 성깔과 방자한 태도에도 불구하고 이 변덕 심한 업계에서 독보적으로 인정받고 있었다.

그렇다 해도 이 상태로는 안 된다.

우리 아이들을 아주 통으로 잡게 생겼는데 진국이든 진품이든 조치가 필요했다.

"다음엔 제발 분위기 전환할 겸 직접 간택하신 작사가 대동하고 오세요. 저 아이들 칭찬도 없이 참기름처럼 짜기만 하는 살벌한 전경 씨 보고 저러는 거니까, 매너 있고 교양 겸비한 실키 보면 분명 다를 거예요."

적절한 때 벨이 울려 천만다행이라 생각했다.

전경은 전화를 받으며 따로 인사도 없이 찌릿한 눈빛을 하고 거만하게 사무실을 나갔다. 주리는 그 길로 실키를 찾아가려 했지만 사무실로 전화가 와 일단 스톱 모션으로 전화부터 받았다.

"네, 정주리입니다."

[나야.]

전경과는 또 다른, 아니, 전혀 다른 수준의 망언 종결자였다.

"진달래꽃 부른 가수 마야도 아니고, 나야란 사람도 있나요?"

[나 음악 프로 공개방송 가려고 하는데 같이 가. 길도 그렇고,

하나도 모르겠어.]

'아니, 이 인간이 미쳤나? 여기가 어디라고 꼭두각시에 맞춤형 노예를 찾고 앉았어? 내가 그렇게 말을 했건만!'

"여보세요? 전 나야를 모른다고요. 전화 잘못 거신 것 같은데……."

[이럴 거야? 나중에 후회하지 말고 기회 줄 때 만회하지, 옆집 여자.]

이 인간이 아직 사태 파악을 못 한 거야? 지가 뭔데 기회를 주고 말고야?

내가 처음부터 너무 제대로 몸을 낮춘 결과겠지. 누굴 탓하겠냐, 정주리.

"이제 그만 옆집 여자 검색하고 다른 참신한 인물 찾아보세요. 아님 오래된 인연 실키를 회유하던가. 이 옆집 여자는 사활이 걸린 프로젝트 땜시 몹시 바쁘답니다. 그럼 이만."

상대편이 다른 말을 하기도 전에 전화를 끊었다.

지금은 미제 깡통이 문제가 아니었다.

말 그대로 회사와 나 정주리의 윤택한 노년과 사활이 걸린 걸그룹 프로젝트를 완전 깨알 분석하고 레알 입체화할 때가 됐다.

정신 사나운 전경이 다녀갔으니 아이들에게 강력한 촉진제와 동기 부여가 됐을 거고, 이제부터가 진짜 시작이다.

전화기를 든 켄은 그대로 다비드 석고상이 되어 있었다.

얼굴엔 감정 기복이 나타나지 않았지만 확실히 그의 주변으로 불쾌하고 불길한 기운이 솔솔 피어나고 있었다. 뭔지 불길했다.

"왜 그래? 정 이사 바쁘대?"

"바쁘대."

"어떡하지? 난 스케줄 때문에 여유 없는데."

켄은 어깨를 으쓱하더니 표정과 다르게 여유를 보였다.

"괜찮아. 삼청동 투어나 하지, 뭐. 그 근처 갤러리도 구경하고."

"그럼 향기랑 같이 가. 좋은 데 데려가서 맛있는 것도 사 먹이고. 너 혼자보다는 향기랑 동행하는 게 좋을 거야. 넌 혼자일 때 더 눈에 띄는 리얼 화보잖아."

한껏 추켜세웠는데도 그에 상응하는 기막힌 리액션이 없는 걸 보니 무슨 일이 나긴 난 모양이다. 정주리 이사가 도저히 못 참고 켄을 깐 건가? 깐다고 조용히 까일 켄이 아닌데…….

"그렇지, 뭐. 그보다 나한테 있는 니 물건 언제 회수할 거야?"

상황과 상관없는 돌발 질문에 순간 말문이 막혔다.

"그건…… 왜?"

"되도록 빨리, 그러면서도 요란하게 회수했으면 해서."

"무슨 뜻이야?"

"아니야. 그건 내가 알아서 할 문제 같다. 참, 그 짐들 회수하게 되면 내 부탁 하나 들어줘. 나한테 그만한 권리와 권한은 있잖아. 안 그래?"

이럴 땐 CEO처럼, 아니, 하이에나처럼 판단이 빠르고 민첩했다.

평소 그토록 망언과 망발을 일삼는 모습은 온데간데없이 정상인의 모습 그대로다.

역시 한쪽이 심하게 기울기는 해도 완전히 몹쓸 인간은 아니지.

"알았어."

켄이 향기랑 외출하고 연습실에서 현재에게 레슨을 받는 블루를 지켜봤다.

블루는 음악적 역량도 뛰어났지만 춤에 대한 센스와 타고난 그루브도 더할 수 없이 좋았다.

어릴 때 지금의 기획사에 영입돼 오랜 시간 보고 들으며 자연스레 체화되고 트레이닝을 받은 탓인지 반응 속도와 흡수력이 무척이나 남달랐다.

이젠 안무도 마스터했으니 새로운 여자 파트너랑 호흡만 맞추면 문제는 없어 보였다. 아니, 이보다 더 좋을 순 없을 정도로 안무 필과 기교가 좋았다.

"팀장님, 물어볼 게 있는데요."

큰 덩치로 인해 매니저보다 가드 분위기가 물씬 풍기는 블루의 매니저였다.

"네, 말씀하세요."

"내일부터는 새로운 댄서랑 안무하는 게 어떨까 해서요. 호흡도 빨리 맞춰보는 게 좋을 것 같고, 또 연습도 여기 말고 저희 연습실에서 하면 안 될까요? 죄송하지만 저희가 시간적 여유가 전혀 없어서요."

뭔가 쫓기는 사람처럼 보이긴 했다. 또 그게 무엇이든 분명 다급하게는 보였다.

"그렇게 하세요. 그러는 게 저희 댄서한테도 좋을 것 같네요."

잎새의 흔쾌한 대답에 거구의 매니저가 과하게 반색을 했다.

"감사합니다. 그럼 그렇게 알고 블루한테는 제가 내일 다 설명할 테니 오늘은 다른 말씀 하지 말아주세요. 팀장님은 그냥 내일 블루 파트너랑 현재 씨만 시간 맞춰서 저희 회사로 보내주시면 됩니다."

"네, 그러죠. 그럼 바로 마지막 점검하도록 하죠."

잠시 후, 음악이 흐르고 마주한 두 남녀의 실루엣에 모두 숨을 죽이고 지켜봤다.

맨발로 춤을 추는 잎새는 한 마리 나비와도 같았다.

그러면서 자신의 가슴에 가시와 함께 박혀 들어오던 그때가 생각났다.

그때나 지금이나 감동을 자아내는 뛰어난 비주얼은 변함없지만 춤은 그때보다 더 완숙해지고 여유까지 있어 보였다. 그때 받았던 충격이 지금은 감동으로 전환돼 있었다.

몸짓은 물론 손짓과 손끝에도 감정이 실려 춤을 보는 이로 하여금 마치 한 편의 연극을 보는 것처럼 느끼게 했다. 잎새는 대사를 온몸의 근육과 애잔한 눈빛으로 대신하고 있었다.

잎새의 춤은 늘 그랬다.

이유도 모른 채 7년이란 세월을 떨어져 있는 동안 지금처럼 잎새의 춤을 매일 보면서 지옥 같은 하루하루를 견디며 살았다.

예지력은 물론 선견지명이 뛰어난 스승님이 잎새 연습실에 CC카메라를 달지 않았다면 절대 볼 수 없는 그 세밀한 모습과 섬세한 표정들, 순간순간 변하는 감정 변화까지.

열네 살 때부터 스승님은 카메라를 달아 딸을 지켜보고 계셨다.

잎새는 자신의 아버지를 무책임하고 무관심하며 무정한 분으로 알고 있지만 절대 그렇지 않았다. 스승님은 나름 다정하셨고 수줍음이 많은 분이셨다.

자신의 잘못된 판단과 행동으로 사모님이 사고를 당하신 후 모든 사안에 무감각해지고 겁쟁이가 되셨지만 잎새를 사랑하지 않은 건 아니었다.

정말 많이 아끼고 또 아끼셨다. 아내를 너무나 꼭 닮은 딸을.

그건 그거고, 더 이상은 저 둘의 민망하고 괴이한 작태를 두고 볼 수가 없다.

비비적거리며 안무를 빙자해 몸의 언어를 심도 있게 나누는 듯 보이는 완벽한 커플에게 울화가 치밀어 올랐다.

춤을 추던 남녀가 동작을 멈춘 건 그때였다.

안무실 거울 속, 모두의 시선이 페르시안 블루칼라의 롱코트에 유난히 긴 기럭지를 하고 박수를 치는 전경에게 집중됐다.

"이제 그만. 더 할 것도 없이 좋네."

블루가 놀란 표정으로 전경에게 다가와 꾸벅 인사를 했다.

"선배님, 안녕하세요. 어떻게 이렇게 갑자기……."

"원래 갑자기 봐야 반갑지 않나?"

잎새가 숨을 고르며 약간 상기된 표정으로 다가왔다.

"어쩐 일이야?"

"언제 끝나?"

"안무 연습?"

"응."

두 사람의 짧지만 다정한 대화를 블루는 묘한 시선으로 지켜보고 있었다.

"곧."

"그럼 마저 해. 난 사무실에 있을게."

전경은 응원하고 격려하듯 잎새의 머리를 손으로 부드럽게, 그러면서도 소중히 어루만지고는 블루와 잎새 사이를 가볍게 가로질러 갔다.

이 모습을 지켜본 안무팀 댄서들은 너나 할 것 없이 눈을 동그랗게 뜨며 숨을 죽였다.

예상 못 한 상황에 다소 어색해진 잎새는 음악을 틀라고 지시하며 바로 안무 연습을 진행했다. 20분 후 모든 연습이 끝나고 잎새와 블루는 전경이 있는 사무실로 향했다.

전경이 핸드폰으로 뭔가를 열심히 찾고 있는 사이 사무실 문이 열리고 잎새가 들어왔다. 뒤이어 블루와 그의 건장한 매니저까지.

"끝났어?"

"응."

"그럼 가자."

"어딜?"

"영화 예매했어. 슬슬 출발하면 돼."

전경은 소파에서 일어나 잎새에게 준비하라고 하고 블루와 시선을 맞췄다.

"새 앨범 나온다며? 나중에 앨범 나오면 한번 보자."

"네, 선배님……."

"두 분 연인 사이신가 봐요?"

블루의 매니저가 잽싸게 끼어들어 모두가 궁금해하는 깜찍한 질문을 던졌다. 사무실을 나가려던 잎새와 전경의 시선이 하나로 이어졌다.

"뭐라고 해?"

전경이 잎새를 보며 물었다. 마치 나도 너의 대답을 듣고 싶다는 듯이.

"……."

잎새가 적절한 답을 못하고 있는데 벌컥 사무실 문이 열렸다. 정주리였다.

"팀장님, 정말 긴히 할 말이……."

정주리는 난처한 표정의 잎새를 위시해 사무실 안에 있는 사람들을 쨍 둘러보곤 바로 입을 다물었다. 그러자 센스 만빵인 블루 매니저가 서둘러 인사를 하고는 멈칫하는 블루를 인도하듯 밖으로 이끌고 나갔다. 사무실을 나서면서 블루는 잎새를 뚫어지게 쳐다보며 끝까지 시선을 놓을 줄 몰랐다.

블루가 빠져나가자 정주리는 위기의식을 느꼈는지 빠르게 말을 건넸다.

"팀장님, 나중에 다시 올게요."

정주리는 짧게 인사를 하고 들어올 때와 똑같은 모습으로 모습을 감췄다.

"아직 답 안 했잖아?"

"영화…… 뭐 볼 건데?"

"내 질문의 요지는 그게 아닌 걸로 아는데?"

"주차장에서 기다려. 그리로 갈게."

잎새는 끝까지 대답을 회피하고 사무실을 나갔다.

"내가 널 너무 많이 배려한 거지. 역시 남자는 강하게 리드하는 게 멋있어.”

전경은 잎새가 나간 문을 보며 나지막이 중얼거렸다.

잎새가 답을 하지 못하고 망설인다면 그가 대신하면 된다.

이제는 망설임을 비롯해 그 무엇도 하지 않기로 했으니 두려울 게 없었다.

정말 두려운 건 같은 하늘 아래 익숙한 공간 속에 혼자란 사실 뿐.

누군가는 같은 하늘 아래 있는 것만으로도 위로가 된다고 했는데 그건 다 개구라다.

볼 수도 만질 수도 없으면서 한없이 지속되는 마음은 지옥 그 자체다.

점심을 준비하는 전경을 보다 넓은 마당으로 시선을 돌렸다.

마당은 새하얀 얼굴에 티끌 하나 없어 마치 이야기 속 동화 같은 세상을 선물하고 있었다.

주말이라고 해도 높은 담 뒤로는 눈으로 인해 온갖 사고와 교통체증이 일어나고 있을지언정 담 안의 작은 세상은 더없이 평화로웠다.

이 고요한 정적이 좋으면서도 한편으론 마음이 무거웠다.

작사에 전혀 진전이 없었다.

음악은 국내에선 좀처럼 들을 수 없는 리듬으로 새롭고 고급스러웠지만 어떤 내용, 어떤 감정을 모티브로 할지 떠오르지가 않았다. 지금도 헤드폰을 끼고 귀에 인이 박이도록 음악을 들으면서도 한 자도 긁적이지 못했다.

그녀의 연이은 한숨을 들었는지 생지 데님 남방을 멋지게 소화한 전경이 다가왔다.

모델을 했다고 하더니 전경은 뭐든 맵시 있게 소화했다. 사실 예전에도 그랬다.

교복을 제복처럼 소화하며 모델 같은 워킹으로 교정을 걸어 다니면 여학생들이 난리도 아니었다. 하나 흠이 있다면 지금처럼 눈을 치켜뜨는 저 모습, 사나운 허스키가 겹쳐 보인다.

"아침도 먹는 둥 마는 둥 하고 왜 하루 종일 그러고 있어? 어디 아픈 거야?"

전경의 목소리엔 짜증보다 걱정과 염려가 잔뜩 묻어 있었다.

"아니."

"그럼 왜 그래?"

"⋯⋯아무것도 안 떠올라."

전경이 안도한 듯 작게 한숨을 쉬더니 그녀가 앉아 있는 소파로 와 옆에 앉았다.

몸이 닿지 않았는데도 묘하게 신경이 곤두서고 긴장됐다.

몇 번인지도 모를 딥키스를 하고, 영화도 보고, 같은 공간을 공유하면서 연애 아닌 연애를 하는 것 같기도 하고 아닌 것 같기도 해 그녀 안에서는 정확한 관계 정의가 되지 않고 있었다. 전경은 지금 어떤지 모르지만 그녀는 이런 상황이 묘하게 신경 쓰였다.

"처음 안무 의뢰 오면 어떻게 해?"

잎새는 가만히 생각을 하다 한마디 했다.

"음악을 충분히 듣지."

"그다음엔?"

"가사를 더욱 집중해서 들어. 멜로디보다 가사가 주는 공감대가 크니까."

"또?"

"그러다가…… 내 몸 전체가 일종의 단어장이라고 생각해. 한 단어, 한 단어 풍부한 감정으로 표현하기 위해 몸을 이용해 동작을 짜. 어떻게 할지, 어느 부분에서 임팩트 있는 포인트 안무를 표현할지."

"작사도 똑같아. 다르게 생각할 거 없어. 음악을 충분히 듣고 떠오르는 이미지를 그대로 적으면 돼."

"그 비슷한 얘긴 저번에도 했잖아. 그 정도론 도움 안 돼."

시큰둥해하자 전경은 잎새를 빤히 쳐다봤다. 그녀의 기운을 전부 뺏어갈 정도로 그렇게 빤히 쳐다봐 왠지 두렵기까지 했다.

"내가 콘셉트 하나 줄까?"

"무슨 콘셉트?"

흥미를 보이자 전경은 희미하게 미소를 보였다.

그 낯설고도 매력적인 모습에 잎새는 순간적으로 아찔한 두근거림과 감정을 느꼈다.

"내가 무슨 생각을 하면서 이 곡을 만들었는지 말해줘?"

"……."

전경은 펜을 들고 있는 그녀의 손을 잡아당겨 자연스레 손깍지를 꼈다. 잎새가 놀라 빼려고 하니 잡아당기며 마주 잡은 손에 힘을 줬다.

"정확히 무엇 때문인지는 모르지만 오랜 시간 질투와 열등감에 사로잡힌 한 남자가 죽도록 짝사랑하는 여자를 기다리는데……."

꽉 잡은 손보다 한층 더 강렬한 시선으로 전경은 그녀의 시선을 옭아맸다.

"여자는 그것도 모르고 근사한 놈을 하나 매달고 오지. 남자는 짝사랑하는 여자한테 자신의 감정은 말도 못하고 도리어 화를 내는 거야. 넌 왜 내 마음을 이렇게 아프게 하느냐고, 다른 사람한테는 다 보이는 마음을 왜 넌 보지 못하냐고…… 바보같이."

짧은 스토리에 불현듯 예전의 기억이 떠올랐다. 너무도 선명하게 기억하는 그날을.

전경은 꽉 잡은 손깍지를 풀어 잡아당겨 저번처럼 마주 안았다. 아주 꽉, 숨도 못 쉬게.

"내 모든 노래의 주인공은…… 너야."

하얀 눈이 잎새의 눈에 들어왔다. 시각적으론 새털 이불처럼 포근해 보이는데도 잎새의 눈가는 사정없이 떨렸다. 마치 추위를 느끼는 길 잃은 새처럼.

"너에게 조곤조곤 말하는 상상을 하면서 곡을 써, 난."

전경이 포옹을 풀어 잎새와 눈을 마주했다.

눈가가 경련이 난 듯 파르르 떨렸다. 그러자 전경은 떨리는 눈가에 부드럽게 입을 맞췄다.

입맞춤을 한 전경이 잎새를 다시 마주하고 연이은 고백을 터뜨렸다.

"우리가 헤어진 7년이란 시간 동안, 난 늘 너와 함께했어."

"……."

"네가…… 너무 보고 싶은 날엔…… 떠올렸어."

참으려 해도 목 안이 자꾸 아리면서 따끔거렸다.

"교복을 입고 교내를 돌아다니는 네 모습, 도도한 남궁잎새 특유의 새침한 표정, 아주 간혹 보여주는 훔치고 싶도록 달콤한 미소도."

목감기에 걸린 것처럼 아프고 입가는 방금 전의 눈가처럼 똑같이 떨려왔다.

"이렇게 내 품에 있어도 난…… 미친 듯이 네가 그리워."

잎새는 그동안 아무도 모르게 고이고이 묻어두고 저 깊숙이 숨겨둔 눈물이 뺨을 타고 흐를 것 같아 다급한 마음에 전경을 끌어안았다. 전경이 안아준 것처럼 그렇게.

"난 그렇게 곡을 써. 나한테 넌…… 그런 존재야."

나도, 나도 그렇다고, 너와 한 치도 다르지 않다고 말하고 싶었지만 참았다.

꾹꾹 눌러 참았다. 그때처럼, 다신 생각하기도 싫은 그날처럼 이를 악물고 참았다.

"내 모든 건…… 너로 귀결돼, 남궁잎새."

나도, 나도 그래. 내 모든 것도 다 너로 종결돼. 넌 결코 알 수 없겠지만…….

"너 하나로."

＊ ＊ ＊

7년 전.

그 사람이 심장마비로 눈을 감고 딱 일주일 만에 모든 일은 벌어졌다.

우리의 모든 기억과 추억이 깃든 집은 불타 공중누각처럼 사라졌다.

모든 게 믿을 수 없었다. 그 사람의 급작스럽고도 어이없는 사인도, 또 그토록 크고 거대한 집이 흔적도 없이 불타 사라졌다는 것도.

천만다행이라고 해야 할지 모르겠지만 췌장암을 판정받고 병원에 입원해 계신 할머니는 무사하셨다. 이 모든 일 중에서 그 사실을 불행 중 다행이라고 생각해야 한다는 게 절망스럽고 원망스러웠다.

늘 밤낮이 뒤바뀐 상태에서 존재감도 없이 집안을 떠돌던 그 사람의 공백은 상상도 못 할 정도로 크고 대단했다. 아니, 그 사람이 없는 삶이 이렇게 속악할지는 전혀 예상 못 했다.

듣도 보지도 못한 빚을 갚으라며 윽박지르며 들이닥친 사람들을 시작으로 정산 못한 할머니의 엄청난 병원비, 그리고 이제 막 꿈을 펼치려 하는 전경까지.

모든 게 내 일이면서도 제발 내 일이 아니었으면 했다.

그때 그 사람이 행운처럼, 아니, 유혹적인 메피스토처럼 찾아왔다.

그리고 너무도 절묘한 타이밍에 믿지 못할 엄청난 제안을 했다.

내 일이 아니었으면 하는 이 모든 재앙을 전부 깨끗이 사하고 해결해 주겠노라고.

마치 신처럼, 자비로운 절대자처럼 그렇게 무표정을 하고 잎새를 마구 들쑤셨다.

거절을 생각하지 않은 건 아니었다. 그렇지만 결국엔 거절하지 않았다.

그 무엇보다 할머니를 허망하게 보내고 싶지 않았다.

병원비 때문에 제대로 치료받지 못할까 걱정이 됐다.

모든 걸 다 동원해서 그늘진 날 키우고 위축된 자신을 반듯하게 성장시킨 할머니의 생명을 조금이라도 연장시키고 싶었다.

이렇게 방어는 고사하고 악 소리 한 번 못 지르고 모조리 잃을 수는 없었으니까.

또 하나의 이유는 바로 전경.

이제 막 땅을 고르고 꽃씨를 뿌린 전경의 텃밭을 천재지변으로, 아니, 인재로 뒤엎고 싶지는 않았다. 그때 전경의 연주를, 그 완전한 몰입과 열정으로 가득해 반짝반짝 빛나는 모습을 보지 않았다면 난 오늘 같은 결정을 하지 않았을까.

전경은 살벌한 표정을 하고 서 있었다. 아니, 원망과 미움 가득한 표정을 하고.

"그러니까 넌 할머니 잘 모셔. 한시도 할머니 곁을 떠나지 마."

'너랑 난 그 이름도 무색한 7년이란 시간 속에서 상대는 물론이고 솔직한 자신과도 마주할 여유도…… 용기도 없구나, 전경.'

"아직 모르나 본데, 할머닌 절대 여장부 스타일이 아니셔. 말투가 그 사람의 전부는 아니야. 할머니 천생 여자셔. 얼굴이랑 성격 상관없이 겁도 많고 눈물도 무척 많아. 그러니까 무조건……."

"그렇게 걱정되면 니가 지켜."

"지금까지 내가 한 말 뭐로 들었어? 아무리 머리가 나빠도 그 정도는 이해할 수 있잖아?"

그 순간 전경의 눈에서 붉은 핏발이 섰다.

분노로 인해 부르르 떠는 그 모습이 섬뜩하면서도 사지가 칼에 벤 듯 아팠지만 잎새는 모른 척, 못 본 척했다.

"할머니한테는 아무런 말도 하지 마. 나도 조금 이따 뵐 때 아무 소리 안 할 거야. 그냥 티 나지 않게 그렇게 어제처럼, 늘 하듯이 인사할 거야."

"……."

"절대 할머니 혼자 두지 마. 고통으로 인해 많이 무서우실 거야. 그러니까 되도록 웃게 해드려. 그동안 네가 사고 치느라 바빠 이 제껏 못해 드린 효도 다 하면서 매일매일 웃게 해드려. 그러다 나 찾으시면……."

뭔가 터지려 하는 걸 꾹꾹 눌러 참았다. 목 안은 조각난 유리 조 각을 아무런 보호 장비 없이 씹어 삼키는 것처럼 그렇게 고통스럽 고 비릿했다.

"사실대로 말씀드려."

"……!"

"……공부하러 갔다고."

그러자 기이한 웃음소리가 들렸다. 여태껏 한 번도 듣지 못한.

"그 말, 안 믿어."

전경은 고개를 벽에 고정한 채 낮게 일갈했다.

"네가 믿든 안 믿든 상관없어."

"……."

"앞으로 니가 할 일은 무조건 할머니 잘 케어해 드리는 거, 그거 하나야."

"……."

"병원에서 하라는 거 군말 말고, 토 달지 말고 다 해. 돈은 신경 쓰지 마. 절대 허망하게 할머니 손 놓으면 안 돼. 만약 그런 비슷한 소리 들리면 죽여 버릴 거야, 너. 내 손으로."

전경이 살벌한 눈빛으로 잎새를 노려봤다. 이제껏 본 적 없는 처절한, 완전히 무너진 눈빛이었다. 그래도 모른 척했다. 아닌 척했다.

"바라는 바야, 네 손에 죽는 거."

자꾸만 상이 흔들리고 머리는 징징거렸지만 꿋꿋하게 버텼다.

마음은 지금이라도 이 장소, 이 상황을 피하고 싶었지만 흔들리는 모습은 보일 수 없었다. 아니, 절대로 보여서는 안 됐다.

"그딴 헛소리 말고 제대로 말해. 왜 이러는지, 무엇 때문에 떠나려고 하는지."

"……."

"나 미치는 거 보지 않으려면 지금 이 자리에서 다 말해. 내가 내 능력으로 알아내는 날엔 너야말로 내 손에 죽어."

금방이라도 폭발할 것처럼 전경은 위태로워 보였다.

절망스러운 눈빛도, 전부 다 내려놓고 싶어 하는 마음도 다 느껴졌다. 전부 다.

그건 안 된다, 절대. 할머니와 나, 무엇보다 지금 막 꿈이란 걸 접하고 정한 전경에게.

"너 바보야?! 정신 차려!"

"……!"

"너랑 나, 남매도 친척도 아닌 완전한 남이야, 남."

이 자리에서 그동안 그들이 나눈 모든 걸 매정하게 부정하는 잎새를 전경은 충격과 경멸 어린 시선으로 쳐다봤다.

"이쯤에서 각자의 길 가자는데 그런 질문을 하는 네가 더 웃겨."

전경의 눈에 핏발보다 더한 칼날이 섰다. 그 또한 모른 척했다.

"할머니 병원비는 신경 쓰지 마. 그건 내 몫이야."

"……"

"넌 모르는 나와 할머니의 오래된, 그러면서도 질기고 강한 히스토리가 있어. 그래서 난 내가 할 몫을 하고 싶어. 그게 병원비야. 그러니까……."

"그 입 좀 닥치지."

전경의 동굴 목소리는 심하게 갈라져 있었다. 마치 그의 조각난 자존심처럼.

"넌 몸으로 때우고 난 엄마가 남긴 유산, 그 돈으로 때우는 거야. 공평하잖아?"

"너한텐 그딴 게 공평한 거야?!"

상상도 못 할 분노로 인해 전경이 목소리를 높였다. 정말 더는 올라갈 수 없을 정도로.

잎새는 경멸은 물론 노기로 제정신이 아닌 듯 보이는 전경을 빤히 쳐다보았다.

이게 분명 마지막일 테니까 저 모습이라도, 저렇게 상처받아 포효하는 모습이라도 전부 다 기억하고 싶었다. 전부 다 남김없이 담아가고 싶었다.

"그 사람이 진 빚이란 것도 너랑은 상관없이 혈육이자 자식인 내 문제야. 그러니까 넌 무조건 이유 불문하고 네 하나밖에 없는 혈육 할머니만 신경 써. 이제부터 각자 자기 가족만 신경 쓰자고, 심플하게."

또다시 기이하고 섬뜩한 웃음소리가 났다.

마지막 모습은 아마 이 웃음소리로 기억될 것 같았다. 아쉽게도, 너무도 아쉽게도.

✱ ✲ ✱

처음 몸 안을 꿰뚫고 들어올 때는 말할 것도 없고 조심스레 움직이는 지금도 온몸은 그때 상처받아 피 흘리는 전경의 칼날 같은 눈빛보다 백배 천배는 더 아팠다.

많은 시간 공들여 달군 야릇한 감각과 달콤한 키스세례는 어느새 전부 사라지고 지금은 섹스가 주는 본연의 느낌만 충만했다. 그만큼 정신없고 더없이 혼란스러웠다.

힘으로 무장한 전경의 몸은 쉬지 않고 욕망을 풀어냈다.

들고 나는 야릇하고 기이한 행위에 완전히 매혹된 전경과 달리 잎새는 그 단순한 행위에 숨이 끊어질 듯 고통스럽고 버거워 그같은 반복에 전혀 동의할 수 없었다.

차라리 입술과 혀를 흡입하듯 해대는 거친 키스가 나긋나긋해 감사하고 고마울 정도였다.

전경은 터져 나오는 비명과 신음을 모두 흡수하며 마당을 가득 채운 눈처럼 이 밤을 새하얗게 지새우려는 듯 끝도 없이 파고들며 치받았다.

늘 성격이 고약하다 생각했는데 지금의 전경은 더없이 고약스럽고 탐욕스러웠다.

"잎새야…… 남궁잎새……."

이름을 부르며 간절하게 자비와 구원을 요청하고 싶은 사람은 그녀인데 정작 기이하게 갈라진 목소리로 호흡하듯 이름을 부르는 건 전경이었다.

이 격렬한 몸짓이 어떻게 어느 시점에서 시작됐는지 알 수 없듯이 이 잔인한 축제가 언제 끝날지 전혀 알지 못했다. 그래서 두려웠다. 그 기나긴 파국을 알지 못해서.

그러다 어느 순간 몸 안에 생소하고 기묘하며 탱글탱글한 감각이 느껴졌다.

동시에 머릿속에선 오케스트라 수준의 절묘한 음향이 울려댔다.

잎새는 요동치는 전경의 몸을 강하게 안았다. 본능적으로 그래야 할 것 같았다.

온몸이 부서져 사라지기 전에 전경을 잡아 공기처럼 사라질 이 눈부신 시간을, 온 감각을 동원해 남김없이 기억하고 싶었다. 하지만 의지와 달리 의식은 그 몇 초도 견뎌내지 못하고 무간지옥 같은 어둠으로 빨려 들어갔다.

왜인지 모르나 눈이 떠졌다.

기막힌 기억은 모두 잊고 백설공주처럼 깊은 잠을 자고 싶었는데 스르르 눈이 떠졌다. 눈을 뜸과 동시에 전신이 독을 먹은 것처럼 힘이 빠지고 이곳저곳 저릿저릿했다.

스스로의 동화적 해석에 기막혀하며 모로 누워 경직된 몸을 천천히 돌리려 하니 강한 팔이 그녀를 옭아매며 순식간에 단단한 품 안으로 이끌었다.

전경인 걸 알 수 있었다.

깨달음과 동시에 열기 가득한 몸이 또다시 뚫고 들어왔다.

"으…… 훗."

두 번째임이 분명한데 첫 번째보다 더 간절하게 부딪쳐 왔다.

이번에는 그녀도 전경의 몸과 눈빛 전부를 소유하고 싶었는데 뒤에서 파고들어 불가능했다. 전경은 시트를 감아쥔 그녀의 손을 풀어 손깍지를 꼈다. 다시 시작됐다.

언젠가 기타 연주에 취해 무아지경으로 빠져들던 그때가 생각났다.

보지 않아도 알 수 있었다.

전경이 지금 그때처럼, 그때만큼이나, 아니, 그보다 더 중독돼 있다는 걸…….

막연히 잎새를 안으면 이런 느낌이겠지 하고 상상하던 건 지금 하나도 생각나지 않았다.

잎새가 모질게 떠난 직후 철저히 외면당하고 모두에게 버려졌다는 생각에 엉망진창이던 시간을 제외하곤 늘 생각하고 공부하며 또한 확인하면서 하루하루를 보냈다. 그리고 지금 그 직조된 듯 치밀하면서도 거미줄처럼 촘촘하던 모든 매뉴얼은 우습기 그지없었다.

이 격렬한 몸짓과 이 단순하고 반복적인 행위에 그 모든 것이 사초처럼 무의미했다.

그 잔혹 동화 같은 7년의 공백은 정말 아무것도 아니었다.

지금 이 죽을 것 같은, 이 터질 것 같은 심정에 비하면.

자꾸 침대 시트 안으로, 그가 없는 저 너머 어딘가로 도망치려하는 잎새를 안고서 기어이 침대에 앉았다.

잎새는 가쁜 숨을 몰아쉬며 자신을 소유하고 공격함에 있어 일말의 주저함도 배려도 없는 그를 마주 보았다. 여전히 서로에게 인이 박히고 옹이 박히듯 그 완벽한 상태로.

"또……."

자꾸 무너지려는 듯 신음을 내뱉는 잎새를 다잡아 눈을 맞췄다.

"나 혼자…… 나 혼자만 미친놈 되는 거 싫어."

지금 그가 뱉는 모든 언어는 간절한 소망이자 간곡한 바람이었다.

"……."

침묵이 두려워 재촉하듯 하복부에 힘을 주자 잎새의 몸이 파르르 떨리면서 전신이 위로 치솟았다. 길고 하얀 목이 하염없이 뒤로 꺾이면서 달보드레한 숨결이 공중에 산산이 흩어졌다. 그 숨결마저 미치게 아깝고 아쉬웠다.

전부 그의 것인데, 전부 다 그가 갖고픈데 그처럼 사라져 가슴이 아릿했다.

"절대 눈 감지 말고…… 피하지도 마."

잎새는 한 번도 본 적 없는 기이한 표정과 달아오른 얼굴로 그의 얼굴에 열기 가득한 숨결을 토해냈다. 그러자 가열된 몸은 더욱더 극렬하게 본능에 충실하려 했다.

혀를 깨무는 심정으로 본능을 참아냈다. 그와 동시에 알게 됐다.

사지를 짓누르는 고통과 뇌를 관통하는 쾌감은 전혀 다른 색이면서도 동일한 톤이란 걸.

"함께…… 하는 거야. 너랑 나, 우리 둘이."

바로 답을 하지 않는 게 불만스러워 또 한 번 하복부에 짧지만 강하게 힘을 가했다.

그 순간 잎새의 절묘한 비명까지 더해져 욕구는 더 깊고 진해졌지만 참아냈다.

"대답해."

"……으…… 응……."

공중으로 퍼져 나가 소멸하는 대답을 간신히 확인한 후 침대로 쓰러졌다.

섹스는 너무도 정직했다. 그 오랜 세월 단 한 번도 읽지 못한 잎새의 빈틈없이 강건한 마음도, 깊이 처박혀 숙성된 그의 지독한 갈망도 전부 보였다. 전부 다 읽혀졌다.

그로 인해 두려움과 혼란 없이 질주할 수 있었다.

지금 이 격렬한 감정이 절대 그 혼자만의 욕심과 마음이 아니란 걸 알기에 주저함 없이 잎새 안으로 스며들 수 있었다.

펑키한 그루브와 덥 스텝(강력한 베이스와 느린 템포가 특징인 일렉트로닉한 음악)을 접목시킨 무심한 듯 섹시한 안무는 손을 휘젓는 간단한 동작에도 묻어났다.

한순간 터지며 폭발하는 펌핑과 물결치듯 흐름이 자연스러운 웨이브는 물론 표정이 좋아 그대로 스토리가 되고 한 편의 퍼포먼스로 연결됐다.

향기는 어린 나이에 비해 가사와 감정 전달 표현력이 좋아 단순한 듯 보이는 동작의 효과를 그녀 스스로 극대화시키고 있었다.

그야말로 2를 던져 주면 10을 만드는 탁월한 능력이 있었다, 그녀의 어린 제자는.

음악이 멈추자 향기의 표정이 무섭게 변했다.

본연의 모습 그대로, 아직 여리고 미성숙한 학생의 모습으로 급작스레 돌아왔다.

정말이지 앞으로의 성장과 함께 자연스레 파워로 업그레이드될 향기는 대체 어떤 모습일까 몹시 궁금했다.

양 볼이 복숭아처럼 탐스러운 모습의 향기가 다가와 옆에 털썩 주저앉았다.

"지켜보고 계시니까 집중이 안 돼요."

숨을 헐떡이면서도 고집스레 자기 할 말을 쏟아냈다. 아니, 불평을 늘어놨다.

칭찬해 주고 싶었지만 더 나은 성장을 위해 조언의 칼날을 먼저 꺼내들었다.

"왜 남을 신경 써? 음악을 듣고 몸으로 표현하는 것 자체만으로도 희열을 느낄 텐데. 앞으론 음악이 네 몸을 타고 흐르면 음악과 너 자신만 생각해. 그 순간 다른 건 전부 없는 거야."

"팀장님은 그러세요? 그렇게 완전히 몰두가 되세요?"

"그러려고 노력하지. 또 그래야 하고."

잎새의 답에 향기는 물을 마시면서도 고개를 연신 끄덕였다.

그 모습이, 그 열성이 한없이 믿음직하면서도 아이처럼 귀여워 보였다.

"예전부터 궁금했는데요, 팀장님은 안무 의뢰받으면 어떻게 안무를 짜세요? 막연히 음악을 듣는다고 될 것 같지 않은데."

안 그래도 동그란 눈을 동그랗게 뜬 향기가 사랑스러워 웃음이
났다.

"그건 내 안무를 만드느냐, 뮤지션에게 줄 안무를 만드느냐에
따라 다르지."

어린 제자를 위해 부지런히 입을 움직였다.

"뮤지션에게 줄 안무를 짤 땐 우선 노래와 가사를 주의 깊게 들
어. 그런 다음 음악의 모든 부분에 완전히 몰입되었을 때 노래가
전달하고자 하는 바를 표현하기 위해 부단히 노력해. 그게 기본이
야."

"그럼 내 자신의 만족을 위해 안무를 짤 때는요?"

향기는 호기심 가득한 눈을 하고 목소리를 높였다.

"그땐…… 음악이 나를 고를 때까지 기다려. 자연스럽게 춤이
나올 때까지 기다린다는 말이야. 음악을 들으며 도저히 가만히 있
을 수 없을 때, 그때가 최고의 안무가 탄생하는 때야."

"그렇구나."

"그중 제일 중요한 게 경험이야. 진짜로 겪어보고 생각한 게 진
짜야. 그래야 안무에 생동감과 리얼리티가 실리니까. 그리고 또
하나."

"……!"

"안무가의 스타일이 뮤지션의 스타일과 잘 맞아야 해. 내가 표
현하고자 하는 걸 가수가 온전히 소화하지 못하면 독특한 안무든
퍼포먼스든 제대로 빛을 발하지 못하니까."

향기는 잎새의 의견에 백 프로 동감하는 표정은 아니었다. 그러

더니 조심스레 입을 뗐다.

"하지만 요즈음은 나와 그 안무가의 코드가 맞는지보다는 유명하고 화려한, 그러니까 인증된 안무가를 좇는 게 사실이잖아요. 하물며 대형 기획사는 외국 안무가한테 의뢰하는 경우도 심심치 않게 볼 수 있고요."

"외국 안무가들의 스타일이 국내보다 앞서고 세련된 건 사실이지만, 내가 보기엔 국내 안무가들의 안무는 우리 한국 대중과 더 가깝고 친밀해. 그게 큰 메리트이고 강점이지."

잎새의 신중한 대답에 향기는 고개를 까우뚱하며 또다시 질문을 던졌다.

"하지만 저번에 기사 보니까 국내 유명한 안무가의 안무는 유기적 흐름이나 완결성 대신 대중이 쉽게 받아들일 수 있는 동작을 고안하는 데 집중하고 그 비슷한 수준에 그친다는 비판이 있던데요?"

향기는 안무를 동작으로 그치지 않고 나름대로 이해하고 연구하고 있었다.

그런 작은 기사도 주의 깊게 보며 현장에 선 그녀에게 질문하고 확인하는 과정을 거쳐 그녀 방식대로 성장하고 있었다. 어린 제자의 기특한 질문에 또 한 번 웃음이 났다.

"안무란 결국 음악을 상징하고 뮤지션이 여흥을 느끼며 관객들에게 그 특별한 움직임을 보여주는 거야. 물론 꼭 히트시키겠다는 욕심으로 과도한 안무나 이기적인 계산으로 음악의 흐름과 음악이 표현하고자 하는 바를 방해해선 안 돼. 그건 프로의 기본이니까."

"이건 약간 다른 질문인데, 그럼 선정성은요? 저번에 팀장님이 블루랑 한 안무, 정말 위험하기 그지없던데요?"

"글쎄, 선정성을 규정짓는 사람들과 내 기준이 다르니까."

"……."

"하지만 결국엔 차별화되는 개성과 고급스러운 면을 잃지 않으면 되지 않을까?"

애매한 질문에 확실한 기준을 제시하니 어린 제자의 얼굴에 환하게 꽃이 폈다.

"맞아요. 스승님 안무는 고급스러워요. 선정적이다, 아니다로 절대 판단할 수 없을 정도로 수준이 높아서 보면…… 너무 좋아요. 늘 제 기대 이상이고 상상 이상이에요."

향기는 새침한 얼굴과는 전혀 어울리지 않는 노곤한 표정으로 그녀를 칭찬하며 일말의 의심도 경계심도 없는 표정으로 잎새를 쳐다보았다.

그 표정에 한순간 가슴 안이 울컥하면서 뜨거워졌다.

지금 이 순간 어렴풋이 알 것도 같다.

그 사람이 어떤 마음으로 사나우면서도 날 선 전경을 보살피고 멘토링했는지, 자신을 불신하며 매사 서먹서먹해하는 딸과 다르게 그 사람을 무조건적으로 믿고 추종하는 말썽쟁이 제자를 보며 그 사람이 어떤 마음이었는지 아주 조금은 알 것도 같다. 이렇게 대견하게 성장하는 향기를 보면서.

"아주 쿵짝이 잘 맞아요. 야! 너 내가 분명히 출입 금지라고 했지?!"

언제부터 있었는지 전경은 특유의 사나운 눈을 하고 팔짱을 낀 채 1층으로 연결된 계단에 비스듬히 기대서 있었다.

왠지 그런 익숙한 모습조차 제대로 볼 수가 없었다.

"왜요? 여긴 제 스승님 개인적인 공간이잖아요?"

옆에 있어서 그런지 스승의 능력을 과대평가한 향기가 잎새를 믿고 목소리를 높였다.

"아쭈, 개인적인 공간 좋아하고 앉았네. 여기 부지랑 건물 다 내 소유거든. 고로 니가 한 시간 전부터 독차지하고 있는 니 스승님도 완전 내 소유란 말이야. 알겠어?!"

"……!"

향기는 전경의 말에 담긴 참뜻과 진위를 파악하려는 듯 잎새를 빤히 쳐다보다 다시 전경을 쳐다보며 연신 고개를 왔다 갔다 했다. 그러다 나름 결론을 내렸는지 약간 기이한 톤으로 물었다.

"두 분…… 사귀세요?"

잎새에게 하는 질문인 줄은 알았지만 선뜻 답을 하지 못했다.

"쓸데없는 질문 하지 말고 둘 다 자리에서 일어나, 얼른."

전경은 긴 다리로 성큼성큼 다가와 그들 앞에 섰다. 향기와 잎새는 전경의 반강제적인 명령에 쭈뼛쭈뼛 일어나 섰다.

"넌 이제부터 뒤돌아서 귀 막고 큰 소리로 딱 100만 세."

"네에?"

"뭐가 네야? 너 미성년자란 것만 믿고 대충 세거나 성의 없이 건너뛰면 그 즉시 작살날 줄 알아. 난 고결한 니 스승이 아니야. 그러니까 동정심, 측은지심 그딴 거 바라지도 마. 알았어?"

전경의 험악한 분위기에 향기는 입을 삐죽 내밀고 영문도 모른 채 뒤돌아서서 귀를 막았다. 그 모습을 확인한 전경은 어리둥절해

하는 잎새를 부드럽게, 그러면서도 강하게 끌어안았다.

"뭐 하는 거야……."

"가만있어."

"지금……."

말을 다 끝맺지도 못하고 입술은 빨려들 듯 삼켜졌다.

숨을 쉴 수도 없을 정도로 몰아붙였다. 키스는 다급하고 절절했다. 또한 강력했다.

앞에 서 있는 향기로 인해 도망가기 급급한 잎새의 경직된 혀를 장악한 전경은 빨고 물길 반복하며 타액을 흡수하고 또 흡수했다. 전경은 마치 지독한 광증으로 인해 잎새의 타액과 숨결 없이는 버티고 유지할 수 없는 것처럼 그렇게 지독하게 원했다.

달달함보다는 얼얼함에 도저히 정신을 차릴 수가 없었다. 부족한 공기에 잎새가 버거워하자 간신히 입을 뗀 전경은 거칠게 한마디 내뱉었다.

"젠장!"

정신을 차리기도 전에 전경은 잎새를 번쩍 들어 안았다.

"악!"

"꼬맹이!"

전경의 사납고도 다급한 부름에 향기가 그제야 뒤돌아봤다.

향기는 이 상황이 대체 뭔가 하는 표정을 하면서도 여전히 귀에 손을 대고 있었다.

"내 말 잘 들어. 너희 스승님은 감기몸살 기운 있어 나랑 올라갈 거니까 넌 놀고 싶은 만큼 놀다가 알아서 집에 가. 인사하러 올 거 없으니까 그냥 조용히 먼지처럼 사라져."

"저기……."

이런 상황이 몹시도 난처한 잎새가 뭔가 말하려 하자 전경은 특유의 살벌한 눈빛으로 잎새의 의견을 묵살했다.

"니 스승은 잎새지만 말했다시피 여기 최고 권력자는 나야. 내 말 잘 들으면 어느 순간 이 집 출입권과 함께 연습실 무한 자유이용권도 얻을 수 있을 거야. 그러니까 토 달지 말고. 알았어?"

향기는 난처한 상황에 얼굴이 벌게진 잎새를 슬쩍 보더니 담담한 표정으로 답했다.

"네."

대답이 떨어지자마자 전경은 잎새를 안고 서둘러 1층으로 향했다.

두 사람이 사라지자 향기는 방금 전 못한 말을 토해냈다.

"감기는 무슨……. 내가 앤가? 눈 가리고 아웅 하게."

투덜거리던 향기는 혼자 남은 연습실을 만족스럽게 둘러보고는 금세 함박스테이크 같은 미소를 머금었다.

연습실은 정적과 팽팽한 긴장감만이 감돌았다.

홍 매니저와 블루가 자아내는 살벌한 분위기에 실키에게 특급으로 전수받은 여자 댄서와 현재는 불만을 토로하기는커녕 이 상황이 불편하기 그지없었다.

"정말 계속 이럴 거야?"

평소에는 그리도 블루 편에서 대변인은 물론 보호자 노릇을 톡톡히 하던 홍 매니저는 오늘 몇 번이나 흥분해서는 블루를 겨냥한 매서운 눈빛을 쏘아댔다.

현재는 이 같은 상황의 원인과 이유를 어렵지 않게 짐작할 수 있어 이대로 모른 척하기가 더욱 불편했다.

"엎을래? 엎을까? 그게 바라는 거야?"

황당한 말에도 블루는 표정 변화 하나 없이 멍을 때리고 있었다.

머리가 디폴트처럼 기본값으로 세팅돼 아무 생각 없이 오픈된 상태였다. 딱 봐도 그랬다.

쉽게 정리될 상황이 아니라 판단한 현재가 홍 매니저에게 다가가 귓속말을 하고 다소 굳은 표정의 여자 댄서와 자리를 피했다.

탕탕 전속 댄서와 안무가가 사라지자 블루는 비로소 입을 뗐다.

"형이…… 도와줘."

홍 매니저는 블루를 노려볼 뿐 답을 하지 않았다.

"한 번을 하더라고 제대로 하고 싶어."

절대 그 문제가 아니었다. 지금 블루를 사로잡은 건 빌어먹을 그 춤이 아니었다. 또한 완벽을 표방하는 블루의 고집이 이런 상황을 만들고 있는 것도 아니었다.

블루가 그의 생각을 읽었는지 어두운 표정으로 진실을 토했다.

"나도 이러기 싫은데, 또 이러는 거 대단히 우스운 거 아는데……."

"……."

"마음이 잡히질 않아. 이상해. 하루 종일 그 사람만 생각나. 그 사람 웃는 모습, 내 노래 허밍하던 모습, 춤출 때 전혀 다른 사람이 되던 그 집중력 가득한 표정, 안무에 집중하면 생기는 미세한 버릇, 또 밥 먹을 때…….”

“작작 해라.”

도저히 들어줄 수가 없었다. 익히 아는 모습이 아니었다.

나이에 비해 순수하면서도 지극히 냉철하고 몹쓸 이 바닥에서
조차 독야청청 자기감정과 관리에 철저한 블루하드는, 그 고결하
고 아름다운 청년은 지금 이 자리에 없었다.

“뭔지 정확히는 모르겠지만…….”

저렇게 확신할 수 없는 단계라면 잘라내야 한다. 그러면 된다.
지금이라면 가능하다.

“모르긴 뭘 몰라?! 그거 그냥 스쳐 지나가는 감정의 유희야!”

“…….”

“네 나이 때 남자라면 한 번쯤 겪는 웃기지도 않는 열병, 전문직
의 잘나가는 연상녀에게 순간적으로 생기는 동경, 호기심, 착각,
뭐, 그런 거야. 너, 그거 절대 별거 아니다. 다 지나가고 조금 있으
면 흘러가는 거야.”

“…….”

“나는 뭐 그런 감정 없었을 것 같아? 나도 있었어. 그리고 다시
한 번 말하지만, 니 나이 남자들은 성장통처럼 다 겪는 홍역 같은
거라니까. 너 요즘 시대에 홍역 앓다 죽는 사람 봤어? 아니, 들어
는 봤어? 그래, 니가 그런 거야. 그러니까 형 말 들어.”

최대한 아무것도 아닌 듯 얘기했다. 응수하고 반응하면 혹시 더
자극이 될까 싶어 무심을 가장해 일반적인 감정임을 재차 상기시
키려 했다.

“그러니까 이쯤에서 그만해. 내가 봐도 이번 안무가 셌어. 그렇

게 둘이 몸을 맞대고 호흡을 맞추는데 제정신인 게 더 이상한 거야. 형도 다 알아. 몸이 반응을 안 하면 그게 이상한 거야. 안다, 알아."

블루의 표정은 무감각했다. 다른 사람도 아니고 신중한 블루가 그런 말을 할 정도라면 지금 무슨 말을 해도 들리지 않겠지. 아무래도 유인구보다 직구를 날려야 할 것 같았다.

"무엇보다 너한테 관심도 없어. 봤잖아?"

모른다고 하면 그건 명백한 거짓말에 천하에 둘도 없는 등신이다.

"상대가 전경이야, 전경! 너 그 인간이 타인한테 그러는 거 한 번이라도 봤어? 말은 고사하고 인사도 안 받는 싸가지가 그 작자야. 난 그 터미네이터 같은 인간이 그런 표정 지을 수 있다는 것도 그날 처음 알았다. 그것도 앞면 트고 딱 5년 만에."

"……."

"딱 봐도 썸이야. 요즘 제일 흔한 단언데 너도 그런 분위기 잘 알잖아?"

"아직…… 몰라."

블루는 자신 없어 하면서도 제가 믿고 싶은 대로 말을 뱉었다.

기가 막혔다. 이 업계 사람치고 그날 그 둘이 자아내는 분위기에 연인이 아니라고 할 사람은 아무도 없었다.

"우길 걸 우겨라. 딱 봐도 썸씽인데 뭘 추측이야? 우리가 연예인들 연애하는 거 처음 보냐? 딱 보면 척이지. 우리 같은 사람들은 촉이 생명이야. 왜 새삼스레 모른 척이야?"

다른 사람도 아니고 전경이다.

인간미 결여에 티타늄 소재 터미네이터란 악명으로 더 유명한 전경이 그날은 봄 향기에 나사 풀린 미친 강아지 같았다. 정말 다시 못 볼 이 달 화제의 명장면.

"그렇다 해도……."

"……!"

"만약 호기심이라도 가보고 싶어."

"너 정말!"

"무슨 소리 하는지는 알겠는데 지금은 사자후처럼 공허하게만 들려. 웃기지?"

미치고 환장할 노릇이다.

이 업계에서 두 달은 금방이다. 후딱 지나간다. 일반인의 이틀과도 같았다.

앨범 발표가 코앞이고 신곡 쇼케이스가 내일모렌데 국내 제일의 아티스트라는 놈이 헛지랄을 기어코 하겠다니 눈앞이 캄캄했다.

사실 블루가 특별한 아티스트라면 전경은 그야말로 모든 장르를 섭렵한 묵직한 장인의 반열에 들어선 입지전적인 인물이었다. 또한 그는 맹목적인 팬덤으로 먹고사는 아이돌이 아니라 자신의 세계가 확고한 어른이었다. 그로 인해 누군가 욕한다 한들 견고한 그의 세계가 무너질 리 만무했다. 그가 상대할 사람은 변덕이 죽 끓듯 하는 팬들이 아니라 거대 기획사이고 세계적인 음악 시장의 흐름이며 개인 역량의 문제니까.

그에 비해 블루는 아직 아이돌이란 타이틀을 완전히 벗어날 수 없는 위치였다.

둘의 음악적 색깔과 능력은 용호상박일지 모르지만 어른인 전경과 달리 아이돌인 블루에게 그런 대상과의 스캔들은 득보다 실이 많을 수밖에 없었다. 더구나 그 상대자는 블루에게 전혀 감정이 없어 보였다.

지금 생각해도 그 사실이 얼마나 눈물겹도록 고맙기만 한지…….

주리는 앞에 앉은 인간의 비주얼을 쏙 빼고 쓸모와 쓰임에 대해 깊이깊이 생각해 보았지만, 어느 가수의 노래 가사처럼 답이 없었다.

"정말 마지막이야. 빨리 일어나. 나 난타 공연 보고 싶다니까. 미국에서도 바빠서 못 봤단 말이야. 이번엔 꼭 봐야 해."

'아니, 지가 못 봤으면 못 봤지 왜 날 갖고 이 지랄발광이야.'

"이보세요, 제가 일전에 말씀드렸죠. 저 무지 바쁘다고. 잘 모르시나 본데, 저 이 탕탕엔터에서 나름 이너서클이에요. 알죠? 이너서클이란 단어가 뜻하는 게 뭔지?"

주리는 자신의 전매특허이자 이제는 상징처럼 돼버린, 특유의 주머니에 손 넣고 상대를 기죽이는 포즈를 취했다.

"아무리 사돈에 팔촌보다 가까운 이웃사촌이라도 이렇게 회사까지 쫓아와서 이러는 건 아니죠. 또 이웃사촌이면 엄연히 남인데 더 예의를 지키셔야죠."

순간 고급스러운 눈빛이 고약스럽게 반짝였다. 근데 그게 아찔하게 섹시해 보였다.

그 경이로운 눈빛에 감동하는 사이 핸드폰이 울렸다.

이 바닥에서 갑 중의 갑이자 전방위로 방어적인 갑각류 전경이
었다.

"네, 정주리입니다."

[다음 주 월요일에 작사가 대동하고 갈 테니까 준비 단단히 하
고 기다려요.]

작가사란 소리에 주리는 안도의 한숨이 절로 나왔지만 참았다.

"네. 근데 작사는 다 끝나셨나요? 저희 아이들 안무도 같이 하
려면 시간이 타이트해서 그러는데…… 혹시 옆에 실키 씨 있나
요?"

[지금은 아파서 자요. 감기 기운 있어서.]

"어머, 큰일이네요. 할 일도 무지 많으신데 이 타이밍에 맥없이
아프셔서."

[그럼 다음 주에 가는 걸로 알고 저번 같은 해프닝은 없겠죠?
필은 고사하고 음정, 박자 무시하고 노래 같지도 않은 노래 부르
면 이번 일에서 완전히 손 뗄 테니까 그렇게 알아요.]

전화는 그야말로 순식간에 먹통이 돼버렸다. 이런 매너 없는 쉐
이끼!

아무리 지가 갑이라도 이렇게 전화를 끊어버리다니.

"실키 아프대?"

이번에는 동일 버전에 비주얼만 갑인 놈이 대뜸 물었다.

"그렇다네요. 갈 길은 구만리에 할 일이 첩첩산중이구만 프로
가 몸 관리를 그따구로……."

언제 걸었는지 켄은 핸드폰을 들고 주리를 잡아먹을 듯 노려보
고 있었다.

'아니, 내가 아프게 했나? 왜 날 노려보고 난리야? 이것들이 돌아가면서 아주 날 엿 먹이고 앉았어, 들.'

"어디가 아프다는 거야? 내가 지금 갈 테니까……."

[오긴 어딜 와. 그리고 여기 집 아니야. 가사 떠오르지 않는다고 해서 인근에 바람 쐬러 왔어.]

켄의 허여멀건 얼굴이 한순간 상아색보다 더한 석고상처럼 굳어졌다.

"바람 쐬러 어디로 갔는데? 주소 말해봐. 정주리 길잡이 세워 같이 갈 테니까."

'아니, 왜 또 날 끌어들여? 아주 내가 제일로 만만하지?'

주리는 이참에 아주 만만한 싹을 완전히 잘라야겠단 결론을 내렸다.

[여기 주소도 길도 없어. 내비 찍어봤자 산만 나오고 주소 안 나와. 그러니까 쓸데없는 걱정 말고 정 이사랑 룰루랄라 잘 놀고 있어. 다음 주에 갈 거니까.]

전경이 또 제 할 말만 하고 끊었는지 켄의 표정이 사납게 굳어 있다.

"알아서 좀 잘할까요. 다른 사람도 아니고 삼성동 인간문화재 전경이 그렇게 싸고 도는 실키 러브의 주인공 실킨데."

비아냥거려 금방 치고 들어올 줄 알았는데 왠지 잠잠하다.

"그러니까 당신도 이제 말 좀 듣지?"

켄은 전경에게 당한 것까지 주리에게 풀 셈인지 목소리에 잔뜩 힘이 들어가 있었다. 그러거나 말거나 이젠 깡통의 만행에 힘없이 수긍하며 받들어 모시던 예전의 주리가 아니었다.

"한국말 못 알아듣는 것도 아니면서, 더는 나 자극하지 말아요. 이러다 수틀리면 전경한테 다 말할 테니까. 자꾸 사람 모질게 만들지 말라고요."

"……."

"사람이 말이야, 예의를 지킬 때 알아서 그만할 줄도 알아야지, 꼭 그렇게 끝으로 치달아야겠어요?"

주리는 다소 격한 표현을 섞어 사납게 쏘아붙였다.

"나도 예의 지키고 말하는 거 이게 마지막이야. 나중에 후회와 참회의 눈물 흘리지 말고 어서 길잡이 좀 하지, 정.주.리. 이.사?"

'와아, 이 인간, 말로는 안 되는 인간이네.'

"좋아요. 나 다음 주에 전경 오면 다 말할 거예요. 실키 이력은 물론 뒷조사도 하라고 할 거고, 재산도 다 추적하고……."

"해. 안 말릴 테니까. 근데 이거 하나는 명심해."

잘생긴 인간이 화를 내니 안 쓰는 신경까지 다 일어섰는지 더욱 입체적으로 보였다. 고로 더욱 근사하고 아찔하도록 잘생겨 보였다.

정말이지, 이 상황과는 몹시도 안 어울리는 감정이고 감상이라 생각하면서도 헛소리를 안 하는 켄은 무척이나 멀쩡해 섹시하고 더없이 매력적이었다.

"뭘 명심해요?"

"난 당신한테 기회를 줄 만큼 충분히 줬다는 거. 나중에 후회는 물론 울며불며 매달려도 난 당신 모른 척할 거야."

켄은 안 어울리게 비정한 남자 주인공 모드를 연출하며 주리를 쳐다보았다. 아름다운 갈색 눈빛에 꽤나 힘이 들어가 유리알처럼 투명하게 보였다.

'골고루 하고 있네. 내가 나중에 보자는 놈치고 별 볼 일 있는 놈 못 봤다. 왜 이러셔?'

"네, 꼭 그렇게 하세요. 저는 아주 땡큐 베리 머칩니다."

주리는 그제야 한결 여유 있는 표정으로 켄을 응시했다. 그와 반대로 켄은 무척이나 단호한 표정으로 주리를 노려보았다.

전경은 핸드폰을 내려놓고 스탠드만 켜놓은 방 안으로 조심스레 들어갔다.

사실 어제 잎새가 꼬맹이랑 연습실에 처박혀 숨어 있을 때 얼굴만 보고 바로 올라올 생각이었다. 근데 입술을 맛보자 거기서 절제가 스톱이 되질 않았다.

금단의 열매처럼 다디단 입술은 그대로 미혼단이 되어 그의 온 신경과 이성을 마비시켰다. 연신 그의 품에서 벗어나려 버둥거리던 잎새가 야릇한 신음을 내뱉으며 터져 나오는 비명을 삼킨 건 그리 오래지 않아서였다. 몇 번이나 그렇게 빼앗고 괴롭히기를 반복하며 거칠게, 또 고집스레 파고드니 잎새가 만신창이가 돼 정신을 놓았다.

새벽이 돼서야 간신히 일어난 잎새를 보쌈하듯 양평 별장으로 모셔왔다.

그의 망아지는 도통 인내하고 참을성이란 몰랐다.

그동안 온갖 유혹이 판을 치는 강호를 벗어나 은신처에서 곰팡이 피도록 참고 참아서 그런지 잎새를 반가운 객으로, 동시에 절대적인 숙주로 인식한 망아지는 이름답게 잎새의 몸 안에서 지독하고 집요하게 망중한을 즐겼다.

이대로 잎새와 세상에서 지워져도 전혀 아쉽거나 억울할 게 없
단 생각을 했다.

한때 강호의 절대고수이자 협객이던 그는 이 세상에서 갖고 싶
은 것도 욕심나는 것도 없었다. 그저 산속 깊은 곳, 문도 담도 없
어 춥고 답답한 토굴이라도 잎새만 그 곁에 있으면 바랄 게 없단
마음뿐이었다.

"……모르지? 내가 널 얼마나 저주하고 미워했는지."

정말이지, 지금 눈앞에 있는 잎새 빼고는 갖고픈 게 없었다.

"또 얼마나 미치도록…… 갖고 싶었는지."

잠든 잎새는 대답이 없었다. 당연하단 걸 알면서도 그 사실이
순식간에 지난 과거를 상기시켜 잠든 잎사귀가 얄미워 보였다. 우
아한 나신으로 엎드려 자고 있는 숙주를 조심스레 들어 몸 위에
올려놓았다. 그 같은 움직임에도 동요는 없었다.

딱 기절 수준. 기절한 잎새를 받쳐 주며 친절하게도 인간 매트
리스를 자처한 그도 잎새처럼 완벽한 나체였다. 그 사실이, 그 접
촉이 몹시도 만족스러웠다.

"할머니랑 아저씨가 안 계신 날이면…… 그 큰 집이 그렇게 작
게 느껴질 수가 없었어. 제발 지하에서 올라오지 말라고 빌고 빌
었지."

문득 그 지옥에서의 한때가 떠올라 자잘한 웃음이 났다.

지금은 웃음과 미소로 반추하고 추억할 수 있지만, 그땐 정말
스스로를 향한 비웃음과 자학이 그가 할 수 있는 표현의 다였
다.

"널 보면…… 기폭 장치가 작동된 폭발물처럼 금세 폭발할 것 같았거든. 정말 위험 수준을 넘어선 단계였어, 그때의 난."

잎새의 가느다란 손가락이 대답을 하듯 가슴 돌기에 닿자 금세 망아지가 반응했다.

부드러운 잎새의 몸은 단단한 그의 바디 위에서 청량감 가득한 바디 젤처럼 매혹적이고도 유혹적인 향을 자꾸 내뿜고 있었다. 그토록 내뿜으니 흡수하고만 싶었다.

"두 분은 아셨을 거야. 내가 널…… 미치도록 원한다는 걸. 그러면서도 스승님은 날 믿으셨어. 그러니 더 죽을 맛이었지."

전경은 흘러내린 앞머리를 넘기며 자조적인 웃음을 지었다.

"하늘 같은 스승님을 배신할 수는 없었으니까."

그 이유는 알 수 없지만 잎새에게 할머니가 절대적인 것처럼 그에게는 잎새의 아버지가 그랬다. 잎새와 전경은 그렇게 똑같은 사랑과 상처를 껴안고 있었다.

생각에 잠겨 윤기 나는 잎새의 머릿결을 매만지다 살짝 벌어진 입술로 손끝을 옮겼다. 그러자 잎새가 잠결에 몸을 부드럽게 비볐다. 그의 탄탄한 바디가 침대 시트인 줄 아는 모양이다.

그 단순하면서도 자극적인 몸짓에 망아지는 더욱 자신의 절대적인 주인을 찾았다.

이번에도 참으려 했지만 그러질 못했다.

언제부턴가 잎새 앞에서는 절대적 신념은 물론 굳은 의지도 자존심도 없는 의지박약의 유리 멘탈, 쓸모없는 잉여 인간이 되고 말았다.

압박과 동시에 부드러운 진입을 느낀 잎새는 스르르 눈을 떴다.

눈을 뜨니 역시나 사나운 눈빛의 전경이 그녀를 내려다보고 있었다. 다소 거친 숨을 내쉬면서. 의식을 완전히 차린 잎새는 아랫배 쪽으로 야릇한 통증이 느껴졌다.

"가만있어. 힘들게 안 해."

자꾸 몸이 흔들려 주위를 둘러보니 전경 위에 있었다. 그것도 그의 분신을 고스란히 품은 채로. 전경은 봇물 터진 듯 도무지 지칠 줄을 몰랐다.

잎새가 이틀 동안 기억하는 건 그를 품고 그의 품에 갇혀 그가 주는 쾌락과 섬세한 전율에 미친 듯 반응하며 끝도 없는 욕망과 탐닉에 속수무책으로 응하는 것뿐이었다.

섹스란 정말 이상했다. 두 사람 사이엔 아무런 말도 그 어떤 대화도 필요 없었다.

7년의 공백도, 어긋남도, 궁금함도, 그 많은 질문과 의문도 필요치 않았다.

그저 서로의 몸이, 그들의 행위가 모든 걸 다 말해주었다.

한계치를 넘어선 거친 호흡이 그의 상태를, 사시나무처럼 떨리는 손끝이 그의 절박한 느낌을, 에너자이저처럼 뜨거운 분신이 그의 존재를 무섭게 각인시켰다.

"……어쩔 수 없어. 제어가 안 돼."

남성이 더욱 강하게 내벽을 파고들었다.

마치 온몸으로 언어를 표현하는 무용수가 그녀 안에서 현란한 춤을 추는 것 같았다.

시간과 비례한 요란한 춤사위에 잎새가 응원하고 인정하듯 내 벽을 죄었다.

전경은 고통스러운 신음을 내뱉고는 굵은 눈썹에 힘을 주는 특유의 제스처를 취하며 그녀를 빤히 응시했다.

"그럼 하지 마."

의혹에 가득 찬 표정으로 전경이 다음 말을 기다렸다. 그러면서도 어울리지 않게 겁먹은 꼬마 아이 같은 순진한 표정을 했다.

"내가…… 할게."

순진무구한 얼굴 표정도, 솔직한 몸의 반응도 생소하면서 매혹적이라 다시 한 번 내벽을 죄어보았다. 그러자 이번에는 신음을 내뱉으며 전경이 얼굴을 잔뜩 찌푸렸다.

그 모습이 묘하게, 그리고 강하게 잎새의 예민하고도 소심한 감각을 달궜다.

어느새 기력을 차리고 곧게 허리를 펴고 앉은 잎새는 깊은 결합에 허리를 살짝살짝 움직였다. 그러자 전경은 탄성을 지르며 그녀를 무섭게 노려봤다.

"감당도 못 할 거면서 미친놈 만들지 마라, 남궁잎새."

이상하게 전경이 풀 네임을 부르면 아무런 생각도 거부도 할 수가 없었다.

그저 동의와 복종만 하게 됐다. 정말이지, 그건 이상한 주문이었다.

최면에 걸린 잎새는 예전부터 만져 보고 싶었던 서늘한 눈매에 손을 대보았다. 오래전부터 사나워지는 그를 보면 이상하게 달래

주고픈 마음이 들곤 했다.

한 번도 마음처럼, 또 지금처럼 행동하지는 못했지만 무언가에 좌절하고 화를 내고 성이 나 있는 그를 보면 할머니처럼, 아니, 그 이상으로 자신만의 방식으로 보듬어주고 싶었다.

"네가…… 내 이름을 부르면."

눈가는 긴장으로 인해 팽팽하게 당겨졌다. 그 신경선을 풀어주 듯 천천히 어루만지며 쓸어보았다. 그러자 남성이 더욱 강하게 솟구쳤다.

그녀의 내벽은 부피는 물론 밀도를 꽉 채운 남성으로 인해 조금의 여유도 없었다.

손끝이 미세하게 떨렸지만 감촉을 느끼려 노력했다. 자꾸만 둔덕으로만 몰리는 열기와 감각을 손끝에 실어 전경의 트레이드마크인 굵은 눈썹을 느꼈다.

"난 거절할 수가…… 없어."

담백한 얼굴을 하고 가감 없이 솔직한 고백을 하는 잎새로 인해 전경이 더욱 잔혹해지고 무자비해진다는 걸 그녀는 미처 알지 못했다.

알 수 없는 한숨을 내쉬며 위치를 뒤바꾼 전경은 거칠게 파고들며 항변했다.

"네가 자초한 거야, 남궁잎새."

그 같은 단언에 반박은 물론 그 어떤 반감도 표할 수 없었다.

전경은 수순과 절차를 무시하고 곧바로 그간 갈고닦아 익힌 자극적이고도 고난위도 체위에 빠져들었다.

늘 그랬지만 전경은 섹스를 할 때조차 배려 따윈 없었다.

잎새로 인해, 잎새만을 위해 생성된 욕망이란 괴물은 난잡함의
의미도 절제의 미덕도 알지 못했다. 섹스란 행위도 지극히 전경다
워 파이팅이 넘쳤다.

6장 / Popping

　─국세청이 국내 1위 연예기획사인 원엔터테인먼트가 역외 탈세 등
으로 수백억 원의 세금을 탈루한 혐의를 포착해 강도 높은 특별 세무
조사를 착수했다. 또한 원엔터테인먼트 세무조사는 내부 고발자로 인
해 터진 것으로 알려졌다.

　기사를 확인한 네 사람의 시선이 서로에게 꽂혔다. 한순간 무거
운 침묵이 돌았다.
　그렇게 한참을 서로의 눈치를 보다 마침내 제일 나이가 많아 보
이는 남자가 은테 안경을 고쳐 쓰며 말했다.
　"아무래도 그림자가 벌인 일 같은데……."
　"그러니까 그분 뜻대로 원엔터 주식 전부 양도하자구요. 벌
써부터 주가가 4.55%나 떨어졌어요. 그토록 오래 준비하신 분

인데…….”

모두의 시선이 개구리 배를 한 남자에게 모아졌다.

“이게 전부는 아닐 거예요.”

“당연하죠. 이제부터 시작일 겁니다.”

네 사람 중 제일 깐깐하게 생긴 남자가 다소 부정적인 표정으로 말을 던졌다.

“하지만 원 회장이 페이퍼컴퍼니를 세워서 해외 수익금을 은닉한 건 어제오늘 일이 아니지 않습니까? 또한 원엔터에서도 이번 세금조사는 일반적인 정기 세무조사라고 하지 않습니까? 그러니까 조금 더 두고 보다가…….”

늘 그렇듯 몸을 사리는 김 사장에게 반대편에 앉은 주 사장이 못마땅한 기색을 감추지 않았다.

“그럼 김 사장님은 이번 일에서 빠지세요. 저희는 이번 일도 그렇고 하니 우리가 가지고 있는 주식이랑 그분과 연결해 드린 박 전무, 강 상무 주식 등 전부 넘길 테니까. 사실 우리에겐 밑지는 장사도 아니지요.”

단호한 조치에 늘 요리조리 빼던 김 사장도 제법 흔들리는 모습을 보였다.

또 다른 남자가 은테 안경을 쓴 남자를 보며 이야기를 거들었다.

“이러다가는 우리 회사들도 다 넘어가게 생겼어요. 그림자의 말처럼 어느 날 투자금 다 회수하면 어쩔 겁니까? 요즘같이 음반과 음원 불황에 구매력 갖춘 거대 팬덤을 보유한 아이돌이 터지지 않으면 버티는 거 어렵습니다.”

은테 안경의 남자는 듣기만 할 뿐 말을 아꼈다. 그러자 남자는 곧바로 말을 이었다.

"사실 그런 혁신적인 스토리텔링 퍼포먼스로 빈사 상태의 음반 시장에서 독보적인 신기원을 이루는 건 원엔터이기에 가능한 겁니다. 그건 어느 누구도 부정하지 못합니다."

주 사장이란 사람이 이 둘의 대화에 조심스레 수저를 올렸다.

"하지만 요즈음 각종 차트나 음원에서 아이돌은 전부 빠진 상황이고 의외의 조합과 인물들이 선전하고 있어요. 또 왕년의 대스타들이 앞 다퉈 릴레이식 컴백을 하고 있구요. 흐름이 좋지 않아요. 벌써 아이돌 시대는 갔다고 보는 이들도 많다고 들었어요."

남자의 냉철한 시각에 저마다 의견을 보탰다.

"맞습니다. 앞으로가 더 문제예요. 혐한 분위기에 미쳐 돌아가는 일본은 뭐 사실 물 건너갔고, 아무리 신한류가 판치는 거대 시장 중국이 있다 해도 이렇게 국내에서 반응이 시들하니……."

"지금 투자금이 문제가 아닙니다."

내내 관망으로 일관하던 은테 안경을 쓴 남자의 우려 섞인 한마디에 세 사람의 시선이 남자에게 고정됐다.

"이건 우리 업계 전반이 관련된 일이에요. 그 사건 당시 원 회장의 만행을 눈감고 묵인한 사람들 전부를 겨냥한 계획된 도발이란 말이에요. 마치 선전포고와 같아요. 만약 누군가 그분을 중재하지 않는다면……."

중간에 말을 끊고 무거운 표정을 한 남자를 모두가 숨죽여 지켜봤다.

"여러 명, 아니, 회사가 자멸하는 건 물론이고 지금 같은 불황에 그 밑의 직원들까지 전부 죽어 나갈 겁니다."

잠시 후, 네 사람의 시선이 약속이나 한 듯 자연스레 넓은 탁자 위 중앙에 펼쳐진 신문에 집중됐다. 어느 정도 예견은 했지만 이런 방법으로 이런 강력한 노림수를 쓸 줄은 전혀 몰랐기에 네 사람은 지금 어리둥절함을 넘어 완전히 패닉상태였다.

박희재 사장의 갑작스러운 입원과 호출에 주리는 그저 멍한 상태였다.

"별거 아니라니까. 그저 검사 좀 받아보려고. 생각해 보니 이제껏 건강검진 한번 제대로 받아보지 않았더라고. 자네도 나처럼 늑장 부리지 말고 미리미리 받아봐. 우리 회사가 거기까지는 챙기질 못했네."

주리는 병원에서조차 사람 좋은 웃음을 짓는 사장으로 인해 어이가 없었다.

병원으로 오라고 했을 땐 입원해 있는 사람이 사장일 줄은 상상도 못 했다.

"다시 한 번 말하지만, 모든 음반 기획 매니지먼트사들이 영입하려고 달려들 거야. 그러니 우리가 먼저 움직여야 해. 우리 아이들이 음악 프로랑 예능 프로로 선보이는 건 물론이고 홍보 마케팅을 할 수 있는 절호의 기회야."

이 판국에 저렇게 회사에 목을 매고 싶을까. 존경스런 우러름보다 걱정이 앞섰다.

지칠 줄 모르는 정력과 열성적인 멘탈, 또한 저 무서운 근면 성실함에 허리가 숙여지면서도 언제부턴가 박희재 사장은 누군가에게 부여받은 임무를 책임지고 수행하는 것처럼 느껴졌다.

한마디로 빠른 걸음이 아닌 매사 달리고 있었다.

"그가 아무리 MC계 일인자라 해도 요즈음 예능은 콘텐츠 중심으로 가기 때문에 콘텐츠 제작과 관련된 기획사와 함께 일할 필요가 있어. 그러니 우리가 딱이지. 박 이사한테 말했으니까 둘이 머리 맞대고 잘해봐. 내 퇴원 선물로 영입했단 소리 들으면 더 바랄 게 없겠어."

사장은 재작년부터 영역을 넓히고 있었다.

연기자들을 영입하더니 이젠 유명한 MC 군단도 욕심내고 있었다.

결코 그의 스타일이 아닌데 사장은 매진을 넘어 숨차게 달리고 있었다.

'왜일까? 왜 이렇게 서두르지? 회사를 합병이라도 할 건가, 아님 다른 소규모 회사를 인수하기 위한 물밑 작업인가?'

"저, 사장님."

주리의 톤 낮은 목소리에 박희재가 그녀를 응시했다.

"혹시 제게 말씀 안 하신 거 있으세요?"

"무슨 소리야?"

"아니면 왜 이렇게 서두르세요? 저희 회사 소속 가수들만 키워도 아무런 문제 없어요."

"……."

"실력은 물론 음악성과 매력적인 톤을 가진 솔로 남자 가수들도 있고, 걸그룹 중 소위 넘사벽으로 분류되는 걸그룹을 끼고 있는 건 아니지만 넘사벽에 가까운 전국구도 두 팀이나 있고, 사교

층, 마니아층까지 골고루 보유하고 있잖아요."

"……."

"또 지금은 레이블 소속이지만 사장님이 1호로 키우신 전경이 우릴 배신할 것도 아니고, 설령 모르쇠한다 해도 전경이 키운 쟁쟁한 프로듀서도 여럿 포진하고 있어서 그렇게 영역 확장은 서두르지 않으셔도……."

"내일 일을 누가 알겠나?"

박희재의 얼굴은 어두웠다. 또한 목소리도 지독하게 낮아 기이하게 들렸다.

아무래도 이상하다. 스카우트로 입사해 박희재 사장을 보필한 지 어언 6년.

그 시간은 가시적인 것보다 더 많은 것을 느끼고 예견할 수 있는 촉과 선견지명도 안겨줬다. 지금 그 촉이 말하고 있다, 뭔가 있다고. 주리가 간과한 무언가가 밑에서부터 스멀스멀 자라나 눈앞에서 아지랑이처럼 움직이고 있다고.

"그런 말씀 마세요. 사장님이 저에게 팁을 주시면 내일 일도 어느 정도 예상 가능해요."

"……."

"또 그러셔야 하고요. 제게 탕탕은 회사 그 이상이에요. 금전적 보상이나 직함이 주는 혜택과 자부심 말고도 회사는 제 전부예요. 타고난 여성성과 모성을 저버리고 이 업계 잔다르크가 돼 헌신하고 몰빵한 인생 그 자체라구요."

"정 이사……."

"그러니 로또와 동급인 운석은 아니더라도 적어도 하루아침에

날벼락 맞았다는 심정은 들게 하지 마세요. 만약 전부 다 말씀하실 수 없으시면 일부라도 유추하고 제 선에서 대비할 수 있도록 힌트라도 주세요."

"……."

"이건 지난 시간 가장 가까이에서 사장님을 보필한 제가 스승이신 사장님께 할 수 있는 정당한 요구라고 생각합니다."

박희재의 얼굴은 한 달 넘게 입원한 사람처럼 핏기도 온기도 없어 보였다.

주리는 자신의 요구가 그에게 그토록 부담이 된 것인가 하는 우려가 들면서 아무래도 그녀의 짐작과 추정이 맞는 것 같은 강렬한 느낌을 받았다.

원래의 의도는 창작의 고통으로 인해 압박감을 느끼는 작사가에게 여유와 영감을 심어주기 위한 힐링 여행이었는데 고조 다른 신음과 기지개처럼 뻗는 욕망이 난무한 육체의 향연 그 이상도, 그 이하도 아니게 됐다.

사실 인생이 늘 그렇듯 인간의 의지와 의도대로 되는 건 하나도 없다. 그러니 이 같은 상황은 절대 나만의 일이 아니리라. 잎새에게 정신없이 취해 의지박약에 유리보다 더한 솜사탕 멘탈이 된 전경은 스스로를 대변하며 이처럼 항변했다.

"올라가야 해. 스케줄이랑 일정 무시하고 내려와서 한 게 하나도 없어."

잎사귀가 한 게 없다는 말로 그들이 보낸 의미심장한 시간을 부정하는 것 같아 전경은 화가 났다.

"수치나 금전적으로 얻어지는 게 없으면 성과가 없는 거야?"

그의 다크하고 살벌한 기운을 느꼈는지 잎새는 금세 말을 아꼈다.

"우리처럼 상업적으로 성적 내고 성과 내는 사람들도 모두 예술가야. 늘 배고프고 대중에게 외면받으면서도 어느 특정 계층만 만족시키는 게 진정한 예술인은 아니야. 영혼의 교감이 절대적인 음악과 춤은 더욱 그렇고. 그럼 주기적으로 쉬면서 영혼과 긴장된 멘탈을 릴렉스하게 풀어줄 필요가 있다고 보는데, 난."

일장 연설에 잎사귀는 다소 어이없단 표정을 하며 투정 섞인 속내를 쏟아냈다.

"릴렉스하게 쉬는 건 반대하지 않겠는데 그 의도에 반해 난 지금 심각한 수면 장애와 기운 저하로 녹다운 상태야."

잎새의 눈빛이 그에게 고정돼 녹다운의 원인을 찾고 있었다.

그럴수록 전경은 앞에 놓인 음식에 시선을 두며 친절하게도 반찬을 잎새의 수저 위에 반듯하게 올려주었다.

"그러니까 잘 먹으라고. 니가 입 짧고 식욕 없는 걸 왜 내 탓을 해?"

잎새는 말도 안 된다는 듯 빤히 노려보다 기어이 한마디 했다.

"단지 그게 문제 같아?"

줄기차게 원인이 그에게 있다고 항변하는 눈빛을 전경은 차단했다.

"이제 좀 고쳐. 넌 할매 음식에 너무 의존하고 집착하는 경향이 있어. 맛은 주저 않고 도전하면서 다양한 경험에서 얻어지는 보석 같은 거야. 시도하고 섭식해 봐야 네 입에 맞는지 안 맞는지 알지.

늘 고수하는 음식에서 벗어나야…….”

“아무래도 너, 섹솜니아 뭐, 그런 것 같아.”

난생처음 듣는 말이라 정확한 진위와 의도를 파악할 수 없었다.

“그게 뭔데?”

“일종의 수면 각성 질환인데, 자는 동안에도 타인의 몸을 더듬거나 심하면 성행위까지 하는 몽유병 증상이야.”

기가 막혀 말도 안 나왔다.

자신의 절절한 마음을 그런 식으로 호도하고 깎아내리는 잎사귀에게 화가 났다.

역시 외모만 상향되고 업그레이드됐을 뿐 잎사귀 본질은 열여섯 살 그대로였다.

오만한 성격에 상대 배려 않고 나불대는 어린 계집애 그대로. 아무리 내가 이 아이를 사랑하고, 아끼고, 죽도록 원한다 해도 그 부분은 정말 삭제해 버리고 싶었다.

“내가 널 원하고 안는 게 정신병으로 보인다는 거야, 지금?”

흡사 불을 뿜는 화룡처럼 성을 내는 그를 보며 잎사귀는 한숨을 깊게 쉬었다.

“여기 내려온 사흘 동안 밥 몇 번이나 먹었는지 알아? 고작 세 번이야. 아무리 중간에 과일 정도 먹었다고 해도 정상적으로 먹는 횟수의 삼분의 일도 안 돼. 또 일 때문에 내려왔는데 한 곡도 완성 못 했고. 눈 쌓인 창밖을 본 것도 지금이 처음이야. 더 할까?”

녹다운에 기운 없다더니 주저리주저리 말만 잘한다.

“더하든 보태든 날 정신병자로 보는 건 맞잖아?!”

자신을 사이코로 보는 잎사귀에게 배신감과 함께 울컥하는 마음이 들었다.

'그래, 넌 모르니까. 내 7년이란 시간을…… 알지 못하니까 그런 투정과 불만을 토하겠지.'

그의 고뇌와 고민을 알지 못하는 잎새가 조금은 수그러진 목소리로 항변했다.

"낮은 그렇다 치고, 낮에 그랬으면 밤에 잠이라도 자게 둬야 할 거 아니야."

"우리가 낮에 뭘 어쨌는데?"

그들의 행위를 한 단어로 규정하지 못하는 소심한 잎사귀를 보자 꼭 이름을 명명하고자 하는 강렬한 욕구가 생겼다. 아니, 당연하고도 마땅한 욕심이 생겼다.

"말해봐. 우리가 사흘 밤낮으로 잠도 못 자고 밥도 못 먹고 한 게 뭔데?"

그의 의도적인 도발에 잎새는 붉어진 얼굴로 빤히 쳐다볼 뿐 말을 안 했다.

'헛똑똑이. 니가 그렇게 끝내 모른 척한다면 내가 친절하게 말해주는 수밖에.'

"널 미치도록 원하는 난 사흘 밤낮으로 널 먹고 마시고 사랑한 것밖에 기억나지 않는데, 넌 뭐 다른 거 했냐?"

"……."

"왜 말을 안 해? 몰라서 그러는 거야?"

잎새는 고집스레 입을 봉하고 있었다.

정말이지, 남궁잎새의 저 답답함은 가히 무형문화재급이다.

머리 좋은 놈이 반드시 공부 잘하는 게 아니듯, 똑똑한 잎사귀의 사랑 학습능력은 제로다.

말이 좋아 제로지 꽝 수준으로 현저히 뒤떨어졌다.

'내가 열 발 내디디면 저는 한 발만 내디뎌도 될 것을 저렇게 몸을 사리고 있으니.'

"좋아, 그럼 이제부터 내가 다시 사흘 밤낮으로 널 원하고 사랑할 테니까 머리 나쁘고 감정 무딘 년 잘 생각해 봐."

전경은 흠칫 놀란 표정의 잎새 쪽으로 가서 식탁 의자에 어떡해서든 잔존하려는 잎사귀를 번쩍 안아 들었다. 들고 보니 정말 가벼웠다.

이곳에 왔을 때보다 표정이 풀어지고 더욱 생기가 도는 건 물론 삶의 의욕이 그 어느 때보다 충만해진 그와는 전혀 다른 양상을 보이고 있었다.

'내가 그렇게 못살게 굴었나? 불철주야 노력하고 움직인 행동파는 난데 왜 자기가 골골거리고 난리야?'

"내려줘. 나 지금도 아파."

"아프냐? 나도 아프다, 멍청한 너 때문에."

안긴 채로 이동하는 잎새는 진한 눈썹을 치켜뜨며 고집스러운 인상의 전경을 빤히 올려다보았다. 그 모습이 흡사 어린 새가 그를 안전망으로 인식하고 의지하며 절대적 보살핌을 필요로 하는 뉘앙스를 풍기는 것 같아 몹시도 흡족했다.

잎새는 마음 깊은 곳에서 한숨과 탄식이 절로 나왔다.

전경이 이러는 이유는 안다. 너무도 잘 알지만 쉽사리 인정할 수가 없었다.

분명 아프게 하고 다치게 할 수도 있기에 설불리 욕심을 채울 수 없었다.

인정하고 받아들이면 다시 떠나게 될 때 너무도 아플 걸 알기에.

그녀를 침대가 아닌 창가 턱에 앉힌 전경은 잎새의 양다리 사이에 자신의 몸을 끼워 서서는 그녀의 얼굴을 한 손으로 잡아당겼다.

"간단하지만 밥은 챙겨 먹었고, 창가에 앉았으니 밖은 충분히 보이지? 봐봐. 정말 별거 없어. 그냥 한국판 겨울왕국 버전일 뿐. 또 지금은 햇빛 작열로 인해 온기 훈훈한 한낮이야. 자, 그럼 이제부터 시작한다. 우리가 지금 뭐 하는 건지 잘 생각하면서 온몸으로 느껴봐, 남궁잎새."

기습 같은 키스는 바로 이어졌다.

풀 네임이 주는 위력을 너무도 잘 활용하는 전경은 이름을 부르며 기선을 잡았다.

한 손으로 얼굴을 잡은 채 입술과 치열을 훑으며 정신을 분산시킨 그는 한 손으로 원피스 안에 숨어 있는 속옷을 단번에 벗겨냈다.

몰아치듯 키스를 퍼붓던 전경은 자유로워진 두 손으로 그녀의 엉덩이를 감싸 안아 끌어당겼다. 놀랄 만한 힘과 스피드로 인해 결합은 그야말로 순식간에 이뤄졌다.

아직 채 진정되지 않은 상태에서 곧바로 파고든 남성으로 인해 잎새는 혹독한 아픔을 삼켰다. 거칠어진 숨을 삼키며 전경이 잎새를 마주 보았다.

"마음 같아선 애피타이저 수준의 달보드레하고 맛있는 전희를 선물하고 싶은데 니 학습능력이 현저히 떨어져서 그냥 중요 섹션만 집중 공략하려고."

점점 더 부피를 키운 분신은 본격적인 강의를 준비했다.

공중에 떠 위태로움을 느낀 잎새가 본능적으로 그의 목 뒤로 두 손을 두르고 자세를 잡자 만족스러운 표정을 한 전경은 그녀의 콧등에 짧은 입맞춤을 했다.

"내가 원하는 게 이런 거야. 내 행동에 네가 십분의 일이라도 반응하고 다가오는 거."

결합한 채로 잎새의 몸을 더욱 당겼다.

"으읏."

잎새는 자신도 모르게 몸을 타고 흐르는 섬세한 파동과 강렬한 자극에 신음을 흘렸다.

그녀가 느낀 오묘한 전희를 전경도 느꼈는지 그녀 가슴쯤에 이마를 대고 거친 숨을 내뱉었다.

그 익숙하고도 달콤한 숨소리에 얼마간 정신이 노곤해진 잎새는 그사이 더욱더 내벽을 채우는 전경을 응원하듯 숨겨진 근육을 조였다.

"남궁잎새……."

이름을 부르는 주문은 여전히 강력했지만, 그 목소리는 떨리고 있었다.

"너…… 때문에 죽겠다, 정말."

한탄 같은 고백을 하며 벌어진 입술을 머금었다.

창가 턱에 잎새를 앉힌 전경은 양손과 양다리로 그의 목과 허리를 붙들고 있는 그녀의 자그마한 얼굴을 부여잡고 자꾸만 목 안으로 파고들었다.

잠시 후, 전경이 조금의 틈도 없이 주입하는 몸의 언어에 사로잡힌 잎새는 종합선물세트 같은 다채로운 섹스에 어린아이처럼 정신없이 빠져들었다.

마치 슈가블루스에 폭 빠진 아이처럼 달콤하고 중독적인 섹스에 정신은 물론 육체까지 완전히 함몰돼 남김없이 녹아들었다.

서울로 돌아오자마자 두 사람은 정신이 하나도 없었다.

전경은 삼성동 죽돌이란 명성답게 곧바로 작업실에 처박혀 곡 마무리 작업에 들어갔고, 잎새는 중견급 남자 그룹 안무로 바쁜 지원과 현재를 지원사격하며 가사를 써 간신히 몇 개를 완성할 수 있었다. 완성한 곡은 바로 전경에게 넘겨 기한을 맞추려 애썼다.

파행적인 행보는 물론 갑작스런 스케줄 조정으로 한꺼번에 벼락치기를 하게 된 두 사람은 짧은 시간 동안 각자의 공간에서 서로가 맡은 일에만 집중했다.

다행히 잎새는 며칠 동안 그녀 자신도 모르게 남녀 관계의 밀당과 러브 모드 학습능력이 강화돼 말랑말랑하고도 감각적인 가사를 완성시킬 만반의 준비가 되어 있었다.

콘셉트는 물론 요즈음 이슈화되고 뜨는 단어를 중심으로 쓰는 기획적인 요소도 가미할 수 있도록 어느샌가 프로그래밍되어 있었지만, 잎새의 정서에는 그런 가벼운 가사와 의미 없는 가사 놀이는 맞지 않아 결국 피하게 됐다.

향기는 그녀가 겨울왕국에 갇혀 있는 동안 무슨 요술을 부렸는지 지원이 팀장으로 있는 안무팀 연습생으로 투입돼 지원의 혹독한 트레이닝과 온갖 구박을 받고 있었다. 그러면서도 향기는 지원의 아우라와 기에 눌리기는커녕 며칠 사이 눈에 띄게 기량과 춤에 대한 집중도가 향상돼 있었다. 잎새는 문득 피나 바우쉬가 한 말이 떠올랐다.

'나는 사람들이 어떻게 움직이느냐가 아니라, 무엇이 그들을 움직이게 만드느냐에 더 관심이 있다.'

그 며칠 사이 연습실에서 혼자만의 시간을 가진 향기가 무슨 생각을 하고 어떤 생각이 향기로 하여금 그토록 디스하고 무시하던 지원의 연습생을 자처하게 만들었는지 궁금했다.

분명 향기는 잎새를 멘토로 생각하는 제자였지만, 자신을 꾸준히 트레이닝시키고 자극하는 사람으로 지원을 선택했다는 게 무척이나 기특하면서도 흥미로웠다.

이번 짧은 겨울방학 동안 향기가 얼마만큼 성장하고 남다른 감각을 꽃피울지 기대가 됐다.

"완전 어벤져스네."

잎새는 사무실 한편에서 핸드폰을 주시하며 뜬금없는 말을 던지는 켄을 봤다.

"어벤져스라니, 무슨 말이야?"

"안무랑 작사를 맡은 너, 작곡과 프로듀싱을 맡은 전경, 이 바닥에서 콘셉트와 홍보 등 전체 마케팅을 담당하는 전투적 교관 정주리, 이 세 명의 기막힌 조합을 냉정하게 비평해 줄 나까지, 영웅들 총출동하는 어벤져스잖아. 아냐?"

"그런 의미였어? 듣고 보니 그럴 수도 있겠네. 자금력을 겸비한 네가 낀 것도 무척 만족스럽고."

요사이 켄과 교류는 물론 얼굴조차 보는 게 뜸한 사이가 돼 켄이 지금 몹시도 반항적이면서도 비뚤어져 있단 걸 직감할 수 있었다. 하지만 켄도 나름대로 의미 있고 바쁜 시간을 보내고 있다는 걸 알기에 잎새는 두루뭉술하게 말을 흐렸다.

그녀가 가볍게 말을 받고 가사 작업에 골몰하자 켄이 다가와 그녀를 빤히 쳐다봤다.

가사 작업에 집중하던 잎새는 집요한 시선에 고개를 들 수밖에 없었다.

"할 말 있으면 해."

"뭘 얼마나 아팠기에 얼굴이 그 모양이야? 너 진짜 팥죽도 못 먹은 귀신 같아."

"팥죽이 아니라 피죽이야."

가볍게 웃으며 정정하자 켄은 마치 뭔가를 캐려는 듯이 집요하게 쳐다봤다.

"너 말이야……."

"……."

"정말 아팠던 거 맞아?"

잎새는 무슨 뜻이냐는 듯 켄을 주시했다.

"공기 좋고 물 좋은 시골까지 내려가서 3일이나 푹 쉬고 왔는데 왜 얼굴이 그러냐고. 안 그래? 너 혹시……."

켄은 잎새의 얼굴에 바짝 다가와 투명한 갈색 눈동자를 묘하게 반짝였다.

"그동안 아무도 없는 그 시골에서 전경이랑 밤새 격하게……."

"……!"

"······싸운 거야?"

순간적으로 심장이 내려앉는 듯했지만 절대 티 내지 않으며 숨을 삼켰다.

"혹시 전경이 너 막 추궁하면서 이것저것 물어본 거 아니야? 어디서 무슨 말을 들었다던가, 아님 누군가 너에 대해 말도 안 되는 헛소문을 퍼뜨리고 다닌다는 그런······."

잎새는 켄의 투명하면서도 불안한 눈빛에서 그녀가 아니라 자기 자신을 걱정하고 있다는 걸 알았다. 그녀가 없는 동안 무슨 일이 있었던 모양이다.

비밀스러운 별장 일로 내심 마음 졸이던 잎새는 담담한 목소리로 켄의 의중을 살폈다.

"무슨 일인데? 혹시 정 이사 일이야? 또 싸운 거야?"

"싸우긴, 그 사람 얼굴 본 지 한참 전인데 무슨······. 그리고 내가 누구랑 싸우고 그런 사람인가? 나처럼 젠틀남에 매너남이?"

오버하는 게 사고 친 후 보이는 켄의 전형적인 모습이었다.

"정주리 본 지가 너무 오래돼서 이젠 얼굴도 생각이 안 날 정도야."

아무래도 대형 사고를 친 모양이다. 탕탕엔터 정주리 이사를 상대로.

"말을 해야 도울 수가 있어."

"그런 거 없어. 그보다 나, 이사할 거야."

'역시······. 무슨 일이 있긴 있었구나, 그것도 아주 큰일이.

"어디로? 그보다 조만간 미국 들어가야 하잖아? 근데 무슨 이사를 해?"

"난 너랑 달라. 시기 조절은 내가 해."

그리 새삼스럽지도 않은 말이 한순간 가슴에 콕 박혀 답답했다.

맞다. 결코 잊은 건 아닌데 완전히 까먹고 있었다.

마약보다 더 강렬한 전경에게 홀리고 취해 며칠 전에도 기억하고 있던 걸 지금 이 자리에서는 완전히 까먹고 있었다.

켄의 말대로 제약과 약속에 묶여 있는 건 켄이 아니라 잎새였다.

주인의 절대적인 울타리 안에서 시간을 약속하고, 쌍방이 인정하고 정한 공간 안에서 일을 마치고 귀환하며, 그에게 영원한 귀속을 약속한 건 그 누구도 아닌 그녀 자신이었다.

그 당시엔 아무것도 보이지 않았다. 목표로 한 단 하나밖에는.

"너야말로 곧 돌아가야 하는데 준비, 아니, 마무리는 잘하고 있는 거야?"

"지금 누가 어딜 간다는 거야?"

사무실 문이 꼭 닫혀 있지 않았던 모양이다.

메탈릭한 모노톤의 코트를 입은 전경이 코트보다 더 차갑고도 매서운 얼굴을 하고 문에 기대서 있었다.

주리는 이 상황을 도무지 이해할 수가 없었다.

일전에 녹음실에 와 어린 양들을 상대로 기죽임은 물론 무시를 기본으로 온갖 만행을 부린 전경이 폭군이었다면, 엔지니어와 작가를 대동하고 온 오늘의 전경은 고전 로맨스 소설 속 피 냄새를 풍기는 괴수에 야차와도 같았다.

눈에는 핏줄이 서 금방이라도 피눈물을 쏟을 것 같고, 목과 이

마에도 온갖 핏대와 혈관이 곤두서 금방이라도 폭발할 것처럼 보였다.

곧 천재지변과 동일 버전의 인재를 감지했는지 아이들은 오늘도 절대적 괴수 앞에서 죽지 못해 노래 부르는 꼭두각시 인형처럼 빳빳하게 굳어 있었다.

도저히 이대로는 안 될 것 같아 실키를 데리고 녹음실을 나왔다.

"도대체 무슨 일인데 저렇게 난리굿을 하는 거예요?"

실키는 굳은 표정으로 아무런 답변도 하지 않았다.

"저러다 우리 애들 빛은커녕 무대도 한 번 못 서보고 발작성 심장마비로 죽게 생겼어요. 무슨 일인지 말씀을 하셔야 저도 오늘 스케줄을 계속할지 말지 판단을 한단 말이에요."

실키는 평소와 다르게 안절부절못하고 있었다.

다른 사람들은 모르지만 주리에겐 분명히 보였다.

실키는 지금 무척 동요하며 전경의 눈치를 살피고 있었다. 그에 반해 전경은 실키를 철저히 외면하며 죄 없는 우리 아이들을 인질 삼아 혹독하고 살벌한 분위기를 자아내고 있었다.

"그러지 마시고⋯⋯."

그 순간 묵직한 녹음실 문이 열리고 아이들이 우르르 뛰쳐나왔다. 아이들은 저마다 얼굴이 하얗게 질려 저승사자라도 봤는지 눈물 콧물을 사정없이 쏟고 있었다.

"흐흑! 이사님, 저희 무서워요. 무서워서 노래 못 부르겠어요. 흐흑!"

"이사님, 저 이번에 데뷔 안 할래요. 다음에 할게요. 제발이요."

"네, 저도요. 저도 그럴래요."

"도, 도저히 입이 안 떨어져요. 으으앙!"

"무서워요. 무서워 죽겠어요, 이사님."

여섯 명의 아이들은 절규와도 같은 선언을 하고 우왕좌왕하더니 누가 나올세라 모두가 한마음 한뜻으로 이젠 집보다 더 익숙한 연습실 방향으로 몰려갔다. 마치 잠시도 저 안에 있는 인간 같지 않은 사람과 함께하고 싶지 않다는 듯 그렇게 절박하게 죽기 살기로 도망쳤다.

그토록 이를 악물고 기약도 없이 연습생 시절을 보내며 간신히 여기까지 올라온 아이들이 지금 저마다 포기를 선언하고 다음에 데뷔하겠다고 발을 빼고 있었다.

이게 다 저 쉐이끼 전경 때문이다. 아니, 지금 눈앞에서 이 꼴을 다 보고 있는 전경의 여자 실키 때문이다.

"이건 부탁이 아니라 정중한 요구예요."

"……."

"두 사람, 빨리 쇼부 보세요."

"……."

"안 그럼 저도 이대로 보고만 있지는 않을 거예요."

아무리 대박, 아니, 중박을 쳐야만 한다 해도 이 상태로는 전경에게 프로듀서를 맡길 순 없었다. 무엇보다 탕탕이란 회사를 믿고 아이들을 맡긴 부모님들과 또 빛나는 학창 시절을 포기하고 이 빛조차 잘 들어오지 않는 콘크리트 건물에서 열정을 불사르는 아이들에게도 할 짓이 아니었다. 또 이 프로젝트에 처들인 돈, 쩐이 얼만데……

"보시다시피 오늘은 도저히 진행을 할 수가 없겠네요."

주리는 그때까지도 함구하고 있는 실키를 지나 아이들이 몰려간 연습실 쪽으로 방향을 틀었다.

계약으로 묶인 안무가 아닌 잎새의 개인적인 춤은 늘 그를 목마르게 하고 갈증 나게 했다. 어딘가로 훨훨 날아가고픈 나비처럼 보여 불안하고 그로 인해 화를 돋게 만들었다.

잎새가 좋아하는 작가 중 누군가 사랑은 메타포로 시작하는 거라 했다.

그에게 잎새는 무심코 열어놓은 창가에 잠시 잠깐 날아든 파랑새와 같았다.

파랑새를 닮은 잎새가 만드는 섬세한 동작은 묘하게 보는 이로 하여금 황홀경과 일체감을 주는 동시에 앞으로 마주할지도 모를 불안감과 두려움을 느끼게 해 그녀가 춤을 추는 게, 또한 유명 안무가인 게 정말 미치게 싫었다.

그리고 지금 잎새는 또다시 날아갈 듯 리듬에 취해 한껏 비상하고 있었다.

그가 이렇게 옆에 있는 것도 모르고 애달아 하는 것도 모른 채.

그 꼴이 죽기보다 싫어 스피커를 거칠게 껐다.

음악이 끊기자 동작이 멈추고 잎새의 까만 눈동자가 그를 찾아 분주히 움직였다. 그러다 어느 순간 두 사람의 눈동자가 연습실 정중앙에서 팽팽하게 얽혔다.

그가 꼼짝도 하지 않자 잎새가 다가왔다. 천천히, 그러면서도 사뿐히 날듯이.

아기처럼 부드럽고 매끄러운 피부를 덮은 송골송골 한 땀조차 미치게 부럽고 또 그 모양이 꼴 보기 싫어 거칠게 수건을 던졌다. 제대로 수건을 받은 잎새는 붉게 달아오른 얼굴을 닦으며 숨을 골랐다.

"왜 안 올라와?"

"좀 이따…… 가려고."

잎새가 두드리듯 뺨을 닦은 후 수건을 목에 걸고 걸어와 그를 빤히 올려다보았다.

순간 그 모습이 사랑을 나눌 때 고통과 쾌락에 신음을 삼키며 얼굴을 붉히던 잎새를 연상케 해 하반신으로 급속도로 피가 몰리고 감각이 쏠렸다.

이젠 잎새만 보면 눈보다 몸이, 멘탈보단 욕망이 먼저 아우성쳐 댔다.

자신의 짐승 같은 본능과 욕구에 진저리쳐지면서도 그는 완전한 외면도 할 수 없었다. 지금 이런 거지 같은 상황에서도.

"피하는 건 아니고?"

"……."

"해명이든 설명이든, 아니면 그럴듯한 변명이라도 해야 하잖아?"

"……."

"7년 전이나 지금이나 너한테 난 그런 가치조차 없는 사람인 건가? 그래?"

분노 어린 질문에 얼굴만큼이나 붉어진 눈을 한 잎새가 입을 뗐다.

"아닌 거…… 알잖아."

잎새의 목소리는 평소와 다르게 심하게 갈라져 있었다.

"알아? 알긴 뭘 알아? 난 아무것도 몰라. 하나도 모른다고! 니가 무슨 생각을 하는지, 뭘 계획하고 이 나라에 들어왔는지, 언제 또 날 두고 매정하게 떠날 건지."

"……."

"가, 간다면 언제 또다시…… 돌아…… 젠장, 관두자."

자신도 모르게 목소리가 부들부들 떨렸다.

점점 더 감정이 복받쳐 도저히 말이란 걸, 의사 전달이란 걸 할 수 없었다.

더 이상 말을 하면 말이 아닌 처절한 절규가 나올 것 같았다. 절규에 이어 애원을 할 것도 같았다. 또한 미처 증오의 대상을 찾지 못해 저열한 욕설이 나올 것도 같았다.

지금 전경의 마음은 잎새로 인해 지옥 불에 던져진 피조물에 불과했다.

"지독한…… 계집애."

"……."

"7년이란 시간을…… 고작 그 사흘로 답하는구나."

전경이 몸을 돌려 걸어가는 걸 보면서도 잎새는 잡을 수가 없었다.

충분한 해명과 타당한 설명 없이는 그 어떤 말로도 무마될 수 없다는 걸 알기에 섣불리 잡을 수가 없었다. 죽도록 잡고 싶어도 따라가 손을 맞잡을 수가 없었다.

전경이 잠수를 탄 건 바로 그다음 날이었다.

안무실로 찾아온 정주리는 고소하겠다고 난리를 쳤다.

잠수를 타기 전 그는 정주리에게 걸그룹 프로젝트 전곡을 넘긴 상태였다.

프로듀서도 그 자신이 직접 키운 이들에게 일임한 상태라 그나마 다행이라고 할 수 있었지만, 정주리는 막무가내로 책임 완수를 하지 않은 그의 행동이 상도가 아님을 내세우며 그를 대신해 실키를 닦달하며 잡았다.

전경이 어디 있는지는 어렵지 않게 짐작할 수 있었다. 하지만 만약 이대로 그를 찾아간다면 그에게 어느 정도 설명을 해야 한다.

왜 떠났는지, 언제 돌아가는지, 왜 꼭 돌아가야만 하는 건지…….

결국은 또 한 번 그를 두고 떠나야 한다는 걸 잎새 스스로 실토하고 그 앞에서 얼굴을 보며 인정해야 했다. 차마 그럴 용기가 없었다.

시선은 바로 코앞 모니터를 보면서도 마음은 모니터 너머 저 어딘가를 헤매는 실키를 보며 켄은 터져 나오는 한숨을 간신히 삼켰다.

지금 그가 해줄 수 있는 건 하나도 없었다.

실키가 결정하고 먼저 움직이지 않는 상황에서 멋대로 행동할 수는 없으니까.

켄에게 실키는 친구면서도 스승이었고 라이벌이면서도 은인이었다.

그런 실키에게 그는 지금 전혀 보탬이, 힘이 될 수 없었다.

'다 포기하면 돼. 아니, 어느 선에서, 도를 넘지 않는 선에서 놓으면 돼. 네 자신을 그만 괴롭힌다면 어쩌면 쉽게 풀릴 문제인지도 몰라. 현명한 넌 분명 그걸 알 거야.'

이렇게 조언하고 싶어도 언젠가 본 실키의 상처 가득한 표정과 눈빛이 되살아나 그 같은 충고와 조언이 쉽게 나오지를 않았다.

그 순간 사무실 문이 열리며 한국 축구팀의 마스코트인 붉은 악마를 연상시키듯 한껏 열 받아 스팀과 화기를 마구 내뿜는 정주리가 기세등등하게 쳐들어왔다.

켄과 허공에서 조우한 그 살벌한 시선은 금세 실키를 먹이로 인식했다.

"아직도 그 인간한테 연락하지 않은 거예요?! 계속 이렇게 나오면 나 정말 고소한다구요! 내가 못할 것 같아요?! 나, 우습게 보지 말아요! 나 이래 봬도 이 거친 바닥에서 잔뼈 굵은 정주리라고요!"

"……."

"아무리 전경이 이 바닥에서 슈퍼 갑에 어마무시한 초능력을 탑재한 극소수 프로듀서라고 해도 이 좁디좁은 바닥에서 한 번 신용과 명성에 금 가면 치명타는 물론……."

켄은 정주리의 입을 틀어막고 질질 끌다시피 해 사무실을 나왔다.

버젓이 주인인 안무 팀원들이 있는데도 기가 죽기는커녕 진상을 떨며 난리를 치는 정주리를 데리고 곧바로 그들이 사는 아파트로 향했다. 버티는 정주리를 한 손으로 제압해 곧장 그의 집으로 끌고 들어갔다. 안타깝게도 조용하고 눈치 보지 않을 장소는 집밖에 없었다.

잠시 후, 주리는 사나운 눈을 하고 캔맥주를 마시는 켄을 노려 봤다.

"지금 이게 피한다고 해결될 문제예요?!"

주리는 식탁을 손으로 탕탕 치며 심정을 어필하고 분풀이를 했 다.

"우리 회사가 타격 입은 거 생각하면 고소는 아무것도 아니에 요. 신생 걸그룹한테 적절한 타이밍이라는 게 얼마나 중요한데요! 이것저것 다 따져서 쇼케이스 날짜며 음반 발매며 다 염두에 두고 밑그림 그리고 있는데 이렇게 덜컥……."

"그 돈 다 물어주면 되잖아!"

주리는 기가 막혀 뒷골이 당겼다.

이 타이밍에서 저런 허세와 헛소리를 하며 훅 들어올 줄은 미처 예상 못했다.

진짜 저 인간은 늘 예상을 벗어난 발언을 하는 데는 타고난 자 질을 보였다.

"왜요? 그냥 우리 회사를 통으로 먹는다고 하지! 어차피 이번에 준비하는 걸그룹 망하면 우리 회사 타격 좀 입을 텐데, 그러면 이 참에 싼값에 인수하지 그러세요? 그렇게 자금이 철철 넘치시면!"

맥주를 목 안으로 넘긴 켄이 주리를 빤히 보며 말했다.

"안 그래도 그럴까 생각 중이야."

"헐!"

헐이란 단어에 켄이 피식 웃더니 얼굴 표정을 사납게 구겼다.

"왜? 내가 못할 것 같아?!"

켄은 이제껏 본 적 없는 진지한 표정으로 주리에게 물었다. 그러자 오기가 생겼다.

"아니요. 꼭, 꼭 그래 주시지요. 근데 저희 회사 인수하려면 얼마 정도 있어야 하는지 아시는지?"

"대충은 알아."

하! 기가 막혔다. 그러면서도 바로 꼬리 내리지 않는 저 기상은 가히 칭찬할 만했다.

"얼마쯤이면 인수할 것 같은데요? 그보다 그쪽, 자칭 미국에서 유명한 벤처 사업가라면서요?! 회사는 어쩌고 우리나라 들어와 생판 모르는 사업에 뛰어든다는 거예요?"

"미국에 회사 차리는 식으로 해서 법인화하고 그냥 지금 그대로 인수하면 되지. 난 부업 삼아 왔다 갔다 하면 되고."

"하! 그런 계획까지 그리시고, 정말 모르는 사람이 들으면 깜박 넘어가겠네요. 그 황당한 자신감과 그 말도 안 되는 언변에."

주리의 비아냥거림에 켄은 투명한 갈색 눈동자를 번뜩이며 기이하게 웃었다.

"내가 정말 기대되는 게 뭔지 알아?"

"제가 어찌 알겠습니까? 미처 확인은 못했지만 당신처럼 유명하고 저명하신 기업가의 그 끝 간 데 없는 자신감과 야심만만한 야망을!"

켄은 마지막인 듯 보이는 맥주를 입에 쏟아붓고는 주리에게 와 눈앞에서 캔을 찌그러뜨렸다. 그것도 아주 무참하게.

뭐야, 촌스럽게. 지금 힘자랑하는 거야?

"당신 반응이야."

주리는 뜬금없이 뭔 소린가 하며 켄을 쳐다봤다.

"내가 만약 당신네 회사를 인수한다면 당신이 어쩔지 그게 몹시 궁금해. 그토록 오랜 시간 청춘을 바쳐 일궈온 회사를 그만둘지, 아니면……."

"이보세요! 당신이 우리 회사를 인수할 일도 없겠지만 설령 인수한다 해도 왜 내가 당신 눈치를 보고 회사를 그만둘지 다닐지를 걱정해야 하죠?"

들을수록 기분이 나빴다. 지가 우리 회사를 인수할 일도 없겠지만, 혹 인수한다 해도 그녀가 회사를 그만둘 이유는 전혀 없었다.

그가 이 바닥 생태와 흐름을 몹시도 잘 아는 주리를 잡으면 잡았지.

"내 말이. 그러니까 회사에 꼭 붙어 마지막까지 잔존하라고. 나중에 딴소리 말고. 그래야 내가 당신을 상대로 헝거 게임을 하지. 안 그래?"

"헝거 게임이 뭔데요?"

"뭐, 서바이벌 게임이라고 할 수 있지."

"서바이벌? 내가 대관절 당신이랑 죽고 죽이는 서바이벌 게임을 할 일이 뭐가 있어서?"

"거야 모르지. 앞으로 일어날 일을 그 누가 알겠어? 안 그래?"

주리는 왠지 기분 나쁜 표정으로 자신을 쳐다보는 켄을 보며 침을 삼켰다.

딱히 뭔지는 설명할 수 없지만 자신만만해하면서 여유까지 부리는 켄이란 작자를 마주하니 다소 긴장이 되기는 했다. 정말이지, 일어나지도 않을 일 때문에 이렇게 긴장되긴 처음이라 주리는 켄에게서 도무지 시선을 뗄 수가 없었다.

단 두 번의 방문으로 마치 속세로부터 철저히 숨어든 숲 속 별장을 찾는 건 생각만큼 쉬운 일이 아니었다. 시간과 적지 않은 교통비를 투자해 마침내 별장 앞에 선 잎새는 막상 거대한 철문을 보자 다가가지 못하고 주춤했다.

무슨 말을 할지, 어떤 말로 전경을 회유할지 미처 다 생각하지 못했다.

전경에게는 생각이란 게 통하지 않았다, 아주 오래전부터.

그를 보면 오감과 팽팽한 신경선이 먼저 반응해 이성적인 판단은 늘 그 후 문제였다.

그 같은 요란한 반응은 집안사람 그 누구도 알지 못했다.

철저한 은폐를 기저로 한 냉랭함으로 충분히 가렸기에 흔들리고 요동치는 마음의 행로를 할머니도 그 사람도 전혀 알지 못했을 거라 생각한다.

그렇다면 전경은 알았을까? 정작 알아야 하고 내심 알았으면 하는 사람은, 아니, 절대로 몰라야 했던 그는 이런 혼란스런 내 마음을 조금이라도 짐작했을까.

마침내 비밀의 문에 다가가듯 묵직하고도 거대한 현관문 앞에 섰다.

삼성동 집 연습실과 똑같은 번호를 하나하나 되새기듯 누르자 덜컥 하며 문이 열렸다.

흔히 그렇듯 영화나 드라마에서 은둔자에 도망자 분위기를 물씬 풍기는 그런 다크하고 암울함은 없어 다행이라 생각했다. 더구나 주방까지 정갈하게 정리된 상태였다.

인기척이 없어 계단을 올라갔다. 일전에 방문했을 때도 2층은 전혀 올라가지 않았다.

그 사람과 전경이 함께 공유한 공간이란 걸 알기에 섣불리 구경하는 것도 하지 않았다.

2층 창가 쪽 방문이 조금 열려 있었다. 그건 마치 어서 와 엿보고 확인하라는 듯 그렇게 잎새를 유혹했다. 그 같은 도발에 주춤하지 않고 천천히 걸음을 옮겼다.

방 안에는 삼 일 만에 보는 전경이 있었다.

그는 큰 창문 앞의 조금 크다 싶은 테이블 위에 헤드폰을 끼고 모니터를 주시하고 있었다.

무얼 그렇게 보는가 싶어 살짝 문을 미는데 전경과 눈이 마주쳤다.

시선이 마주쳤음에도 불구하고 전경은 한동안 미동도 하지 않았다. 그 기세와 당당함에 잎새는 왠지 주춤하게 되고 눈치를 살피게 됐다.

1층 거실로 내려와 차콜 색 소파에 마주하고 앉아 근 30분이 지나도록 전경은 고집스레 입을 열지 않았다. 안다, 그가 지금 원하는 게 뭔지. 자백을, 고해성사를 바라겠지.

"진행하던 거 인수인계도 하지 않고…… 여전히 답보 상태야."

전경은 눈도 깜박이지 않고 잎새를 주시했다. 그러면서도 입은 고집스레 다물었다.

"정 이사 고집이 만만치 않아. 고소한데."

이런 말을 기대한 건 아니라는 걸 알지만 입이 떨어지지 않았다.

말을 할수록 전경의 표정과 입가는 굳어지고 냉랭해졌다.

'그도 지금 감정을 숨기고 있는 걸까? 혹시 전경…… 보고 싶었니?'

"올라가서…… 하던 일 마무리하고 이야기하면 안 될까?"

마음과는 전혀 다른 상반된 말을 하고 있었다.

트레이드마크인 사나운 눈초리가 부력에 밀리듯 조금씩 위로 상승 곡선을 그렸다.

"때가 되면…… 말한다고 했잖아. 그러니까 조금만……."

이 정도 고해는 성에 차지 않는지 전경이 벌떡 일어났다.

"너도 나한테 말…… 안 하잖아. 너도 나처럼 말하지 않는 거 있잖아."

다소 치사한 항변에 전경은 시선조차 주지 않고 소파를 턴해 위층으로 올라가려 했다. 다급한 마음에 몸을 움직여 그 앞에 섰다. 그러고는 두 손을 벌려 막아섰다.

바지주머니에 양손을 넣고 거만하게 선 전경이 무심하게 내려다봤다.

그 건조한 눈빛이 잎새를 무섭게 하고 또 두렵게도 했다.

마치 이젠 그녀에게 그 어떤 감정도 미련도 없어 보이는 그 메마른 눈빛에 가슴에 못이 박히고 목 안에 가시가 걸린 것처럼 불편하면서 몹시도 아팠다.

'정말 그런 거야? 모든 정이 다 떨어진 거야? 그런 거야, 전경?'

"시간을 좀 줘. 그러면……."

간곡한 청에도 전경은 미동도 않고 못 박힌 듯 선 잎새를 지나쳐 갔다.

전경은 깜짝 놀랐다.

전혀 상상 못 했다. 그렇게 도도한 잎새가 뒤에서 자신을 안을 줄은.

그 옛날 처음 본 그 순간 그의 가슴을 파고들던 그때 빼고는 잎새는 단 한 번도 그를 이렇게 강하게, 그러면서도 이토록 간절하게 껴안은 적이 없었다. 그게 마음이든 몸이든 간에.

"······보고 싶었어. 보고 싶어 죽는 줄 알았어."

"······!"

"너 없는 집에서······ 지내는 거 싫어."

"······."

"정말 죽도록 싫어."

잘못 들은 줄 알았다.

기다림으로 시작해 하도 오랜 시간 마음이 아프고 반복적으로 다쳐서 이젠 상처 난 곳들이 전부 괴사하길 바랐다. 그렇게 덮어지면 혹시 덜 아프지 않을까 하고.

그런 허망한 기대를 하며 매 순간 속수무책으로 허물어지던 마음이 잎새를 보고 잠시 잠깐 착오를 일으켜 잘못 들은 줄 알았다.

잎새는 잡은 두 손에 힘을 주어 가슴을 꼭 붙들며 끌어안았다. 마치 아기 새처럼.

그 미미하고도 발칙한 악력이 가슴 벅차게 좋았다.

"······가지 마."

그의 등에 조막만 한 얼굴을 비비며 순간의 진실이라도 이 순간 이만큼 동요하고 이 정도로 보여주는 잎새가 한없이 고맙고 사랑스러웠다.

전경은 자신의 가슴 앞에 기도하듯 모아진 작은 두 손을 잡고 그 단단한 깍지를 풀었다. 그러고는 제자리에서 뒤돌아서 웅크리듯 서 있는 파랑새를 응시했다.

잎새는 물기를 머금어 더욱 오묘하고 형형한 눈빛으로 그를 빤히 올려다보았다. 그 순간 그 안에서 숨죽이던 아찔한 욕망의 전차가 고개를 들고 시동을 걸었다.

"키스해."

정당하면서도 다소 건방진 요구에도 잎새는 망설임 없이 순응했다.

두 손을 그의 가슴에 살짝 대더니 발꿈치를 들고 고개를 들어 그의 고집스러운 입술에 안착하듯 사뿐히 벌어진 입술을 가져다 댔다.

나비의 입술은 건조한 듯하면서도 숨결은 잔인할 정도로 달콤했다.

굳건히 닫힌 그의 입술을 찾아든 나비는 조금씩 날갯짓을 하며 혀끝으로 입속을 파고들었다. 반응을 보이지 않는 고집스러운 입술을 끈질기게 자극한 나비는 결국 봉오리를 벌려 입안으로 진입했다. 그 아찔한 도발에 전경은 무릎이 꺾였다.

침실은 대형 라디에이터가 바로 옆에 있는 것처럼 후끈했지만 오직 잎새에게 모든 감각과 감정을 올인한 전경은 실내가 더운지 습한지 인식하지 못했다.

핑크 블러섬 가득한 돌기를 물자 즉각적인 반응이 일었다.

"으…… 읏!"

잎새의 몸에 자생하는 따개비처럼 들러붙은 전경은 당장에라도 뜨거운 물을 쏟고 싶었지만 혀 깨무는 심정으로 참고 견뎠다.

안무가이기 전에 댄서인 잎새의 바디는 부드러운 감촉과 함께 무척이나 단단했다.

그 탄력은 내벽이라고 다르지 않았다.

지나치게 뜨겁고 좁은 문에 이제 막 길들여지기 시작한 전경은 지금 이 순간 천국이었다. 지난 7년이란 시간 지옥과 연옥을 수시로 번갈아 경험했다면 지금은 천국의 종소리가 더욱 질주하라는 경종을 울리며 머릿속을 가득 채우고 있었다.

잎새의 비명은 천사의 나팔 소리와도 같았다.

엄청난 축복이자 고마운 격려였고, 지금 이 순간을 기억하게 하는 요란한 알람과도 같았다.

아찔한 전희를 안겨주고 싶었는데 아직까지 섹스가 생활화되고 체화되지 못한 전경은 능숙한 스킬을 겸비한 매너 좋은 신사는 될 수 없었다.

그 이유로 몸짓은 더 긴박해지고 섹스는 더욱 격렬해짐을 그 자신도 어쩔 수 없었다.

넓은 침대에 누워 이끌고 유도하는 대로 따라오는 잎새는 하얀 접시 위에 예쁘게 데코레이션된 조각 케이크 같아 한입에 털어 넣기는 너무도 아까웠다. 또한 야금야금 먹어 그 시간을 한껏 늘리고 싶을 정도로 맛났다.

끝없는 고통과 지독한 패배감, 수시로 치욕과 절망감을 안겨준

일 따윈 지금 이 순간 깡그리 잊었다. 잊고 싶었다.

"저…… 전…… 겨…… 경……."

지금은 천명 같은 부름에만 응답하고 반응하기로 했다.

오랜 시간 외로움과 독수공방으로 농축돼 더욱 짙어진 밀도의 정념을 무기 삼아 갈급해진 욕망을 갑옷처럼 입은 채 오로지 주인에 대한 절대복종과 충성 맹세를 하듯 그렇게 반응하기로 했다. 나의 잎새에게.

같은 시각. 숲 속 깊은 곳 넓은 침대 위에서 농도 깊은 신을 벌이는 연인과 다르게 사무실에서 열띤 토론과 논쟁을 벌이는 한 커플이 있었다.

"섹스가 모든 걸 해결해 주진 않아!"

주리는 정색하는 켄을 보며 이거 정말 바다 건너온 미국산 맞아? 하는 의심이 들었다.

미국은 키스만큼이나 섹스를 가볍게 생각하던데 얜 뭔가 상당히 이상했다.

'섹스에 안 좋은 트라우마나 왜곡된 기억을 갖고 있는 건가? 아니면 뭘 저렇게까지 난리부르스야. 신토불이 토종도 아닌 외래종이.'

"실키가 전경에게 간 건 당신이 닦달해서 그런 거야. 사람이라면 그럴 수 없는 거야. 사람이 급박할수록 여유를 갖고 배려하면서 기다릴 줄도 알아야지, 그렇게 매일 쥐 잡듯 잡아대는데 누가 버티겠어?"

미국산 켄은 쌍심지를 켜고 모카라떼같이 진하고 그윽한 눈을 번뜩였다.

'정말 깜놀에 정신 사나울 정도로 생기긴 했어. 아, 정말 아까비. 저 모자란 멘탈만 아니면 뮤직비디오나 CF 모델로 밀어나 볼텐데.'

"이보세요, 누가 누굴 잡아요? 계약하고 꼬리를 감춘 건 전경이라구요. 뭘 알고 얘기해요. 그리고 사업이 장난인 줄 알아요? 사랑싸움하려면 지들끼리 안 보이는 곳에서 해야지, 지금처럼 일에 지장을 주는 건 프로가 할 행동이 아니지."

"사랑싸움이라니? 누가 그래, 사랑싸움이라고?"

'얜 정말 둔한 거야, 아님 인정하기 싫은 거야? 이렇게 우정이란 믿음을 맹신하며 맹하기도 쉽지 않은데, 실키한테 뭐 약점이라도 잡혔나?'

"아니, 꼭 먹어봐야 똥인지 된장인지 아나? 정황을 보면 그렇잖아. 같이 여행 갔다 와서 분위기 좋더니 하루아침에 갑자기 사라진 전경. 그리하여 기겁하고 따라 내려간 실키. 여기서 뭘 더 어찌 설명해야 하는데?"

"거기까지는 동감하는데, 섹스라니? 둘은 오래돼서 가족 같은 관계야!"

켄은 그들이 절대 사랑하면 안 되는 사람들인 양 쌍심지를 켜고 혼자 열변을 토했다.

'어이가 없어서 정말. 가족 좋아하고 앉았네. 인간아, 넌 눈도 감도 없냐? 전경이 실키 보는 걸 봤다면 너 그런 말 절대 못 한다.'

"이보세요, 남자랑 여자 사이에 친구 관계 성립 안 된다고 한 게 당신이네요."

"……."

"어찌 그렇게 말을 제 편한 대로 바꾸시나. 그리고 섹스가 뭐 어때서?"

"……."

"뭐, 못 알아들어도 할 수 없지만 두 사람, 성인(聖人)이 아니라 성인(成人)이야. 그것도 삼십 년 묵은 성인. 심심치 않게 원나잇도 하는 세상에 역사 있고, 지위 있고, 개념 탑재한 두 사람이 섹스하는 게 뭐가 어때서? 당신 혹시 질투해?"

주리는 마지막엔 비웃는 듯한 표정을 감추지 않고 켄을 도발했다.

그러자 모카신, 아니, 모카라떼 눈빛을 한 300 같은 남자가 주리 앞으로 전진해 거대 암석처럼 버티고 섰다. 눈에서는 마치 페르시아전을 앞둔 전사처럼 용맹함과 범상치 않은 기운이 지글지글 들끓었다.

'이 타이밍에서 물기에 젖은 금발이면 딱 상황 끝!'

"잘 알지도 못하면 입 다물고 있어!"

"내가 모르긴 뭘 몰라! 빤히 눈에 보이는 걸 부정하고 인정 않는 당신이 모르는 거지! 이웃사촌 씨, 친구면 친구답게 굴고, 연인 하고 싶으면 전경처럼 머리를 좀 써!"

미친 300은 당장에라도 몰살할 기세로 주리를 벽으로 내몰았다. 그러고는 양팔로 가두리 양식장을 만들더니 살벌한 눈빛으로 한 단어 한 단어 각혈하듯 토해냈다.

"실키는 연애하러 온 게 아니야!"

"그럼 뭐 하러 왔는데? 아, 명성에 힘입어 돈 긁어모으러 왔나?"

이 상황에서 쫄면 지는 것이기에 주리는 아무렇지도 않은 척하며 지지 않고 대들었다.

"자기 자신을 저당 잡히고 복.수.하러 온 거야."

듣고 있자니 어이가 없고 기가 막혔다.

시나리오를 쓰는 미친 300이 나름 자신과 같은 메소드 연기를 하고 있었다.

"복수는 무슨. 실키가 부모를 잃었어, 아님 연인을 잃었어? 생뚱맞게 웬 복수혈전?"

"그래, 당신이 말하는 거 다 잃었어!"

할 만큼 했을 텐데도 여전히 메소드 연기에 홀딱 빠져 있었다.

"그러니 전경을 상대로 연애를 한다든지 섹스를 한다든지 그런 허튼소리하지 마."

"허튼소리 좋아하네! 나랑 내기 할래?"

"당신 정말……."

"지금 그 두 사람이 어디서 뭘 하고 있을 것 같아?"

"사람 말을…… 못 알아듣는구나?"

"안 봐도 비디오야!"

"……."

"섹스라고, 이 무능한 인사야!"

"……."

"자고로 사랑싸움은 하룻밤 만리장성으로도 충분히 풀리게 돼 있어. 아무리 죽네 사네 해도 몸이 하는 언어는 늘 옳아. 다 먹히게 돼 있다고!"

주리의 거친 항변과 켄이 벽을 친 순간은 한 치도 다르지 않았다.

연극 벽을 뚫은 사나이도 아니면서 깡통이 벽을 쳐 손뼈가 아작 나고 딱 이틀 뒤에 전경과 실키는 돌아왔다. 전경은 여전히 냉방 모드이고, 실키는 하인 코스프레를 하기로 작정했는지 저자세, 저인망 그대로였다.

아무래도 저들 사이 섹스는 답이 아닌 모양이다.

뼈와 살이 녹는 밤, 섹스를 나눈 사이라면 저리도 무미건조할 수가 없다.

프로듀서 전경이 돌아왔다는 소리에 아이들은 기겁하면서도 중재자이자 조율자인 실키가 무슨 소릴 했는지 저번과 같은 아수라 속 비명과 절규가 횡횡하는 아비규환은 없었다.

단지 숨죽인 호흡과 다소 불안정한 음정 박자만 허공에 메아리칠 뿐.

전경은 인어공주처럼 목소리를 잃었는지 화는 고사하고 좀처럼 말도 없었다. 엔지니어에게 지시하는 것을 제외하고는 실키가 수족처럼, 또 개인 비서처럼 행동했다.

이번에 알게 된 건데, 실키는 앨범 작업에 정말 모르는 게 없었다.

노래는 물론이고 각종 음향과 그 소리의 디테일한 면까지 전부 커버할 정도로 모든 걸 진두지휘했다. 그로 인해 아이들은 찢어지는 비명과 협박, 무시와 질타 없이도 무사히 완성된 곡들을 녹음할 수가 있었다.

일을 진행시키는 실키를 보며 주리는 켄이 한 말을 가만히 곱씹어보았다.

부모와 연인을 잃어 자기 자신을 저당 잡히고 복수를 하러 이

나라에 들어왔다.

드라마에서나 있을 법한 픽션에 거짓말 같으면서도 묘하게 팩트 같았다.

그런 사실을 더욱 믿을 수밖에 없는 건 바로 깡통의 의심스런 반응이었다.

병원 치료를 마친 켄은 아까는 너무 열이 받아 그런 거라면서 바로 꼬랑지를 내렸다. 그러면서 몇 번이나 아니라고 못을 박으면서 장난이라도 절대 실키에게 내색하지 말라고 신신당부를 했다. 그 같은 반응으로 인해 더욱 수상쩍었다.

자백 말고는 딱히 분명한 확신도 물증도 없지만 확신보다 더 무서운 촉이 말하고 있었다. 뭔가 있다고. 박희재 사장 행동에 뭔가 있는 것처럼 실키에게도 뭔가 있는 게 분명했다.

'도대체 그게 뭘까? 내가 지금 놓치고 있는 게 뭐지?'

7장/ Freeze

　

문을 열고 병실에 들어섰다.

순간 두 사람의 시선이 마주치고 박희재 사장의 눈이, 동공이 더없이 확장됐다.

"여, 여길 어떻게 왔어…… 요? 누가 보면 어쩌려고?"

박희재는 안절부절못하며 굳은 표정을 했다. 그 같은 행동에 더욱 마음이 아팠다.

결국 맨발로 침대에서 뛰어 내려온 박희재는 긴장한 표정으로 입원실 밖을 이리저리 둘러보다 얼른 문을 잠그고는 비로소 눈을 맞추었다. 그러곤 늘 그렇듯 인자한 표정을 지으며,

"난 괜찮아. 그냥 잠깐……."

"힘들면 힘들다, 버거우면 버겁다 말씀을 하셔야 알죠. 제 곁에 이제 누가 있다고 그렇게 자신을 혹사시키세요, 혹사시키길!"

박희재는 그 어떤 변명도 응수도 하지 않은 채 웃는 듯, 또한 슬픈 듯한 눈을 하고 여태껏 한 번도 보이지 않던 감정선을 마침내 쏟아내는 그림자를 짠하게 쳐다봤다.

"죄송해요. 정말…… 죄송해요, 아저씨."

그림자는 박희재를 안고 똑같은 말을 계속 반복했다.

"괜찮아. 울지 마…… 잎새야."

지금 누가 환자이고 누가 누굴 위로하는 상황인지 도무지 알 수가 없었다.

잎새는 자신으로 인해 악화된 것 같아 마음이 더없이 무거웠다.

가차 없이 내려앉히고 싶은 인간만 생각하고 그 일에만 주력하느라 정작 옆에 있는 사람이, 그녀의 일을 제 일처럼 도와준 이가 아픈 줄은 몰랐다.

지금도 그녀의 눈을 가리고 심장을 옥죄는 마음은 다르지 않지만 눈앞에 만신창이가 된 협력자이자 든든한 조력자를 보니 가슴에 서늘한 바람이 불었다.

여전히 부실하고 모자란 자신에 대한 실망감과 죄책감이 또 한 번 잎새의 가슴을 정통으로 관통하고 있었다.

"이렇게 될 때까지 왜 말씀을 안 하셨어요? 말씀을 하셔야 하잖아요."

박희재는 지금 상처 가득한 눈을 한 어린 소녀를 보고 있었다. 그와 동시에 그 소녀와 너무도 닮은 얼굴을 한 아름다운 여인도 기억 속에서 꺼내 훔쳐보고 있었다.

천재 뮤지션 남궁민의 어린 아내. 어린 잎새와 똑 닮은 여자.

그렇게 무지하게 원기석을 믿고 입방정을 떨지 않았다면 지금까지 아름다운 자태로 그의 주변에 살아 있을 여인.

"괜찮아. 이제부터 쉬면 되지. 그보다 이제 내가 전면에 설 수 없게 됐으니 어쩔 거야?"

"그런 말씀⋯⋯."

박희재는 단호히 고개를 저으며 누가 들을세라, 아니, 전부 다 말하지 못할 수도 있다는 괜한 조급함으로 흐려진 잎새의 시선을 단단히 붙들었다.

"이미 회사 명의는 너랑 그 미국인 앞으로 돌려놨어. 그 일로 인해 회사가 한바탕 뒤집어질 거야. 뭐, 처음부터 네가 세운 회산 줄 모르니 당연한 거지. 그래도 자금 흐름을 추적하면 금방 알게 될 테고, 또 다음 주면 원엔터 주식도 작업한 만큼은 한 큐에 네 앞으로 등기될 거고."

"아저씨⋯⋯."

이런 다급한 상황, 자신의 병으로 인한 잎새의 상처와 감정을 살필 여력이 없었다.

지금은 그가 맡은 임무를 다는 아니더라도 할 수 있는 만큼 전부 하고 손을 털고 싶었다.

그 같은 책임감이 그를 더 상하고 아프게 했을지라도 그건 변할 수 없는 죄의 무게이니까 감당하고 싶었다.

"일단은 네가 원엔터 대주주가 될 거야. 그렇게 되면 원 대표도 짐작할 거야. 수단만큼이나 직감을 타고난 인간이니까. 네가 왜 그러는지, 왜 자신을 겨냥해 그토록 오랜 시간 물밑에서 이런 일을 벌였는지. 그러니까 너는 꼭 그 나머지 지분을 확보해서⋯⋯."

"그만, 그만이요. 더 이상 저 나쁜 년 만들지 마세요."

박희재는 늘 그렇듯 침착하고 조용조용한 말투로 내뱉지만 아직도 상처받은 어린아이 눈을 하고 자신의 손을 꼭 잡고 있는 잎새를 응시했다.

이 아이의 엄마도 그랬다.

여린 듯하면서 강단 있었고 수줍은 듯하면서도 의연하게 제 할 말은 다 했다. 그래서 늘 남궁민은 어린 아내에게 변명도, 그 어떤 반박도 못 하는 부실하고 모자란 인사였다.

그런 사람을 부추겨 사고를 당하게 만들었다. 그로 인해 다시는 볼 수 없게 됐다.

그 천사 같은 미소와 그 천사를 정말 지독하게 소유하고 사랑한 천재 뮤지션 남궁민의 모습도.

"그런 소리 마라."

"……."

"나쁜 놈은 나지. 내 모자람으로 결국 네 부모님을 그렇게 허망하게……."

죄책감과 미안함에 도저히 말을 이을 수가 없었다.

평생을 사죄하는 일이 있더라도 이 무거운 짐에서 이제 그만 벗어나고 싶었다.

함께 생각하고 행동하면서 내심 다 지우고 회복된 줄 알았는데 아니었나 보다.

내가 착각했구나. 그럼 그렇지. 아무리 거짓 사주에 넘어갔다 해도 내 거짓으로 두 사람이 죽었는데 어찌 내 죄가 가벼울 수 있을까.

'민이 형, 내가 정말 죽을죄를 지었수. 그래서 우리 곧 만난다

네. 그러니 그때 형이 나 좀 때려줘. 그러면 나 정말 홀가분하게 털어내고 마음 놓고 울 수 있을 것 같아. 그러니까 우리 곧…… 만납시다. 형, 근데 우리 꼬맹이는 어쩌지.'

성빈은 뭐 이 정도는 괜찮다며 내심 만족해했다.

사실 이번 화보 촬영은 계획에 없는 뜬금없는 스케줄이었다.

아직 컴백 시기도 그렇고 앨범 작업에 바쁜 블루가 이번처럼 해외 화보를 찍는 건 드문 경우지만 성빈이 회사에 강력하게 어필해 따낸 빛나는 성과물이었다.

여자는 여자로 잊는다고 한 영원불변한 진리에 머리가 숙여지며 안심이 됐다.

머리도 식힐 겸 또한 전혀 다른 공간에서 다른 사람들과 작업하며 블루가 정신 차리길 간절히 기도했다. 아직은 본인조차 긴가민가하며 확신이 없는 상태이니 이때다 싶었다.

사실 블루 혼자 번민하고 있는 수준이니까 별걱정은 없지만, 혹시 또 몰라 나름 치밀하게 준비했다. 하여튼 그놈의 안무가가 사달이고 문제였다.

어디서 보니 춤은 사랑과 많이 닮아 있다고 했다.

완벽하게 몰입하게 돼 사랑을 닮았다고. 맞는 말이다. 춤이 너무 과하게 리얼했다.

아직 영혼이 맑고 착한 우리 블루가 감당하고 뿌리치긴 힘들 정도로.

마지막 짐을 싣고 가벼운 마음으로 밴에 올라탄 성빈은 창밖을 응시하고 있는 블루에게 행선지를 물었지만 답이 없었다.

"아니다. 미안. 괜히 물었다. 일단은 피곤하니까 집으로 데려다 줄게. 너 데려다 주고 나도 좀 쉬어야겠다."

"……."

"야, 근데 너랑 작업한 모델 예쁘더라. 이제 막 발돋움하는 신인이라는데 요즘 애라 그런지 주눅 드는 것도 없고 마냥 싱글벙글, 또 인사도 잘하고. 그 애, 상큼발랄하지 않냐?"

"……작업실로 가."

"작업실? 작업실은 무슨, 일을 했으면 사람이 좀 쉬고……."

"작업실로 가, 형."

형의 계산을 알면서도 수긍하는 그였다.

오랜 시간 가족처럼 함께한 형의 한숨과 꼼수를 어찌 모를 수 있을까.

조언대로 춤이 자극적이었고 춤을 함께한 파트너의 존재감이 너무나 강렬했다고 인정하면 이해되고 웃어넘길 수도 있는 일이지만 마음이 전혀 그러고 싶지 않다는 게 문제였다.

한 번도 연상과 만난 적이 없었다. 편한 또래가 아닌 연상에 결코 부담스럽거나 거부감을 느껴서가 아니라 단지 기회가 없었다.

또한 주춤하는 건 그 사람은 자신에게 아무런 사심이 없다는 것과 가수들 사이에서 스톤하드란 별명의 전경이 그 사람 곁을 반듯하게 지키고 있기 때문이다.

단 한 번도 그 누구에게도 말한 적 없지만 블루에게 전경은 특별했다.

언제부턴가 닮고 싶은 선배였고, 마음으로부터 응원하고 인정하는 뮤지션이었다.

음악이 등장한 이후 음악이 상품이 아닌 시대가 없었지만 갈수록 음악이 소리로 향유되는 것이 아니라 이미지, 캐릭터, 스토리 상품으로 소비되는 시대. 전경은 음악을, 오로지 음악으로 진지한 사유와 성찰을 하는 구도자였으며 의식 있는 뮤지션이었다.

말투나 행동, 기운과 성향이 범상치 않지만 그렇기 때문에 더욱 시선이 가고 그의 남다른 궤적을 따라가고 흡수하고 싶었다.

그런 사람의 시선이 실키에게 단단히 고정되어 있었다. 마치 절대 풀리지 않는 매듭처럼.

또한 그 시선엔 오랜 시간을 함께한 사람들에게만 있는 안정감과 신뢰감이 있었다. 그러면서도 오래된 연인이라고 하기엔 조심스러운 부분이 있고, 시작하는 연인이라고 하기엔 눈빛에 연륜이 있었다. 도대체 뭘까, 그 두 사람은?

이럴 때 저명한 시인이나 유명한 작사가라면 그들의 기묘한 케미를 한 단어로 설명할 수 있을까. 그 모든 이유로 인해 블루는 지금 멈춤이 아니라 주춤하고 있었다.

아침 신문에는 그 유명한 오레오 과자에 대한 기사가 실려 있었다.

오레오는 쾌락과 중독을 관장하는 뇌의 쾌락 중추를 자극해 코카인이나 모르핀 등 마약류와 비슷한 작용을 한다는 내용으로 기막히고 어이없는 기사였다.

그러자 전경의 머릿속으로 곧바로 '오레오=잎사귀'라는 새로운 등식이 세워졌다.

정말 그랬다. 잎사귀는 니코틴은 물론이고 설탕과 탄수화물 중

독보다 더 강력했다.

마약에 중독된 것처럼 잎새를 보면 정신이 몽롱하고 몸은 달아올라 정작 파고들어 끈질기게 물어야 할 의문과 질문은 어느새 허공에 사라져 의식불명 상태가 되곤 했다.

'초콜릿보다 진하고 마시멜로처럼 달콤한 이 오레오 같은 잎사귀!'

잎새가 백허그하며 가지 말라고 붙들었을 때 정신을 차렸어야 하는데 그러질 못했다.

그 몸짓에 감동하고 감격해 다짐받고 약속받아야 하는 걸 까맣게 잊었다.

그렇다고 물어야 할 것들을 모조리 잊은 건 아니다.

그저 잠시 이 행복한 시간을 누리고 싶었다.

그동안 너무도 많은 시간과 세월을 동면하면서도 마음속은 치열한 전쟁터였기에 내 자신에게 잠시라도 안락과 평화를, 잎새라는 신의 선물을 안겨주고 싶었다.

지금은 의뢰받은 일을 마무리해야 한다는 핑계와 서로가 먼저 말을 꺼내기가 두려워 잊은 듯, 덮은 듯 모른 척하고 있지만, 잎새도 자신도 이 상태로 오래갈 수 없다는 걸 알고 있었다.

오늘로 끝날지 아님 내일인지, 그것도 아니면 다행히 내일모레까지는 행복할지 그 누구도 장담할 수 없으니까.

지금의 마음으론 잎새가 미국으로 돌아가지 않는다고 하면 다 묻고 싶었다.

7년 전 그렇게 매정하게 떠난 이유도, 그사이 한 번도 연락하지 않은 이유도, 그녀도 모르게 툭툭 던지는 말의 진의도, 그리고 지금 무슨 생각으로 무엇을 하려고 하는지도…….

전부 다 덮고 싶었다. 하지만 그럴 수 없다는 걸 서로가 너무나 잘 알고 있었다.

그 자신도 스승님을 위해 반드시 해야 할 일이 있고, 잎새는…….

"우리 여행 갈까?"

방금 샤워를 하고 나온 잎새가 물기 가득한 머리를 하고 식탁 앞에 앉았다. 그가 마시던 커피를 들어 한 모금 마시고는 싱그럽게 웃으며 제안했다.

"며칠 전에 양평 갔다 온 걸로 아는데?"

"거긴 여행지라고 할 수 없잖아."

"양평이 여행지 아니고 유배지였나?"

"아니라고도 할 수 없지. 내 의사와 내 의지대로 한 게 하나도 없었으니까. 맨날……."

"맨날, 뭐? 아직도 우리가 뭘 했는지 모르겠어? 지금이라도 다시 집중적으로 레슨받아 볼래?"

잎새는 입에 댄 커피잔을 내려놓으며 질겁했다. 기침까지 해대며.

"알았어. 알았으니까 그 얘긴 그만하고, 정말 우리 여행 가자니까. 나 지금까지 한 번도 여행 간 적 없단 말이야. 지금이 봄이라면 더 좋았겠지만 그건 어쩔 수 없고……."

단 한 번도 여행을 간 적이 없다. 그 말이 묘하게 가슴을 후려쳤다.

미국에서 돈 많은 삼촌과 7년을 넘게 산 아이가 여행을 한 번도 간 적이 없다니…….

"……가고 싶은 데라도 있어?"

여행을 간다는 전제하에 행선지를 묻는다고 결론 냈는지 잎새
는 안 그래도 반짝이는 눈을 과하게 반짝이며 초롱초롱한 눈으로
그를 쳐다봤다.

"온천!"

"오, 온천?"

"응!"

얜 정말이지 이분녀 여사의 영향을 받아도 너무 받았다.

지가 퇴행성관절염이 있는 것도 아니고 아토피피부염이나 건선
이 있는 것도 아니면서 뜬금없이 온천은 무슨 온천.

'가만있자, 온천이라면 수안보나 부산 동래 쪽으로…….'

"홋카이도 가자!"

"……!"

안타깝게도 비행기 표는 있었다. 아니, 없을 수가 없었다.

이렇다 할 비즈니스도 없이 값비싼 비즈니스석을 타고 가다니.
그것도 일본을.

단지 뜨신 물에 몸 한 번 담그러. 역시 태생과 자라온 환경은 어
쩔 수 없는 모양이다.

출발 전 준비에 바쁜 전경과 달리 내리 전화기만 붙들고 안달하
던 잎새는 정작 비행기에서는 잠만 잤다. 그의 어깨에 기대 자는
잎새는 이상할 만큼 작아 보였다.

절대 체구가 작거나 존재감이 없는 아이가 아닌데도 그의 어깨
에 작은 머리를 대고 자는 잎새는 무척이나 작게 느껴졌다.

공항에 내리자마자 느낀 거지만 홋카이도는 정말 끔찍하게 추웠다. 그런데도 잎새는 뭐가 그렇게 좋은지 내내 얼굴에 미소가 가득했다.

그 미소에 매료돼 전경도 웃을 수밖에 없었다.

도착하고도 늦은 저녁이 돼서야 예약한 료칸에 도착했다.

이런 깊고 깊은 산속에 옹달샘도 아니고 온천이 있을 거라고는 미처 생각지 못했는데, 정말 뜨거운 물이 용솟음치는 온천이 있었다.

미리 예약한 다다미방은 넓으면서도 낮은 천장과 붉은빛으로 인해 기묘하고도 아늑해서 고전적인 고택의 분위기를 풍겼다.

낯설고 이질적인 분위기에 취해 이곳저곳 둘러보는 그와 달리 구경은커녕 벽에 걸린 우키요에(에도시대 일본의 풍속화) 속 인물들과 캐릭터가 겹치는 직원이 나가기가 무섭게 옆방으로 건너간 잎새는 생소한 유카타로 갈아입고 나왔다.

근데 그 모습이 숨넘어가게 섹시했다.

오랜 시간 버릇처럼 업데이트하며 여러 버전의 잎새를 상상했지만 지금처럼 말아 올린 머리를 하고 유카타를 입은 잎새는 한 번도 상상한 적이 없었다.

그간 오랜 상심과 상처로 인해 상상력이 심하게 결여되고 부족했나 보다 하고 스스로 반성했다. 정말이지, 단 한 번도 상상한 적 없기에 결과물은 그의 뇌수를 전부 녹일 듯 야릇하고 격하게 야시시했다.

"나 먼저 들어가 있을 테니까……."

"같이 가. 난 너처럼 가운 같은 거 필요 없어."

그러자 잎새는 고개를 저으며 그를 막아섰다.

"아니, 나 먼저 들어가서 기다릴 테니까 천천히 들어와. 짐도 정리하고."

이게 무슨 뜻이지, 하고 순간 생각했다. 잎새는 그런 그의 마음을 읽었는지 피식 웃었다.

"오래된 부부도 아니고 같이 들어가는 건 무리야. 사실 창피하기도 하고. 그러니까 내가 먼저 들어가서 마음 좀 가라앉히고 있을게."

잎새는 어설픈 미소를 남발하며 노천탕이 있는 곳으로 모습을 감췄다.

"저 바보…… 빙충이."

긴장되면서도 머쓱하고 떨리면서 걱정되는 건 그도 다르지 않았다.

아니, 어쩌면 잎새보다 그가 더 지금의 상황이 곤혹스럽고 걱정스러웠다.

저리도 탐스럽고 어여쁜 잎새를 어느 선까지, 또 언제까지 모른 척하며 그가 궁금해하는 모든 것을 먼저 말할 때까지 기다려야 하는지 판단이 서지 않았다.

그저 이 비밀스런 비탕과 비경에 취해 있는 날까지 행복해하기만 해도 되는 건지.

'잎새야, 우리…… 이대로 다 잊고 너랑 나랑 이렇게 살까? 그게…… 가능할까?'

마치 구전되는 전래동화 속의 한 컷처럼 주위는 낯설면서도 정감이 있었다. 그러면서 주위의 기묘한 형태의 나무와 우거진 풀은 한 폭의 그림 같아 도무지 실제 같지가 않았다.

정말 괜히 비탕(비밀스런 온천)이 아니었다.

이런 곳에 전경과 함께할 수 있을 거라고는 상상하지 못했다.

늘 꿈꾸고 상상하며 그려도 봤지만 실제로 이렇게, 이런 공간에 있게 될 줄은 몰랐다.

이곳을 떠나 한국으로 돌아가면 모든 상황이 달라져 있을 것이다.

오래전부터 준비는 물론 각오도 하고 있었지만 어느 수준으로 어떤 파급력을 장착한 채 되돌아올지는 전혀 알 수가 없었다. 나비효과만큼이나 대단할까.

마음가짐과 대비 태세와는 상관없이 늘 대차게 뒤통수를 때리는 게 삶이고 현실이니까.

또한 전경은 휴화산처럼 잠재적 폭발력을 가지고 있어 모든 상황에 어떤 반응을 할지 심히 우려스러웠다.

모든 게 예상되고 짐작이 돼 걱정되지만 그렇다고 이제 와서 멈출 수도, 봐줄 수도 없었다.

멈추기에는 너무 늦었고 봐주기에는 죄질이 너무도 크고 무거우니까.

"잎사귀 너, 미국에 있었던 게 아니라 이 나라에 있었던 거 아니야? 아니면 네가 이런 산속에 숨어 있는 시크릿 온천을 어찌 알아?"

어느새 전경은 탕에 입수해 반대편에 느긋하게 자리를 잡고 있었다.

시간과 공간이 주는 밀도 짙은 어둠과 그에 비해 터무니없이 미비한 불빛. 우윳빛 온천물은 눈앞에 있는 전경을 풍경화 속 나그네처럼 보이게 해 그녀를 긴장시키고 두렵게 만들었다.

이상하게도 어느 순간 획, 하고 그의 퍼펙트한 세계로 돌아갈 것만 같았다.

'마음이 불안해서 그런 걸까? 이 공간과 이런 행복감이 누군가를 향한 파괴와 혼란을 담보로 해서?'

순간적인 불안감에 젖어 있는 것도 잊은 채 자잘한 물보라를 일으켜 전경에게 다가갔다. 마치 누군가 잡아당기는 것처럼 그를 향해 조금씩 앞으로 나아갔다.

물속이라지만 나신으로 기어이 전경 앞에 선 잎새는 조금은 놀란 빛을 하는 전경을 빤히 쳐다보며 말했다.

"같이 있고 싶어서…… 알아봤지."

"……."

"아무도, 아무것도 없이 우리 둘만 존재하는 그런 곳으로."

늘 승천할 듯 매서운 눈빛이 지금은 잎새의 불안과 동요를 중심추처럼 잡아주고 있었다.

"여기…… TV도 없고 휴대폰도 안 터져. 외부랑은 그 어떤 연락도 할 수 없어."

전경은 고집스레 말도 반응도 하지 않았다. 그저 가라앉은 눈빛을 하고 혼자 조잘거리는 그녀를 주시하며 쳐다보기만 했다. 그지긋한 눈빛이 더없이 좋았다.

어디도 가지 않고 그 누구에게도 허락하지 않으면서 지금 이곳에만 존재하는 전경의 눈빛이. 저 굳건하고 조용한, 그러면서 한

없이 뜨거운 눈빛이.

"……여기서 살까? 돌아가지 않고 여기서 우리 둘이."

쫓기는 듯한 느낌의 잎새와 달리 전경은 우윳빛 온천물 속에서 여유로워 보였다.

그 다른 느낌이 싫고, 그 다른 반응이 불안한 마음을 더 저릿하게 했다.

"싫어? 돌아가고 싶어? 니가 이룬 그 모든 것, 너의 음악, 그 음악이 만들어준 너의 세계…… 역시 버리기는 아까운가?"

물어도 답이 없었다. 그러자 조금씩 조바심이 나면서 애가 탔다.

자신보다는 서울에 두고 온 것들이, 그가 오랜 시간 공을 들이고 노력과 열정을 쏟아부어 쌓아 올린 그 완벽한 세계가 소중하겠지.

한편으론 이해를 하면서도 서운한 마음이 들고 섭섭한 건 어쩔 수 없었다.

'그렇겠지. 이젠 네 의지로 할 수 없는 게 없으니까. 네 인생의 주인은 너일 테니까.'

어느 순간부터 잎새의 인생은 오롯이 그녀의 것이 아니었다.

돈이란 사슬에 묶여 빚을 지고 빚을 입은 사람의 당연한 차지가 되고 몫이 되었다.

그 사실이 지금 이 순간 너무도 뼈아프게 후회가 되고 자책이 되었다.

"남궁잎새, 너 바보야?"

뜬금없는 질문에 다소 멍해진 얼굴로 전경을 응시했다.

"아님 백치거나 인조인간이야?"

"……."

"다른 사람들은 다 보는 걸 왜 너만 모르고 너만 못 봐?"

"……!"

"14년 전부터 너만 봤어."

"……."

"단 한 번도 한눈판 적 없어."

"……."

"개안 수술한 것처럼 모든 게 명료해진 다음부터는……."

"……."

"의심하거나 후회한 적 없어, 난."

"……."

"지치지도 멈추지도 않을 거야, 내 마음은."

전경의 목소리는 그 어떤 떨림도 흔들림도 동요도 없었다. 그렇게나 단단했다.

"아직까지도 그걸 모르다니……."

"……."

"참 강적이다, 남궁잎새."

연이은 질문과 고백에 기어이 마음 어디쯤에서 참았던 눈물이 터져 버렸다.

그랬구나. 너도 그랬구나. 너도 나만큼 오래돼 단단해진 마음이었구나.

너도 나처럼 이 순간을 붙들고, 이 순간을 캡처라도 해 마음속에 담고 싶은 거구나.

난 말이야, 나만, 나 혼자만 착각에 빠져 그런 줄 알았어.

나만 너를 그리워하고, 나만 이 순간을 멈추고 싶어 하는 줄 알았어.

근데 그게 아니라니까 다행이야.

지금 이 순간만이라도 이렇게 우리 완전히 한마음으로 함께일 수 있어 정말 다행이야.

같은 시각, 다행이라고 안도하는 잎새와 달리 주리는 불행을 온몸으로 절감하고 있었다.

내내 안갯속을 걷는 듯 답답하고 뭔가 꺼림칙해 한 발자국도 내디딜 수가 없었는데 오늘에서야 그 이유를 알았다.

"어, 어떻게……."

"내가 자네한테는 많이 미안해. 정말……."

"……정말 이, 이러실 수는 없어요. 사장님이…… 제게…….."

기가 막혔다. 아니, 숨이 막혔다. 그러면서 온몸이 꽁꽁 졸라맨 듯 답답했다.

뇌가 충격을 받으면 혼재된 두 개의 이성이 나온다더니 지금 딱 그랬다.

환자를 앞에 두고 최대한 공손히, 다분히 이성적으로 행동하고 싶었으나 기만으로 시작해 분노 폭발 일보 직전의 또 다른 주리는 도저히 이 빌어먹을 상황을 받아넘길 수가 없었다.

주리는 자신의 발음이 줄줄 새는 줄도 모르고 속내를 뱉어냈다.

"그래서 제가 그랬잖아요. 딥, 팁이라도 달라고. 제 선에서 현명하고 지혜롭게 대처하고 대비할 테니까…… 제가 사장님께 언질이라도 달라고 그렇게 말씀드렸는데…….”

“저, 정 이사…….”

이 순간만은 박희재 사장을 환자로 인식하지 않기로 했다. 숨이 막혀 죽을 것만 같았다.

그 누군가한테든 한 번은 털어내야 접시 물에 코 박지 않을 것 같았다.

“어.떻.게. 이러실 수가 있냐고요?!”

진짜 억울하고 억울했다. 분하고 분했다. 엿 같고 엿 같았다.

열이 가스보일러처럼 밑에서부터 치고 올라와 정말이지 온몸이 과부하될 것 같았다.

“……그러다 죽으면 회사에서 따로 국립묘지 보내주느냐는 말까지 들으면서 저 헌신했어요.”

“그거야…… 내가 잘 알지.”

'알아?! 아는 사람이 이래?! 이럴 수 있어?!'

“우리 아버지 생신날은 잊어도 잘나가는 어린 가수들 데뷔 날, 백일 날, 생일까지 싹 다 챙기면서 회사 일에 매진했다구요! 달거리를 안 해도 그런가 보다, 빠진 머리카락이 수챗구멍을 막아 물이 역류해도 그런가 보다, 엄마가 냉장고에 채워둔 음식이 썩어 나가도 그런가 보다, 그렇게 제 자신 다독이면서 탕.탕.에 몸 바쳤다고요, 사장님!”

“알아, 다 안다고. 그래서 이렇게 정 이사한테만…….”

기가 막혔다. 지금 도깨비 떴다방처럼 손 털면서 이걸 생색이라고 낼 심산인 건가?

“저한테만 뭐요?! 내일이 시험인데 오늘 말씀하시면 저보고 어

쩌라고요? 최소한 예비소집일은 계산하고 말씀을 하셔야죠! 커밍
아웃이요?! 이게 지금 사람 죽이는 시한폭탄에 원자폭탄이지 고백
차원의 커밍아웃이냐고요?!"

정말 미쳐 버릴 것 같았다. 뭐 이런 그지 같은 인생이 다 있노!

"정 이사, 진정 좀 하고, 방금 전에 말했다시피 복잡하게 생각할
거 하나도 없어. 회사는 이대로, 이 시스템 그대로 유지될 거야.
그저 앞으로는 회사 창립자가 전면에……."

"그 인간이 깡통이라면서요?!"

그 작자란다. 그 알루미늄 켄이 새 시대 새 나라의 최고 브레인
을 탑재한 주인이란다.

개념 없고 눈치 없고 상황 파악 전혀 못하는 십장생이 주인이라
니……. 염병!

"그 사람보다는……."

"실키라면서요?!"

나보다 어리고 이쁘고 능력 빵빵하고 왠지 재수 없고 괜히 짜증
나는 그 인간이!

울화통이 터졌다, 박희재 사장의 말장난과 치밀한 농간에.

업어치나 메치나 실제 주인이 그 두 진상이란 건데 이게 말이
되느냐 말이야!

병색이 완연한 분한테 절대 이러는 거 아니라는 건 알겠는데 지
금은 빡쳐서 뵈는 게 없었다.

도저히 운전을 할 수가 없어 인사를 하는 둥 마는 둥 하고 막내
로드매니저를 불러 회사로 돌아왔다. 이 거지 같은 상황에서도 회
사밖에는 도무지 갈 데가 없었다.

'완전 인생 헛살았구나. 결혼한 친구들이 남편이랑 싸우고 나와도 딱히 갈 데가 없다고 했을 때 그렇게 비웃었는데…… 내가 딱 그 꼴이네.'

박희재 사장과는 아버지와 두 오빠보다 더 많이 보고, 더 많이 부대끼며 지냈다.

가족이 없는 것도 아닌데 없는 듯 무시하고 외면하며 그렇게 고아처럼 살았다.

혹자는 네가 성공하려 그래 놓고 이제 와서 생난리 친다고 하겠지만 그건 사회생활 안 해본 인간들 말이다. 대충 구렁이 담 넘어가듯 유야무야해서 되는 게 직장생활이 아니다.

이 사회와 직장이란 닭장이 그렇게 서정적이고 낭만적이라면 삼포세대는 없었겠지.

업계 최초 최연소 이사란 감투는 그리 쉽게 딸 수 있는 별이 아니다, 절대로!

'그래서…… 그랬구나. 후회해도 소용없다 하더니 이런 날을 손꼽고 있었어. 재수 없는 놈, 아니, 재수 없는 것들. 참 니들은 신났겠다. 주인이 객인 척하면서 밑의 사람들 떠보고, 감시하고, 능력 평가하면서……'

"다치게 했으면 애프터서비스가 있어야지? 나, 뮤지컬 보러 가고 싶어. 가자."

에브리데이 철인 3종 경기하듯 치열하게 살며 간신히 마련한 저 자리가 저 인간한테는 껌이라 이거지.

"예약은 당신이 해. 난 하고 싶어도 손이 이 모양이라 할 수가 없네."

주인 없는 방에 들어오기가 화장실 가는 것처럼 의미 없고 편하단 말이지!

"유명 작곡가 노래로 만든 창작 뮤지컬인데 감동이라네. 노래도 예술이고 한국적 정서가 물씬 풍긴다고 하던데, 우리도 보자."

순간 맥이 탁 빠졌다. 전의를 상실한 채 저리도 청순한 머리로 지껄이는 깡통을 보니.

아무래도 구제 깡통은 제 입으로 발설할 마음은 전혀 없어 보였다.

최종적으로 누구 입을 통해 어떤 극적인 연출을 원하는지는 모르겠지만 적어도 지금은 아닌 듯 보였다. 평소처럼 모자라고 일관되게 멍청한 걸 보면.

사장과는 친분이 없다 했으니 아직까지 제 신분이 노출됐다고는 생각지 못하겠지. 아니, 그보다 실질적인 오너는 그림자이니 먼저 커밍아웃하고 설레발치는 것도 웃기겠지.

'그렇다면 나도 모르는 척 즐겨주마, 이 외제 구제 깡통 놈아!'

"나 바빠요. 한가하게 내비녀에 인포메이션 놀이하며 놀아줄 시간 없어요."

"내, 내비녀가 뭐야?"

'너나 그 인간이나 뭐가 그렇게 구린 게 많은 건데? 나도 나지만 돌기, 광기, 엽기 충만한 전경이 이 사실을 알게 된다면…… 참 가관이겠다.'

"그게 뭐냐니까?!"

이제부터는 그 누구보다 갑이지만 절대 갑이면 안 되는 켄을 보며 주리는 다가올 시련과 일대 분란에 대해서 마음을 단단히 먹었다.

그래야만 나만의 왕좌를 지키고 유지할 테니까.

어마무시한 추위 때문이기도 하지만 이 비탕이란 곳은 다른 선택권이 없었다.

외딴 섬처럼 주위에는 아무것도 없고, 아름답지만 설국이란 동일 버전만 펼쳐져 무언가를 계획하고 어딘가 가고픈 마음을 갖는다는 자체가 우습고 허망했다.

그 점이 강점이고, 그 때문에 이 먼 곳을 찾아들었지만 지금의 상황에서는 그 이유가 최악의 조건이 되고, 전경이 그녀를 끝없이 탐할 빌미가 됐다.

다른 여흥거리가 전무해서 그런지 전경은 그녀 몸으로만 파고들었다. 또한 자신이 정복한 몸과 감각선을 탐색해 논문을 쓸 정도로 더할 수 없이 집중하며 동력을 올렸다.

이대로는 도저히 버티기도 힘들고 체력적으로 한계를 느껴 안 되겠기에 지금도 생생한 옛날 옛적 이야기를 하나 끄집어냈다. 지금은 아무렇지 않지만 그 시절은 분명 따끔거리고 무시할 수 없는 불편한 기억이었다.

"궁금한 게 있는데…… 고3 때 말이야, 정말 학년회장이랑 사귀었어?"

"……!"

전경은 지분덕거리는 걸 멈추고 이게 도대체 무슨 소린가 하는 표정으로 잎새를 봤다.

"왜 있잖아, 애들이 늘 나랑 비교하던 아이. 6반인가 그랬지?

이름이 뭐더라? 유인선가? 아마 그랬던 것 같은데."

"유인서?"

전경은 기억나지 않는 표정으로 지난 기억의 편린을 억지로 총동원하는 듯 보였다. 그러고 나서 꽤 오래 기억 어딘가를 헤매더니 마침내 뭔가를 기억해 냈다.

"아, 알 것 같네."

"기억나?"

기억과 함께 기분도 저조하고 나빠졌는지 전경은 특유의 사나운 얼굴로 되물었다.

"누가 그래, 내가 걔랑 만났다고?"

"누가 그러긴, 전교생이 다 그렇게 알고 있었는데. 아마 선생님들도 다 아셨을걸."

"너도?"

도무지 이해가 안 된다는 얼굴로 전경은 잎새를 빤히 봤다.

"난 그 학교 학생 아니야? 근데 좀 신기하긴 했어, 니가 누군가를 사귄다고 해서."

"뭐가?"

이번에는 퉁명스런 목소리로 전경이 물었다.

"그때의 넌 누굴 사귀고 만나는 게 전혀 어울리지 않을 정도로 멘탈이 붕괴된 상태였잖아. 집에서 악기만 만지다 밤새도록 미친 듯 연주하고, 또 학교에서는 시체 모드로 자거나 체육생 모드로 운동만 했잖아. 그런 정신 상태로 이성을 만나고 챙긴다는 게 매치가 안 됐어."

전경은 기억을 더듬어 그 시절 자신들의 모습을 추억하는 잎새를 한동안 노려봤다. 잎새는 그 사나운 눈빛을 캐치하지 못했다.

"너도 만났잖아! 그 기생오라비같이 생긴 놈!"

무슨 소린가 하며 잎새는 정색하는 전경을 빤히 쳐다봤다.

"무슨 자동차 회사 사장 아들이란 새끼."

"기생오라비 같은 외모에 자동차 회사 사장 아들이라……."

아무리 기억을 헤집어봐도 그 단어에 부합되는 인물은 떠오르지 않았다.

"무슨 착오가 있는 거 아니야? 난 그런 기억 없는데."

"착오 좋아하네. 니가 그 새끼랑 시시덕거리고 밥도 같이 먹는 거 다 봤거든! 늘 혼자 독야청청 모드에 청순하신 남궁잎새가 누구랑 히죽거리면서 밥 먹는 사람이야?!"

순식간에 화를 내면서 전경은 목청을 더욱 높였다.

'기생오라비에 자동차 회사라…… 아!'

지금 생각하면 그 아이는 켄이랑 비슷했다.

눈치 없고, 뭐든 한 템포 느리고, 해석도 제 위주였다. 그래서 그 배경, 그 똑 떨어지는 외모에도 곁에 친구가 없었다. 잎새와는 짝이었고, 어릴 때부터 같은 학교를 다닌 사이라 나름 염려가 됐다고 할까. 그리고 보면 그때부터 희생과 봉사정신, 인류애가 남달랐던 것 같다, 내 자신은.

켄도 최동우도, 또 전경이란 특이한 인물 군을 편견 없이 아우르며 두루 사귀는 거 보면.

"너 지금 무슨 생각 해? 생각이 났으면 빨리 인정을 하든지, 아니면 그렇게 히죽거린 이유를 토설해야 할 거 아냐!"

"내가 먼저 질문했잖아, 유인서랑 사귄 거 맞느냐고."

"내가 너야?! 내 약점 잡고 건방지게 딜을 하길래 가끔 지나다 만나면 때릴 수는 없으니까 대충 헛소리에 응수해 준 거지."

"약점? 네 약점이 뭔데?"

잎새는 정말 궁금해 그녀의 몸에 올라선 전경을 빤히 올려다보았다.

남색의 유카타가 반쯤 풀어 헤쳐져 탄탄한 가슴 절반이 드러나고 몸속을 탐험하느라 머리까지 전부 앞으로 쏠린 전경은 무척이나 색정적이면서 섹시했다.

한동안 모델을 했다고 하더니 의도하지 않아도 옷에 따라 표정도 그 느낌도 달랐다.

지금의 전경은 외설적이면서도 더없이 갖고픈 남자였다.

"그때의 난 잘 숨기고 있다고 생각했는데 전혀 아니었어. 조금이라도 날 지켜본 사람이면 내 시선과 마음이 어딜 향해, 또 누구를 향해 못 박히고 고정돼 있는지 알 정도로."

밑에서 올려다본 전경의 입술과 흐트러진 머리칼이 잎새의 마음처럼 나부끼고 흔들렸다.

"난 그렇게…… 허술했어."

그녀의 온몸을 결박하듯 사수한 전경은 느릿한 말투와는 반대로 너무도 급작스럽게 그녀 안으로 들어왔다.

"으…… 훗."

"알아야 하는…… 당사자만 몰랐을 뿐."

한참을 밑에서 지분거려 그런지 힘들이지 않고 진입했다.

온천물 성분이 정확히 무엇인지는 모르나 신묘한 주위 환경까지 보태져 서울에서보다 긴장이 풀리고 정신까지 릴렉스한 건 사실이었다. 그로 인해 전경이 끊임없이 선사하는 쾌감과 희열을 가감 없이, 가식 없이 전율하며 느낄 수 있었다.

눈을 마주하고 한 번씩 진한 욕망과 원망을 탑재한 채 치고 올라올 때마다 잎새는 새끼고양이처럼 가르랑거렸다.

"그때나 지금이나 내 약점은 오로지……."

계산된 행동인지는 모르나 전경은 온몸으로 그 대상이자 목표물을 가리켰다.

"남궁잎새, 너야."

절실한 속내를 보임과 동시에 재점화된 몸짓은 잠시 내려놓은 감각에 불을 지폈다.

기묘한 정적과 이국적인 색기, 난잡함을 품은 설국 속에서 갇힌 그녀는 유카타에 시선을 고정하려 했지만 자꾸만 흔들리는 상으로 인해 어지러웠다.

어지러운 만큼 몸속에서는 빠르게 불꽃이 피어올랐다.

전경의 애욕 가득하고 야릇한 신음 소리는 불꽃을 더욱 뜨겁게 하고, 내벽을 태울 듯 부딪쳐 오는 남성은 불꽃을 더욱 타오르게 만들었다.

잎새는 그렇게 전경을 온몸으로 품으며 기억하고 각인하려 했다.

몸서리치게 아름답고 눈물 나게 그리울 이 설국 속에서의 미친 사랑을…….

온천물에 한껏 노곤해진 몸으로 욕망이란 거친 연서를 전부 받아준 잎새는 기절한 듯 잠에 빠져 있었다. 생각지도 못한 잎새의 고백과 그의 결연한 의지로 발현된 섹스는 지옥탕만큼이나 뜨겁고 맹추위만큼 매서웠다.

'남궁잎새, 너의 고백이 가진 힘을 너는 알까?'

그 말들이 자신에게 어떤 작용을 하는지 잎새는 결코 알지 못할 것이다.

늘 굶주리고 허기가 졌다, 이 아이에게.

항상 철옹성처럼 거대하고 마천루처럼 높은 자존심에 기가 꺾이고 주눅이 들었다.

그 어떤 이유와 궁색한 변명을 덧붙여도 입주가정부의 별 볼일 없는 문제요, 공격성에 폭력 성향 짙은 손자일 뿐이니까, 그 시절의 전경은 스승님의 현명한 기지와 적절한 상황 연출로 그들에게 동화되고 그들 세계로 편입되었다 해도 내 속에서 꾸준히 일어나는 자문과 반감, 좌절은 현자 같은 스승님도 어쩌지 못하셨다.

일명 열등감=자괴감. 한 번 생성돼 무섭게 자라는 녀석은 그 뿌리가 깊었다.

내 자신의 위치와 처지가 잎새의 뛰어난 실력, 드높은 가치와 너무나 비교돼 위축됐다. 그 이유로 하루가 다르게 자라나고 커지는 마음을 제대로 목도하지도 못하고 인정하지도 못했다.

'널 앉은뱅이라도 만들어 주저앉히고 싶었다면 넌 어떤 표정을 지을까?'

춤이 언어이고 탈출구이며 친구이고 생명인 너에게 그 날개와 같은 다리를 담보로 널 내 것으로 만들고 싶었다면…….

'그렇게 사악하고 비루했던 내 마음을 넌 몰랐겠지. 알았다면 7년 전이 아니라 그보다 훨씬 전에 나에게서, 또 우리 할머니에게

서 도망갔을 거야.'

전경은 손을 뻗어 잎새의 흐트러진 앞머리를 조심스레 매만졌다.

'네가 애써 감추고 숨기고 있는 비밀이 대체 뭘까?'

지금이라도 깨워 다 토해내고 남김없이 게워내게 하고 싶었지만 참았다.

아직은, 아직은 아니다. 아직 내 손에 들어오지 않았다.

우리가 하나 될 수 있고, 내가 이 아이 앞에서 당당해질 수 있을 때 고백하고 싶었다.

스승님의 분신이 내 손에 온전히 들어왔을 때.

더 이상 숨기지도, 더는 뒷걸음치지도 않고 내 마음을 오롯이 바쳐 이 아이를 잡을 것이다.

'남궁잎새, 그때는 단단히 각오해야 할 거다.'

잠든 잎새의 이마에 그 다짐과 맹세를 증명하듯 마음을 담아 기나긴 입맞춤을 했다.

'난 이 정도, 이만큼 소유했다고 만족할 놈이 아니거든. 그러기엔 그동안 인내하고 준비한 그 아득한 시간이 너무…… 아팠으니까.'

이 아슬아슬하고 긴장감 넘치는 여행의 끝이 어딘지는 모른다.

잎새의 엉뚱한 제안으로 시작됐고, 잎새의 의지로 연장되고 계속될 테니 오로지 잎새가 결정할 일이다. 그렇기에 재촉도 않고 묻지도 않을 예정이다.

아직 내 손에 쥔 게 없으니 흔들고 압박할 수 없다.

두 개의 선물을 준비함은 물론 간절한 마음까지 보태 고백하고 싶었다.

너무나 오래돼 자칫하면 산산이 조각나고 바스러질 이 마음을……

오전에 서울로 돌아와 잎새를 내려준 전경은 뒤도 보지 않고 바삐 운전해 떠났다.

전경의 뒷모습을 보듯 그의 차 뒷모습을 하염없이 쳐다보다 정신을 챙기고 연습실로 몸을 돌렸다. 이제부터 교통정리를 해야 하니까.

사무실로 지원과 현재를 부른 잎새는 뭔가 하는 얼굴로 자신을 주시하는 두 사람에게 미소로 이야기를 시작했다.

"지금 진행하고 있는 퍼포먼스가 둘, 앞으로 진행할 안무가 셋으로 알고 있어요. 맞나요, 현재 씨?"

"네, 맞습니다. 팀장님 안 계실 때 의뢰가 들어왔는데……"

잎새의 미묘한 기운까지 캐치하지는 못하면서도 현재는 머뭇거리고 있었다.

"말씀하세요."

"……여가수에게 의뢰가 들어왔는데, 독보적인 가수입니다. 10년 차도 넘는. 팀장님도 아실 거예요. 한국에 계실 때부터 이미 스타였으니까요."

현재의 의중을 대충은 알겠는데 지금은 타이밍이 좋지 않았다.

잎새는 고개를 끄덕이다 결심하고 입을 열었다.

"당분간 저 없이 두 분이 맡아 모든 일을 진행해 주세요. 개인적으로 일이 생겼는데 어느 정도 시간이 소요될지는 모르겠어요. 시간이 지나면 자연히 알게 될 테지만 알게 된다 해도 전 두 분을 믿어요. 사실 두 분을 믿기에 제가 여기까지 온 거고요."

잎새의 속풀이에 지원의 얼굴에 한순간 그늘이 졌다.

"잘 부탁드려요, 현재 씨. 지원 선배는 좀 남아요, 의논할 일이 있으니까."

잎새가 일어나 현재에게 먼저 인사하며 손을 내밀었다. 그녀의 행동에 잠시 멈칫한 현재가 지원을 보더니 내민 손을 가볍게 잡았다.

"지원 선배 좀 잘 돌봐주세요."

잎새의 짓궂은 미소에 현재가 벌겋게 상기된 얼굴로 사무실을 나갔다. 문이 닫힌 걸 확인하고 다시 자리에 앉았다. 그러자 지원이 기다렸다는 듯 한마디 했다.

"카운트다운이 시작된 거네."

"……."

지원은 현재가 나가자 한층 어두운 얼굴을 숨기지 않았다.

"다른 건 모르겠고…… 무조건 넘어뜨리고 이겨."

"……."

"이 일로 네 한, 네 상처 다 치유되지는 않겠지만 폭탄 터뜨릴 거면 너 빼고 네가 타깃 삼은 인간들 모조리 이기라고. 이제 너도 좀 맘 편히 살게."

지원의 결연한 의지 표명과 충성도 높은 크루 정신에 쓴웃음이 났다. 아무래도 지원에게 너무 악영향을 준 것 같다.

"무서운 여자네. 현재 씨 고생 좀 하겠어."

"야!"

"뭐, 할 수 없지. 좀 과격해도 어쩌겠어. 서로 좋아죽겠는데."

"너 정말."

잎새는 지원의 항의에 웃음이 났다. 이렇게라도 웃고 부탁할 수 있으니 다행이다.

"향기 말이야……."

"……."

"당분간…… 집에 못 오게 연습 제대로 시켜줘."

"……."

"그렇다고 깡밖에 없는데 너무 잡지는 말고. 부탁해."

"그건 걱정 마. 근데 아저씨께서 다 넘기셨어?"

"으…… 응."

잎새의 대답에 지원이 길고 긴 한숨을 쉬었다. 오랜 시간 곁에서 지켜봤으니 감정이입이 되겠지. 정말 짧다면 짧고 길다면 긴 그림자 놀이였으니까.

"좀…… 허무하시겠다."

"그래, 그러시겠지."

단지 허무로 그친다면 마음에 이렇게 거친 비바람이 불지는 않겠지.

내 목표 의식과 사냥 본능이 어쩌면 그 인간이 아닌 또 다른 피해자인 아저씨를 상처 내고 계속 기억을 상기시켜 마음과 몸을 아프게 한 게 아닐까.

부정할 수 없는 자책과 반성이 마음을 한없이 무겁게 했다.

세 시간 뒤. 퍼블리싱에 소속된 프로듀서랑 약속이 있는 전경은 우선적으로 마무리할 일 때문에 급하게 회사가 아닌 지인의 개인 녹음실로 갔다.

탕탕엔터의 걸그룹 프로젝트는 거의 마무리 단계지만 아직 믹싱과 사운드가 부족한 듯해 그쪽으로 자신보다 역량 있는 전문가에게 부탁할 생각이었다.

많은 사람들에게 정과 의리를 남발하지 않는 그였지만 이 후배는 좀 달랐다. 그와 비슷한 방황을 겪어 마음이 통했다. 그로 인해 좀처럼 하지 않는 부탁도 할 수가 있었다.

어서 일을 마무리하고 잎새를 선점할 거사를 마무리해야 한다.

문제가 무엇이든 잎새는 먼저 말할 생각이 없어 보였다.

홋카이도의 마지막 날에도 잎새는 지난 과거와 추억을 되짚으려 했지 우리가 함께하는 미래를 언급하진 않았다. 그 이야기는 미래를 담보할 수 없다는 것이다.

또 도망갈 생각이다, 잎사귀는. 설명도 그 어떤 기약도 없이.

사내새끼가 병신같이 한 번은 당해도 두 번은 당하지 않는다. 그게 무슨 괴물이고 어떤 핵폭풍이라 해도.

"저…… 형, 혹시 뭐 들은 거 없어?"

"들은 거? 뭔데?"

전경의 되물음에 후배 프로듀서는 난색을 표했다.

"……."

"니가 알면 나한테 말하면 되고, 내가 안다면 이렇게 너한테 묻지 않겠지. 안 그래?"

"저, 그게……."

뜸을 들이는 게 꽤나 난처한 문제 같았다.

이 녀석의 아버지는 이 업계 유명하고 오래된 원로이다. 각 엔터 회사의 주식과 지분도 다량 보유하고 있었다. 그로 인해 녀석은 얻어듣는 게 남들보다 많았고 또 그만큼 정확했다.

"저…… 있지, 박희재 사장님이 많이 아프대. 정말 많이 안 좋대."

더 이상 듣고 있을 수가 없었다. 급한 마음에 옷도 입지 못하고 돌아서는데 녀석이 강하게 팔을 잡았다.

"왜? 또 뭐?"

마음이 진정되지가 않았다. 전혀 몰랐다. 가끔 인사를 드리러 다녔는데도 전혀.

"그래서 박희재 사장님이 대리인으로 세운 게 탕탕엔터 지하에 임대해 들어온 안무가…… 시, 실키랑 이름 모를 외국인인데…… 저, 사실은……."

'실키라고? 대리인이 잎새라고? 왜?! 니가 왜?!'

"할 거면 지금 다 해. 나 당장 박희재 사장님 뵈러 가야 돼."

입이 마른지 혀로 입술을 적신 녀석은 마지막으로 간신히 말을 뱉었다.

"그…… 탕탕을 처음 세운 것도 그 실키고 원주인도 실키래."

"……!"

가뜩이나 눈치를 보던 녀석이 마지막으로 적시타를 날렸다.

"그리고 이건 완전 백 프로는 아닌데…… 있지, 실키가 확보한 원엔터 주식이 원 회장이랑 거의 비슷하대, 우리 아버지 말로는."

그 말을 끝으로 녀석의 손이 팔에서 떨어져 나갔다. 그런데도 한 발자국, 한 걸음도 움직일 수가 없었다. 정말이지, 희한할 정도로 중력이 느껴지지 않았다.

동시에 지하의 습한 공기가 그의 숨통을 전부 짓누를 듯 무섭게 엄습해 왔다.

병원에 도착한 게 신기할 정도였다.

어떻게 운전을 했는지, 또 교통 신호를 지키고 제대로 보기나 했는지 전혀 기억이 나지 않았다. 그만큼 그에게 일어난, 아니, 그가 들은 얘기가 믿기지 않았다.

박희재 사장은 그를 기다리고 있었는지 말끔한 모습으로 좌정하고 있었다.

언뜻 보기엔 전혀 환자 같지 않았다. 순간 다행이라 생각했다.

묻고 확인할 게 있는 그의 입장에서는 아픈 병자에게, 또 은인인 어른에게 그 모든 과정을 거쳐 물어야 한다는 게 고문이고 고역이었다.

"왔구나."

"네."

"……들었냐?"

"네."

"그랬구나. 네가 묻기 전에 몇 가지 당부하마."

"네."

전경의 대답에 박희재 사장은 결연한 표정을 지었다.

"너도 그랬지만 그 아이…… 그렇게 한국 떠나고 한 번도 잠을 제대로 잔 적이 없다고 하더라."

"……."

"지지할 수 없다면…… 그 손 잡지 말고, 그 아이 입장 이해할 수 없다면 보내줘. 여기 머무르게도 하지 말고."

"아저씨?!"

"어렵겠지만 어느 순간이 와도 믿어줘라."

도대체 무슨 말인지 전혀 알 수가 없었다.

지금 거대 빙벽 앞에 서 있는 건 그인데 그런 전경에게 더한 의문과 난해한 숙제를 안겨주니 말의 진의가 해독이 안 되고 그 숨겨진 뜻이 해석이 안 됐다.

박희재는 혼란스러워하는 그의 심중을 읽었는지 사람 좋은 웃음으로 엷게 웃었다.

"알아. 네 입장에서는 묻고 싶은 게 많겠지."

"……."

"묻고 싶은 것은 다 잎새한테 가서 들어. 니들은 서로 묻고 듣는 과정을 충분히 겪어야 할 것 같으니까. 그래야 서로를, 상대의 마음을 이해하고 보이지 않는 것까지 읽을 수 있을 테니까."

박희재 사장의 말속에는 수수께끼가 있었다.

전경이 반드시 찾아야 하는 숨은그림찾기가 있다는 언질과 충고를 하고 있었다.

음식 못하는 게 타고난 팔자인지는 모르겠지만 그 천성을 만회하고 뒤엎을 기회도 충분치 않았다. 할머니는 늘 말씀하셨다. 음식은 상을 차리는 이의 정성이 반이라고.

음식의 기본은 재료이고 간이지만 그 간에 양념처럼 보태지는 건 정성이니 정성을 보이면 간은 얼추 맞는다고. 먹는 사람이 그 정성과 노력으로 먹는다는 것이다.

단, 소태처럼 영 못 먹을 정도가 아니라면 말이다.

그 못 믿을 명언을 믿고 음식을 했건만 영 맛이 밍밍하고 이상했다.

불고기. 시중에 파는 양념장을 넣으면 얼추 맛은 나겠지만 전경은 단것을 질색했다.

손맛, 손대중으로 만든 양념장은 뭔가가 부족했지만 첨가해야 하는 양념이 뭔지는 도무지 알 수가 없었다. 아무래도 정성과 첫 도전이란 타이틀로 인정을 바라고 승부를 낼 수밖에.

어쩌면 내일, 아니면 모레면 모든 게 기사화되고 탕탕엔터 모든 직원들이 알게 될 수도 있다. 그렇게 되면 전경의 귀에 들어가지 않을 리 없었다.

'네가 알게 된다면…… 난 어떡해야 하는지 모르겠어. 아직까지도 그래, 전경.'

"뭐 해?"

언제 들어왔는지 전경이 그녀를 보고 있었다. 묘하게 가라앉은 눈으로.

순간적으로 이상한 기분이 들었지만 내색하지는 않았다.

"저녁 준비. 근데 일찍 들어왔네? 좀 늦을 줄 알았는데. 아까는 작업실 가서 마무리한다고 했잖아?"

"못했어."

"왜?"

"탕탕엔터 박희재 사장님이 많이 아프다고 하셔서."

"……"

그랬구나. 조금 더 우리의 시간이, 아주 조금 더 허락될 줄 알았는데…….

묘하게 가라앉은 눈이 많은 질문을 하고 있었다. 지금은 결코 하고 싶지 않은 말들을.

결국 수험 준비하듯 정성과 노력으로 만든 불고기는 불에 한 번 올리지도 못 했다.

억지로 끌려 나와 마음에 안 드는 상대를 마주한 맞선 커플처럼 잎새와 전경은 어색하게, 그리고 불편하게 서로를 마주하고 응시했다.

"니가 말할래, 아님 내가 물을까?"

"……."

"대답해, 어떤 식이 좋을지."

역시 전경에게 우회란 없었다. 그래, 돌려 말하는 건 너의 방식이 아니지.

"내가 물어?"

"응."

'난 어떤 대답을, 어느 정도 말해야 할까…… 전경.'

"질문 전에 하나만 약속해."

"……."

"……떠나지 않겠다고. 절대 이 집에 나 혼자 두고 떠나지 않겠다고."

첫 번째 질문에 답을 하기도 전에 프롤로그에서 말문이 막혔다.

가장 쉬운 듯하면서 가장 어려운 답을 전경은 지금 이 자리에서 원하고 있었다.

"니가 내 질문에 어느 정도, 얼마만큼 진실을 말하는지 나는 알 수 없어. 그래서 난 그 하나만 약속해 주면…… 네가 하는 말, 믿을 거야."

"……"

"그게 전부라고 믿을 거라고."

가만히 있어도 속눈썹이 떨려왔다. 아닌 척하지만 온 가슴이 내려앉을 듯, 부서질 듯 두렵고 두려웠다. 그래도 결국은 아닌 척을 해야겠지. 그게 무엇이든.

"약속…… 할게."

약간 떨린 듯했지만 그래도 무사히 넘어갈 정도는 된 것 같았다.

전경의 묘한 눈빛도 가라앉은 분위기도 제발 그렇게 믿고 넘어가길 바랐다.

"약속했어? 나 혼자 두고 떠나지 않는다고?"

"……응."

두 번의 확인 절차를 거치고서야 다소 경계를 푸는 듯이 보였다. 그러곤 곧바로 물었다.

"원엔터 주식을 사들인 이유가 뭐야?"

"쪼개서…… 공중분해하려고."

그 한마디에 전경의 눈썹이 경련하듯 짧게 춤을 췄다.

경련을 시작으로 거대 해일이 일 것 같아 잎새는 마음속으로 심호흡을 했다.

"사모님 사고, 스승님의 사인, 할머니랑 우리 집 전부 다 연관 있는 거야?"

알고 있다, 전경도. 그 사람의 사인과 그날의 악몽에 의혹이 있다는 걸.

마치 기다렸다는 듯 빚쟁이가 몰려오고 우리의 소중한 집이 공중누각처럼 불타 없어진 게 너무도 이상하다는 걸.

"……응."

순간 전경의 눈이 예리하게 빛났다. 마치 먹이를 감지한 자칼처럼.

"그 삼촌이란 사람이 도와준 거야? 자금도 그 사람이 준 거고?"

"응."

전경은 질문하는 동안 잎새를 주시했다. 말을 내뱉는 입, 살짝 동요하는 눈동자, 미세한 근육의 움직임까지 전부 놓치지 않고 사진을 찍듯 자신의 앵글에 담고 있었다.

셔터를 찍어 증거를 남기지는 않지만 그 어떤 증거보다 확실한 자신의 판단과 본능을 믿고 있었다. 제발 그의 믿음과 직감이 틀리기를…….

"그 많은 자금, 지원하는 이유가 뭔데?"

숨을 고르고 침을 삼켰다. 그러곤 되도록 천천히 언젠가부터 준비한 말을 쏟아냈다.

"여러 가지 이유로 어릴 적부터 우리…… 엄마랑 유난히 사이가 좋았대. 근데 엄마가 너무 일찍 아빠랑 결혼해서 잠시 소원했다가 사고로 돌아가셨다는 말을 듣고 엄마한테 못한 거 다 나한테 해주는 거래. 엄마 앞으로 된 유산도 나에게 주고."

"그 어떤 대가도 없이?"

"으응."

대가는 없어. 치를 계산도 없고. 그저 날, 내 전부를 원할 뿐이지. 자신의 수족으로 쓰기 위해, 자신의 분신이자 만만한 피규어로 쓰기 위해서.

이렇게 말할 수는 없었다. 도저히 그렇게는.

"그럼 탕탕은 왜 세웠어? 오로지 원엔터를 겨냥했다면 탕탕에 쏟아부은 돈으로 주식을 더 사 모으지 굳이 탕탕을 세운 이유가 뭐야?"

전경의 눈빛이 조금씩 흔들리고 있었다. 질문을 할수록 그 움직임은 커졌다.

마치 질문을 할수록 진실에서 더 멀어지는 것을 느끼는지 빠른 속도로 격앙되고 있었다.

"언젠가 다시 한국으로 돌아왔을 때…… 내 자리가, 날 위한 자리가 하나쯤은 있었으면 해서."

내 자리란 말이 서운하고 그를 염두에 두고 동반하지 않은 자리가 마뜩잖은 듯 전경은 잎새를 노려봤다. 그의 고집스러운 눈썹이 오뚝이처럼 제자리를 찾아가고 있었다. 하늘을 향해.

"언제 돌아올지도 모르고, 또 돌아왔을 때 새로 시작하기는…… 어려우니까."

사실 그 이유가 전혀 없지는 않았다. 분명 어느 정도는 있었다.

"그래서……."

"한 번도 날 찾아올 생각은 못 했어?"

"……."

"내게 의지하거나 기댈 생각은 전혀 안 들었어?"

그녀의 의식과 무의식 중간 어디쯤 그의 부재를 용납할 수 없는 듯 전경은 분노했다.

"우린……."

"왜? 우리가 남이라서?"

"……."

"아님 내가 미덥지 못해서? 그 옛날처럼 싸움질이나 하고 네 재능, 네 열정, 네가 고스란히 물려받았다고 생각하는 그 예술적 기질을 질투하고 비교하면서 내 자신을 벼랑으로 내모는 그런 유치하고 저열한 놈으로 남아 살고 있을 거라 생각해서?! 그래서?!"

지금의 그의 분노는 그녀가 아닌 그 자신에게 퍼붓고 있음을 알 수 있었다.

"그게 아니야……."

"넌 그때도 날 믿지 않았어! 그건 지금도 마찬가지고!"

이상했다, 난.

모두가 무서워하는 전경의 사나운 눈빛이 한 번도 무섭지 않았다.

할머니가 들려주는 이야기 속 모습들과 매치돼 더 무섭게 느껴질 수도 있는데 그렇지 않았다. 마음을 주었고 마음에 담았기에 전경의 눈빛과 시선이 부담스럽고 부끄러울 뿐 무섭지는 않았다. 그런데 지금 분노하는 전경의 눈빛은 그 어느 때보다 두려웠다.

"지금 한 모든 말이 사실이라 해도 7년 전 그때 네가 떠난 이유는 될 수 없어."

"……!"

"내가 알고 싶은 건."

전경은 그녀의 생각을 남김없이 스캔하고 투시할 듯 매섭게 쏘아봤다.

"네가 떠난 이유야."

지금까지 한 말 중에 그녀가 떠난 이유는 없단 말에 더 이상 아무 말도 할 수가 없었다.

오늘까지 이틀. 전경은 2층에서 내려오지 않고 있었다.

점점 인내심의 한계를 느꼈다.

아직 원엔터에서는 아무런 리액션도, 흥미를 유발하는 맞대응도 없었다.

순식간에 2대 주주로 우뚝 선 그녀에 대해서 불철주야 죽어라 알아보고 있겠지.

왜, 무얼 목적으로 이렇게 오랜 시간 은밀하면서도 주도면밀하게 주식을 사 모으면서 물밑에서 업계 원로들을 자극하고 조종했는지, 또 최종적으로 무얼 원하는지…….

사실 그 모든 것보다 지금은 전경이 그녀의 의식을 전부 잠식하고 있었다.

그의 상처받은 얼굴이 내내 신경을 자극했다.

"넌 날 한 번도 믿지 않았어, 그건 지금도 마찬가지고."

"내가 알고 싶은 건…… 네가 떠난 이유야."

그가 했던 모든 말이 전부 가시가 되고 서슬이 돼 숨이 막혔다.

답답함에서 벗어나고자 무작정 2층 거실에서 전경이 나오기만을 기다렸다.

솔직히는 이렇게 시간을 허비하고 낭비할 여유가 없었다.

모든 사안에 대해 기한은 정해진 상태지만 일의 진척에 따라 얼마든지 시일을 앞당겨 들어오라고 할 사람이라 이처럼 버려지고 흩어지는 모든 시간이 아까웠다.

조금 더 전경을 보고, 조금만 더 전경을 기억 회로에 저장하고 싶었다.

언젠가는 그 기억장치에 저장하고 쌓아둔 것들로만 지탱하고 연명해야 하기에 지금 충분히 전경을 흡수하며 충전하고 싶었다. 또한 모든 혈관에 주입이라도 해 그의 기운을 남김없이 잡아두고 싶었다. 그만큼 지금의 시간은 소중하고 절대적이었다.

해가 떨어져 2층 거실은 마치 정전된 듯 어두운 가면을 뒤집어썼다.

어둠으로 인해 긴장되고 두려운 마음이 가려져 다행이라 생각하는데 전경이 작업실에서 나왔다. 어둠 속에서도 두 사람의 시선은 자석처럼 당겨져 서로의 동공 속에 정확하게 자리했다.

입을 닫고 있는 전경으로 인해 더 다급하고, 더 간절한 잎새가 먼저 포문을 열었다.

"이제 나…… 안 볼 거야?"

"……."

"말도 안 하고?"

아주 조금 해갈할 정도로만 허하는 야박한 빛으로 인해 행동은 어느 정도 읽을 수 있었다. 그로 인해 잎새는 스탠드로 다가서는 전경 앞으로 천천히 다가갔다.

미화는 물론 모든 걸 덮어주고 은폐해 주는 어둠의 성질을 빌려 조금은 솔직해지자고 잎새는 스스로를 응원하고 다독였다.

"널…… 믿지 못한 게 아니야. 그저 시간이 허락되지 않았을 뿐이지."

"……."

"네가 알게 된 지금, 지금쯤은 회사도 그 사람도 모두 알겠지. 어쩌면 그로 인해 내일부터 바빠질 수도 있고."

"……."

"그래서 난 이렇게 너랑 떨어져 있는 것도, 시간을 흘려보내는 것도 싫어."

잎새의 간절함 바람이 전경의 닫힌 마음을 흔들어 반응하길 원했다. 그러자 그 절절한 마음이 동했는지 전경이 드디어 굳게 다문 입을 뗐다.

"내가 지금이라도 다 관두고 그동안 계획하고 계산한 것들 전부 나한테 맡기라고 하면 그럴 수 있어?"

"……!"

"내 방식대로 벌주고 우리가 잃어버린 것들 다 되찾아올 테니까 날 믿고 나에게 전부 맡기라고 하면 그럴 수 있느냐고?"

순간 두 사람 사이를 가로지르는 장막이 너무도 고마웠다.

이 순간 잎새가 느끼는 충격과 경악, 전율과 분노를 전경이 고스란히 볼 수 없어 불행 중 다행이라 생각했다. 기껏 이딴 게 다행이라니…….

'난 그럴 수…… 없어. 절대 그럴 수 없어. 내가 이날을 위해 뭘 버리고 무얼 포기했는지 넌 몰라. 넌 하나도 모르니까…… 그런 말을 할 수가 있는 거야.'

이날을 곱씹고 또 곱씹으며 살았다.

인생에서 가장 아름다운 시절, 마음 전부를 준 사람을 상처 입힌 채 뒤로하고 어둡고 낯선 터널을 지붕 삼아 분노로 앞길을 밝히며 복수의 길을 갈고 단장했다.

비로소 그 길 끝에 선 나에게, 모든 걸 다 잃은 나에게 이 모든 걸 반려하고 내려놓으라고? 아니, 그건 절대 못 해. 안 해!

"아니, 그렇게는…… 못해."

들끓는 마음과 미쳐 날뛰는 억울한 심정과 다르게 입에서 나오는 대답은 지극히 평온했다.

"역시…… 날 믿지 못하는구나."

그녀를 부정하고 그녀의 마음을 의심하는 전경에게 순간 화가 치밀어 올랐다. 또 이 세상 전부와 그녀가 이고 갈 모든 문제의 무게에 화가 났다.

"아니, 이건 그런 문제가 아니야! 널 믿고 안 믿고의 문제가 아니라고!"

"……."

화가 났다. 또 억울했다. 그리고 미웠다.

아무것도 모르면서, 하나도 모르면서 그녀에게만 바라고 원하고 구하는 전경에게.

"자그마치 7년이야!"

'그 7년 동안 난 널 보지도, 제대로 그리워하지도 못했어! 널 그리워하면 너에게 가고 싶을 테니까! 그래서 마음 놓고 추억을 상기하고 복기하지도 못했다고! 알아?!'

"그 인간을…… 그 인간이 만든 회사를 쪼개고 부숴서 내가 받고 빼앗긴 만큼 반드시 되갚아주겠다고 다짐한 게…… 7년이야."

내 의지를 담은 이 말을 하기까지 7년이란 시간이 지났다.

이전에는 한 번도 입에 담지 못했다. 혹시 잘못될까 봐, 내 미약한 의지가 그 목표에 닿지 못할까 봐 무서워 제대로 말 한 번 뱉지 못했다.

그렇게 숨죽이면서 한 걸음 한 걸음 다가갔다.

내 자신을 통째로 내버리고 포기하면서.

"그런데 지금 기다리던 고지가 바로 코앞인데 나보고 손 놓으라고?! 내가 도대체 왜 그래야 하는데?! 누굴 위해서?!"

"……."

"아무리 사고였다 해도 충동질하고 부추겨 싸우게 하고 불화를 조장했어. 그것도 10년 가까이. 단지 자신이 갖고 싶었던 여자를 못 가졌다는 그 이유 하나로. 결국 네가 그렇게 존경하는 내 아버지란 사람은 친구의 농간에 넘어가 엄마를 믿지 못했지. 엄마가 사고로 돌아가시기 전까지…… 대마초도 끊질 못했고."

그렇게 나약한 인간이 내 아버지란 사람이다.

자신의 어린 아내보다 감정의 혼란과 불안에 빠져 간사한 친구에게 의지하고, 그 인간의 이기심과 계략을 읽지 못한 부실하고 모자란 사람.

"날 방치한 그 사람 대신 날 키워주신 할머니는 고통과 그리움 속에서 돌아가셨는데…… 내가 도대체 왜 그래야 하는데?!"

"방치하고 외면하신 거 아니야! 그저 자신의 거듭된 잘못으로 인해 조심스러워 그러신 거야! 네가 아직 잘……."

"아니! 그건 명백한 방치고 방임이야!"

말은 점점 웅변이 되고 항변이 됐다. 또한 절규가 되고 외침이 됐다.

"그 모든 일이 있었다 해도…… 난 어렸고, 그 사람은 어른이었어."

"……."

"그럼 어른으로서 마땅히 해야 할 의무와 책임이라는 게 있어. 그런데도 내 아버지란 사람은 아무것도 하지 않았어. 다가오지도, 말을 걸지도 않고 그날에 대해 설명도, 용서도 빌지 않았어. 그저 시간에 기대어 내가 성장하고 덮어지길 바라면서 할머니와 널 끌어들여 날 할머니에게 맡겼을 뿐!"

잎새의 목소리가 격앙되고 표정이 주석처럼 회백색이 돼갈수록 전경의 표정도 똑같이 납덩어리가 되어가고 있었다.

"그래, 그 일에 대해선 고맙게 생각하고 있어. 내게 할머니가 안 계셨다면……."

생각만으로도 끔찍했다, 그건.

할머니 때문에 옆길로 빠지지 않고 제정신으로 견딜 수 있었다.

조심스러웠지만 그래도 의지하고 기댈 수 있는 할머니가 계셨기에 그 흉악한 시간 속 사막같이 건조하고 퍼석퍼석한 외로움을 비웃으며 버텨낼 수 있었다.

"그래서…… 난 못해. 지난 7년이란 시간이 억울한 건 둘째 치고 죄의 유무는 물론 응징이나 제대로 된, 아니, 설령 왜곡되었다 해도 분풀이 없이 덮는다면 나에겐 미래는 없어. 그래서 못해! 그 일로 지금도 딱 죽을 지경인데 미래도 그 인간에게 목매고 살라고?"

'니가 날 이해해 줘. 이 지겨운 마음에서, 가혹한 상처에서 벗어

날 수 있도록.'

"다 덮는다고 안 했어, 나에게 맡기라고 했지! 니가 아는 만큼은 아닐지라도 나도 알고 있는 게 있어. 너만큼은 아니라도 나도⋯⋯."

"⋯⋯."

"준비하고 있는 게 있다고! 알아?"

전경의 목소리는 이전과는 전혀 다른 톤과 결로 갈라졌다.

이 어둠 속에서 우린 처음으로 똑같이 겪은 사건을 시발점으로 각자의 해묵은 상처와 전혀 치유되지 않는 아픔과 상흔을 적나라하게 마주했다.

"그럼 넌 너대로, 난 나대로 벌주고 발가벗기면 돼. 어차피 너랑 나, 어리고 정신없을 때 갈취해 간 우리 재산과 그 사람의 저작권으로 수익 불리고 추모 앨범으로 회사 인지도 높이면서 내 부모의 피와 땀으로 쌓아 올린 회사야. 용서할 것도 주저할 것도 없어."

잎새의 목소리는 얼음골 냉기보다 더 차고 냉랭했지만 그녀는 전혀 알지 못했다.

"⋯⋯우린? 우린 어떻게 되는데?"

전경의 목소리는 표정만큼이나 상처와 아픔으로 가득 차 있었다.

내 상처를 너무도 잘 알기에 지금 전경의 상처가 적나라하게 보였다.

"너 그 사람으로 시작해 그 회사와 그 인간에게 직간접적으로 달린 수많은 사람들, 전속 가수들, 혼란으로 시작해 결국 거리에 나앉게 하고 아무렇지 않게 살 수 있어? 그로 인해 너와 내가 감수해야 하는 상처는 어쩌고?"

그 상처를 보고 싶지 않았다. 마주하고 싶지도 않았다. 그러면 망설이게 될까 봐.

"누구든지 죽지 않는 다음에야 살면서 상처는 늘 있는 거고, 제 능력껏, 제 깜냥껏 감수하며 사는 거야. 그게 오늘과 현재를 사는 우리의 숙제고 삶이야. 그 사람들이 내 부모님이나 할머니처럼 죽는 것도 아닌데 내가 왜 그걸 다 신경 써야 하는데?!"

지금 뱉어낸 말이 어찌 들릴지 알고 있다. 하지만 번복하고 싶은 마음은 없었다.

무자비하고 비인간적으로 들릴 테지만 지금 그녀에겐 자비란 없었다. 이 또한 현재의 지독한 삶이 그녀에게 가르쳐 준 비정한 방식이니까.

"그럼 나는?! 나도 상관없어?!"

"……!"

"난 이 일이 주는 파장으로 우리 두 사람이 또다시 엇갈리고 헤어지는 거 용납할 수 없어. 죽어도 싫어! 아니, 차라리 지금 이 자리에서 죽는 게 나아!"

전경에게서 나와 똑같은 지옥이 보였다.

"널 잃고 또 그 빌어먹을 날들을 감사해하면서 살기 싫다구! 다시 널 볼 수 있다는 희망으로 하루하루를 저주하고 또 감사하면서 살았어! 지난 7년을! 알아?! 네가 그 시간을 알기나 해?!"

그랬구나. 그런 지독한 시간을 지나 우린 다시 만난 거구나, 전경.

"다시는…… 그렇게 안 살아! 아니, 못 살아!"

전경은 지금 눈물 없이 메마른 얼굴로 울고 있었다.

"혼자 남겨져서 그 빌어먹을 기억과 철옹성 같은 추억에 난자 당하고 질식당하듯 사는 거, 다시는 안 해! 못해!"

어둠조차 전경의 아프고 너덜너덜해진 속내를 감추고 덮어주진 못했다.

다 보였다. 그의 말처럼 시퍼렇고 시뻘겋다 못해 시꺼메진 속내 가 낱낱이 보였다.

'너도, 전경 너도 그랬구나. 나랑 조금도 다르지 않았어.'

내가 욕하고 진저리치면서 겪은 그 시간을 너도 나처럼 원망하 고 탓하고 후회하면서 견뎠구나. 꼭 나처럼. 그 사실을 알게 돼 다 행이야, 전경.

내게 또 그 잔혹하고 지리멸렬한 시간을 견딜 수 있는 힘이 됐 어.

회사의 실질적인 주인은 코빼기도 안 보이고 주인 옆에 기생하 는 기생오라비만 회사에, 그것도 주리 사무실에서 진을 치고 있었 다.

아닌 척하고 숨기고 있지만 회사는 충분히 동요하고 있었다.

박희재 사장의 부재와 병환은 젊고 미스터리한 주인의 등장으 로 퇴색되고 덮어졌다.

주요 중역들만이 박희재 사장의 안위와 향후를 걱정할 뿐, 회사 의 모든 눈과 귀는 이 이질적인 이방인과 아직 복귀하지 않은 젊 은 여제에게 꽂혀 있었다.

사실은 이 업계 전반이 탕탕의 실질적인 주인이자 원엔터의 운명을 좌지우지하며 겨냥하고 있는 실키에게 주목하고 있었다.

왜, 무슨 이유로 거대 공룡 원엔터를 사냥하는지 그 이유에 모두의 오감이 집중돼 있었다.

딱 한 명, 지금 주리 앞에서 진을 치고 있는 이 모자란 인사만 빼고.

"공석인 사장실은 절대 안 된다고 하고 새 사무실을 달라고 해도 깜깜무소식. 정말 이렇게까지 해서 나랑 같은 공간에 있고 싶은 이유가 뭘~ 까요?"

모든 직원과 중역의 생살여탈권을 갖고 있는 인간이라서 이 꼴을 봐주고 있는 건 아니다. 회사의 위계질서와 기존 질서를 위해 인내하고 있을 뿐.

'아, 정말, 제발 빨리 좀 출근하지. 난 도대체 언제까지 이 인간을 커버해야 하는 건지.'

"이유, 그딴 거 없어요. 그저 사람들 앞에서 또 실언하고 헛소리할까 봐 지키고 있는 거지. 새로 오시는 실질적인 사장님 출근도 안 했는데 거국적으로 대놓고 초칠까 봐."

솔직한 속내에 이방인은 눈을 부릅떴다. 너무도 아름다운 모카 아이즈를.

'참, 이 상황에서도 예쁜 건 눈에 들어오네. 뭐, 엔간히 잘나야 모른 척을 하지.'

"참 대단해. 생사 결정권을 행사할 수 있는 날 이렇게 취급하다니. 그래, 내가 그 용맹함과 무모함에 한 표 행사한다."

이방인은 제가 주인이나 된 듯 여유 있는 모습을 연출했다.

"이보세요. 아무리 대주주고 주인이라도 직원한테 함부로 하는 거 아니거든요. 이 무식한 CEO 양반, 그렇게 민폐 끼치지 말고 어서 실키한테 연락이나 넣어보시지요. 얼른 출근해서 이 소요 사태를 진압하라고. 아니면 탕탕의 이너서클 정주리 숨 막혀서 사표 내고 나갈 거라고."

'내가 나가긴 왜 나가냐. 어차피 넌 얼굴마담에 대외용이고, 실키 미국으로 출국하면 그동안 안면도 있고 스토리도 있는 내가 사장 자리에 앉을 텐데. 이제부터 이 탕탕을 운영할 사람은 바로 나 정주리라고. 니들 이제 다 죽었어!'

주리는 박희재 사장님 일도 있어 흥분되는 마음을 최대한 자제하고 차분히 동요도 흥분도 없이 단정함을 기본으로 아직 코빼기도 보이지 않는 여제를, 운명의 신을 기다렸다.

주리의 담담한 일격에 켄은 잠시 빤히 쳐다보더니 호기롭게 웃었다.

"뭐, 기특하기는 해. 내가 누군지 알면서도 아직까지 기가 살아있는 것 보면. 난 사실 당신이 나한테 매달리면 어쩌나 걱정했는데. 그런 모습은 추하잖아? 안 그래?"

아직도 이 인간은 제대로 상황을 인지하지 못하고 있었다. 또한 이 삶이란 놀이터의 속성과 극악한 본성을 제대로 알지도 접하지도 못했다.

"추하긴 뭐가 추해? 당신 정말 추한 걸 아직 못 봤구나?"

주리의 즉각적인 반론에 이방인의 눈빛이 이채롭게 반짝였다.

"인간이 살려고, 한번 잘살아보려고 아등바등 노력하는 게 뭐가 추한데?"

"……!"

"정말 추한 게 뭔지 알아? 내가 알려줘?"

"……."

"이 한 번뿐인 인생, 시니컬하게, 시답지 않게, 시시하게 생각하면서 한 번 제대로 살아보지도 않고 온갖 이유와 핑계대고 침뱉으면서 도망치는 게 추한 거야. 알아?"

평소의 소신을 생각지도 못한 장소에서 밝혔다. 그것도 똥오줌 못 가리는 이방인한테.

지난 10년. 졸업하고 지금까지 늘 각개전투하듯 치열하게 살아왔다.

그 노력으로 이 업계 최연소 이사 직함도 달았다. 그로 인해 모성은 유예되고 소실됐지만.

만약 치가 떨려 도망쳤다면, 힘들고 쪽팔리고 열 받고 한계치를 느끼는 상황에 꼬꾸라져 좌절했다면, 지금의 타이틀과 함께 이만큼의 자존감은 결코 없었을 것이다.

도망치면 그걸로 끝이다. 인생이든 현실이든 사랑이든.

주리가 자신의 의지 표명과 갑작스레 쏟아낸 명언으로 스스로가 감복하고 감탄하는 사이 켄은 주리를 응시했다.

생각지도 못한 상황, 아주 의외의 인물이 심연 속을 파고들어 자극했다.

설사 마땅치 않고 구질구질해 거부하고 싶다 해도 주어진 삶에 매진하지 않고 도망치는 게 후지고 추한 거란다.

지금껏 찾아 헤매던 무언가를 명쾌하고 명료하게 제시하는 정주리로 인해 켄은 지금 가슴이 쿵 하고 내려앉았다.

잎새는 전화기를 들고 상대가 전하는 소식에 귀 기울였다.

[어제부터 계속 전화기에 불나고 있어요. 안 되겠는지 아까는 원기석 사장이 직접 전화해 실키 개인 핸폰이랑 집 전화 물어보고…… 정말 난리도 아닌데 계속 그렇게 복지부동에 요지부동만 고수하실 건가요?]

그래, 난 할 말이 없지만 그 사람은 할 말이 많겠지. 그렇게 가진 게 많으니.

[곧 삼성동 집으로 들이닥칠 태세던데…… 어쩔까요?]

목을 맨다니 봐야겠지. 그 얼굴 보려고 7년을 노예로 종살이하면서 살았는데.

"정 이사님이 약속 좀 잡아주세요."

[네, 알겠습니다. 그쪽에서도 혼자 올 것 같지는 않으니 저랑 같이 가세요.]

전화를 끊고 전경이 애정하는 소파에 앉은 잎새는 잠시 눈을 감았다.

팽팽한 기 싸움으로 인해 정상적인 컨디션이 아니었다.

언제 나갔는지 전경은 집에 없었다. 그도 크게 다르지 않을 것이다.

한 시간 후면 그토록 저주한 주적을 상대로 끝을 볼 수 있는데, 이 모든 걸 전경에게 양도하고 전가해 그가 의도하고 계획하는 대로 일을 진행하는 게 맞는 걸까?

"나도 너만큼은 아니라도 준비하는 게 있다고!"

나 혼자만의 일이 아니고 내 가족과 전경, 그리고 할머니 모두가 관련된 일이니 전경도 의사 표현을 할 수 있고 그녀의 결정과 용단에 충분히 반기를 들며 어필할 수 있었다.

복수는 그 복수라는 단어가 주는 막강한 이름과 무게만으로도 정말 그 상대에게 충분한 걸까? 내 자신을 파괴하고 그 주변인들까지 전부 괴멸하게 하는 건 진정한 복수가 아닌 철 지난 응징과 투정에 지나지 않을까? 갖가지 의문과 질문이 머릿속을 어지럽게 했다.

이 순간 소설과 드라마 속 주인공들의 고민과 번뇌가 전부 이입되고 이해됐다.

전경을 보고 원엔터를 공중분해한 뒤 그 즉시 돌아가는 것.

딱 거기까지만 욕심내고 거기까지만 허락받았다, 그 사람에게.

만약 전경의 뜻대로 그 정도로만 죄를 묻고 단죄한다면 그간 그리움을 좌표 삼고 보고픔을 지표 삼아 그 길고 고통스런 시간을 버틴 우리는 도대체 누구에게 그 지난한 시간을 보상받을 수 있을까.

터질 듯 무거운 머리로 인해 기어이 소파에 몸을 의탁했다.

그로부터 한 시간 뒤. 호텔에 도착하자 정주리 이사가 로비에서 기다리고 있었다.

잎새를 마주한 정 이사는 아무런 말도, 그 어떤 질문도 하지 않았다. 그 사실이 무척이나 고마웠다. 그 같은 행동이 나름 배려라는 걸 안다.

정주리 이사의 짧은 동선을 따라가니 어느새 낯선 룸 앞에 서 있었다.

"전 이곳에서 기다릴 테니까 무슨 일 있으면…… 소리 지르세요."

"지르면 어떻게 되는데요?"

잎새의 질문에 정주리는 단호하고 제법 매서운 표정을 하고 비장하게 내뱉었다.

"바로 아작이죠. 상황 끝이고."

발언이 몹시도 충성스럽고 믿음직스러워 상황에 맞지 않게 웃음이 났다.

정주리는 그런 잎새를 걱정스럽게 쳐다보더니 잠시 후 노크를 하고 문을 열었다.

켄은 테이블에 던져진 일련의 사진들을 보다 전경을 노려봤다.

"네가 잎새랑 진행하는 일 말고, 독자적으로 발품 팔면서 찾는 게 뭔지 잘 안단 소리야. 그러니까 말하라고. 잎새가 그 삼촌이란 사람한테 수십, 아니, 수백억의 돈을 쓰는 대가로 뭘 해주고 뭘 저당 잡혔는지."

보아하니 하루 이틀 찍은 게 아니었다.

켄이 전경의 집을 나오고 그다음부터의 행적이 고스란히 사진으로 찍혀 있었다. 정말 실시간으로 그에게 보고가 되고 있었던 모양이다.

'치사한 자식. 그렇게 내쫓더니 이렇게 미행까지 했단 말이지.'

"시간 오래 안 줘. 빨리 결정해."

이 상황에서도 오만하고 버릇없는 건 똑같았다.

실키는 고작 이런 인간 때문에 그토록 목을 매고 이 나라에 오고 싶었던 걸까. 정말 의심이 들었다, 실키의 저질스러운 안목에.

그래도 확인하고 싶었다, 정말 가능한 일인지.

"찾을 수 있다고?"

"살아 있다면 너보단 내가 먼저 찾는 건 확실해."

"……."

"시간 없다고 말했다."

나쁜 새끼, 지가 더 급하면서 아닌 척 오만하게 굴기는.

"돈이 넘쳐 나는 내가 그렇게 사람을 풀어 찾았는데도 못 찾은 사람을 넌 무슨 수로 찾는다는 건데? 어느 정도 믿음이 가야 딜을 해도 할 거 아니야?"

이에 전경은 사나운 눈썹을 결 따라 만지더니 불쑥 말을 뱉었다.

"때로는 과거 어두운 시절이 발목을 잡기도 하지만, 또 그 세계에서 통하는 인맥이 도움이 될 때가 있거든. 그리고 넌 눈에 보이는 부분에서 답을 찾지만 난 그 이면도 잘 알아."

"……."

"이 사회엔 딱히 신원증명서가 필요 없는 일도 있어. 일테면 아름아름 사람들만 통해서 얻는 특별한 일자리 같은 거."

"그게 뭔데?"

참지 못하고 켄이 되묻자 전경은 비웃는 듯한 시선으로 그를 쏘아봤다.

"너 바보야? 그걸 말할 것 같아?"

"……."

"그렇게 시간 끌다간 내 마음이 변하는 수가 있어."

"……!"

"또 네가 찾는 그 사람이…… 네 어머님께서 지금 이 순간 더 어두운 곳으로 숨어들 수도 있고. 그러니까 판단 빨리해, 깡통."

도무지 어디까지 믿고 무얼 더 의심해야 하는지 판단이, 계산이 되지 않았다.

그렇지만 이렇게 자신을 미행하고 이 자리까지 만든 저 오만하고 자신만만한 전경을 보면 믿고 의지 안 할 수가 없었다.

사실 그 무엇보다 실키를 좌초하게 그냥 둘 수가 없다.

이렇게 전경이 알고 캐물으니 이 정도에서 실키의 치열하고 고독한 전쟁에 마침표를 찍게 도와주고 싶었다. 정말 내 자신의 욕심보단 그 마음이 더 크고 더 간절했다.

그래야 실키가 단 하루라도 편한 잠을, 잠다운 잠을 잘 수 있을 테니까.

애가 닳아 전화한 사람으론 보이지 않았다.

역시 만만치 않았다. 그렇겠지. 그 오랜 시간 왕좌를 지켰는데 그게 어디 쉬웠을까.

스킬이든 노하우든 인적 관리든 뭔가 남보다 뛰어난 부분이 있으니 그렇게 이 자리까지 유지하면서 지금껏 누릴 수 있었겠지. 그 부분은 칭찬해 주고 싶었다.

이렇게 잘 버텨줘 이 모든 걸 내 손으로 끝낼 수 있는 영광을 주니.

"엄마를…… 많이 닮았구나. 정말 많이 닮았어."

"……."

"뮤직비디오나 유튜브로 봤을 때도 느꼈지만 실제로 보니 아주 똑같아. 엄마를 닮아 그렇게 춤도 잘 추는 거였어. 네 엄마도 정말 춤을 잘 췄다. 그러다 어느 날부터는 춤을 추지 않았지만…….."

원기석은 오래전 그날을 회고라도 하듯이 줄줄이 말을 이으며 마치 헤어진 피붙이를 보듯 그렇게 짠한 인간극장을 연출했다.

"내가 먼저 네 아빠보다 네 엄말 알아봤지. 그 아름다운 사람을."

이대로 더 두면 자신을 주인공으로 드라마 한 편을 쓸 태세였다.

"전 사설 긴 거 안 좋아해요. 원기석 사장님이랑 이렇게 얼굴 마주하는 것도 재미없고. 하실 말씀 하세요, 되도록 짧게."

아까부터 진행된 두통은 끝 간 데 없이 범위와 강도를 넓히고 있었다.

분명 이 시간을, 이 같은 자리를 원하고 바랐는데 그토록 염원한 위치에 서고 보니 감동과 회한이 가득할 자리에 원인 모를 두통만 잎새를 옥죄고 있었다.

'전경, 너의 그 상처 가득한 표정이 자꾸 떠올라. 어쩌면 좋을까, 난.'

꽉 다문 입술만큼 굳은 표정의 잎새를 보며 원기석은 여전히 인자한 목소리 톤을 유지했다.

"니가 누구한테 무슨 소리를 어디까지 들었는지 모르겠지만…… 그 누군가의 사사로운 이익과 복수를 위해 네가 희생양이 되고 도구가 되는 게 아닐까 심히 염려스럽구나, 난."

눈앞에 펼쳐진 점잖으면서도 위악적인 연출에 한순간 웃음이 났다.

한번 터진 웃음은 이상하게 멈춰지지가 않았다. 한데 정말 재밌고 웃겼다.

언뜻 보면 외모는 물론 풍채까지 좋아 점잖아 보이는 인격의 소유자가 그리도 저급하고 저질스런 일을 벌이며 제 몫을 챙기고 남의 가정을 파탄 냈다는 게.

정말이지, 인간은 알수록 알 수 없는 동물이다.

아마 모든 인류가 죽을 때까지도 해석 안 되고 알 수 없는 게 인간일 테지.

"염려는 그만하시고 하고 싶은 말 하세요."

터져 버린 웃음을 간신히 수습하고 한마디 했다.

자리가 자리인 만큼 타고난 성정을 숨기며 내내 자제하던 천박한 성격이 슬슬 기어 나오는지 일순간 표정이 바뀌면서 목소리까지 표정을 닮아 있었다.

"분명 그룹 시절부터 네 아버지 꼬봉이었던 박희재랑 네 아버지 매니저 했던 그 인간이 뭐라고 너한테 조잘댔겠지. 안다, 뭐라고 나불거렸을지. 하지만 그건 그 인간들의 잇속이지 진실이 아니야. 툭하면 도와달라고 해서 거절했더니 앙심을 품고 너한테 요사를 부린 것 같은데, 그 인간들 믿지 마라."

원기석은 마치 억울하고 어이가 없다는 듯 제 심정을 설명했다.

아직까지는 그런대로 참는 듯 보였다. 아무래도 완전히 각성을 시켜야 할 것 같았다. 저 인간의 원초적이고 원색적인 본성과 탐욕을.

"짧게 말하라고 했을 텐데 아쉽네요. 그럼 이제부터는 제가 정리하죠."

잎새는 가지고 있던 서류봉투를 원기석에게 집어 던졌다.

"보세요, 찬찬히."

켄은 자신을 잡아먹을 듯 노려보는 전경을 보다 길게 한숨을 내쉬었다.

말하지 않을 수도 있지만 그러고 싶지 않았다.

나중에 실키에게 입 싸다는 원망과 비난으로 샤워를 하는 일이 있더라도 지금은 이 인간에게 도움을, 긴급 SOS를 요청하고 싶었다.

아파도 결코 아프다고 말하지 않을 지독히도 순정한 실키를 위해서.

"체이스 윤, 그러니까 실키 삼촌이 원하는 건…… 실키 자체야. 그 사람은 다른 건 다 필요 없고 실키만을 원해."

"그 새끼, 변태 사이코야?!"

정말 더없이 험악한 얼굴로 전경은 사납게 쏘아붙였다.

말해놓고 보니 다소 이상하게 들릴 수도 있고 다분히 오해의 소지가 있었다.

"아니, 그게 아니라 체이스는……."

말을 꺼내기 쉽지 않았다. 왠지 엄청난 비밀을 토설하고 타인의 개인적인 정보를 유출하는 듯해 꺼려지고 마음이 불안했다. 그럼에도 불구하고 질렀다.

"온몸이…… 경직되는 병을 앓고 있어. 지금은 간신히 얼굴과 손만 움직일 수 있고. 그래서 자신의 뜻에 따라 움직이고 그 모든 걸 유지하고 이뤄줄 사람, 절대 배신하지 않을 사람이 필요해. 그 적임자로 간택된 사람이 유일한 핏줄인 실키고."

켄의 설명이 끝나기 무섭게 기막혀하며 분노 섞인 전경의 거친 숨소리가 들렸다.

그 모습에 불안해하며 눈치를 살피는데 마치 송충이가 꿈틀거리듯 보이는 진한 눈썹을 치켜뜨며 전경이 사납게 물었다.

"그럼 탕탕은 왜 세운 거야?! 그렇게 확실한 자리가 있는데, 그런 혈육도 있으면서 나중에 돌아올 자리 운운한 이유가 뭐냐고?!"

한심스러웠다. 이 상황에서 저걸 질문이라고 하는 저 무지몽매한 전경이.

정주리는 자꾸 나한테 모자라니 눈치가 없니 하는데 정작 자신을 능가하고 이기는 강적은 여기 있었다. 바로 눈앞에.

"안 들려? 뭐냐니까?!"

"너야말로 바보냐?!"

정말 저 머리, 저 두뇌로 찾을 수 있을까 하는 의문이 들었지만 지금은 딱히 다른 수도 없었다. 어둠의 세계를 잘 안다는 인간을 믿고 의뢰하는 수밖에는.

"탕탕의 제1호 연예인이 누구야? 박희재 사장이 왜 많고 많은 뮤지션 꿈나무 중에 널 선택했을 것 같아? 그것도 몇 번 무대에 서지도 않은 널 뭘 믿고?"

켄의 도발적인 질문에 전경의 표정이 서서히 굳어졌다. 그러더니 순식간에 시멘트보다 더 단단한 돌벽이 됐다. 말을 금세 알아먹는 걸 보니 어쩌면 전경의 말대로 찾을 수도 있겠단 생각이 들었다.

그렇게 각자 계산과 상념에 빠져 있는데 그 답답함과 적막을 깨 듯 벨이 울렸다.

서류와 사진을 확인한 원기석 사장의 얼굴빛이 눈에 띄게, 아니, 180도로 변했다.

윤기가 돌던 화색은 붉어지다 하얘지다 하며 순식간에 가면을 벗었다.

아무래도 인자한 아저씨 코스프레는 더 이상 볼 수 없을 것 같아 아까웠다.

"이, 이건……."

"내가 누구의 사주를 받아 속아 넘어갔든 그건 내 문제고, 이젠 원기석 사장님 문제를 의논해 볼까요? 절 왜 보자고 하신 거죠?"

원기석의 인자한 얼굴은 정말이지 속성으로 탈바꿈됐다.

마치 어느 영화에서 전혀 다른 자아가 나타나는 것처럼 그렇게 극적이고 그만큼 원색적이었다. 드디어 꽁꽁 숨겨놓은 숨겨진 밑바닥 본성이 드러났다.

"그래서 지금 이딴 걸로 날 협박하겠다고?!"

차라리 까놓고 시작하니 훨씬 상대하기가 수월하고 편했다.

"고작 이런 사진 조각들로 나 원기석이, 한국 가요계를 접수하고 세계로 뻗어 나갈 내 회사가 이 조작된 사진 따위로 위협받을 것 같아? 웃기지 마. 그런 일 절대 없어!"

원기석은 호언장담했다.

자신의 절대적 지위와 국익을 선양한다는 대대적인 공의를 앞세웠다.

전에도 그랬고 앞으로도 그 공의로 인해 자신은 네트워크처럼 촘촘한 안전망이 있다고 자신하며 자부하고 있었다.

정말 그럴까? 내 개인적인 원망과 응징보다 국익과 공익이 앞선 걸까? 개인보다?

잎새가 자문하며 답을 내려 하는 사이 원기석은 여유와 자신감을 찾고 있었다.

"이건 정말 내가 네 삼촌 같아서 하는 말인데, 세상이 네 생각만큼 정의롭고 정직하다면 난 지금 이 자리에 없었다."

"……."

"이 세상은, 우리가 사는 이 땅은 그리 투명하지 못해, 잎새야."

이번에는 원기석이 웃음보가 터졌다. 아마 꽤 웃을 것 같다.

웃음소리는 점점 바리톤이 되고 알토가 되어 공간을 공명했다.

아버지란 사람은 정말 이런 사람을 친구로 믿고 밴드를 구성하고 그 모든 걸 위임했던 걸까. 이 사람도 과거에는 지금의 모습이 아니었겠지. 정말 아저씨 말씀대로 빛나는 청춘의 한때, 모든 걸 함께 꿈꾸는 절대적인 동지이자 개성 강한 뮤지션이었다는 게 사실일까.

그렇다면 자리와 돈이 한 인간을 저토록 흉물스럽고 속물스런 괴물로 만든 건가.

인생의 좌표이자 지표인 전경을 잃고 끝내 내 의지와 내 뜻대로 강행한다면 나도 언젠가는 저 사람처럼 저렇게 뻔뻔한 얼굴을 하고 웃으면서 나락으로 추락하게 되는 걸까.

무서웠다. 똑같이, 아니, 그보다 더 가혹하게 되갚아주고 싶었는데 앞에 앉은 인간의 적나라한 얼굴을 목도하자 미래의 내 모습이 겹쳐 보여 뒷걸음쳐졌다.

난 절대 아니라고, 난 예외라고 확신할 수 없었다.

'전경, 네가 언젠가 이 자리에서 지금의 나처럼 저 인간과 똑같은 내 모습을 보게 될까 봐, 그게…… 두려워.'

"네가 아무리 많은 주식을 확보했다고 해도 난 쉽게 이 자리를 내놓지는 않을 거다. 네가 나보다 더 많은 주식을 매입하지 않는 이상 난 그 어떤 위협에도 굴하지 않아."

코너에 몰린 원기석은 고맙게도 무너지고 반성하는 그녀를 바로 세우게 도와줬다.

"넌 지독히도 운 없는 네 엄마의 교통사고와 슬럼프로 인해 대마초에 찌든 네 아비의 돌연사를 전부 다 나에게 떠안길 심산인가 본데……."

"더불어 증거 인멸을 위해 불을 지르라고 사주한 죄도 물을 생각이야. 한데 참 운 좋아. 그런 당신 마음을 알고 어느 미친 인간이 재미로 불을 질렀으니……. 당신은 그냥 앉아서 목적을 이루게 됐잖아?"

"다 알면서 나한테 이러는……."

"입 닥쳐! 안 그럼 그동안 모은 증좌들 죄다 신문사와 언론에 넘길 테니까! 내가 고작 이런 사생활로 쓰레기 같은 당신 처넣을까 봐서?!"

"……!"

"웃기지 마. 7년이야."

'당신이, 당신 같은 인간이 상상할 수나 있을까. 그 시간을 내가 어떻게, 어떤 마음으로 버티며 날 포기하지 않고 살아냈는지.'

"7년을 준비한 내가 고작 주식 하나로, 미성년자들 추행한 이더러운 총천연색 사진첩으로 당신을 잡아넣을까? 나이가 드니 머리가 유아처럼 아기자기한가 봐?"

"……!!"

"세금조사를 포함해 모든 건 시작에 불과해. 당신은 잃을 게 많지만 난 잃을 게 없어. 그러니 그 돈을 포함해 자식이자 분신 같은 회사, 사회적 위치, 신망, 존경, 가족까지 모두 다 잃어봐. 그때도 지금 같은 거짓과 공염불을 나불댈 수 있는지."

"……!!"

잎새는 끓어오르는 분노를 억지로 누르며 최대한 자분자분 설명했다.

마치 천천히 새겨들어 그 머리에 꼭꼭 새기라는 듯이.

원기석은 잎새의 차분한 설명에 감복받았는지 방금 전과는 사뭇 반응이 달랐다.

"박희재랑 매니저 그 자식이 뭐라고 지껄였는지는 모르지만 난 네 아버지가 걱정돼 네 엄마한테 대마초 얘길 하라고 한 거고, 결국 말을 전한 건 박희재야! 또 방화는 조장하지도 않았어! 그저 네 아버지가 날 옭아맬 목적으로 모은 그 증거들만 없애라고 했지!"

원기석은 마치 억울한 누명을 쓴 듯 소리를 질렀다.

"그리고 네 아버지 땅이랑 저작권은 돌려주려고 했어! 근데 네가 미국으로 갔다는……."

"닥쳐! 죽여 버리고 싶으니까!"

잎새는 분함은 물론 독기 가득한 눈으로 자신을 쏘아보는 원기석을 차갑게 응시하며 자리에서 일어났다. 더 이상 할 얘기도, 하고 싶은 말도 없었다. 아니, 전부 다 하기가 싫었다.

갈증과 함께 현기증이 났지만 티는 내지 않았다.

"지금부터…… 열심히, 죽어라 찾아봐. 날 이겨먹을 묘안. 그거 당신 전문 분야잖아. 해코지하고 위협하고 남의 것 빼앗는 거. 아, 또 있네. 속이고 철저히 은폐하는 거."

잎새는 칭찬인 듯 미소를 지으며 하나둘 줄줄이 열거했다. 이보다 더 많고 많았지만 토악질이 날 것 같아 참았다.

"당신 수준의 저열한 반격, 기대하고 있을게."

"……."

"이거 하나는 명심해."

원기석은 흑요석처럼 빛나는 잎새의 눈을 원망 가득하고 살기 가득한 눈으로 쳐다봤다.

"어쭙잖게 싸움 걸지 마. 조짐만 보여도……."

"……!"

"내가 갖고 빌릴 수 있는 능력 총동원해서 모조리 다 쓸어버릴 테니까."

살벌한 아이컨택을 전부 받아 그 이상으로 되돌려주고 벙어리처럼 함구한 원기석을 뒤로하고 지옥문을 걸어 나왔다.

룸을 나오자 상황 종료를 거론한 멘탈 강한 정주리가 아닌, 거친 숨소리를 장전한 전경이 기다리고 있었다. 몹시도 걱정스런 연인의 눈을 하고, 또한 든든한 지원군의 모습을 하고.

"……안아줘."

말이 끝나기 무섭게 전경은 꼭 안아주었다. 품에 안기자 비로소 진정이 되면서 내내 속살거리던 현기증과 두통이 멈췄다. 전경의 품 안에서는 정말이지 무서울 게 없었다.

'이 정도로, 이 선에서…… 날 놓지 않게 해줘서 고마워, 전경.'

8장 / Piece

잎새는 호흡도 미동도 없이 깊은 잠을 잤다.

침대가 아닌, 그녀와 전경이 너무도 좋아하는 거실 3인용 소파에서.

잠든 잎새를 한참 내려다보다 거실 조도를 조금 더 낮추고 맞은편 의자에 앉았다.

분명 뼈아픈 과오가 있고 명백한 실수도 몇 번 있었지만, 어찌됐든 스승님은 전경을 시각 교정 해주신 분이다.

매사 열등감은 물론 폭력과 일탈로 물든 그의 시선을 정형화된 사각 프레임에서 줌아웃시켜 인생이란 길고 지난한 길을 음악과 함께 통시적으로 볼 수 있게 보살피고 이끌어주신 분.

어느 순간부터 내가 욕망하고 꿈꾸는 여자를 자신의 방법으로 보호하고 길러주신 고마우신 분. 그런 분의 분신이자 전부인 음악을, 저작권을 되찾는 건 너무나도 당연했다.

스승님의 수많은 저작권이 잎새가 아닌 원기석 손에 있다는 걸 알았을 땐 망설일 틈이 없었다. 무조건 회수해야 했다. 찾아서 원주인에게 주어야 할 의무와 책임이 있었다.

그런데 이 아이도 자신처럼, 아니, 자신보다 백배 천배 더 고군분투하며 준비하고 있었다니…….

"그렇게 떠나고 한 번도 제대로 된 잠을 잔 적이 없다고 하더라."

지금도 박희재 사장님의 처연한 표정과 목소리가 생생했다.

또한,

"체이스에게서 받은 천문학적인 돈값을 하느라 살아 숨 쉬는 인형처럼 하라는 대로 다 하고 살았어. 학교도 다시 다니고 죽어라 사업 배우면서……. 춤은 정말 버티고 살기 위한 단 하나의 수단이자 마지막 비상구라 냉랭한 체이스도 별말 하지 않았지. 그런데 이제 보니까 그게 다…… 너 하나, 네 얼굴 보자고 벌인 일 같다, 내 생각엔."

켄의 구구절절한 이야기에 목이 메고 숨이 막혔다.

그동안 이 아이에게 무슨 일이 있었는지 다 짐작이 되고 다 그려졌다, 전부 다.

고단한 표정의 잎새를 보자 그동안 꾸역꾸역 참았던 눈물이 터져 나왔다.

그 소리에 깰까 봐 입을 사납게 틀어막았다. 미안함과 고마움에 눈물이 차고 감사함에 숨이 쉬어지지 않았다.

'그랬구나, 남궁잎새. 넌 정말이지…… 못 이겨 먹겠다.'

간신히 흐트러진 마음과 정신을 다잡고 아직까지 깊은 수면에 빠진 잎새를 쳐다봤다. 저절로 손이 가는 걸 애써 참으며 주먹을 말아 쥐었다.

깨우고 싶지 않았다. 아니, 깨워 내 품에서 안아 재우고 싶었지만 참았다.

이 아이의 고단함과 진심을 알아버렸기에 내 옆에서, 이 집에서 가능한 오래 꿈을 꾸게 하고 쉬게 해주고 싶었다.

잎새가 원기석을 상대로 무슨 말을 어느 정도 나누고 쏟아내었는지는 알 수 없었다.

그의 절절한 진심과 충고를 받아들였는지, 아님 계획한 대로 자기 자신을 모조리 내던졌는지.

어떤 결과, 무슨 일이 터져도 끌어안고 보듬어야 한다는 건 안다.

지금으로서는 잎새가 조금이라도 덜 아프고, 덜 상처받고, 덜 망가지길 간절히 바랄 뿐이었다.

사색이 돼 안절부절못하는 전경에게 실신 직전의 실키를 맡기고 주리는 켄과 근처 눈에 들어오는 바(Bar)로 무작정 들어갔다.

"전경이 저런 표정 짓는 거 처음 봤네."

"실키가 그런 표정 짓는 거 처음 봤어."

"나보다 대여섯 살이나 어린 사람들이 무슨 사연이 저렇게 절절한 거야?"

"대여섯 살 어린 거면 당신 나보다 한 살 많은 서른여섯 살인 거네."

"지금 이 자리에서 서열 정리하자는 거야? 할까?"

"무슨, 서열은 당연히 내가 위지. 난 당신 회사 실질적인 사장의 친구이자 머니 뱅큰데."

모자란 인간이 돈 자랑에 서열까지 들먹여 순식간에 기분이 다 운됐다.

둘이 이바구하는 동안 술과 안주가 대령되었다. 오늘은 술을 마시지 않을 수가 없었다.

사실 오늘뿐이 아니라 내내 술을 달고 이고 살아도 될 만큼 다사다난한 하루하루를 보내고 있었다. 진짜 요사이는 그 어느 때보다 웃픈 일이 많았다.

건재하던 박희재 사장의 병환, 회사 원주인의 느닷없는 출현과 복귀, 그로 인해 바지사장이라도 노리고 덤벼드는 하이에나 같은 네 명의 힘 좋은 이사들까지.

"당신이랑 실키는 언제 귀향하는 거예요?"

"둘 다 태어난 고향은 서울이거든."

"그러니까 제2의 고향은 언제 가냐구요? 댁들이 가야 진정성 있는 수장은 물론 서열이 정리되고 이 어수선한 상황이 조금은 안정을 찾을 것 아니에요."

켄은 아직까지도 뱁새눈을 하고 주리를 주구장창 주시했다.

"입은 삐뚤어져도 말을 똑바로 하랬다고, 당신의 궁극적인 목적은 실키가 사라지고 누가 그 자리를 대신할 것이냐 이거잖아? 당신 정말 이 상황에서 그러고 싶어?"

'보자 보자 하니 이 인간이 사람을 아주 개쓰레기로 만들고 앉았네.'

"이보세요, 난 그 어떤 상황에서도 중심을 잡고 이성적인 판단으로 회사를 이끌고 나갈 의무와 책임이 있는 중역이에요. 내가 기민하게 판단하지 않으면 좌초하는 건 순간이라고요. 누군가가 슬퍼하면 또 누군가는 충분히 슬퍼할 시간을 만들어주면서 이 상황을 끌고 나가야 한다구요, 이 일차원적인 인간아!"

젊은 사장이 그 위협적인 주식으로 원엔터를 어찌할지는 모르지만 이 업계에 한바탕 핵폭풍이 부는 건 너무도 자명했다.

대혼란은 어떤 이에게는 호기이며 기회다.

이번에 삼각 구도를 혁파하고 전국시대가 도래하면 꽤 오래 유지되리라 믿어 의심치 않았다.

이미 각성한 대중들은 새롭고 음악성과 개성이 뛰어난 가수에게 예민하게 반응하기 시작했고, 상당히 공감하고 있었다. 아이돌이나 솔로 가수들의 판에 박힌 노래와 식상한 코드에 지루해진 그들에게 차별화된 노래가 사랑받고 어필하고 있다는 얘기다.

그러니 기회다.

기획—훈련—제작—매니지먼트의 완벽한(인 하우스(In—House)) 시스템의 그늘과 부작용이 이제야 표면화되고 있단 말이다. 그 독보적인 노하우의 뻔함과 몰개성이 바로 답이 될 테니까.

"당신도 봐서 알겠지만 난 준비된 사람이에요. 그러니까 이번 소요 사태가 진정되면 실키에게 나를 거론하면서 강력하게 추천하란 말이에요."

주리의 자신만만한 태도에 깡통은 전혀 동의하는 얼굴이 아니었다.

"도대체 내가 왜 그래야 하는데?"

"당신, IT 회사 운영한다면서요? 딱 보면 모르겠어요? 지금은 나처럼 젊은 피가 필요하다고요. 구태의연한 경영진 말고 탄력 있고 젊은 가수들과 공감을 자아내면서 전 사장님과 긴밀한 관계를 유지하면서도 그분의 인성을 옆에서 그대로 답습한 인물, 나 정주리!"

그 모든 이유로 인해 자신이 아닐 수가 없다. 또한 자신도 있었다.

"내가 딱히 본 적이 없어서 공감이 안 되네."

깡통은 심히 의심스럽다는 눈초리를 하며 주리를 초조하게 만들었다. 그렇다고 이쯤에서 포기할 주리도 아니었다.

"또 다른 이유가 있죠!"

"……."

"켄 당신이 나중에라도 다시 한국에 들어왔을 때 편하게 의논하고 짐을 함께 나눌 사람, 그게 누구겠어요? 그동안 당신과 음으로 양으로 함께한 나라고요. 그러니까……."

"어차피 서류상 실키랑 내가 공동 주인이라 나한테 함부로 할 수 있는 사람은 없어."

아! 정말 얄미운 인간. 눈치는 없는 게 또 상황 파악은 제대로 하고 있네.

"난 절대 추천하지 않을 거야. 그동안 당신이 날 얼마나 디스하고 우습게 봤어? 그런데 나보고 당신을 밀라고? 당신, 미친 거 아니야?"

깡통은 순간 주리가 자신을 멸시하고 화장실에서 밀친 기억이라도 났는지 심하게 반발했다.

'뭐 이런 깡통 같은 자식이 다 있어? 내가 그동안 저를 얼마나 보필하고 보살폈는데.'

"맘 같아서는 당신은 평사원으로 강등돼야 해."

강등? 이젠 사장 친구고 나발이고 꼴깍지가 나서 더는 봐줄 수가 없었다.

"뭐, 이런 십장생 같은 인간이 다 있어?! 야! 지금 너 뭐라고 했어?! 나이도 어린 놈의 자식이 뭐?! 평사원으로 강등?! 무식한 게 강등이란 말이 무슨 뜻인지 알고 하는 소리야?!"

주리는 머리를 들이밀며 깡통을 한쪽 벽으로 밀었다.

"십장생!! 내가 그 뜻 모를 것 같아?!"

십장생을 시작으로 주리는 켄과 상당 시간 살벌한 입담을 주고받으며 바(Bar)를 어수선하게 만들었다.

가게 안에서 가장 최고급 술을 시킨 이들로 인해 가게 매니저는 이들을 내쫓지도 못하고 그 같은 소란을 고스란히 지켜봐야 했다.

아침을 뜨는 둥 마는 둥 하는 잎새를 보며 전경은 결국 한 소리 했다.

"안아줘?"

수저를 든 채로 잎새는 멍하니 쳐다보기만 했다.

"놀라긴. 포옹, 허그 말이야."

"……."

"어디서 보니까 인간은 생존하기 위해 하루 네 번의 포옹을, 또 유지하기 위해 하루 여덟 번의 포옹을, 마지막으로 성장하기 위해서 하루 열두 번의 포옹이 필요하다더라."

"난 어디에 속하는데?"

"넌……."

"……."

"내가 봤을 때 지금 넌…… 한 백 번은 필요한 것 같다."

잎새는 힘없는 미소를 지으며 가볍게 물었다.

"왜 백 번인데?"

"원래 상처받은 사람들은 그 누구보다 더 많은 포옹과 위로가 필요한 거야. 그러니까 백 번이지."

"왜 군이 백 번이냐고? 삼십, 오십, 칠십 번도 있는데."

"거야…… 내가 널 그만큼 안고 싶어 그렇지, 뭘 물어?!"

괜히 멋쩍어 목소리를 높이자 그제야 잎새가 피식 웃었다.

애매하게 들고 있던 수저를 기어이 내려놓은 잎새는 긴 한숨을 내쉬었다.

"그 사람과의 그런 자리, 정말 수백, 수천 번은 상상했는데…… 짜릿함은 고사하고 내 지난 7년을 조금도 보상하지 못하더라."

"……."

"물론 엄청난 기대를 했다거나 그 사람 회사를 좌지우지할 수 있다는 사실에 카타르시스 뭐, 그런 걸 느끼고자 한 일은…… 아니었어."

이틀 사이에 잎새는 많이 야위었다.

잠도 많이 자고 휴식과 충전도 하고 있다고 생각했는데 역시나 마음과 머리가 복잡해서 그런지 얼굴은 점점 나빠지고 있었다.

그사이 엔터 업계는 정말이지 진흙탕 싸움이 자행되고 있었다.

잎새가 그 많은 죄와 죄악을 실질적으로 공론화하지 않고 단죄하지 않음이 선물이고 선처인지 모르는 원 회장이 기어이 스스로 무덤을 팠다.

그전에도 그랬고 현재도 수족처럼 마냥 부리던 스승님의 매니저를 불러 당장 잎새를 만나 자신에게 유리하게 일을 처리하라고 폭력배를 불러 폭력행사를 하고 있는 대로 닦달한 모양이다. 그렇지 않아도 오래전부터 전경에게 증거를 넘기고 회유는 물론 증거를 받아 호시탐탐 기회를 노리던 매니저가 드디어 원 회장의 가혹하고 비인간적인 행동에 반기를 들고 반격을 가했다.

그간 원 회장이 자신은 물론 무명의 어린 여가수들을 데리고 은밀히 자행한 성 상납은 물론 정관계 인사들에 대한 로비, 공무원들과의 유착 관계, 각종 만행이 비디오와 녹취록으로 고스란히 기록되고 녹화돼 각종 신문사와 방송사에 보내졌다.

그간 녹음된 엄청난 파일 양으로 인해 7년 전의 모든 일이 재조사되고 해외 비자금 유출과 함께 불법 자금 유입까지 원 회장의 재산 형성 과정이 낱낱이 파헤쳐졌다.

그로 인해 잎새와 전경은 손 하나 안 대고 시원하게 코 푼 격이 되었다.

수사는 이 시간에도 계속되고 있었다.

"애초 원안대로 다 뒤엎지는 않겠지만 적당한 타협은 싫어."

"……."

"그러니까…… 맡아줘."

"그래."

잎새는 그가 건네는 컵을 들고 자리에서 일어나 마당이 보이는 거실 쪽으로 갔다.

잠시 후, 1인용 암체어에 올라가 무릎을 세우고 쪼그려 앉은 잎새는 창밖에 시선을 고정했다. 그 모습이 흡사 고양이 같았다. 무척이나 탐나고 고급스러운 고양이.

"내 삼촌이란 사람은…… 돌아가신 우리 엄마를 무슨 종교처럼 생각하는 것 같아. 완전 사이코에 사이비지. 말도 안 되는 일이고. 그래도 그런 비정상적인 믿음이 날 도와준 이유가 되고 명분이 됐어."

전경은 식탁을 그대로 두고 잎새의 맞은편 소파에 앉았다.

여위어서 그런지 잎새의 옆모습은 그림 같았다. 차분하면서도 기묘한 기운이 서늘하면서도 생소하게 느껴졌다.

"너의 충고도 작용했지만…… 나중에 내 자신이 체이스랑 원기석처럼 될까 무섭더라."

자신의 모습을 무섭다고 표현하는 잎새는 말과 달리 너무도 투명하게 빛났다.

"마치 굴절된 절대자처럼 나 아닌 타인은 다 틀리고 내 말이 맞는다는 오만과 착각. 또 내가 한 행동은 국가를 알리고 모두를 위한 공의가 당연하니 정당하다고 말하는 왜곡된 정의와 호도된 시각. 그래서……."

잎새는 고집스레 창밖을 보던 시선을 거두고 그를 보며 작게 웃었다.

"방향을 달리하려고. 거창하게 시작했는데…… 내 손으로 직접 끝을 내지 않는 것 같아 왠지 결정 장애에 의지박약 같기도 한데, 네 말처럼…… 망가지긴 싫어. 또 아저씨처럼 내가 또 다른 누군가를 상처 내고 망가뜨릴까 봐 두렵고."

"그래, 잘했어."

전경은 진심을 담아 잎새를 지지하고 응원했다.

스승님 사건의 재수사와 상관없이 절대 저 아이의 눈물과 외로웠던 고군분투를 무의미하게 하지 않을 생각이다.

"우리 잎사귀, 아주 똑똑해."

잎새는 물기 그렁한 까만 눈을 하고 전경을 아찔하게 쳐다봤다. 차분한 시선인데도 전율이 느껴졌다.

저 아이의 모든 시선은 늘 아찔하고 흥분되게 한다. 조금은 경건한 지금 이 순간에도.

"아까…… 말한 거 해줘."

"……?"

"생존은 물론 유지하고 성장하기 위해 인간이 하는 거."

그제야 알아들은 전경은 여전히 초록의 암체어 위에 쪼그리고 앉은 파랑새에게 다가가 그를 아련하게 올려다보는 파랑새를 넓은 가슴에 담았다.

전경은 안으면서 기도했다.

이 순간 잎새가 그의 품 안에서 안식을 취하고 안정을 되찾길, 또한 절대 다른 선택은 하지 않기를 간절히 기도하고 기도했다.

그 사람 라인은 도대체 어디서 어디까지, 또 어떤 사람들에게까지 뻗쳐 있는지 궁금했다.

원기석을 만나고 딱 3일이 지났을 뿐인데 돌아오란 비밀 메일이 왔다.

—회사는 켄에게 마무리하게 하고 무조건 일주일 안에 돌아올 것.

오늘까지 4일 남았다. 전경을 보고 흡수하고 기억장치에 입력할 시간이.

생각의 우선순위는 전경이지만, 처리할 일들이 머릿속에서 복잡하게 랭킹 싸움을 하고 있었다. 그러면서도 현실에서는 그 어떤 정리도 내색할 수 없었다.

만약 조금이라도 달리 행동하면 전경이 알게 될 테니까. 떠나려고 한다는 걸.

전경이 집을 비운 사이 지원에게 향기를 보내달라고 부탁했다.

자신이 떠나면 그다음은 켄이 알아서 해줄 것이고, 어차피 켄은 어머니를 찾거나 소식을 들을 때까지 이곳에서 움직이지 않을 테니까.

박희재 사장님의 추천으로 차기 사장 자리는 이미 정해진 상태였다. 단지 켄이 동의하느냐 하지 않느냐 하는 미묘한 문제만 남았을 뿐.

"팀장님!"

향기는 못 본 사이 성숙해진 느낌이었다.

맨 처음 이 아이를 봤을 때는 눈빛을 제외하고 마냥 어리고 여린 몸으로만 봤는데 오늘이 마지막이라 생각하니 전체적으로 한

뺨은 더 성장하고 큰 느낌이 들었다.

"이젠 아픈 거 괜찮으세요? 안무팀 사람들 엄청 걱정했어요. 현재 팀장님은 한숨만 쉬시고, 지원 팀장님은 분위기 잡으면서도 얼굴에 그늘이 져 있고, 댄서 언니들은 단체로 여기 오자고 난리고……."

"……."

"근데 결국엔 다들 전경 아저씨 무서워서 못 오겠다고 그러고."

향기는 눈으로는 한 짐의 걱정을, 입으론 애정 어린 말을 한 말이나 쏟아냈다.

"넌 어때? 안무 연습 많이 했어? 뭐 보여줄 거 없어? 난 힘이 없어 춤은 못 추겠다. 네가 하는 거라도 좀 봐야지. 어때? 실력 좀 보여주지?"

잎새의 제안에 향기는 다소 멋쩍어하면서도 슬금슬금 오디오 쪽으로 갔다.

"요즘 제가 혼자 연습하는 건데요, 팀장님도 아시죠? 미국 부부 안무팀 내피탭스요."

"알지."

내 첫 제자이자 마지막 제자가 될 저 아이.

처음 보자마자 이상하게 눈이 가고 마음이 갔던 아이.

앞으로 저 아이의 매력은 나에게 그랬듯이 다른 사람들에게도 통하고 보이겠지.

"작년에 그 사람들이 우리나라 가수랑 처음으로 한 작품인데요, 전 이 노래 안무가 너무 좋아요. 처음 나왔을 때는 엄두도 못 냈는데 조금씩 연습하니까 되는 것 같아요."

"나도 그 노래 아는데 그 안무, 남자랑 하는 커플 댄스도 있잖아?"

"어? 아시네요? 사실 안무도 어렵고 구성 부분이 많아 복잡하긴 한데…… 한 번 봐주세요, 어떤지."

"그래."

향기가 고른 음악의 안무는 고난위도의 안무였다.

기본적으론 미디엄 템포의 R&B 곡에 리릭컬 힙합(포인트가 있고 스토리를 입히는 안무로 구성된 댄스. 발레에 기원을 두고 있다) 장르의 곡으로 묵직한 힙합 비트와 감미로운 피아노 선율, 웅장한 오케스트레이션이 어우러져 애절하면서도 몽환적인 분위기를 자아내는 곡에 여가수의 호소력 짙은 보이스가 애절한 느낌의 곡으로 기억한다.

향기가 열망하고 흠모하는 내피탭스는 세계적으로 유명한 안무 팀이다.

미국 유명 가수들의 안무는 물론 TV 프로그램 안무를 맡아 댄서들의 등용문이자 댄서라면 누구나 지나쳐야 하는 관문처럼 여겨지며, 그들의 안무는 에미상 힙합 부문 베스트 안무상을 받을 정도로 고난위도 퍼포먼스로 유명했다.

음악이 흐르고 향기의 눈빛이 순식간에 달라졌다. 저 모습엔 늘 소름이 돋는다.

피아노 선율과 함께 향기의 동작에 부드러운 힘이 실렸다.

다리와 팔은 유연하게 움직여 춤으로 노랫말에 담긴 감성을 표현하고 몸짓은 간절한 마음을 마임을 하듯 표현해 보는 이의 마음을 조금씩 충동질하며 움직였다.

또한 떠나가는 연인을 잡고 싶은 마음을 표정과 손짓으로도 완벽하게 표현하고 있었다.

이렇게 제자의 성장을 확인하면서 잎새는 다시 한 번 그 사람과 전경의 관계를 이해하게 됐다. 아버지란 사람은 분명 전경에게 위안과 위로를 받았을 것이다.

저렇듯 노력하며 발전된 모습을 보여주는 제자에게 자식과는 다른 애착과 사랑을 느꼈으리라. 오늘 향기로 인해 잎새는 더 많이, 더 깊게 두 남자의 케미를 짐작할 수 있었다.

그 어색하고도 이상한, 그러면서도 늘 부럽고 탐나던 그들의 합을.

음악이 끝나고 향기가 거친 숨을 내쉬며 달아오른 뺨으로 다가왔다.

옆에 주저앉은 향기에게 물병과 수건을 건넸다.

"어때요? 아직은 미흡하고 서툴죠?"

부정적으로 물으면서도 칭찬을 바라는 게 눈에 보였다. 그래서 예뻤다.

"좋아. 더 좋아져야겠지만 지금도 좋아. 동작도 정확하고 눈빛, 디테일한 표정 연기도 좋고. 단지 강약 조절만 더 확실하게 하고 슬라이딩 부분에서 겁내지 말고 과감하게 몸을 던지면 더 자연스럽게 보이겠지. 그래도 좋았어."

"정말요? 정말 그렇게 좋았어요?"

"그래, 좋았어. 퍼펙트라고는 못하지만 노래 가사는 다 느껴지고 전달되더라. 지원 선배한테 그새 많이 배웠구나?"

"물론 그분께 정말 많이 배우고 있지만……."

향기는 큰 눈을 반짝이며 잎새를 빤히 봤다. 그 모습이 참 똘똘해 보였다.

"전 항상 스승님 안무를 머릿속에서 떠올리며 동작을 해요. 지금은 스승님 안무 스타일을 따라 하는 정도지만, 차츰 저만의 그루브를 만들고 싶어요. 사실 그루브란 게 타고난 리듬감이고 자연스럽게 배어 나오는 거지만, 하여튼 전 스승님 춤에서 느껴지는 그루브와 필이 좋아요."

'당신도…… 이런 기분과 감동을 받으면서 전경을 지도하고 곁에 두었던 거군요. 그때는 그렇게도 이해가 되지 않았는데, 같은 세계를 공유하고 의논하며 평하고 자극받으면서 당신은…… 행복했겠군요. 지금의 나처럼.'

"향기야."

"네?"

"넌 춤에 대한 기본기도 있고 성장 가능성도 충분히 있으니까 지금처럼만 즐기면서 한 단계씩 올라가면 돼."

"네."

"그렇지만 공부도 게을리하면 안 돼. 춤은 분명 몸으로 하는 거지만, 춤을 구상하고 기획하는 안무가는 많을 걸 알고 공부할 필요가 있어."

향기는 잎새가 하는 모든 말을 흡수하고 빨아들일 자세로 집중해 들었다.

"어떤 안무가는 안무에 앞서 타인을 관찰하고 주의 깊게 본다더라. 아이들의 손장난 같은 것도 유심히 보고 동물들의 움직임까지도 공부한대. 결국 안무가들이 춤을 만드는 건 다양한 경험은 물론 진짜로 겪어보고 생각한 것들을 표현할 때 안무에 생동감이 생기는 거야."

'네가 고민하고 성장하는 걸 곁에서 보고 싶은데…… 그건 안 되는 일이겠지.'

잎새는 시원스러운 눈매를 한 제자를 빤히 쳐다보았다.

이 아이도 기억장치 안에 입력해야겠지. 내 예쁜 첫 제자이자 애제자인 널.

"네, 그럴게요."

"학교 공부는 기본이야. 지금은 안무가를 지향하지만 네 길이 무언지 아직은 아무도 몰라. 또 인생이 계획대로만 흘러가는 것도 아니고. 그러니까 준비를 해야 해. 어느 날 생각지도 못한 상황으로 흘러간다 해도 겁먹지 않게. 그러려면 공부는 필수야. 알았지? 절대 공부 놓으면 안 된다?"

"네, 그럴게요. 그러니까 스승님은 걱정 붙들어 매세요."

향기는 춤을 추고 난 후보다 더 달아오른 얼굴로 그 자리에 벌러덩 누웠다. 그러곤 팔베개를 하고 히죽히죽 웃으며 낮게 콧노래를 불렀다.

얼굴엔 미소가 가득하고 발가락은 흥얼거림에 맞춰 명랑하고 발칙한 그루브를 탔다.

스승님이란 말에 울컥했다.

짧다면 짧은 시간, 내가 이 아이를 제자로 인정하는 것처럼 이 아이도 나를 스승으로 인정한다는 게 더없이 고마웠다.

그렇게 고맙고 예쁜 제자를 한참 동안 쳐다봤다.

탕탕엔터를 통으로 깡통에게 맡긴 잎새는 양평 별장으로 가자고 제안했다.

아직은 출근하고 싶지 않다며 딱 3일만 쉬고 오자고.

잎새는 신인 걸그룹 건으로 몸이 달아 난리를 치는 정주리에게 지원에게 안무 콘셉트 등 일체를 인계했으니 이제부터 지원과 다이렉트로 통하라고 전화로 알렸다. 그러면서도 원엔터에 대한 일은 일절 묻지 않았다.

주주들과 엔터 업계 원로들의 반발로 경영에서 물러남은 물론 강도 높은 수사 진행 상황을 전혀 모른다 해도 분명 궁금하고 전경이 어떤 처결을 했는지, 원기석이 무엇을 얼마만큼 잃고 내놓았는지, 반성의 기미는 있는지 궁금할 텐데도 그 어떤 것도 묻지 않았다.

그저 며칠 더 쉬고 싶다는 말만 반복했다.

갑작스러운 목표 상실의 부작용이 제법 큰 듯 보였다.

이동하는 동안 잎새는 내내 잠만 잤다.

마치 잠이 잎새를 삼킨 것처럼 잠에 취했다. 아님 의도적으로 잠을 청하는 것처럼.

양평은 여전히 겨울왕국 한국 버전이었다.

서울은 햇빛과 생기가 쟁쟁한데도 사방이 산과 나무로 둘러싸인 별장은 혼자만 냉기와 음울함으로 가득했다. 정말이지, 기온과 분위기가 극과 극으로 달랐다.

끼니도 넘기며 잠에 취해 있던 잎새는 저녁이 되자 생기를 찾아 함께 목욕을 하자는 대담하고도 신통방통한 발언을 했다. 이에 전경은 사양하지 않고 넙죽 위험한 선물을 받았다.

사과 머린지 똥 머린지를 한 잎새는 정말 징그럽게도 귀여웠다.

위쪽은 귀여운 캔디 버전에 아래쪽은 더없이 착한 에로 버전이었다.

서로의 다리를 교차한 채 탕 안에 입수한 전경과 잎새는 서로를 마주 봤다.

"왜 안 물어봐?"

참다못한 전경이 먼저 물었다.

"뭘?"

"뭐가 뭘이야, 니가 궁금해하는 거지."

"나 궁금한 거 없는데?"

잎새는 천진한 표정으로 거품을 갖고 놀면서 CF 놀이를 했다. 사실 눈앞에서 자행되는 모습은 한때 그가 동정과 순정을 지키고자 보던 야동과 다르지 않았다.

다른 게 있다면 주연배우가 나의 소중한 잎사귀라는 게 다를 뿐.

풍성한 비누 거품에 가려진 가슴골이 살짝살짝 보일 때마다 하체에 힘이 쏠리고 뒷목에서 허리까지 강한 전류와 전파가 흘렀다. 아무래도 이 에로틱한 설정에는 뭔가 있어 보였다.

이럴수록 정신을 바싹 차리고 잎새의 의도를 파악해야 한다.

"원엔터 상황 궁금하지 않아?"

"응."

"응이라니? 무슨 뜻이야?"

"……."

"안 궁금하냐고?"

"안 궁금해."

잎새는 여전히 비누 거품으로 사람을 들었다 놨다 하며 있는 대로 긴장시켰다.

"전경?!"

아무래도 이상하다. 저렇게 정색을 하고 이름을 부르는 것부터가.

"전경?!"

"왜?"

"전…… 경!"

"왜 이러실까."

"왜 이름이 전경이야? 이름은 누가 지어주신 거야? 할머니는 이름에 대해선 아무 말씀도 안 하셨거든. 그래서 이름의 뜻이나 유래는 몰라."

"이름에 유래가 어딨어? 내가 무슨 지명이나 시골에 대대로 내려오는 전설도 아니고. 그리고 뜻은 몰라. 기억도 안 나고. 그냥 배 타고 나갔다가 실종된 우리 아버지 성이 전씨고 경은……."

"살면서 어느 상황이 됐든 절대 사사로이 주먹 쓰지 말고 삶을 경건하고 경외하며 살라고 전경인가?"

"너 어디 아프냐?"

"아프긴, 지금이 최고로 좋은데. 그러니까 그 어느 상황이 와도 옛날처럼 쌈박질하지 말고. 이젠 사회적 지위와 체면도 있으니까."

잎사귀는 초등학생을 가르치는 담탱이처럼 그를 지도하고 훈계했다.

"니가 아주 목숨을 담보로 도박을 하는구나?"

목소리를 높이는데도 잎사귀는 전혀 개의치 않으며 말을 이었다.

"훈계했으니까 이젠 칭찬해 줄까?"

잎새는 물기로 더욱 윤이 나는 까만 눈동자를 반짝이더니 그의 손을 잡아당겨 월풀 중앙, 그의 다리 위에 조신이 자리를 잡고 앉았다.

거품이 차단막이 되어 어느 정도 상쇄해 준다고 해도 맨몸으로 그의 남성 위에 자리를 잡고 앉은 잎새로 인해 전경은 강렬한 욕망과 열기에 몸이 저릿저릿했다.

조금만 수고를 하면 금세 결합이 가능할 정도로 자세는 자극적이고 마음은 위험천만했다.

그 자세로 잎새는 그를 빤히 쳐다보았다. 그러고는 혼잣말처럼 아주 작게 중얼거렸다.

"바이러스라면…… 네 안에서 살 수 있겠지."

"……."

잎새는 피식거리더니 그의 얼굴을 자신의 두 손으로 받쳐 들어 방금 전보다 더 빤히 쳐다봤다. 그 눈빛은 방금 전 잎새의 말처럼 기묘하면서도 낯설었다.

"눈 감아봐, 전…… 경."

"싫어. 너 볼 거야. 지난 7년 못 보고 산 게 억울해서라도 매 순간순간 너를 보고 있을 거야."

사실이었다.

잎새의 마음을 몰랐기에 죽도록 괴롭던 그 시절에 이젠 과감히 안녕을 고하고 싶었다.

"그러니까…… 상 준다고. 그 억울했던 시간 보상해 준다니까."

"보상, 그딴 거 필요 없어. 그냥 지금처럼 옆에만 있으면 돼."

"……."

'너의 지난 7년을, 전부는 아닐지라도 얼마 정도는 알기에…… 아무것도 안 해도 돼. 그냥 이렇게 내 곁에서 울고 웃고 쉬면 돼.'

"왜 대답이 없어? 너 저번에도 약속했잖아? 아냐?"

"왜 아니겠어. 약속했는데. 그러니까 눈 감아보라고."

잎새의 고혹적인 눈빛과 달콤한 목소리에 취해 할 수 없이 부릅 뜬 눈을 감았다. 눈을 감는 것과 동시에 그의 성난 남성은 잎새 안 에서 조금씩 기지개를 준비했다.

"……읏!"

"눈…… 뜨지 말고 그냥 느껴봐."

끌어안은 채 귓속에 은밀한 밀어를 속삭이는 잎새는 정말 그녀 의 말처럼 혈관에 스며드는 지독한 바이러스 같았다.

치명적으로 위험했고,

잔인할 정도로 아름다웠으며,

몸과 정신을 완전히 파괴할 것처럼 그렇게 뜨거웠다.

"잎, 잎새야……."

"눈 뜨지 마…… 제발……."

거절할 수 없는 절대적 주문에 걸려 눈을 뜨지 못하니 감각은 더욱 예민해지고 감정은 더욱 격렬해졌다. 그로 인해 몸짓은 더없 이 거칠어지고 다급해졌다.

온전히 잎새의 숨소리와 숨결만 믿고 의지해 시작된 블라인드 섹스는 그 어느 때보다 두 사람의 감각을 세밀하고 섬세하게 만들었다.

약속한 3일을 잎새가 자아내는 농염하고 퇴폐적인 분위기 속에서 취한 듯 보냈다.

사로잡혔다는 의미를 이제야 제대로 알 것 같았다.

정신줄이야 예전부터 사로잡혔지만 육체까지 이렇게 완벽하게 차압당하고 사로잡힐 줄은 몰랐다. 더 욕심내다간 혹여 실신하고 체력이 완전히 바닥날까 봐 거부하려고 하면, 그럴수록 안겨오고 파고드는 농염한 잎새로 인해 육체의 마력에 흠뻑 빠져 일체의 행동과 생각은 감히 하지도 못했다.

혈기왕성한 젊은 남자의 눈에 사랑하는 여인의 육체는 하나의 '세계'와 같다는 말을 그 3일 동안 여실히, 정말 지독하게 절감했다.

밤새 싸우고도 태평스럽게 자고 있는 남편이 꼴 보기 싫어 새벽부터 집 나온 주부도 아닌데 핸드백 하나 들고 공항에 서 있었다.

그런 막막함과는 전혀 상관없다는 듯 월요일 아침의 공항은 번잡하고 소란스러웠다.

그 소란함이 오히려 고마웠다.

마음보다 더 소란한 이 공간이 슬픔과 약속을 저버린 죄책감을 중화시켜 주었다.

눈물은 한 방울도 나오지 않았다.

지난 3일, 의도한 만큼 전경을 먹고 마시고 삼켰기에 가능했다.

바이러스처럼 전경의 혈관에 완벽히 스며들고 싶었다. 정말 미치도록.

그 열망과는 다르게 시간은 지나갔고, 그에게 기생하는 균조차 되지 못했다.

처음부터 시작과 끝, 그 종착점을 너무나 잘 알고 시작했기에 신파는 하지 않기로 다짐했다. 그러면서 그런 생각을 했다.

원기석을 벌하고 응징함에 있어 그처럼 매정하게 손을 놓아버린 건 어쩌면 그녀 마음속 깊은 곳에 다른 생각이 자리하고 있던 건 아닌가 하는 의심이 들었다.

지난 7년 동안 원기석을 목표로 한 게 아니라 전경을 다시 보겠다는 그 마음 하나로 원기석을 타깃 삼아 나 스스로와 체이스를 속인 건 아닌가 하는 명백한 의심, 또한 그 사실을 이제야 간파하고 눈치챈 체이스가 부랴부랴 불러들이는 건 아닌가 하는 불길한 확신.

인간미라곤 눈곱만큼도 없는 체이스에게 전경을 보고 싶다고 말할 수 없었고, 말한다 한들 이해받을 수도 절대 허락하지도 않을 테니 다른 커다란 핑곗거리를 만들고 내 맘을 속인 건 아닌가 하는 강한 의문이 생겼다.

내 무의식이 스토리를 만들고 이야기를 확장해 전경을 찾아가게 한 것은 아닐까.

'그런 사람을 난…… 떠날 수 있을까? 그토록 내 마음 전부를 내주고 차지한 사람을 떨쳐 내고 앞으로의 삶을 이어갈 수 있을까? 버텨낼 수 있을까?'

맨 처음 이처럼 무모한 거래를 시작할 때, 내 미래는 체이스에게 담보한 상태였다.

그렇게 약속을 하고 이제 와서 무르고 싶다 하면 그건 명백한 반칙이고 위반일 테지.

그 사람의 집요하고 기이한 집착과 오래된 추적이 없었다면 원기석과 그 같은 대면조차 할 수 없었을 테니까.

체이스의 모든 공로와 수고스러움을 인정하면서도 그 의문과 의심은 버릴 수 없었다.

'우리가 서로를 간직하고 흡입한 그 3일로 난 너를 놓을 수 있을까, 전경?'

"손님, 음료 한 잔 갖다 드릴까요?"

상냥한 스튜어디스의 목소리가 잎새의 지루한 의문을 가르며 차단했다.

"아니……."

"난 가져다줘요."

옆자리의 사람이 불쑥 끼어들었다.

"네, 알겠습니다."

스튜어디스가 담요를 덮어주는 걸 느꼈지만 여전히 눈을 감은 채 말을 아꼈다.

"난 물 한 잔 가져다주고 잎사귀는 빈속이니까 따뜻한 우유 한 잔 부탁해요."

'잎사귀……. 전경이 지어준 내 별명인데…… 잎사귀…… 잎.사.귀?'

감은 눈을 뜨고 상반신을 일으켜 조금 멀리 떨어진 옆좌석을 둘러봤다.

어지러운 시선과 눈빛에 한 사람의 모습이 들어왔다.

신문으로 가리고 있고 옆모습이지만 분명 전경이었다.

잎새는 놀람과 두려움, 불안감과 알 수 없는 기대감에 감히 확인도 못 하고 묻지도 못한 채 남자의 옆모습을 뚫어지게 쳐다만 봤다.

그사이 스튜어디스가 물과 우유를 가지고 왔다.

"손님, 물 가지고 왔습니다. 우유는……."

"잎사귀, 우유 마셔. 그렇게 야반도주하듯 아침부터 비행기 탔는데 좀 속이 쓰리고 아프겠냐?"

신문을 내리고 잎새를 향해 거친 말을 쏟아내는 사람은 분명 전경이었다.

잎새의 놀라고 당혹스런 표정과 시베리아 야생 늑대의 살벌한 표정을 닮은 전경을 바로 코앞에서 목도한 스튜어디스는 현명하게도 일찌감치 자리를 피했다.

화가 나면 하늘로 승천하는 저 일자 눈썹, 그리고 눈을 치켜뜨는 특유의 버릇까지.

"어, 어떻게……."

"그래, 어떻게 넌 그렇게 약속을, 아니, 맹약을 하고도 지금 이 자리에 있냐? 내가 어이가 없어서 정말. 그리고……."

"……."

"이번에는 일등석이야? 그것도 미국을? 내가 정말……."

방금 전까지도 눈물샘이 없는 듯 멀쩡하던 눈가에 조금씩 물기가 차올랐다.

"야, 너 지금 이게 운다고 해결될 일이야? 내가 지금 너 때문에, 응, 천만 원이 넘는 일등석을 탔는데? 이놈의 좌석은 왜 이렇게 떨어져 있는 거야?"

이 보고도 믿기지 않는 상황만큼이나 앉지도 일어나지도 못하고 엉거주춤한 자세로 잎새는 화를 내는 전경을 죽어라 쳐다만 봤다.

"뭘 보고 있어? 당장 이리 안 와?"

잎새는 담요가 떨어지고 그 담요를 자신이 밟은 줄도 모른 채 밤하늘에 뜬 북극성처럼 전경만 보고 그에게 다가갔다. 그렇게 몇 발자국 움직이자 전경이 정말 눈앞에 있었다.

전경은 긴 팔과 손을 뻗어 잎새를 무릎에 앉히며 얼굴을 잡아 자신을 보게 했다.

잎새는 물기 그렁한 눈을 하고 성난 시베리안허스키 같은 눈을 한 전경을 마주 봤다.

"어떻게……."

"뭘 아까부터 어떻게야?"

"……."

"어울리지도 않게 그런 이상하고 요상한 행동을 하는데 모르겠냐? 내가 장장 14년 동안 널 짝사랑한 남잔데. 정말 밀당도 세상에 이런 숨 막히는 밀당이 없다."

전경은 긴 한숨을 내쉬며 고개를 절레절레 흔들었다.

"나 같은 사람은 나라에서 상 줘야 해. 삼포세대란 말도 있는 이 절박한 시대이자 결혼율이 현저하게 낮은 이때 한 여자한테 목매는 건 기본이고 이렇게 천만 원 넘는 자비 들어서 처갓집 어른한테 인사하러 가다니, 난……."

이 상황을 기막혀하며 스스로를 두둔하는 전경을 잎새는 더 이상 참을 수가 없어 꼭 끌어안았다. 안아서 오감으로 확인하고 싶었다.

"야, 너 이렇게 대충 넘길 생각 마! 내가 아무리 네 몸에 약하기로서니……."

"미, 미안해. 정말 미안해. 약속 못……."

미안하고 고마워 말이 더 이상 나오질 않았다.

전경이 지금 이곳에 있는 이유도 목적도 상세히 알 수는 없지만, 이처럼 눈앞에 있다는 사실만으로도 죽도록 감사하고 행복했다. 저절로 막혔던 숨이 쉬어졌다.

죽었던 심장이 움직이며 격렬하게 운동하고 있었다. 자신의 주인을 보자마자.

"미안하면…… 키스해."

잎새는 매듭처럼 꼭 잡은 손을 풀어 전경을 봤다.

혼을 내고 성을 내는 목소리와 다르게 전경은 잔뜩 긴장하고 있었다.

얼굴에 다 쓰여 있었다.

전경이 얼마나 놀라고 얼마나 상처받고 또 얼마나 두려워했는지.

안도와 함께 긴장한 얼굴을 두 손으로 잡고 굳은 입술에 살짝 입술을 가져다 댔다.

잎새의 입술은 많은 말을 하고 있었다. 하지만 잔뜩 굳은 전경이 혹여 그 무수한 말을 알지 못할까 잎새는 혀로 그 말들을 세밀하게 전했다.

입안으로 스며든 잎새는 부드럽게 혀를 빨고 물며, 또 타액을 흡수하고 삼키며 하고픈 말을 전부 쏟아냈다. 그로 인해 키스는 점점 진해지고 우물처럼 깊어졌다.

전경은 잎새의 얼굴과 몸을 안고 수많은 고백과 감사에 리플을 달았다.

잎새와는 비교도 안 되는 파워와 기교로 흡착하고 삼키며 유혹하고 끝도 없이 잎새에게 답하고 답했다. 이로 인해 키스는 잎새가 리드할 때보다 더욱더 농도 짙어지고 밀도가 높아졌다.

사우나보다 더욱 후끈하고 열기 가득한 키스 공약이 어찌어찌 지나고 비행 중인 비행기 안에서는 사상 초유의 사태가 벌어졌다.

좁디좁은 이코노믹석과 넓고 쾌적한 일등석을 맞바꾸는 전례 없는 희한한 사례가.

창가 쪽 세 자리를 전부 독차지한 전경은 잎새를 창가 쪽에 앉히고 자신은 잎새 바로 곁에서 수문지기를 자처했다. 나머지 한 좌석에는 오래된 기타 하나가 조신하게 놓여 있었다.

비행기가 구름층을 지나 더 높이 비상하려 할 때 잎새가 물었다.

"기타는 뭐야?"

"아, 저거? 너희 돈 많은 삼촌한테 드리는 내 선물!"

"기타가 선물이라고?"

"아니, 저 기타 안에 든 누군가의 일기장."

"일기장?"

"그런 게 있어. 야, 너 딱 안 붙어? 조금의 틈도 없이 종이의 앞뒷면처럼 붙으란 말이야. 아님 바위에 붙은 따개비처럼."

미국으로 가는 내내 전경은 불평하며 요구했다.

더 가까이,
더 은밀하게,
더 완벽하게,
더 숨 막히게,
자신에게 붙어 있으라고.

Another Story

잎사귀는 아무래도 사랑 불감증이나 사랑 기피증 같다.

자신을 그 사악한 체이스에게서 떼어내 주고 몸과 마음은 물론 열과 성을 다해 매일매일 절절하고 열렬한 연서를 쓰는데도 짧은 답신은 고사하고 간단한 리플이나 외마디 감탄사조차 없었다.

감정이 메마른 잎사귀를 사랑하니 내 감정도 실시간으로 메마르고 있었다.

요사이는 도통 재밌는 게 없다.

잎새가 옆에 있기만 하면 세상이 내 것이고 세상이 온통 핑크 블러섬인 줄 알았는데, 막상 같이 살게 되니 그렇지도 않았다.

인간은 손안에 쥐기 전, 뭔가 간절하게 갈구할 때가 도리어 행복에 근접한 걸까? 이건 정말 딜레마가 아닐 수 없었다.

밀착 동거인인데도 잎새 얼굴 보기는 하늘의 별 따기보다 어려웠다.

탕탕의 사장으로 취임한 정주리가 늘 잎새를 옥새처럼 옆에 끼고 있고, 안무가로 국내에서 더욱더 주가가 상승한 잎새는 아주 탕탕 지하 연습실에서 살림을 차렸다.

그러니 함께 살아도 사는 것이 아니요…….

"전경, 오늘 우리 안무실 식구들이랑 회식 있으니까 나 좀 데리러 와줘."

"내가 왜 그래야 하는데? 싫어! 모범택시 타고 와!"

그러자 신발을 신던 잎새는 담담한 표정으로 한 편의 시나리오를 써 내려갔다.

"알았어. 그 늦은 시각에 택시 타고 오다가 술 취한 날 딴마음 먹은 나쁜 택시 기사 아저씨가 야산으로 데리고 가도 넌 모른다는 거지? 그래, 알았어. 그렇다면……."

"가면 될 거 아니야! 잎사귀 넌 정말 양심도 없냐? 내가 정말 치사해서 이 말은 안 하려고 했는데……."

"늦었다. 미안. 오늘 블루랑 오전에 미팅 있어. 이따 청담동으로 와."

이런 상식 없고 어이없는 상황이 일상이 됐다.

잎새와의 이런 평이한 삶이 더 이상 꿈이자 지상 목표가 아닌 건 천만다행이지만 이렇게 무감각해질 줄은 몰랐다. 그것도 딱 3개월 만에.

사실 이런 요순시대를 맞이한 건 순전히 스승님의 부인이신 잎새 어머니 일기장 때문이었다. 잎새 어머니의 일기장은 정말 좋은 바리케이드가 돼주었다.

잎새의 외갓집과 그 집안사람들은 웬만한 기업 드라마에 막장 드라마보다 더 심각했다.

이복 남매지만 어릴 적 사지 마비를 선고받은 체이스의 자살을 온몸으로 막다가 춤을 출 수 없게 된 잎새 어머니의 일기장은 결국 체이스의 원대하고 이기적인 계획을 차단하고 막는 구실이 되었다. 또한 잎새가 원엔터의 나머지 지분을 포기함으로써 그 결정적 지분을 가지고 있던 체이스의 노림수도 무산이 됐다.

그때 잎새가 여기서 그만하겠다고 했을 때 그 사람이 지었던 표정을 아직도 생생하게 기억한다. 아니, 기억할 수밖에 없었다.

그 눈은 절대 인간의 눈이 아니었다. 그 목소리도 사람의 톤이 아니었다.

태어나 지금껏 그렇게 인간 같지 않은 인간을 마주한 것은 난생처음이었다.

그 사람의 그 공허한 눈빛과 사신같이 무겁고 음침한 존재감이 그를 사람이 아닌 초월적 그 무언가로 만들었다. 그 사람 곁에는 호흡처럼 죽음이 따라다니고 있었다.

결코 소리조차 지르지 못하는 남자는 잎새를 분노와 광기를 담아 죽일 듯 쏘아보았다. 그러면서도 열기보다는 냉기로 주위를 전부 얼어붙게 만들었다.

"넌 나랑 약속이란 걸 했지. 내가 준 모든 걸 받아들인 순간, 이 계약은 절대 파기될 수 없고, 되돌릴 수 없다는 걸 알잖니. 그런데……."

그때 전경은 가드의 제지를 뒤로하고 잎새 어머니의 일기장, 그날의 사고를 담담하게 기록한 부분을 읽었다. 어린 나이에 병을 선고받고 자살을 선택한 동생으로 인해 그를 막기 위해 몸을 던진 그 일을 잎새 어머니는 절절하게 기록하셨다.

혼외 자식인 자신을 유일하게 보듬고 인정해 준 여리고 착한 남동생의 병과 그 아픔을 제 일처럼 아파하던 누나, 춤은 잃었지만 동생을 구했다는 누나의 기쁨과 안도를 일기장은 전부 담고 있었다. 가드로 인해 순식간에 빼앗긴 일기장은 그 사람의 눈앞에 대령됐다.

그때 그 인간 같지 않던 사람의 소리 없는 오열과 미세하게 균열이 가듯 끊어지던 기이한 절규는 지금도 가끔 생각난다. 그 모습에 비하면 영화 쏘우는 코미디에 지나지 않는다.

잎새 어머니가 그랬듯 잎새도 그 사람과의 인연을 완전히 끊진 않았다.

우리 둘 다 고아와 마찬가지인지라 나도 그렇게까지는 유도하지 않았다.

한편 박희재 사장님은 잎새의 지극정성으로 병세가 호전되지는 않았지만 더 이상 악화되지도 않고 있었다. 잎새는 그 사실만으로도 감사했다.

아군인지 적군인지 그 포지션이 애매한 미제 깡통은 잎새가 원엔터에 대한 원망과 집착을 완전히 내려놓음과 동시에 미국으로 떠났다.

깡통이 그토록 찾아 헤매던 친어머니는 만나지 못했다.

살아 계신 건 확실한 것 같은데 이상하게 찾아지지가 않았다.

입주가정부일 가능성이 커 그쪽으로 무게를 실어 알아봤는데도 단서가 잡히지 않았다. 그러자 켄은 그 허망함과 쓸쓸함을 작위적이지만 살인적인 미소로 대신하곤 미국으로 출국했다.

그 상황에서 제일 궁금했던 정주리의 반응은 싱겁기 그지없었다.

뭔가 있는 것 같기도 하고 아닌 것 같기도 한 그들의 알쏭달쏭한 썸 케미는 끝장을 보진 못했다.

지금 남의 썸과 케미가 문제가 아니다.

잎새는 복수의 화신이란 타이틀을 내려놓자마자 다시 열여섯 살 그 얄궂은 계집애로 회귀했다.

도통 그에게는 관심이 없고 감정도 내비치질 않았다.

사랑을 나누는 빈도수도 현저하게 낮아지더니 저번 주부터는 아주 사람을 홀아비로 만들었다. 우리가 결혼을 한 사이는 아니지만 이 업계에서 우리 사이를 모르는 사람은 없었다.

사장이라고 하지만 만만한 정주리를 압박해 온 사방에 널리널리 알렸다. 특히 속을 알 수 없는 블루에게는 더욱 디테일하게 낱낱이 홍보하라고 닦달했다.

남자가 남자를 제일 잘 알 듯이 블루의 시선이 의미하는 바를 모르지 않았다.

정신과 육체가 완전히 탈진한 상태에서 미국에서 돌아왔을 때 블루는 쇼케이스 겸 앨범 홍보를 위한 깜짝 공연을 하고 있었는데 엔딩곡으로 기존에 자신의 스타일이 아닌 낯선 음악을 연주했다고 한다.

가사와 제목은 없는데 분명 누군가를 향한 고백송이란 기사가 한동안 넘쳐 났다.

솔직히 달달한 피아노 연주는 좋았다. 그 연주로 알았다.

블루가 잎새에게 가진 감정이 결코 가볍거나 스캔들로 치부될 여타 그런 감정이 아니란 걸. 그런 연유로 연인 선언과 동거 사실을 알리는 것에 더욱 열을 올렸다.

남궁잎새는 왕년에 주먹으로 날리던 전경의 영원한 붙박이 연인이라고.

그로 인해 날파리는 꼬이지 않았지만 정작 몸이 달아야 하는 나비는 훨훨 날아다니기 바빴다. 결국 잎사귀로 인해 고통받고 있는 사람은 전경뿐이었다.

지난날과 한 치도 다르지 않은 이 모습, 굴욕적이다.

오전을 불평불만으로 보내고 나니 하루가 금방 갔다.

혹시나 해서 북어를 넣고 얼큰하게 콩나물국을 끓이고 차에 시동을 걸었다.

출발하려고 하니 핸드폰이 요란하게 울려댔다. 잎사귀다.

"왜?"

[미안한데, 청담동으로 오기 전에 탕탕 연습실에 가서 서류 하나만 가져다줘. 내일 켄에게 보낼 서류인데 두고 왔어. 오늘 달리면 아무래도 내일 출근하기 어려울 것 같아서. 미안해.]

아주 가지가지 한다. 이젠 심부름까지. 오늘이 어떤 날인지도 모르고.

"그 서류가 어디 있는데?"

마음과 다른 답이 먼저 나왔다. 이 또한 메마른 정서로 인한 부작용의 한 예다.

[내 사무실 책상 서랍에 있어. 제일 밑의 서랍.]

"야! 근데 너 목소리도 멀쩡한데 왜 데리러 오라고 하는 거야?!

그 정도는 네가 직접 와도 되잖아?!"

[아직 시작도 안 했거든요. 미팅 때문에 난 지금 도착했네요.]

이게 미안한 줄도 모르고 어물쩍 넘어가려고나 하고……

[내 말 듣고 있는 거야?]

"알아들었어!"

[빨리 와.]

전화는 그렇게 용건만 말하고 끊어졌다. 항상 이런 식이다.

이 정도로 담백하고 일상적인 게 다반사다.

우리의 관계는 그 어떤 애절함이나 절절함이 결여돼 있었다. 우리가 정말 14년을 그리워한 남녀 관계가 맞나 싶다. 남매라면 모를까.

불현듯 돌아가시기 전 할머니께서 하신 말씀이 떠올랐다.

"잎새는 다른 가시나들과는 차원이 다르다. 그래서 네가 좀 힘이 들 거야. 그래도 어쩌누. 네가 그렇게 미친놈처럼 넋 놓고 우리 강아지만 쳐다보니 할 수 없지. 그냥 팔자려니 생각하고 평생 잘혀. 버림받지 말고."

잎사귀 바라기가 사내자식 팔자라니……

이 구린 상황에서도 잎사귀 없이 살 자신이 만무하니 수건 던져 기권할 수도 없다. 정말 잔혹한 인생이다.

'아무리 그래도 그렇지, 오늘이 무슨 날인지도 모르고……'

투덜거리다 결국 기어를 넣고 서둘러 출발했다. 오늘따라 운전도 내 맘 같지 않았다.

연습실 문을 열기 전, 안을 들여다보니 정말이지 개미새끼 한 마리 없이 조용했다.

　비밀번호를 눌러 연습실로 들어갔다.

　내실 불을 찾는데 그리 크지 않은 기타 소리가 들렸다.

　소리 나는 쪽을 보니 잎새가 기타를 들고 의자에 앉아 있었다. 옅은 조명 빛을 받고.

　내겐 마약 같은 너.

　들어봐, 내 고백을. 느껴봐, 내 진심을.

　붙잡고 싶을수록 더욱 멀어지고 사라지는 네 마음.

　그리고 남겨진 너의 흔적들.

　놓을수록 가까워지고 버릴수록 내 안에 스며들어.

　그리고 남겨진 내 마음의 상흔들.

　틀림없다. 이 노래는……

　어쿠스틱 버전으로 변형됐지만 분명 그가 잎새를 생각하고 만들어 부른 노래다.

　잎새 때문에 너무도 고통스러워 죽지 않기 위해 만들었던 노래.

　9년 전 처음 무대에 섰을 때 마음을 다해 부르던 그 노래.

　중력처럼 당겨지는 너에게 와르르 무너진다.

　벗어나고자 해도 절대로 물러서지 않는 너.

　중력처럼 이끌리는 너에게 스르르 다가간다.

　벗어나고자 해도 절대로 지워지지 않는 너.

잎새의 목소리는 기대만큼, 아니, 상상한 것보다 훨씬 매혹적이었다.

저음이면서도 섹시했고,

속삭이듯 부르는데도 울림이 있고 가슴속을 파고들었다.

잎새가 업그레이드시켜 붙인 기타 리프가 드디어 끊겼다.

"서른세 번째 생일 축하해. ……사랑해."

잎새가 수줍은 듯하면서도 까만 눈을 반짝이며 한 번도 상상하지 못한 말을 꺼냈을 때, 심장이 금방이라도 빅뱅처럼 폭발하는 줄 알았다.

태어나 처음 들었다. 사랑한다는 말. 그 눈부신 고백을.

이 세상에서 밥이란 말만큼 쉽게, 자주, 의미 없이 남발되고 영화, 소설, 노래 가사에 수도 없이 나오는 그 흔해빠진 말을 난 한 번도 누군가의 입을 통해서 들어보지 못했다.

널 사랑한다는 말.

잎새를 알고 사랑한 다음부터 매일매일 기다리며 바라고 바라던 말.

절대 함부로 할 수 없는 말. 또 그래서도 안 되는 가장 무섭고 무거운 말.

감동에 감전된 듯 아무 말도 못 하고 서 있는 전경에게 잎새가 다가왔다.

"……사랑해."

이 말이 이렇게나 아름다운 말인 줄 예전엔 미처 몰랐다.

"네가 날 사랑하기 훨씬 전부터 널…… 사랑했어."

거짓말. 이건 정말 명백한 거짓말이다.

지가 날 먼저 사랑했단다. 나보다 먼저. 나보다 훨씬 전부터.

너무나 행복한 거짓말이다, 잎새가 내게 하는 말은.

"16년 전, 네가 우리 집에 들어오기 전, 할머니께서 네 화려한 영웅담을 이야기해 주실 때부터…… 널 짝사랑했어, 전경."

그때의 전경은 매일매일 싸움질만 하고 돈도 백도, 남들 다 있는 부모도 없는 이 거지 같은 세상을 욕하고 반항하기에 바빴는데 이 아이는 그런 자신을 그때부터 사랑했단다.

내가 모르는 시간, 이 아이는 그런 자신을 알고 사랑하고 기다렸단다.

"우리가 알고 지낸 시간에도, 또 헤어진 그동안에도 날 잊지 않고 기억하고 기다리면서 사랑해 줘서 정말 고마워, 전경."

"잎, 잎사귀……."

잎새가 간신히 키를 맞춰 쪽 하고 입맞춤했다. 그리고 환하게 웃었다.

"이제 우리 세 식구 열심히 잘살자."

"……!"

"오늘부터 안무가 남궁잎새는 잠정 휴업에 돌입했어. 이미 계약한 안무도 마무리했고 안무팀이랑도 오늘 인사 다 했어. 내일부터는 태교만 열심히 할 거야. 우린 둘 다 형제 가족이 없으니까."

"무, 무슨 소리야?! 세 식구는 뭐고 태교는 또 뭐야?!"

난생처음 듣는 해괴한 단어들이 머리에 임팩트 있게, 파이팅 넘치게 박혀 들어왔다. 그 요란한 경적과 알람에 정신이 하나도 없었다.

사랑한다는 고백만으로도 아직 머리에서 스팀이 나는데…….

정신없는 그와는 반대로 잎새는 여유만만에 어울리지도 않게 미소를 남발했다.

"나 아기 가졌다고. 드디어 임산부 됐다니까."

전경은 아직은 전혀 알 수도, 또 티도 나지 않는 잎새의 전신을 빠르게 훑었다. 그러자 잎새는 그의 떨리는 손을 들어 자신의 아랫배 쪽에 올려놓았다.

"8주 됐대. 신기하지?"

뭐라고 말을 할 수가 없었다. 아이란다. 내 아이.

이 넓고 넓은 세상, 고아인 내게 아이가, 우리 아이가 생겼단다.

큰 눈이 요술처럼 사라진 해사한 웃음으로 온통 거짓말 같은 완벽한 세계를 전하는 잎새를 얼떨결에 꽉 끌어안았다. 이 놀라움과 경이로움을 온몸으로 체감하기 위해서.

"전경!"

사랑한다는 고백에 아이까지, 정말이지 남궁잎새 넌…….

"우리 다음 주에 결혼하자!"

"……!!"

바로 저 잔디 위에서 결혼을 하게 될 줄은 몰랐다.

우리가 처음 만난 운명의 잔디!

잎새와 난 성인물 19금도 아닌 18금인가 하는 링 반지 하나씩을 나눠 꼈다.

입원해 계신 박희재 사장님과 정주리 사장, 잎새의 제자인 꼬맹이, 안무실 단장 현재 씨와 지원 씨, 그리고 내 가까운 지인 몇 명만 초대해 단출하고도 의미 있는 결혼식을 올렸다.

주례는 없었다. 꽃을 뿌리는 미동도, 거창한 연주도 없었지만 행복했다.

제일 하이라이트는 잎새의 꼬맹이 제자가 우릴 위해 이상한 행위예술 비슷한 춤을 췄는데, 세상에, 잎새는 그 춤 같지도 않은 춤을 보고 울었다!

사실 나도 그 퍼포먼스에 울컥하긴 했다. 너무나 민망하고 쪽팔려서.

저 둘 사이에는 이상한 저들만의 케미스트리가 있나 보다고 그렇게 이해했다.

신혼여행은 가지 않았다. 대신 어른들께 인사드리러 양평으로 갔다.

어렵게 잎새 어머니까지 모셔와 할머니와 잎새 부모님이 모두 한곳에 계시게 됐다.

주체할 수 없는 행복은 딱 거기까지였다.

우리의 결혼식이 도대체 어떤 작용, 반작용을 했는지 모르지만 우리를 대신해 정주리 사장은 난데없이, 정말 밑도 끝도 없이 미국으로 떠났다.

입사 이래 휴가를 가는 것도 처음이고, 장장 한 달 예정이란다.

사장이 좋긴 좋다. 썸 타던 남자 만나러 가면서 회사에는 출장이란 말을 버젓이 할 수 있으니. 그 한 달 동안 깡통과 정주리에게 과연 무슨 일이 있을까. 아니, 있기나 할까 심히 의심스럽다.

사실 그 눈치 없는 깡통이 기껏 용기를 낸 정주리한테 문이나 열어줄지 모르겠다.

정주리를 대신해 잎새는 한시적이지만 탕탕으로 출근하게 됐다.

거기까지는 참겠는데, 잎새는 전혀 터치를 하지 못하게 했다.

임신 초기에는 조심해야 한다며 날 거적때기 취급했다.

그에 비해 뱃속에 있는 아이한테는 정말 눈 뜨고 보기도 민망한 멘트를 퍼부으며 정말 이 아이가 내가 아는 잎사귀가 맞나 하는 의심을 하게 했다.

"그럼 안정기만 들어서면 되는 거지?"

"……."

"남궁잎새!"

"그렇게 부르지 마. 그래 봤자 약발 안 들어."

단호한 반응에 눈썹을 치켜뜨며 노려보자 기어이 고개를 돌렸다.

"너, 정말 해도 해도 너무한다. 요즘 너처럼 철저하게 지키는 사람이 어딨어? 네가 무슨 마지막 왕조의 왕후도 아니고, 또 내 아이가 이 나라를 짊어질 세손도 아닌데 뭐가 그렇게 지킬 게 많고 피할 게 많냐고?!"

하도 열이 받아 뱃속의 내 자식을 생각할 겨를이 없었다.

'미안하다, 내 새끼. 근데 정말 이 아버지 돌아가시겠다. 열 받아서. 그러니 네가 알아서 귀 막고 눈 감고 있어.'

"예전에 할머니께서 그러셨어. 여자는 임신하면 몸가짐도 조심하고 부부 관계도 피해야 한다고. 요즘 사람들이 이기적이고 경박해져서 그렇지 옛날에는 다 그랬다고 하셨어."

그놈의 할머니! 할머니! 아, 할머니!!

이분녀 여사의 무한한 존재감과 감정 키워드는 정말 끝이 보이지 않았다.

"넌 요즘 같은 시대 그런 말이 나오냐? 남들이 들으면 욕하고 비웃어!"

"욕하고 비웃어도 상관없어. 난 원래 남 상관 안 해."

그건 그랬다. 잎사귀는 유독 타인의 말이나 반응에 일희일비하지 않았다.

뭐, 좋게 말하면 대쪽 같아 좋은데, 이런 상황에서는 답답함의 극치다.

"우리 강아지도 키우자. 덩치 큰 커플로."

"갑자기 무슨 강아지야?! 난 집에서 일하는 사람이야! 예민해서 안 돼!"

그 똥과 기타 배설물은 누가 다 치우라고. 절대 반대다. 난 그냥 저 넓고 황량한 마당이 좋다. 눈에 걸리는 것도 없고 하니.

"강아지가 아이 정서 함양에도 좋고 면역력에도 좋다잖아. 또 무엇보다 우리 집은 너무 크고 온기가 부족해."

"온기는 너랑 내가 만들면 되지! 네가 허락만 하면 지금이라도 그 온기, 온풍기보다 더 대용량으로 방출할 수 있어! 시켜만 봐 봐!"

"그건 온기가 아니라 온전히 네 욕구고."

아기를 갖더니 잎사귀가 시니컬해져서는 반항기 만빵이다. 감이 별로 안 좋다.

"아기 태명 좀 지어봐. 음악 하는 아빠의 강점을 최대한 살려서."

맞다, 태명! 아이에겐 엄마 뱃속에서의 시절을 증명하는 태명이란 게 있다.

남들이 그럴 땐 유난 떠는 것 같아 질색하고 무시했는데 막상 내 아이가 생기니 이야기가 달라졌다. 참 이상한 일들의 연속이다.

내 자신과 대입시키니 절대 유난이란 말을 못하겠다. 정말이지, 이건 궤변이다.

"사랑이 어때?!"

정녕코 '미국 물' 먹고 온 예술가의 혼과 감성이 깃든 사람 맞나 싶어 의심의 눈초리로 쳐다보니 잎새가 환하게 웃으며 말했다.

"내가 너무 사랑하는 사람의 아이니까…… 사랑이 맞잖아."

잎새가 수줍은 듯 또 웃는다. 그리고 말한다.

"사랑해…… 전경."

저 소녀 같은 사람이, 날 미치게 하는 저 사람이, 저 예쁜 사람이 내 아내다.

내가 인식하기 훨씬 전부터 내 존재를 알고 날 기다리며, 날 사랑해 준 사람.

한때 잎새에게 걸맞은 사람이 되기 위해 피나게, 죽어라 공부하던 때가 있었다.

그때 본 책 중 지금도, 지금까지 기억나는 문구가 있다.

인생에서 가장 중요한 것은 인생 전체의 사랑이라고.

순간순간이 아닌 사랑을 인생 전체의 총량으로 볼 필요가 있다고.

맞다. 인생에는 많은 요소들이 있다지만 최우선으로, 전체로 볼 건 사랑이다.

그 민망하고도 흔한 단어가 가진 힘은 이 험난하고 고약스런 인생을 견디게 하고 버티게 하는 힘이 된다. 나와 잎새가 그런 것처럼.

살다 보면 웃는 날보다 엎어지고 무릎이 꺾이는 날들이 더 많이 올 것이다.

그럴 때마다 난 저 아이의 미소와 사랑을 보약처럼 먹고 좌우명처럼 믿으며 살 생각이다.

사랑이 힘이 되길, 나를 포함해 세상 모두에게…….

Other Story

이상한 할머니가 집에 들어왔다.

키도 크고 손도 발도 얼굴까지 크다. 근데 눈은 엄청 작다. 뜨고 있어도 뜬 줄을 모르겠다.

일해주시는 아주머니들이 자주 바뀌는데 이번에는 꽤 오래간다. 벌써 6개월이 다 되어가니.

손이 커서 그런지 뭐든지 만능에 척척이다. 청소든 음식이든.

그중 가장 신기한 건 음식이다.

이 할머니가 해주는 건 다 맛있다. 특히 나물이 압권이다.

있는 집 애들이 그렇듯 내가 편식을 좀 하는데 이 할머니표 나물은 일반 나물이 아니다. 하지만 맛있는 티는 절대 내지 않는다. 낼 필요도 없다.

언제 바뀔지 모르는 사람들과 친하게 지내면 결국 내 손해니까.

내 기억 속 엄마는 약했다. 정신이 나약한 게 아니라 몸이 약했다.

재밌고 따뜻하고 냄새까지 다 좋았는데 자주 아팠다. 그래서 난 엄마와 떨어져 지내는 시간이 많았다. 엄마가 아프면 난 혼자이거나 일해주시는 아줌마들과 지냈다.

아빠는 항상 아픈 엄마가 먼저이니 건강한 난 어쩔 수 없었다.

그러다 엄마가 사고로 돌아가시고 아빠는 2층에서 칩거에 들어갔다.

중학교 1학년인 난 다 컸다.

아빠의 칩거에 의문을 가지거나 방문을 두드리지 않을 정도로.

필요한 건 카드로 찾아 쓰고 해결했다. 큰돈이 들어가는 건 아빠의 비서이자 매니저인 아저씨가 다 처리해 주었다. 옛날에 같이 그룹을 하던 아저씨라 낯설지는 않았다.

요즘 내 최고의 관심사는 마술, 생리다.

같은 반 아이들은 다 생리를 하는 것 같은데 나만 아직 깜깜무소식이다.

이런 상황이 엄마의 부재, 아빠와의 관계 단절과 무슨 상관관계가 있나 따져도 보았지만 이건 순전히 내 개인적인 성장 속도의 문제라는 결론을 냈다.

만약 심리적 트라우마에 기인한 거라면 내가 너무 초라해지니까.

한편으론 영양 불균형에 영양 부족인가도 싶었는데, 사실 그렇다고 하기엔 무리가 있었다.

이번 할머니는 먹을거리를 무진장 신경 쓰고 살뜰히 챙겼다.

그럼 뭐 하나. 또 언제 말도 없이 그만두고 사라질지 모르는데.

"이것 좀 먹어봐라. 맛날 기다. 내가 얼굴은 이래도 손맛 하나는 끝내주거덩. 와 이것밖에 안 먹노? 많이 먹어야 키도 크고 공부도 잘하제."

'그런 거 안 먹어도 저 공부 끝내주게 잘해요.'

이렇게 말하고 싶었지만 말하면 뭐 하나. 어느 순간 사라져 버릴 사람에게.

그러다 어느 순간부터 할머니의 잔소리가 본격적으로 많아졌다.

"왜 이렇게 늦게 오나? 내가 걱정한단 말이지. 우리 강아지가 말도 없이 늦어싸면."

"지하에서 춤만 추지 말고 가끔 정원에 나와 햇빛도 쐬고 바람도 맞고 나무도 봐야지. 그래야 건강하고 키도 큰다."

"오늘은 우리 강아지 뭐 맛난 거 해줄까? 뭐 먹고 싶은 거 없나?"

"오늘은 할미 다리가 아침부터 자꾸 쑤시네. 비가 올랑가 부다. 우산 챙기라."

우산 챙기라고 한 날은 어김없이 비가 왔다.

어느 날은 혼자 우산을 챙겨 갔는데 우리 반에서 나만 우산을 가져왔다.

아이들은 나와 내 우산을 비웃었는데 방과 후 정말 비가 왔다. 그로써 난 예쁜데 공부도 잘하고 귀신 같은 촉도 있는 아이로 명성을 날렸다. 더불어 날 욕하는 아이들도 점점 늘어났다.

아빠와 관계 단절이 준 뜻밖의 선물이 하나 있는데 그건 그 어떤 상황에서도 타인으로 인해 절대 동요하지 않는다는 거다. 원하지도 않았는데 옵션처럼 목석같은 심장과 돌덩이 같은 마음을 어느 순간 갖게 됐다.

내 가족, 유일한 혈육과의 관계가 소원한데 내가 누굴 믿을 수 있을까.

웃기는 일이다. 그런 기대를 하고 뭔가 원한다는 게.

"이 집 정원은 정말 크다! 이 빨래 마르는 것 좀 봐라! 바람 때문에 이불이 아주 춤을 춘다! 저 바람은 다 어디로 갈까? 쟈들은 바다도 가겠지? 나도 옛날에는 바닷가에 살았다."

"할미는 이 정원에서 빨래 마르는 걸 보는 게 참 좋다. 이불이랑 시트가 바람 따라 흔들리는 걸 보면 여가 꼭 바닷가 같다. 저 담 너머가 꼭 바다 갔거덩. 신기하제?"

할머니는 주위 사소한 모든 것을 느끼는 대로 표현하셨다.

한데 그 투박하고 솔직한 표현들이 베스트셀러나 어느 유명 소설가의 책에 나오는 표현보다 더 가슴에 와 닿았다. 정말 이상한 일이다.

그러다 결정적으로 할머니가 내 가족이, 아니, 유일한 가족이 된 날이 있었다.

그날은 아침부터 컨디션이 영 좋지 않았다.

감기 기운 때문인지 몸도 무겁고 머리도 묵직하니 컨디션이 최악이었다.

학교를 마치고 학원 수업을 전부 빼먹고 일찌감치 집으로 와 누워 있었다. 집에 도착했을 때 알았지만, 할머니가 보이지 않았다.

늘 학교 갔다 오면 가방도 받아주고 시원한 오미자차도 주곤 했는데 오늘은 그러지 않았다.

가만히 방 안에서 이불을 싸매고 누워 생각했다.

오늘이 그날이구나. 아빠와 나, 다시 우리 둘만 남는 날.

'꽤 오래 있다고 생각했는데 역시나 해를 넘기지 않는구나.'

그러다가 잠이 들었다. 그렇게 슬프지도 않고 그렇게 충격을 받지도 않은 채.

얼마나 잤는지 모르겠지만 몸이 아파 잠에서 깼다.

열도 나고 몸에 기운이 하나도 없었다.

일어나려 해도 도무지 몸이 말을 듣지 않았다. 그리 무겁지도 않은 몸이 천근만근처럼 느껴졌다. 주위는 컴컴하고 기분 나쁘게 천둥까지 쳐댔다.

이러다 정말 죽을 것 같아서 엉금엉금 기어서 어찌어찌 2층까지 올라갔다.

2층 거실에 도달하니 온몸이 땀에 젖어 순식간에 몸이 차가워졌다. 오들오들 떨리는 걸 간신히 참으며 사방을 살피니 방문이 조금 열려 있었다.

'다행이다. 이번만 아빠한테 SOS를 요청해야겠다. 이렇게 아픈데 어쩌겠어.'

무릎을 바닥에 대고 질질 끌어 방문 앞에 도착해 열린 문틈으로 아빠를 불렀다.

"아, 아빠…… 저……."

악마가 현실에 존재한다면 저런 모습일까, 아니면 어른들의 밤은 모두 저럴까.

전혀 알지 못하는 사람이 춤을 추듯 소파에서 주사기를 들고 흐느적거리고 있었다.

한 번도 보지 못한 기이한 표정으로.

좋은 건지 싫은 건지 도무지 판단할 수 없는 이상한 표정을 짓고 있었다.

슬프게도 보이고 행복해 보이기도 했다. 또 우는 것처럼도 보이고 울고 싶은 사람처럼도 보였다. 아니, 알고 싶지 않은 표정을 하며 날 보고 무섭게 웃었다.

어지러웠다. 순간 속이 뒤집어지고 토할 것 같았다.

'내가…… 지금 본 건 뭐지? 내가 본 사람이 분명 아빠가 맞는 건가?'

"우리 강아지, 여 있었나? 할미를 부르지 와 이러고 있노."

그 익숙하고 반가운 소리와 함께 방문이 닫혔다.

할머니는 힘들게 나를 업고 1층 내 방으로 오셨다.

의식을 완전히 잃은 것은 아니기에 난 전부 기억한다.

할머니가 피 묻은 내 옷을 벗기고 내 몸을 따뜻한 물로 씻겨주면서 하신 말씀을.

"우리 강아지, 이제 숙녀가 되뿐겠네. 달거리는 우리 강아지가 숙녀가 됐다는 말이다. 축하한다, 우리 강아지. 그리고 방금 전 본 건 다 잊어쁘라. 기분 나쁜 거, 흐리멍텅한 거 다 잊어쁘라. 이제 우리 강아지는 좋은 것만 기억하면 된다. 그라면 된다. 내가 그렇게 해줄 기다."

할머니는 같은 말을 계속 반복하셨다. 내가 다시 잠들 때까지 계속. 끝도 없이.

그다음 다음날 난 다시 태어났다. 완벽한 숙녀로.

아버지란 사람 대신 할머니가 생겼고, 내 일상은 전과는 달리 따뜻해졌다.

할머니와 속옷을 사러 시장도 갔다. 백화점은 아니지만 그래도 좋았다.

속옷과 속치마도 새로 다 사고, 일회용 생리대랑 새하얀 광목천도 샀다.

할머니는 학교 갈 때는 생리대를 하고 집에서는 가능한 광목을 사용해 천연 생리대를 쓰라고 하셨다. 여자는 그래야 한다고, 그래야 건강한 아기도 낳고 몸도 차지 않는다고.

난 그 주에 지하로 내 모든 짐을 옮겼다.

할머니가 알려주신 대로 하고 싶었다. 가능한 뭐든 따르고 싶었다.

달거리 뒤처리를 하는 건 무척이나 번거로웠지만, 내 자신과 혹시 모르는 먼 미래의 내 아이를 생각하며 불편했지만 흉하게 생각하지 않았다.

할머니와 함께하는 꿈 같은 시간들이 조금씩, 천천히, 꾸준히 흘러갔다.

그러면서도 가끔 악몽을 꿨다.

지독한 악몽이지만 난 본능적으로 둔감해지려 노력했다. 그래야만 내가 살고 더는 그 사람을 미워하지 않는 방법이란 걸 내 스스로 터득했다.

언젠가부터 할머니는 악몽에 대해서 묻지 않고 그 대신 할머니랑 같이 사는 사나운 동거인 이야기를 해주셨다.

난 그 사나운 영웅을 동경했다.

할머니는 늘 그 영웅을 악동에 미친놈, 쳐죽일 놈, 싹수없는 놈, 놈팡이 등 갖가지 기이하고 다채로운 표현으로 박해하셨지만 내겐 욕 같지 않게 느껴졌다.

"말도 마라. 머리는 누굴 닮았는지는 모르겠고, 힘센 건 내 닮은 거 확실하다. 사내새끼가 매일 쌈박질만 하고 다니는데, 어느 날은 이웃집 아 대갈빡을 깨부숴 내 죽다 살았다."

"전교 꼴등을 해도 웃고, 반에서 꼴등을 해도 웃고, 내사 아주 미쳐 뽈겠다."

"오늘은 내 돈을 몰래 훔쳐 가 아들은 못 가는 요상한 데 가서 경찰한테 잡혀왔다. 할미가 그 웬수 덩어리 땀시 미쳐 죽겠다. 우리 강아지 반의반만 닮으면 이 할미가 바랄 게 없을 긴데."

"그 미친 자슥이 오늘은 선생님 치마를 거울로 훔쳐보다 걸리삐서 내사 손이 발이 되도록 빌었다. 내가 전생에 무슨 죄가 그리 많아 그놈의 자슥 할미로 태어났는지."

이상한 건 그 엉뚱한 영웅을 욕하는 할매의 얼굴이 그렇게 밝을 수가 없었다.

말씀하실 때마다 입으론 욕을 하시면서도 얼굴엔 미소와 든든함이 가득했다.

진짜 가족이란 이런 건가 하는 생각도 했지만 난 자신 없었다. 2층 내 가족에 대해.

할머니는 가끔 마당에서 이불과 시트를 햇빛에 너시면서 그런 말씀도 하셨다.

"잎새야, 이 할미는 말이야, 딱 하루만이라도 우리 잎새 얼굴로 살아봤으면 좋겠다. 지금 내 얼굴 말고 우리 강아지처럼 선녀 얼굴로 살았으면 소원이 없겠어."

그러면서 할머니는 내 얼굴을 빤히 보시면서 그 크고 투박한 손으로 내 뺨을 만지시고 또 이마를 기분 좋게 쓸어주셨다.

"내가 우리 강아지 같은 얼굴이었으면 노란 저고리에 다홍색 치마 입고 새색시도 될 수 있었을 것을……. 잎새야, 할미 소원은 이 넓은 정원에서 내 버리고 떠난 그 인사랑 손잡고 신랑각시 하면서……."

그날 처음으로 할머니 눈물을 봤다.

내겐 세상에서 가장 든든하고 예쁘고 다정하고 훌륭하신 할머닌데.

'할머니, 제가 다 해드릴게요. 제가 전부 해드릴 테니까…… 저두고 가지 마세요.'

이렇게 말하진 않았다.

만약 그랬다가 할머니가 신경 쓰고 부담 가지실까 봐. 그래서 이 집을 떠나실까 봐.

"잎새야, 할미 이 집에 들어와 살까? 그러면 이렇게 왔다 갔다 하지 않아도 되고, 또 우리 집에 있는 그 자슥이 집에 들어오는지 안 들어오는지 신경 쓸 것도 없고."

'네. 그렇게 해요, 할머니. 제발, 제발이요.'

이렇게도 말하지 않았다. 하고 싶었지만 꾹 참았다.

"잎새 아빠가 그렇게 하라시네. 어때? 우리 강아지도 할미랑 사는 게 좋아?"

'네, 네, 전 너무 좋아요. 정말 죽을 것처럼 좋아요. 내 영웅도 보고.'

"할머니가 좋으면 저도 좋아요. 할머니 맘 편한 대로 하세요."

이렇게만 말했다. 이 정도로만.

절대 내 진심을 백 프로 솔직하게 말하진 않았다.

부담 가지실까 봐, 그래서 이 꿈 같은 이야기가 모두 없던 얘기가 될까 봐.

조마조마한 마음으로 하루하루를 보냈다.

하루가 일주일이 되고 한 달이 넘어가도록 할머니는 별말씀이 없으셨다. 그렇다고 물어볼 수도 없었다. 그 기다림이 조금씩 체념과 허탈함으로, 또한 절망으로 바뀔 때쯤 할머니는 삼성동 집으로 들어오셨다.

"니가 잎사귀냐?!"

사나운 내 영웅과의 첫인사는 그렇게 너무나도 갑작스러웠다.

〈End〉

작가 후기

드디어 두 번째 책을 끝냈습니다.

혹자는 '하버링'에 이어 너무 숨차게 나오는 게 아닌가 그리 생각하실 수도 있지만, 제겐 이 모든 일이 상당히 오랜 시간 쌓이고 준비한 프로젝트 중 하나입니다.

제가 처음 안무와 안무가에 관심을 가진 건 보아의 'NO. 1'이 시작이었습니다.

개인적으론 브릿 팝 마니아지만 그땐 정말 많이 놀랐습니다.

안무가, 춤이 저렇게 세련되고 매력적일 수 있는 거구나 하고요.

그 관심은 많은 국내외 뮤지션을 거쳐 G. 드래곤의 '삐딱하게'까지 계속되었습니다.

삐딱하게는 노래와 뮤직비디오를 미친 듯 보고 들은 것 같네요. 너무 좋아서요.

그 총체적 결과물이 바로 'Love Groove'랍니다.

사실 테크닉적인 면을 부각시키고 싶었는데 안무의 특성이 영상에서 시각적으로 빛을 발하는지라 책에서는 안무가들이 안무를 만들 때의 심정과 고뇌, 또한 가수들과의 관계 등에 무게를 실었습니다. 그것도 아주 약간만. 그 또한 마음과 욕심처럼 되지는 않았지만요.

그래도 이처럼 손을 털고 나니 홀가분해서 좋습니다. 이것도 제겐 성장이고 발전이니까요.

이제 드디어 세 번째 책 '대한제국비사' 를 준비할 시간이 됐습니다.

사실 '대한제국비사' 는 2012년 KBS 미니시리즈 공모전에서 탈락한 아이입니다.

그런데 전 도무지 이 아이가 포기가 안 돼서 수정과 변화를 줘 다시 한 번 도전하고자 합니다. 이번에는 두 권짜리 로맨스 소설로요. 그러니 기대해 주세요.

시간은 걸리겠지만 혼란한 시대를 포기 않고 꿋꿋이 살아내는 인물들과 그들에게 스며든 골빈 여주인공을요. 어두운 시대지만 심각하게 쓰지 않을 계획입니다. 제가 나름 유머 코드를 지향하거든요. 그사이 절 사로잡는 소재가 생기면 약간의 우회도 가능하겠지요.

마지막으로 청어람 출판사와 제 소설을 위해 힘써주시는 여러 관계자 분들께 진심으로 감사드립니다. 하버링이 멋모르고 지른 아이라면, 이 아이도 다르지 않네요.

그래도 전 노력하렵니다. 아니, 노력해야 합니다.

제 중2 아들놈이 엄마가 절치부심하며 노력하는 걸 보면서 뭔가 조금이라도, 티끌이라도 깨닫지 않을까요. 제발 각성해 알을 깨고 나와야 할 텐데요.

Love Groove를 쓰는 동안 제가 그런 것처럼 여러분도 남궁전 커플과 소란스런 사랑에 빠지길 소원하면서……

2014년
다미레 올림.